海口

林慶祥

各界好評推薦

作者熟悉警察事物，寫出真正寫實的警察小說，寫出那個年代的荒謬，更突顯出台灣警界這三十年的進步，是如何的不容易。

——黃宗仁｜警政署副署長

從一心追求利與權的黑白兄弟拚搏史，看一個時代的真實縮影，令人拍案！

——高大成｜法醫

黑白兩道不可說的祕密，新聞沒講的，電影演不深入的，政論文章分析不夠立體的，林慶祥用小說體裁細說分明。

——果子離｜作家｜專序推介

推薦序

眼前的黑不是黑，你說的白是什麼白

果子離／作家

《焰口》是林慶祥繼《刑警教父》之後，推出的第二部警察小說。「焰口」是書名，也是小說旨義所在。小說一開頭，便引述佛經典故，帶出「焰口」兩個字。

焰口是什麼？釋迦牟尼佛的弟子阿難尊者，在林中修習禪定時，見到觀音大士化現的面然鬼王。面然，即面燃，又稱為焰口。他的面容枯槁，容貌醜陋，頭髮散亂，腹大如山，喉細如針，臉上噴火。阿難驚駭莫名，問餓鬼面然為什麼變成這樣，面然告訴阿難，因為生前慳吝、貪心，於是死了以後墮入餓鬼道。

面然始終處於飢餓狀態，因為喉管細小，無法進食，因此長年受餓，餓火中燒，烈焰從口而出，非常痛苦。

阿難從面然口中知道，三天以後他壽命終了，也會墮入餓鬼道。阿難害怕不已，跑到佛前請示解決的方法。佛陀於是指導阿難《焰口經》和施食方法，讓一食變成種種甘露飲食。後來，很多佛家法會結束前會有放焰口（瑜伽施食）的儀式，使餓鬼得以超度。

由此可知，焰口，是指鬼道之中的餓鬼。所有的鬼，就數餓鬼最可憐，什麼東西都吃不到。為什麼會有這麼可怕的報應？一個是吝，一個是貪。

貪與吝，一體兩面，《焰口》講的便是貪的故事。小說以警察、黑道與黑金體制中的政治人物為主線，講述他們合縱連橫，有時勾結合作，有時勾心鬥角，皆為財色名利的貪念而起。

本來，這個社會應該是道賊不兩立，黑白不相交，但事實卻非如此單純。黑不是絕對的黑，白不是絕對的白，往往處於灰色地帶，黑中有白，白中有黑，套一句歌手蕭煌奇創作的歌詞，正是：「眼前的黑不是黑，你說的白是什麼白。」

警匪黑白兩道之間，並非如外界想像的三不政策——不接觸、不認識、不對話。有時業務需要，必須和黑道來往，必須掌握黑道組織，瞭解黑幫生態，建立情報系統，以便辦案時借助他們的消息管道。

如果把警察與黑道聯絡來往視為惡，那麼也是必要之惡。每當重大槍擊案發生時，警方輒請黑幫提供情報，或請他們幫忙抓人。很快地黑道便交槍、交人。槍是凶槍，人，通常只是人頭，儘管如此，表面上警察有了業績，風風光光。

與黑道混熟了，與特種行業接觸多了，身在大染缸，意志稍有不堅，貪念一起，便把持不住，亂了分際，淪為不肖警察，利用職權吃香喝辣，要錢有錢，要色有色。

水幫魚，魚幫水。警察與特種行業形成共生關係。酒店、色情業、賭場、地下錢莊等業者，或行賄，或煽惑高階警官投資，或給刑警方便，插乾股、以優厚利潤加股、提供情色，業者獲得保護傘。

從小，「官兵捉強盜」跟「老鷹捉小雞」一樣，五個字在我們心裡留下深深印象，成長後卻不時從新聞報導聽說一些負面新聞，例如警察吃裡扒外捲入不法案件，讓人痛心疾首。有時則令人大惑不解，例如這樣的社會新聞：地方角頭在黑道經營的場所遭歹徒開槍身亡，現場有數名警官，不但未官兵捉強盜，且未在第一時間報案，反而閃離現場。外界不禁質疑，這些警官與黑道間的關係。

後來才知道，關係可深了，彼此勾勾搭搭，剪不斷，理還亂。也有很多報導，讓我們覺得這個世界不如想像的純情。例如黑金政治。這四個字漸漸成為政治新聞的常見字詞，以及選舉期間批判性的用語。現在我們知道了，黑道要生存要壯大，最根本的辦法，莫過於寄生上流，透過漂白，扭轉壞形象，奪取更多利益。

黑白兩道不可說的祕密，比《無間道》和北野武《極惡非道》等電影劇情更加錯綜複雜，看得大家如霧裡看花，看不懂裡頭的鋩鋩角角。究竟怎麼運作，心態如何，林慶祥《刑警教父》開了大門，《焰口》則已登堂入室，寫人民保姆經不起魔鬼試煉，歷經一番撩撥，陷落不可自拔的前因後果。不只警察、黑道，也揭開政治黑幕。新聞沒講的，電影演不深入的，政論文章分析不夠立體的，林慶祥用小說體裁細說分明。

小說以警察、黑道同流合汙／合作的發展為主線，而黑道透過選舉漂白，更是台灣政治生態的一頁。林慶祥虛構的李金生議員，便與真實的鄭太吉，成為台灣黑金政治的代表人物。

小說有一段描述李金生的領悟：某人當上了省議員後，結交兄弟，插手黑道的生意。李金生看了眼紅，感嘆：「國民黨提名了不少黑道兄弟，有些趴數比我低，例如，屏東的鄭太吉，當選議員之前，經濟狀況、兵力，還比咱卡差，但他一當選議員，什麼黑道生意攏欲插手，過高屏溪全部賭場攏要給他保護費……」

有為者亦若是，李金生有樣學樣，也選上市議員。之前他只是個單純的黑道，只撈點偏門生意，毒品、殺人放火的事不敢碰，但當了民意代表漂白之後，在議會呼風喚雨，驅使警察如牛馬僕役，搞賭場、介入砂石買賣，搶標河川疏浚工程，無所顧忌。

小說借由李金生之口，道出台灣政治界不能說的祕密。聽聽這些言論：

・警察跟黑道是一體兩面，警校教的那一套是騙囝仔的，我們也是在幫警察維持地下秩序，連情報局都要找兄弟去美國「鋤奸」（按：江南命案）。

・一晚上流動的賭資，沒有一億也有七、八千萬，去那邊賭的人，前任縣長、議長、國策顧問，加上每天在那邊混的省議員，都可以開黨團會議了。

所有的強詞奪理，都透露一些早已運作如常的黑金內幕與政商潛規則。林慶祥勾勒出一個時代的縮影，那是股市大好、台灣錢淹腳目、黑金體制成形、政治示威遊行前仆後繼的年代，也是如其筆下所說：「那是個群魔亂舞的年代，集繁華與罪惡、慾望與希望、墮落與敗德於一個黑洞似的深淵，急速流轉的漩渦裡，每個人都身不由己。」林慶祥的小說，就好在寫出「身不由己」這四個字。

作者序

愛拚才會贏？不！敢的夾去配

記得小時候，我弟有個同學，好像是班長，成績很好，他爸爸是警察，還是我們家管區，這個後來當校長的孩子，很以父親為榮，都跟同學講他爸多清廉、多英勇、多剛正不阿。你也知道，好學生到任何同學家總是會受到歡迎，有一回，他在我家吃點心的時候又大談他那偉大的父親；我媽突然沉默……半晌才要我們吃完點心趕緊做功課。

過了大半年，不曉得為什麼談到這個同學，我媽說：「哼，他們家小孩所有的制服、書包，連他媽媽的化妝品、胸罩內褲，都是在我們家拿免錢的！」（我家開百貨行）她講完有點後悔，直叮嚀弟弟到學校不能亂說，這件事讓年幼的我開始討厭警察。

但當時我也不曉得長大之後的職業生涯，會與警察有那麼多的交集、交情、交鋒。

十年之後，也就是本書故事開始的民國七十六、七十七年，那個剛解嚴、「台灣錢、淹腳目」的年代……我事後聽說，當時想調到最繁華的台中市警察局第一分局繼中派出所當一毛二警員，得花錢「競標」！五十萬算便宜，因為半年之內就可以回本，不出事的話，只消幹得三、五年，就可以買個公寓。

到了本書故事結束的隔年——一九九七年的八月，任職《台灣日報》不到一年的我，因為莫名其妙的因素，從才剛熟悉且相對單純的區里、環保路線，被調到警政線，跑總局，一、四分局與警政廳、省刑大；從此，我的職業生涯有了另外一個風景，直到現在，我還在這條線上走跳，我的名片，少不了「社會組」的歸類。

那一年四月，發生了白曉燕命案，在之前，北部是周人蔘電玩弊案，中部則有台中市四、五分局電玩弊案，這三個案子，讓警界官場大震盪！從警政署長到一線二警員、偵查員，中箭落馬者不知凡幾？

在我調到警政路線的第二年，凍省前夕，當時的警政廳公關室主任、現任警政署副署長黃宗仁告訴我：「未來警界勢必改變，而且會往好的發展，過去那些烏魯木齊的現象會減少。說起來，警政署應該偷偷『立』兩個『牌位』，一個是周人蔘，一個是陳進興。」

我不解！黃宗仁又說了：「你這菜鳥不懂啦！這次周人蔘弊案，有多少人雖然好狗屎運，沒出事，但從此『收腳洗手』，不敢再收黑錢，我敢說，經過這一次掃蕩，警界風紀會有大改善，因為嚇破太多人的膽子了！」

「那，陳進興呢？」

「齁！你真笨，如果陳進興再晚半年抓到，立法院警政預算絕對大幅增加，刑事加給也好、都會繁重加給也好，裝備更新、添購，通通不是問題，哪個立委敢擋！不過，恐怕一堆三線二以上的大官要掉烏紗帽。」

果然，這二十年來台灣警界的發展，真如黃副署長的預測，警風紀一天比一天良好，從結構性的貪汙，變成連一張白單都關說不動，警察的形象也日益清新。

根據「台灣民意基金會」董事長游盈隆教授所做的「台灣人對政府官員的感覺」全國性民調，其中，對於警察好感度高達七四．一%，位居七類人民公僕的第一名，軍人則以五五．六%位居第三，至於法官，二四．五%，敬陪末座。

這在當年，是無法想像的。

換句話說，我是在台灣警界由濁轉清的轉捩年代開始採訪警政新聞，目睹他們如何艱辛地應付媒體的步步進逼，狗仔的盯梢扒糞，刑事訴訟法修正的挑戰，以及警界高層對警風紀的嚴厲整頓。喔！對了，近年還有「靠北警察」、「爆料公社」，自己人搞自己人，基層搞長官。

諷刺的是，從我入行一直到現在，總會聽到一些老刑警，甚至退休好幾年的，酒酣耳熱之際，談到他們無法無天的青壯歲月時，整個人振奮起來，一臉神往地說：「唉啊，你是沒遇到，當時我們怎樣、怎樣……一個月賺多少錢，那時候哪有在靠薪水過日子的，喝一攤就花去半個月薪水。」「那個誰、誰的小弟，被我灌水，五百c.c.就凍袂條！」「你不曉得，當時我們攏嘛先衝再說，搜索票？哈哈！我抽屜十幾張，全部檢察官蓋好印章，隨時可以填上日期。」「哪個案子發生，還沒通報我就知道誰幹的，分局長剛從鄉下調來，緊張得要死，我說三天破案，隔天他們老大就乖乖將開槍的少年仔帶來三組。」……

最後的結論總是：「你來的時候已經北風北了！唉，時代不同了。」彷彿，當年多美好！彷彿，那年代只要你敢拚，關係好，藝高膽大，就沒有什麼是不行的。在他們口中，我聞到一股像是果實熟透了快要爛掉的濃郁香氣，我感受到一股毫無節制、沒有底線的膨脹慾望，對錯界線模糊，人情道義優先，法令僅供參考，總之，一切看結果，喬得平最重要。

那年代，豈是「愛拚才會贏」，根本就是「敢的夾去配」！

但我畢竟沒經歷過那個年代，我只能聽，只能想像，以我對警界的了解去感受那個時代的心跳聲，然後像病理切片一樣，透過微觀、不殫繁瑣的細節，去描述那個慾望橫流，橫衝直撞，人心毫無節制的年代。我的企圖心不大，只想掰好一個有當年氛圍的警察黑道故事，讓經歷過的內行人覺得靠譜，有親切感，我就滿意啦！

如果說，拙作《刑警教父》在撰寫時，我心裡是有這麼個真實人物的形象，只是最後，書裡的每個人都成了他們自己，不再是我心裡想的那個人；那麼，這本《焰口》中的所有人物，則全部是我想像、杜撰出來的，因為，我真沒那麼「匪類」過。

之所以會對那年代產生書寫的興趣，一來那是台灣上了年紀的人津津樂道、懷念不已的歲月，更重要的，我卻認為它沒那麼浪漫、勵志，它的荒誕恐怕也得試著給予同情的理解。此外，我私心覺得，不去描述那個貪婪年代的故事，我們怎能感受台灣的警界走到如今擁有七成多的人民好感度，是如何的不容易？

至於這本書可能會讓不少警界友人不開心，我根本無暇顧慮。因為，那個主流社會至今稱頌的「經濟起飛」年代，除了開放、解禁、民主化，大家拚命賺錢賺錢賺錢，似乎當時的台灣是振奮、昂揚、進步的；但同時，在那樣一個混亂的年代，人性的衝突更加劇烈。在社會的暗流底下，隱藏著多少人與人的互相吞噬，傾軋鬥爭、弱弱相殘？多少落敗者被拆吃落腹？多少人樓起樓塌，往事只能回味？

而緊盯著那一汪深潭似的黑暗，是這本小說書寫過程最迷人之處。

目次

推薦序／果子離（作家）……004
作者序……008

第一部

一　冬防借提【一九八七　大寒】……020
二　把他收起來……026
三　我拗你叫做天理……033
四　老大給的福利……040
五　恁爸不是呷菜的【一九八七　穀雨】……048
六　我會一直愛你……056
七　我的菊花，你的命！【一九八八　小滿】……063
八　吃掉一個盤仔人……072
九　颱風登陸【一九八八　大暑】……080
十　再扯都要愛……088
十一　江湖仲裁者……097

十二　為錢所困……105
十三　甕中殺鱉……113

第二部

十四　瘋股市【一九八九　芒種】……124
十五　以黑制黑……132
十六　老兵不死，只是頭破血流……138
十七　射精為盟……143
十八　股市成災……151
十九　再三進逼……160
二十　黨國要員……167
二十一　砂石扣達【一九九〇　驚蟄】……176
二十二　經濟組長……184
二十三　打破壟斷……193
二十四　一元搶標【一九九一　春分】……200
二十五　河床夜戰……208
二十六　一粒砂也運不出去……215
二十七　我也要選議員……223
二十八　加入派系……232

第三部

二十九　嘴唸經、手摸奶【一九九三　小雪】……242
三十　血染的風采……249
三十一　叫大哥太沉重……256
三十二　嚥氣啦！嘜擱按呢甲我說話……262
三十三　私縱嫌犯……269
三十四　犯我大忌……276
三十五　為錢反目……282
三十六　淡然的切割……289
三十七　牽亡歌、煮紅蟳……295
三十八　愛的迷惑……302

第四部

三十九　飛車槍戰……312
四十　內奸……320
四十一　毒殺【一九九五　霜降】……330
四十二　姊弟羅生門……339
四十三　支援省刑大……347

四十四　檢肅……354
四十五　議會保護傘【一九九六　小暑】……362
四十六　衝出封鎖線……369
四十七　台灣杜月笙？我呸！……377
四十八　惡貫滿盈……386
四十九　感謝你的愛【一九九六　秋分】……394

阿難於林中習定，見一餓鬼，名曰「焰口」，形容枯槁，面貌醜惡，披頭散髮，爪長甲利，腹大如山，喉細如針，面上噴火。阿難駭而問其故，餓鬼告以生前居心慳吝，貪不知足，故死後墮入餓鬼道中，變是身形，長年受餓，備受諸苦。

——後人改寫自《救拔焰口餓鬼陀羅尼經》

第一部

一　冬防借提

一九八七　大寒

每年農曆過年前半個月到二十來天，全國所有的刑事組，都會在辦公室醒目處貼這張幾乎占據了半面牆的「春安工作績效統計表」：槍砲、檢肅流氓、通緝、竊盜、強盜、搶奪……分局、刑警隊各組每破一件，就在該項目劃一槓，五條槓成一個正字，越多正字，長官的嘴角揚得越高。

孫啟賢負手站立統計表前，擰緊了眉，高大的身形動也不動，像塊岩石，他雖然半年前才從分局保防組組長平調總局刑警隊偵二組組長，但春安工作這一套，他並不陌生，中央警官學校刑事系畢業後第三年，初任派出所所長時，孫啟賢親自帶領專案小組衝鋒陷陣，辦案那股狠勁，老學長個個豎起大拇指。那年他搶在分局刑事組前，捕獲搶奪落單婦女皮包的飛車大盜，這還不打緊，他有辦法擴大偵辦，一次搞了五十幾件搶案，讓嫌犯一肩揹起，前任山東籍老局長拍著他肩膀說：「小子，你硬是要得，過兩年可以幹刑事組長了！」

真正如願當了刑事組長，面對一年重中之重的春安工作，還是感到龐大的壓力。眼前這張績效表，竊案搶案毒品都還過得去，唯獨槍砲，明顯落後了友軍一大截，四分局不曉得去哪裡弄了個不比飛魚飛彈小的「爆裂物」，大概是日本時代放到現在的未爆彈，估計是從軍方老舊庫房流出來的，但這個大傢伙比照手榴彈核分，抵得上三把短槍、一支衝鋒槍。幹！人家是怎麼弄到的？

還有四組的同事，把早該檢肅到案的流氓監控著，直到冬防（即春安工作）前兩天、大流氓準備跑路時才出手，抓到人先帶到酒店花天酒地，「軟禁」起來，擱著等到凌晨零時三分，春安工作正式起跑，才帶著爛醉如泥的檢肅對象回隊部，搶到了頭彩；孫啟賢不禁想起上個月緝獲的一支制式九〇手槍，要是能放到這時候，那該有多好？

「組長，喝茶。」巡官潘家興奉上一杯熱茶，打破了孫啟賢的沉思。潘家興是資深小隊長考取「警佐班」，到官校進修四個月後晉升「官」字輩的老警察，官雖小，卻很資深，孫啟賢到任至今，對這個副手相當客氣。

「謝謝！家興兄，今年冬防已經過了三分之一，再幾天就除夕，我們才搞到一把土製手槍、五顆子彈，再不鎖緊螺絲，怕過不了關。」

「組長在擔心槍砲喔！安啦……」兩人圍著泡茶桌，開始討論起案件，孫啟賢昨天才整理過屬下匯報的情資，明明槍砲部分少得可憐，而且語焉不詳，又沒有監聽情資佐證，一看就是唬爛交差的，潘家興怎能如此篤定？會不會是在敷衍自己？這老傢伙沒有帶小組，算是組長幕僚，但若督導不力，或躺著放給他爛，難道就不怕自己打考績時給他隻鴨子（乙等）？

潘家興像是故意賣關子似的，先專注地換茶葉、燙杯子、注水，等伺候孫啟賢第一杯泡春茶，才狡黠地眨著眼睛說：「組長，我們還沒開始借提呢？」

「我們借提關在裡面、有點交情的老大，好好給他『曉以大義』，叫他交個兩把槍，人呢，就外面的小弟頂，這些老大愛面子，如果只交改造的，算他漏氣、落漆，只要有兩個老大願意給面子，兄弟們再加把勁，嗯……毒品部分，目前我們不輸人家，幾個藥仔頭都掛在機房監聽，跑不掉的啦！槍毒不分家，這幾隻收網時卡大力給他『催落去』，應該會有意外收穫，加一加，排在前面不是問題，不會讓組長你歹看。」

「借提？」

「這些大仔，人都已經在裡面了，有什麼好怕的？我們憑什麼叫人家交槍？」

潘家興心裡頭有點不耐煩，暗忖：不是都說這新組長辦案挺厲害的，怎麼這點「鋩角」（原則、關鍵細節）都不懂？哼，畢竟是年輕人，呷無三把蕹菜（功夫還差得遠）！但他還是一臉恭敬：「報告組長，兩把槍外面行情約四十萬，小弟進去安家費五十到一百，黑心一點的還不會給這麼多，那些老大們，人在裡面，但外面有賭場，有圍事的酒店、或收保護費的地盤，我們掃一次，他損失就遠超過這些，當然，人家作業績呼咱，咱嘛愛『有來有去』，我會借提的，就是有被咱照顧到的。」

孫啟賢一聽就懂，而且懂到骨子裡，他心想，聽說這個「盤仔興」不單純，他要借提的，應該是他有利益往來的對象，這也好，孫啟賢從沒期望部屬手腳乾淨、關係單純，「單純」，乃老實無用的代名詞，潘會做此提議，表示他有關係、沒藏私。

孫啟賢很乾脆地說：「好！借提的事你處理，我會跟檢座打招呼，你要哪一小隊跟你配合都可以，我來交代小隊長。」

「盤仔興」很快安排好借提一個本省掛幫派幹部「黑龍」張劍龍，此人兩年前因殺人、槍砲罪被捕，判刑九年半，當年假釋門檻最低三分之一刑期，表現好點，應該關個四年多就會出來。

黑龍關進去之前，經濟實力不差，有場「八嘎」（百家樂賭場），大咖的客源穩定，旗下小弟幫市區脫衣酒店圍事，有固定收入來源，兄弟有錢賺就只想個「穩」字，更想與警察打好交道，去年冬防，張劍龍在獄中遙控，讓小弟出面交了兩把槍，潘巡官是食髓知味啊！

把張劍龍借提出來，不必恫嚇，好言拜託，給足面子，張某就爽快地答應了。條件很簡單，再多借提一次，押解他到心腹手下「磨非」李光輝住處，讓他跟手下、大小老婆見個面，一個下午，不，兩個小時的放風足矣！

還押之後，張劍龍保證三天內「磨非」會自動交人、繳槍。劇本很簡單：磨非會安排一個未成年的小弟，因為該少年在村裡亮槍示威，警方及時接獲情資，報請檢察官指揮，順利拘提少年A，當場在他身上起出一把制式手槍、二十顆子彈，經突破其心防，少年A帶領警方到郊區某座土地公廟左邊第三棵黑板樹下，挖出藏匿的另把制式九〇手槍。少年A供稱，這兩把槍，係去年在黑道火拚中喪生的某老大生前所交付，案經刑事局彈道鑑定，確認這兩把制式手槍並未涉及任何刑案。

老實說，這劇本有點牽強，但哪一個單位不是這樣搞的？有人、有槍，槍是乾淨的，不會扯出一大堆是非，就得了，誰管這些往生的老大在陰間抗議：「恁爸若有這麼強大的火力，怎會被打死。」

張劍龍的要求也是人之常情，畢竟，在監獄裡面會，隔一個比狗洞大不了的小窗，講沒幾句話時間就到了；可以面對面的「特別接見」，又得立委出面「喬」。對服刑中的大哥而言，若能借提出來「觀光」一整天，呼吸外面的空氣，還能跟家人團聚，那真是難得的福利啊！

對警方而言，這條件有什麼難！張劍龍若肯每半年交兩把槍，偵二組月月借提他出來，帶去賓館跟老婆打炮，孫組長都肯玉成！雙方談判過程愉快，孫啟賢心想，又學到一招，以後多少得放點人情給道上兄弟。

就在過年前一個禮拜，潘家興帶了小隊長鄭立忠跟他旗下兩個偵查員楊東昇、蕭仁友，有說有笑地押解著張劍龍到磨非位於市郊靠近高速公路交流道一棟透天厝。

下車前，潘家興還特意鬆了手銬，說是在小弟跟兩位嫂子面前不好看。已經中午時分了，進了屋裡，大廳飯桌上擺了滿滿的菜，要慰勞老大跟「警界好友」們，桌面有龍蝦、鮑魚、野生鱸鰻……看得蕭仁友直噓口水，潘家興見桌上擺了半打軒尼詩XO白蘭地，起了戒心：「黑龍，我們工作中，不能喝，你心情好，喝幾杯沒關係，但不能醉，不然我們對監所不好交代。」

張劍龍笑著說：「誰要喝酒！有歲數了，等一下我還要『餵飽』那兩隻，說好喔，我在做的時候，你們可不能偷聽，我跟你講……」他乜斜著眼瞟了年輕的小老婆，壓低聲音：「阮小隻的燉了補藥，那是用野生土龍、海馬，加上淫羊藿、菟絲子、肉蓯蓉、山茰肉、紅花，幾十種珍貴藥材，單單藥方，就花了我五萬元，清朝皇帝攏靠這味！吼，這一鍋燉起來，起碼也要三萬，恁爸好不容易借提出來，早就『傳』（準備）在等啊。」

「對了，興哥，這尾土龍有三斤重，燉了一鍋我也吃不完，等一下你們多吃幾碗，我回『籬仔內』（監獄）之後，叫磨非帶你們去『消套』（解放、紓壓）一下，莫浪費！」

這番猥褻的告白，講得幾個年輕偵查員心癢癢的，已久未大逞雄風的潘家興也是興致盎然，小弟上了補湯，只見張劍龍胡亂夾幾筷子菜，端起補湯仰頭「咕咚、咕咚」牛飲，放下碗筷，迫不及待拉著一妻一妾進房，還不忘轉頭說：「無法度，才兩個小時。」

張劍龍的小弟們，除了磨非坐下來陪著用餐，其餘立侍兩側，極有規矩，半晌，房裡傳來鬼吼似的叫床聲，搞得幾位阿SIR心猿意馬，不知不覺，補湯也喝了，龍蝦鮑魚不知吃了幾塊，就沒有人發現，磨非僅夾了幾筷子眼前的蔬菜，一口湯也沒喝。

半小時後，潘家興第一個覺得頭暈，眼前磨非臉龐變得扭曲，地上的大理石磁磚漂浮起來，變成立體狀，他掙扎著站了起來，腿軟跌了個踉蹌，伸手到身後腰際取槍，卻被不知哪裡伸出來的磨非的手按住，一旁的小弟靠近另外三位刑警，他們個個手軟腳軟，渾身無力，輕易被制伏，兩兩背靠背，被人用他們自己的手銬銬著。

磨非走到寢室輕輕敲門，剎時叫床聲停住，張劍龍衣冠整齊走近癱軟的警察，蹲在已經昏迷的巡官面前，輕蔑地拍著他的臉頰：「哼！莫怪人家叫你『盤仔興』[1]……」

1　盤仔：跟外省掛黑道說的「凱子」意思很接近，但本省掛黑道說「盤仔人」一詞，卻是中性的，沒有帶歧視意味，一般沒混黑道的老百姓，就是他們口中的「盤仔人」，與外省掛黑道的「凱子」，意思還是不太一樣。

二 把他收起來

借提的犯人跑了！這是會撤職查辦、甚至抓去關的大事，若擺不平，別說刑事組長、刑警隊長恐被拔掉，就連警察局長都會受牽連，但那個年代，封鎖消息並不難，就算有刁鑽厲害的記者打探到消息，也不是不能談條件，所以，孫啟賢雖急，並不慌。

他第一時間向刑警隊長李宏傑報告，這個由刑事局派到全國治安最差縣市坐鎮的老刑警，面無表情打量著孫啟賢，淡淡地說：「出了這麼大的狀況，你打算怎麼處理？」

「只要隊長跟局長放手讓我彌補這個過錯，就是給我一條生路，剩下的我得自己去創造，第一，設法讓檢座跟典獄長『願意給我機會』，這樣我就有時間抓人，若能在他們給我的期限內抓到人，這件事就請長官當作沒發生過。」

「喔，典獄長是我同學，他不好搞喔。」

「隊長，聽說典獄長夫人要換車，剛好我朋友有車要賣，新車才開兩百公里，因為不喜歡車子顏色，想便宜賣掉。」

「多便宜？」

「出價就賣！」

兩人相視一笑！李宏傑開口：「出價多少，那就看典獄長良心囉！這樣吧，檢座那邊我來拜託，徐檢嘛……我們刑警隊也進貢不少，錢要花在刀口上，這一次……你準備『兩本』（二十萬），幫他七仔買半個月全場，看徐胖子什麼時候出國度假，讓那女的陪他，你跟他沒那麼熟，不要自己傻傻拿錢給他，這個胖子是『飫鬼假細膩』（貪吃裝客氣），表面還會裝出一副清廉的嘴臉，反正，這種事情本來檢警就要互相幫襯，又不是不熟，要的太多，就是趁火打劫。」

李宏傑想了又想，終於忍不住說：「啟賢，其實我跟局長都很看好你，當刑事組長，沒有人能掛『無事牌』，出狀況難免，如何處理才看得出一個刑事組長的手腕，你好好表現，拚過去，就是你的了。」

「報告隊長，這次行動是我允許的，責任全部在我。」

「唉！」隊長不耐煩地按熄叼在嘴邊的香菸：「有擔當是好事，但你也要小心下面捅你，大家都借提逼繳槍，為什麼只有盤仔興會出代誌？我都懷疑他已經變成人家的小弟了，你不能靠他抓人，這次行動你要排除他在外。」

「請隊長指示？」

「你對黑龍了解多少？」

「他是舊市區老一輩流氓『十三飛鷹』、排行老四『貓面俊』的契子（乾兒子）。十三鷹死得剩沒幾隻了，多數是第二代接班。貓面俊厝裡亂得很，他中風之後，他的細姨『阿蜜姐仔』當起大姐頭，但不太得人心；黑龍則認為，乾爹中風，應該他坐大位，只是乾媽硬要掌權，礙於黑道倫理，加上還有一批少年仔跟著大姐，他不敢撕破臉，弄得太難看，但對外已經宣稱，不管厝內代誌，這等於變相出走。反正，最賺錢的賭場在他手裡，阿蜜姐只能收收那幾家妓女戶的保護費，弄幾個陣頭，我不認為阿蜜跟黑龍的逃亡有關……」

「不錯，可見這些兄弟事你有在布線，我問你，不從阿蜜下手，你打算找誰？磨非你是找不到了！別浪費時間。」

「我想從他百家樂賭場的股東、幹部著手。」

「方向正確，但緩不濟急，一來，你根本不曉得他的賭場還在不在？第二，如果今天是黑龍犯了案在跑路，你這樣偵辦是對的，但如今得在事情曝光前，頂多三、五天就得抓到人，沒時間給你慢慢查，一個一個打探，再加上，這事不宜大陣仗追捕，我可以調人支援你，但那也是在確定黑龍下落之後；最好，想辦法讓他自己投案，這樣才算漂亮，等於是盤仔興闖的禍，你這個組長幫他擦乾淨屁股，這樣局長幫你講話就有力，督察系統也不敢嘰嘰歪歪。」

「讓他自己投案，可能嗎？要怎麼逼？逼誰？」

「懂得逼迫，就對了！你不肏他娘，他不會叫你爹，到這階段，抓人你都不一定有把握，勸他投案，那是狗吠火車，你傳話的每個人都會說不知道黑龍在哪裡，跟他沒關係，幹，就是得按著這些王八蛋的屁股，肏到他受不了，錯殺也沒關係，搞到跟他有利益關係的迌迌仔（不務正業者，多指黑道中人）人人自危，他再不出現會一堆人倒大霉，你就贏了！黑道兄弟，講義氣的，一個死了，一個還沒出世。」

「請隊長指點！」原本端坐隊長室泡茶桌旁的孫啟賢，突然起立，「啪」地鞋跟併攏，行了個漂亮的舉手禮。

「你注意一個人，這也是個機會，他叫李金生……」

「李金生，這名字好熟啊！」

「上次選舉到議員服務處開槍的，就是他的小弟，明知道是他派人開槍的，就是辦不到他，這個人是『頭殼組』的，張劍龍跟他有合作關係，但這兩個人的利害關係藏得很深，我一直在懷疑張劍龍當年出走、跟乾媽翻臉，就是他在後面搞鬼，這次黑龍脫逃，不一定跟他有關係，但很可能會向他求助，說不定就是他在掩護。」

「報告隊長，黑龍跟磨非的手下我剛剛派人去盯，如果有其他老大出手掩護，事情會變得複雜，這些大哥不是亡命之徒，逃出來如果不是有事情要辦，就是打算偷渡，不再回來……不行，我得加快腳步！請示隊長，李金生有什麼弱點，我可以逼他的？」

「唉！難就難在這裡，李金生像泥鰍一樣，又有議員在罩，表面上他不依附其他角頭，上頭也沒什麼可以命令他的老大，手下又沒有圍事的店，或黃賭毒的勾當可以讓我們掃，一時之間，我還真想不出什麼方法可以讓他一槍斃命。這個嘛……這……唉，反正你是刑事組長，當刑警的把兄弟吃死死，叫做天理，你就放手去做，我會支持你。」

孫啟賢心中嘀咕：「幹，說了等於沒說。」不過，他一轉念，覺得至少隊長給了他一個對象，還是誠心地說：「謝謝隊長指點，既然這樣，我親自會會這傢伙。」

「對，你自己處理，把他『收起來』對你以後也有幫助。」

收起來？在離開隊長室到跟李金生見面這不到半天的時光中，他腦海裡一直在思索隊長講這三個字的真正想法。

孫啟賢把自己關在組長室裡，心裡想著隊長交代的「把他收起來」，還有一再叮嚀的「潘家興不能用」這兩句話。他翻著手裡的組員名冊，手下四個小隊長，除了以抓通緝犯見長的王世剛，聽說是較正派清廉的，能力也不差，其他三個大概跟潘家興是一樣貨色，但他不認為王小隊長是江湖通，更重要的是，王小那種冷冷的態度，不像其他人會來親近、攀附他這個主官，讓孫啟賢覺得還沒收服這個「清流」之前，不好讓他與聞太多機密。

至於下面的刑警隊員，多數績效很一般，結交的道上兄弟「趴數」（地位、分量）也不夠高，抓抓小毒蟲還有辦法獨立布線，這種跟黑道老大談判的事情，找這些傢伙商量，恐怕也是白問，而且有損組長的威信。

孫啟賢年輕好面子，他想，除非可以確定哪個部屬跟李金生熟識，了解這個人，那麼，僅針對李金生的幫派背景、個人習性等細節諮詢，還不能透露太多細節，更不能讓部屬知道自己內心的盤算……想來想去，他還是決定找潘家興，禍是他惹的，給他壓力，效果最大。

「給你兩個小時，帶我去跟李金生見面，如果做不到，我先記你一大過，再把你吊牌[1]，」他又補了一句：「潘巡官，隊長已經要處分你了，我先幫你擔著，再給你一次彌補的機會，記住，我可以容許部屬扯爛汙一次，但是，也就只有一次，你千萬別考驗我耐心。」

雖然隊長告誡他，不可信任「盤仔興」，但孫組長另有一套用人哲學，他覺得古人說「疑人不用、用人不疑」根本是鬼扯淡，在他看來，所有的人都是「疑人」，只是程度輕重有別，哪個梟雄不多疑？但他自信能夠駕馭手下這些「疑人」。畢竟，每個人都有弱點，迴避手下的弱點，也是保全之道，至於「用人不疑」這句話，他覺得嘴巴說說可以，完全不留一手，怎麼死都不知道。

既然潘家興跟對方關係不乾不淨，那他壓迫的力道，就得集中在這個「盤仔」身上，省得自己出手又不漂亮，那才不划算。

「組長，李金生不難找，他又沒跑路，一通電話的事情……組長想傳他來？還是……」潘家興不確定老闆要見李金生的用意。

「叫他來組裡幹嘛！」他環顧人聲吵雜的辦公室四周：「這裡是能好好談事情的地方嗎？地點讓他安排，沒有哪裡是我不敢去的。」

「安排一個小隊，帶槍，可以嗎？還是，我陪您去就好？」

「不，我自己去就行，你也叫他一個小弟都別帶，還有，越少人知道我跟他碰面越好，包括自己組內弟兄，懂嗎？」

孫啟賢心想，要收服他，勢必「硬軟堵」都得來，堂堂刑事組長「落軟」（態度從強硬變軟化、緩和）的姿態，哪好被第三者看在眼裡？再加上，設身處地替李金生著想，兄弟最愛面子，若逼不得已要以提報流氓來逼迫他就範，在小弟面前，他有心投降也拉不下那張臉；最重要的是，要他交出張劍龍，某種程度是在出賣同道，當然越少人知道越好。

收服？要讓他屈服到什麼樣的程度才算收服？是要他當警方的高級線民嗎？拿什麼換？他調閱李

1　基層警員在內部考試取得資格，才能擔任便衣刑警，若出事，也有可能被吊銷刑警資格，改調制服警員，階級不變，薪水也差不多，但多數刑警視為奇恥大辱，也很難適應，這算是很嚴厲的處分。

金生的資料，此人雖然在道上名聲不顯著，但從他犯案前科來看，不是沒有幾兩「苦水」[2]的兄弟，更不是「吃嘴」（只靠一張嘴吹噓）的外行人，本省掛兄弟雖然不像那些外省人搞一堆護法、捍衛隊長頭銜，地方角頭也沒有明確的地盤、階級組織，不容易從前科看出一個兄弟在道上的行情，不過，根據孫啟賢透過刑事局檢肅科同學提供的資料研判，李金生的江湖地位、實力，大概相當一個堂主，手下百來號人是有的，沒那麼容易拗。

2　黑道術語，狹義係指「禁得起刑求」，不會出賣同道之意，廣義則指，當兄弟有擔當，承受再大的壓力也能信守黑道的道義原則，不會出賣兄弟。

三　我拗你叫做天理

一個小時又五十分鐘後，孫啟賢已經坐在李金生經營的一家茶葉行內室，鐵門拉下，除了一個豔麗少婦在密室外聽候招呼，這間店裡裡外外，確實一個小弟都沒有，孫啟賢多瞟了那女的一眼，目光隨她搖曳著豐臀的背影消失門外，才戀戀不捨地回過頭來。

「厝內的阿妹仔啦，組長您交代不能帶小弟，她不是江湖人，不介意吧？」

「李兄，你千軍萬馬我也是一個人來，只因為有些話不希望落在旁人耳朵裡，望你嘛放在腹內就好。」

孫啟賢端詳著李金生，精瘦、略矮的身材，配上一張清臞、沒有四兩肉的長臉，雖然五官擺得端正，但還是稱不上英俊，再多看兩眼，孫啟賢發現他臉色黃蠟蠟的，眼白布滿血絲，感覺是酒色過度的樣子；印證自己學過的柳莊相法，這廝顴骨突出，兩片嘴唇特薄，一看就知道是心機深、不好對付的人。他一身花襯衫，領口露出刺青，晃著掛在脖子上黃澄澄的金項鍊，典型台灣土流氓扮相，這傢伙年紀應該比自己大沒幾歲，能有自己門戶，在道上也算「年輕有為」。

李金生突然伸出手要握孫啟賢，腕上滿天星勞力士錶熠熠發光，他彎著腰、低著頭說：「組長，感謝您這次原諒盤仔興，他嘛是我自己人，我們老兄弟鬥陣很多年，碰到您這樣的好長官，我是真的很替老大哥高興。」

滿天星僵在那裡，孫啟賢刻意不去握它，身體往後一仰，雙手抱胸，蹺起二郎腿，冷淡倨傲地說：「他是警察，你是兄弟，他是你自己人？我看無你們在玩哪一齣？」

李金生尷尬地縮手、搔搔頭，正想找話圓場。孫啟賢接下來的話，可不饒人：「好啦，我也不是社會事攏不識，既然潘家興是你們自己人，為何你們這樣搞他，警察是你們這些迌迌仔可以玩的嗎？他雖然外號叫盤仔興，既然是我的部下，你把他當作『盤仔』試看嘜！」

這個鋩角落得很重[1]！

「組長，話不用講這樣。」

李金生立刻挺起腰桿，端坐著打量孫啟賢，他眼前這個年輕組長，剛過而立，高大帥氣，五分平頭理得相當有型，開闊額頭下兩道濃眉，壓不住揚起的雙眼，若不是配上稍長而挺、準頭又圓又大的鼻子，他那對桃花眼會顯得太柔媚，幸好與眉眼不搭配的國字臉下方，有個略突出的下顎，散發出運動健將的陽剛氣息，讓孫啟賢不至於有張文弱、輕浮的臉；閒時也喜歡研究面相命理的李金生心裡暗忖：「這個警察的弱點在女人，瞧他那對賊眼。」

李金生打探過了，孫啟賢是刑警隊長李宏傑的愛將，辦案剽悍，總是衝第一線，又得局長欣賞，但還沒怎麼跟外面的人「摻」，得先給他好處，再設法拎住他的「牛鼻索」，將來對自己一定有幫助。

空氣凍僵了片刻，李金生已經決定討好對方，但必須先扳回氣勢，否則不是交陪，是示弱；還好，這賊頭（警察、貶稱）是有求於己的，不會搞得太難看。於是他清清喉嚨：「嗯，家興大哥被下藥，那是黑龍跟磨非的事，與我有什麼相干？朋友各交各的，我跟黑龍是朋友，他又不是我的小弟，怎麼能說我搞潘巡官，哪天我們跟你交情深了，你的學長學弟弄我，我能算到你的頭上嗎？」

「跟你有沒有關係，我自然會查清楚，但我怎麼聽說，他逃亡之後，是你在背後接應？」

「沒證據的話不要亂講，我也不是不懂法律，幫助脫逃是共同正犯，有證據你辦我啊！」他大聲嚷著，還誇張地雙手併攏，送到孫啟賢眼前，一副大不了讓他銬走的挑釁態度！

孫啟賢倒冷靜：「要抓你，一句話的事！三個祕密證人就可以把你送管訓，但我不會那麼婊，你聽著，去年三月，砸毀自由路桃花紅ＫＴＶ，你叫小弟幹的，是不是？你在店裡打了少爺，不到一小時就派人來砸店，事證很清楚，我不用冤枉你。還有，三分局上個月抄掉的天九牌賭場，內場被抓到的那個『紅猴』，也是你的人。我再找一條你三年內搞的事情，就可以送你去岩灣管訓，我可以明著來弄你，辦到讓你心服口服，看我要跟不要而已。」

「你是來吵架的嗎？」李金生狠狠瞪著孫：「恁爸十四歲出來迌迌，不是乎人嚇驚大漢的。」

「看你的態度。」

「我的態度很好啊！是組長你一來就給我落鉎角，大家初見面，有必要這樣嗎？」想想覺得氣勢不夠，他又補了一句：「你還沒查出來吧！去年台北，兩百個兄弟包圍芝山岩派出所，雖然不是我的代誌，挺朋友啦，一半的囝仔是我調上去支援的，這條你可以把我算進去，恁爸認堵（承認、認栽）啦，幹你娘！」

1　落鉎角，指迂迴和緩的下馬威。

孫啟賢不怒反笑：「台北市，我沒管那麼寬啦。你們這些黑道流氓搞我們盤仔興，我要給你什麼好臉色看？說說看，你打算怎麼將功贖罪？」

「幹！都說跟我沒關係，你硬要拗我，奈有（哪有）天理？」

「拗你是又擱按怎（怎樣）？這個社會，警察拗兄弟就叫做天理，法律白紙黑字寫得很清楚，我，就是可以拗你。」

「那你是不講道理囉。」他突然意識到，這個年輕組長不好搞，但經驗告訴他，過於剛硬的人，不是底氣不足，就是另有軟肋，但此時，他不能這樣「落軟」，得找個機會讓對方求自己，然後才能順勢下樓梯。

「要跟我講道理，行！把黑龍交出來。」

「都跟你講，黑龍脫逃跟我沒關係，有證據你辦，哼！讓他多逃幾天，你說不定就不是組長了，你囂掰啥小？」話出口，立刻後悔說得太硬，他暗自擔心孫啟賢突然抓狂，那就麻煩了，希望他不是那種二百五。

「不勞你關心，我還是組長一天，就可以把你提報流氓，說吧，要怎樣你才肯合作？」

樓梯來了！

「組長，你講話遐呢鹹[2]，甘有像是在講合作嗎？我這個人不是不能參商（商量），但你不能這樣欺負人。」

「嘿嘿，參商，可以啊！好，我聽你講看嘜。」

李金生考慮半晌：「說真的，黑龍脫逃跟我沒關係，我也只能盡量幫組長忙，老實講，黑龍脫逃後，磨非有打一次電話給我，內容我不便透露，但是呢，我不想蹚這渾水，唉！這事我告訴你也不算出賣黑龍，他這次脫逃，是因為有條一千萬的賭債，他細姨欠下的，若他沒出面跟人家處理，說不定小老婆就被帶去睡，再賣到妓女戶抵債。」

「喔，你願意幫我？」孫啟賢眼睛亮起來！

上鉤了，換李金生端起架子，「你不是要把我提報流氓，我還幫你啥小？組長，你不了解我，我們沒讀書，不像你是警官學校畢業，大學生，頭殼發珠，我們從小在江湖上混，內外要分得清楚，你是我朋友、兄弟，我為你犧牲，去關、擔罪，攏是一句話；配合你們阿SIR，也是看交情，要這樣才能在社會上混得下去。如果沒有原則，沒分內外，我不可能在江湖上立足，也得不到兄弟的尊重，這一點，我很看重。」

「你要跟我交朋友？怎麼交？」其實色厲內荏的孫組長也詞窮了，應付這個油滑的黑道小老大，他感到有點吃力，硬是忍著不去擦額頭的汗，從剛才到現在，雖說提報流氓這張恐嚇牌，是有心理準備要打的，但講沒兩句話就亮底牌，他心裡都有點責怪自己太沉不住氣。

「組長，警察跟黑道是一體兩面，社會很複雜啦，警校教的那一套是騙囝仔的，某方面我們也是在幫警察維持地下秩序，沒有我們兄弟圍事，天天有酒客鬧事，難道不是給警察製造麻煩？你想想看，如果不是我們這些當大的管好滿街小混混，市內不知道要惹出多少是非？喏！連情報局都要找兄弟去美國『鋤奸』，黑道也是愛國的，為什麼我們不能合作，當朋友？」

2 「說話那麼酸」之意，或抱怨對方說話口氣太重、太衝。

幹！歪理還說得有模有樣，但孫啟賢是來交朋友的，他放下心裡的大石頭，笑著說：「別講那些五四三的，我很簡單，你交出黑龍，大家互相留個交情，慢慢作朋友，我不會虧待你的。」

「啊！組長，你願意當我是兄弟，我一定為你效力，我李金生混到這個局面，沒有在靠賊頭的，我不像有些兄弟，跟警察掛勾，收買警察，我是真心交陪兄弟的，你看得起我，我會讓你看到什麼是兄弟義氣。」

「你如果這次幫我，我也會讓你知道，警察也講道義。」

「是你說的喔！我有一件事拜託你，大家都有好處。」

「講看嘜！」

「不，我現在講，就是在跟你談條件，我這個人，總是先為兄弟著想，你放心，大哥，黑龍的事情交給我，我先幫你立下功勞，你再來考慮我的事情，不幫忙也沒關係，我這個人就是這樣，寧可人家欠我，我不願欠兄弟，我對自己人條直（正直、憨直），對外人，恁爸沒那麼好『剃頭』[3]。」

「黑龍的部分，你怎麼幫我？」

「其實，我幫你也是在幫黑龍，你想想，黑龍這傢伙是為了處理他小老婆的賭債才逃出來，遲早會被抓回去，至少得多判兩年，何苦？如果，這件事情，組長如果能夠處理到船過水無痕，我答應他，賭債我來處理，我保證對方不敢動他小老婆一根陰毛，這樣的話，他巴不得趕快回『籬仔內』！」

「三天之內回來，上面答應我，當這回事沒發生。」

「那太好了，大哥，我都想好了，他女人一千萬賭債，不能不還的，但他現在哪有錢？我出面喬，按規矩可以三折處理，得現金，我也沒那麼多，不過，我出面拜託，可以談分期，一個月十萬，他賭場因為他進去關，小弟沒有實力討賭債，半年前就做不下去了，我來接手、幫他討債，他就有收入可以還錢，一開始我先墊沒關係，這是雙贏！唉啊，黑龍現在逃出來了，又能怎麼處理？沒錢帶著女人跑路，能跑多久？他心裡也清楚，就算是兄弟處理賭債，也是得拿真金白銀去跟人家講，所以他逃出來第一件事情，就是找我幫他背書，幹！他又沒講說能拿多少出來處理，沒底，我怎麼談？」

話多了就容易得意忘形，孫啟賢突然問道：「他不是你兄弟？怎麼人在裡面，女人都要被賣掉，你還沒幫他處理，害他要逃獄？」

李金生暗暗後悔自我打嘴，頓了一下才說：「幹，這能怪我嗎？我處理他那口子的賭債好幾次，文的、武的攏來過，每次那個查某攏說，擱賭就剁手指，若咒懺有效，她十根指頭早就剁了了，我對這種人有什麼辦法！這女人沒救，散散去也是好事，你都不曉得，他大老婆對他多好？黑龍就是『為雞（指女人）死、為雞亡，為雞叩叩闖』！沒啥小路用。」

他想了想，又說：「兄弟相挺有底線，他大的，我認作乾妹妹！當初我就很反對他跟小隻的那個爛賭鬼女人鬥陣，還娶回家，真是頭殼壞去，為了那破麻，我們也吵了好幾次。老實說，這次我不想理他，多半是為了弟妹，我是『切心』（看破後的失望、怨恨）啊啦，但是，為了大哥你，我再幫他一次，你放心，給我半天時間，我帶他到刑事組投案。」

3　「歹剃頭」，形容人很難搞，不好擺平。

四　老大給的福利

黑龍果然在過年前乖乖投案，隊長言而有信，完全當作沒這回事，潘家興連個處分也沒，只是，賄賂典獄長與檢察官的錢，得他出面去找業者、黑道打秋風，算是將功贖罪。孫啟賢危機處理漂亮，讓已有威名的幾位學長對他另眼相看，本來嘛，當刑事組長沒有收服幾個角頭，哪有行情！這一役，讓他不再被視為菜鳥組長，這個年，他過得有滋有味。

年初六開工，接到李金生邀宴，沒怎麼多想，孫啟賢就決定赴約，一次占上風，不算收服，他沒狂妄到被稱讚幾句就忘了自己是誰，當然要交陪下去。而且，他很想知道，到底李金生有什麼事求他？以後，雙方怎麼合作？

李金生還是約在茶葉行，但不是上次談判的那間密室，這間透天厝的二樓有寬敞大廳，放了大理石飯桌、沙發、茶几、泡茶車、卡拉ＯＫ、電視、音響、轉來轉去的投射燈，加上酒櫃、小吧檯，多出來的空間剛好可以當成小舞池，容納兩對男女翩翩起舞、迴旋轉圈猶有餘裕，裝潢雖不夠精緻，但已經有點私人招待所的規模了，孫啟賢心想，會布置這麼個所在，他是有心要搞好公關啊！

一進門，只見潘家興像彈簧一樣從沙發上跳起來，衝到孫啟賢跟前，幫他提著帶來當伴手禮的兩瓶XO，當組長脫去大衣，潘家興又搶著吊掛、拉椅子服侍入座，殷勤如侍者，讓孫啟賢擺足了組長派頭，原本他看到潘家興皺起的眉頭，不知不覺跟著揚起的嘴角鬆開來了，他見潘巡官跟兩位黑衣小弟一樣站立桌邊，溫言道：「家興兄，坐嘛！作夥呷春酒。」

李金生一派輕鬆的坐上主人位置，而上次在密室外服侍的那位妖豔女子，端著菜走近飯桌，孫啟賢不禁多看兩眼；這次，女子把頭髮盤了個蓬蓬的髮髻，穿著棉襖還是掩蓋不住玲瓏有致的身材，但看起來比上次那套連身洋裝樸實多了，一副家庭主婦的模樣仍是風情楚楚。

「大哥，新年恭喜！」李金生拱手拜年，臉上堆滿笑意，兩人沒營養地寒暄、道喜，孫啟賢雖然心底有數，若敘齒他可能年紀比李金生小，但對大哥的稱呼還是含含糊糊地接受了，本來嘛！警察哪能當黑道的小弟，要互稱某某兄，又太見外，就先這樣「占權」吧！

女子上了兩道菜，孫啟賢實在忍不住了，他記得上次李金生說是他的「阿妹仔」，不會是親兄妹吧？還是乾哥乾妹？他臉對著李金生，眼光卻瞥向女子：「金生兄，請嫂夫人一起用餐吧！」

「她不是我太太啦！美玲，過來跟組長敬一下酒，菜等一下再上。」

林美玲整整頭髮，紅著臉向孫啟賢敬酒，然後又跑回廚房，李金生那雙眼睛最「毒」不過了，他看孫啟賢盯著女人翹臀豐乳，心中暗笑，卻也不再賣關子：「美玲是我很疼惜的小妹啦，她的親小弟現在也跟我，兩姊弟攏是我厝裡的，大哥，你也要把他們當自己人喔。」

「當然、當然，一定、一定。」眼睛還望著閃進廚房的身影。

一刻鐘之後，林美玲出菜完畢，卸去棉襖，落落大方地坐在孫啟賢跟李金生中間，既像女主人，但她頻頻為孫啟賢挾菜、添酒、清理桌面，身體緊挨著孫組長，動作態度又好似孫的女伴；加上這女子起身落座、伸手布菜時，毫不介意地讓過於占空間的奶子輕輕擦撞孫啟賢的身體，言談之間隨著笑聲順勢倒在孫啟賢懷裡，但旋即起身端坐，維持著親切但不親暱的微妙界線，肢體碰觸也沒有挑逗、猥褻意味，孫組長都分辨不清楚心裡的滋味。

孫、李兩人談著道上八卦，潘家興插科打諢，不著痕跡捧著自家長官，李金生慢慢將話題引入港，他先是義憤填膺地表示，平生最恨吸毒的人了，黑道會亂，都是因為這些「藥仔組」搞的，他一臉正經地說：「大哥，莫說我自己厝裡的少年仔，若有人好膽敢呷毒，我自己抓起來送乎你做績效，我嘛會叫小弟去外面探聽這些藥頭的消息，報給你，我金生是正統的兄弟，最看不起吸毒的壞仔，這些人只會汙染黑道。」

這是變相承諾願意當線民，孫啟賢二話不說，舉起杯，仰頭「咕咚」乾了一大杯白蘭地，「金生啊！有你這句話，以後我會挺你。」雖然有酒意了，但孫啟賢立刻警覺自己話說太大、太快：「但必須是我做得到不能太超過的，你要知道，警察必須守法。」

「大哥，咱是自己人，兄弟事，我當然要挺你，不只是你的工作，咱要互相『湊腳手』（幫忙），咱的結合，要乎力量擱卡壯大，賺更多錢。」

「幹！我領死薪水的，能賺什麼錢？倒是你，只要低調點，不引起外界注意，我也不會擋你財路。」

其實，此刻的孫啟賢還沒有靠李金生撈錢、貪汙的心思，他雖然也聽多了哪個學長撈偏門，賺了多少錢的傳聞，但並不羨慕，更何況，自己當派出所所長時也不是沒笑納過業者的規費，但他並不汲汲營營，畢竟，業者在他轄區開店，不管明的暗的，孝敬「土地公」（管區各級長官）是天經地義，不拿反而會被視為異類，而李金生是黑道，喬事情、搞賭場、收保護費、圍事，有自己分潤的空間嗎？還是，自己得先為他張開保護傘，談到這裡，他起了戒心。

孫組長沉默以對，讓氣氛僵了片刻。

潘家興打破短暫的尷尬：「組長，我是本組總務[1]，我們隊部的外勤組不比分局刑事組，有土地、有人民，轄區業者該給的，不敢少給，我們只能靠一些好朋友贊助，大家各憑本事，別的不講，我們組一個月沒有五到八萬搞不定，但上面只給我們五千元行政事務費，根本不夠！您得考慮一下全組的福利，每個刑事組長都有他的門路，現在是靠前任組長的朋友，人家跟您不熟，很快就會斷炊，您就聽聽看金生兄怎麼安排，只要『版路』（做事的手法、套路）跟大家一樣，也沒什麼不好，又不是要叫您幫著他做壞事，既然是合作，就是你好、我好，大家都要賺錢嘛。」

「大仔，我剛才說了，毒品我絕對不碰，靠查某人那塊『粿』[2]賺錢，我擱無呷意（中意、喜歡），只剩下賭博了！未來，若我們勢力夠大，我打算標工程，賺政府的錢，總之，這些只是過渡，有大仔幫忙，咱的組織要走向企業化，不是永遠搞這些見不得光的生意。大哥，咱兄弟一世人，有我有你，看遠一點，你就好好當你的清官，有代誌小弟擔，你放心，我李金生會大漢，未來你當隊長、

1　由於公家發給基層警察單位的辦公事務費少得可憐，辦案費更是審核嚴謹，每個刑事組（如今台灣警界制度改為偵查隊）或派出所等外勤單位，都有個組（所）總務，負責張羅該單位一些體制外的開銷，包括超支的影印機租賃、紙張等辦公事務費、聚餐費用、便當錢，或無法核銷的公務支出，因此掌握了些灰色地帶的收入，也必須對外「化緣」，尋求財源。通常擔任總務之職的官警，一定是長官的親信，也必然較為靈活，外界關係良好。

2　暗指女人的陰戶。靠粿賺錢，就是經營色情行業，賺女人皮肉錢的意思。

局長，小弟替你買厝、替你賺『傢夥』（財產）。」

孫啟賢也聽說過，多數學長撈偏門，不是靠賭場、色情行業、電玩，就是透過兄弟放高利貸，比較起來，搞賭場名聲還比當吸血鬼、賺女人錢好聽點；重要的是，大家都這樣搞，不要太過囂張、突出，就不會成為箭靶。

他不置可否地說：「我說過我會挺你，你安啦，我也是先顧好兄弟，再來談自己利益的人，最重要是不能太超過，要我做得到才行。」

「大仔，你聽聽看我的建議。黑龍的場子，現在重新開張，由我代管，之前的賭債我幫他討，能討多少全歸他，這一點我跟他清清楚楚，不會占他便宜，但他現在人在裡面，我幫他經營，說好四、六拆帳，我六！這六裡面，我會分你三分之一，也就是四、四、二，但這只是暫渡，他總會出來，我們得還人家。所以，現在就得再弄一場我們自己的，一樣，資金都我處理，你罩我！我分你三分之一；虧了，算我的，但你要相信我的人面、手腕。搞賭博會三更富、五更窮，攏是場主自己愛賭，我會賭，但不愛賭，一定會賺的。」

「金生，我還是不懂，我怎麼罩你？幫你作公關嗎？這要看你場子在哪裡，那個分局的學長我熟不熟，咱可以商量，但我沒有百分之百把握喔……」

「哈哈哈哈……」不只李金生，連林美玲都笑得花枝亂顫，彷彿他說了什麼笨話一樣，只有潘巡官不敢造次，趕緊送上酒杯掩住嘴角。

「三八兄弟！你組長咧，怎麼會要你幹這種底下人的工作！公關，潘巡官就會處理好，甚至連潘大哥也不用出面，他只要牽線，每個月送『批』（信，暗指給警察的規費）自然有外面的人或記者跑腿，搞賭場要常常換地方，才不會讓你們阿SIR困擾，加上你們警官也會調動，公關狀況一直在變化，如果我們的人打不進去，也沒關係，找當地『土地公』信得過的人去跑公關，頂多走路工給人家賺，這個還要你大組長出面，笑死人了！」

孫啟賢訕訕地說：「我以前當派出所主管，底下送來，跟我說分局長也有，不拿，會得罪分局長，我就惦惦收，反正，不要突出，跟大家一樣就好，我哪裡會知道這些鋩鋩角角。」

「所以我說，大哥，你當好你的清官，賺錢我來想辦法。」

「兄弟，那到底我要幫你什麼忙？」

「顧場子。」

「那可不行！」孫啟賢頭搖得像博浪鼓，他心想：「幹，作公關頂多私下拜託轄區分局學長，去幫人家顧場子，跟小弟一樣，多難看。」

李金生像是看透他的心思：「大哥，顧場子不是像你想的那樣，賭場除了要跟白道打好關係，跟黑道也要『人人好』，才會順風順水，可是，總有些青仔欉（莽撞的冒失鬼），窮極了跑來搶劫賭場，或者賭輸了翻臉，動刀動槍，這些是犯法吧？你大組長可以光明正大抓人啊！如果為難，就連我們自家賭場一起辦都沒關係！浪費一個人頭而已，別的不講，光是知道這場子是你孫組長在罩，就沒人敢亂來。簡單的說，就是借重你的威名，大哥如果有興趣，歡迎來玩兩把，露個臉最好，如果要低調，派個人偶爾來看看就行了。」

「就這麼簡單？」

潘家興插嘴說：「組長，您知道少年組練組長是怎麼顧場子的嗎？他顧得才勤咧！他在場子附近租一個三房兩廳的公寓，監視器連線，他的組員沒事就窩在那個據點，打牌喝酒，一有狀況，兩分鐘就衝到門口抓人，上次那兩把槍就是他已經知道有賭客輸了錢懷疑被詐賭，要來尋仇，等在那裡，抓到之後，現場清一清，硬拗是侵入住宅持槍強盜，被抓回去的那三個傢伙，灌水、坐冰塊之後，還不是按照他們的意思在筆錄簽名！」

「還有，對於賭債賴著不還的，也要借重大哥的聲勢，要知道，如果真有些明知道是你的場子還敢欠賭債的，多少有點實力，不是有槍就是亂搞些有的沒有的，我們蒐集好資料，給你辦，這就是籌碼！辦到差不多的時候，隨你搓圓捏扁，也可以逼他吐了錢再抓人，總之，對這些壞仔不必心軟。」

李金生再補一槍：「真的很大條、很硬的賭債，如果需要你大組長出面，討到多少，按規矩大哥你可以分三成、不，四成，這是面子問題，不過，通常沒超過一千萬，不可能請你出面，但這個部分，我完全不敢勉強，大哥你的官聲重要，錢都是小事！」

看孫啟賢心思活動了，潘家興湊過來說：「少年組那套我們可以學，他們的兄弟，有來顧場的，都有一份車馬費，您也得照顧自己人啊。」

「沒問題，我給的車馬費只會比練組長那場多，就算是組長給弟兄的福利。」

「原則上我會挺你，細節我再想想。」

一直陪著笑不太說話的林美玲，突然抓住孫啟賢的手，整個人靠過來，她用嗲而不膩的聲音說：「組長，金生大哥說，如果我們的場子能夠弄好，只要您同意，他讓我管內場，我弟弟也可以來幫忙看場子。不怕您見笑，我是真的不想再回酒家上班，可是金生大哥幫我處理很多了，我不能再賴著他；如果你們可以順利合作，小妹我也就能『靠岸』，沒有女人是天生下賤，喜歡賣笑陪男人，查某人嘛有志氣，我欠缺的就只是個機會，這個機會要靠您賜給我。」

「大哥，美玲姊弟都是艱苦人出身，她頭殼很好，會打算，是懂事的查某，我就是看中這點，才將她從風塵中拉拔出來，搞賭場要有自己信得過的人管內帳，她可以，大哥，你是股東，以後美玲跟你對口，你就會對整個經營狀況一清二楚。」

孫啟賢的理性告訴他，不可以這麼快做決定，還得想想；但他還是不由自主地說：「美玲管內場我沒意見，嗯……總之，我尊重專業，至於，我怎麼幫忙，要不要做到像老練學長那樣，再研究，我也要跟組裡的兄弟討論一下……」

「組長……」潘家興有點放肆地笑著說：「誰會反對您給的福利，隊部沒有刑責區，大家苦哈哈的，感謝組長德政都來不及了。」

「再研究、再研究。」雖然守住底線，沒具體承諾什麼，但孫啟賢感被林美玲熱切殷盼的眼光灼燒得渾身燥熱，他感受到自己內心的搖晃，但這種權勢帶來的崇拜與奉承，像是熟得快從枝頭掉落的果實散發出甜膩濃郁、且帶有腐敗發酵味般的迷人氣息，讓他感到危險，卻又忍不住再度湊到鼻子前用力吸嗅。

五 恁爸不是呷菜的

一九八七 穀雨

賭場開張兩個多月，換了三個地方，不是生意差，而是李金生堅持「不給阿SIR添麻煩」的原則，跟土地公講好了只做二十五天，規費先送不囉唆，時間到了揮一揮衣袖，只帶走滿口袋現金。倒是孫啟賢看生意好，主動跟李金生說，他可以跟所長學弟打個招呼，再「續」個一期沒問題，孫組長是怕轉移陣地太頻繁，熟客會跑掉；而李金生一點也不擔心，他跟孫啟賢說：「大哥，賭場要旺，只有一個重點：人家贏錢給得爽快，輸了錢，咱場子敢借給他翻本，這一點，是因為大哥你在罩，我有把握討得回來，才敢這麼阿莎力！」

孫組長盯著閉路電視裡的美玲：「你阿妹仔也功不可沒啊。」是的！美玲從商務酒店找來幾個美女荷官，親自訓練，在賭桌上提供親切服務，一下子就把其他場子的「大咖」賭客拉了不少，就連黑龍的老客戶，也多半跳槽到李金生的場子，畢竟，那邊只是代管。

短短兩個月，因為金錢的結合，兩人走得近，且最後，孫組長還是學了老練學長，賭場每次搬遷，一定在同棟大樓設「監控點」，兄弟排班輪流顧場，但主臥房充當「組長室」，只有他與李金生可以入內密談，孫啟賢有意隔離李金生與其他組員，同時也不想讓李金生手下蹭到他身邊，除了林美玲。

但他不曉得，在李金生銀彈攻勢之下，他手下十一個偵查員、小隊長，除了從不來顧場賺外快的王世剛，幾乎都被收買了，只是在組長面前不敢顯得太熱絡，尤其是綽號「小朋友」的蕭仁友，簡直就像李金生的小弟一樣。

「金生，別人的場子也都跟我們一樣，不到一個月就轉移陣地嗎？」孫啟賢想起警官學校剛畢業，在雲林台西當了一年多刑事組裁決巡官，有一回，轄區內某個喪家跑來說，因為出殯日子選在兩個禮拜之後，這段期間親友從南北二路返鄉奔喪，左右鄰居也來「湊腳手」，人多了，閒下來時難免玩幾把解悶，因此先來組裡打聲招呼，還不忘規矩遞了個紅包，當時孫啟賢的組長想，治喪期間親友開賭，不宜取締，也就順勢答應，還把送來的紅包添個一千一百元，當成奠儀包還回去，哪知道出殯前一天，喪主竟跑來說，這個臨時賭場生意太好了，連隔壁村都跑來賭，他們決定讓阿公再晚一個禮拜出殯，氣得組長當晚就率隊到喪棚趕人，不讓再賭。

孫啟賢把這個真實故事當笑話說給李金生聽，李卻一本正經地說：「大哥，我知道搬來搬去足『厚工』，但往往出代誌就是因為怕麻煩，雖然有『照水』[1]，但難保大水不會沖倒咱這間小廟；第二，我也是希望警界你的學長、長官都覺得，你的人很規矩，大哥，我們合作長長久久。」

1 賭場暗語，「照水」，看顧著水，就是在賭場外把風。把風的人高喊「水來了」，提醒場子裡的人警察來了。但李金生在此有另外一個含意，就是他有作公關，若警方取締他會事先知道。

孫啟賢不無感動地摟了兄弟的肩，李金生接著說：「大哥，你知道嗎？台中有兩個場子，是不用搬的，他們一個點可以做三年，老闆敢花一、兩千萬裝潢，你的同事長官也不敢去抓，弄這樣的場子，就是我們的目標。現在，還不能怕麻煩。」

「為什麼？他們公關找誰？就算『槍子』打到局長，也還有檢調啊！」

「就我知道，他們公關不但打到局長，檢調也有人收，雖然不見得每任的首席[2]都收錢，但他們連省議員、立委，都有插股。」

「幹，這麼夠力喔？」

「這不是重點，公關是拜託人處理的，靠別人就沒有百分之百的保險，重點在於賭場幕後老闆的實力，大哥，自己的力量才是真的，你知道嗎？那家賭場就連麻將最小都是三萬底的，百家樂、天九、筒子麻將……每一把都上萬起跳，一晚上流動的賭資，沒有一億也有七、八千萬，去那邊賭的人，報乎你知，你嘛不敢抓！」

「什麼人警察不敢抓？」

「前任縣長、議長、國策顧問，加上每天在那邊混的省議員，都可以開黨團會議了，還有台中縣市最『脫普』（Top）的企業大老。」李金生說了幾個名字，孫啟賢咋舌不已，的確，那幾個人除非當街開槍殺人，否則你是不敢碰他的。

「幹！人比人氣死人。」

「會啦，你我兄弟同心，咱會有那麼一天。」

就在哥倆愉快地幻想著未來遠景時，孫啟賢突然噤聲：「噓！」他像獵豹似地盯著監視器螢幕，目不轉睛吩咐李金生：「注意一下，打對講機去問問，現在場內什麼情形？」

螢幕裡，有個壯漢對林美玲叫囂著，監視器有畫面、沒聲音，但看得出來是在鬧場，接著壯漢把賭檯上面的紙牌、骰子、籌碼等各式賭具胡掃亂丟，像瘋子一樣撒野，林美玲過去好言相勸，他一杯水潑灑過去，這時孫啟賢一把火竄上腦門，但他忍住，轉頭問李金生：「這人是誰？兄弟嗎？」

「這傢伙叫『阿水』吳水逢，同行、搞賭的，雖然有在迌迌，但不算正統兄弟。」

「我先叫兩個組員到門口埋伏，你讓建志先照顧他姊，怎麼處理我心裡有數。」

兩人各自透過對講機調度手下應變，這時螢幕裡，吳水逢突然掏出手槍，用力「蹬」一聲！把槍身亮在桌面，明顯在示威。

李金生一直放在耳際的對講機陸續傳來現場消息，他補充沒有聲音的畫面：「阿水要跟內場借支，都拿了三百多萬了，本金不說，利息只還一期就沒再繳，又沒有拿東西來抵押，我吩咐美玲不能再借他，都這樣來賭王八蛋的，我們生意還做不做？」

「精牲（畜生）！」畫面裡傳來吳水逢掌摑林美玲的畫面，她被那熊一般巨大厚實的手掌猛地揮掃，倒退踉蹌幾步，差點跌倒，弟弟趕緊將她扶住，欲衝上理論，又被對方推了幾把。

李金生說：「大哥，我去處理。」

「不，」孫啟賢拿起對講機交代隊員蕭仁友：「不許讓任何人離開，小朋友，走了一個，你就不用跟我了。」

2　首席檢察官，就是現在的地檢署檢察長。

「我親自處理。」

「大哥，你不是盡量不到場子裡嗎？」

「現在不是有狀況？」

孫啟賢進了亂烘烘的場子，吳水逢還在那邊叫囂、幹譙，要李金生出面，這邊林建志緊緊護著姊姊，其他兩名看場的員工伸手攔阻、好言勸著，因為沒有李金生指令，他們還不敢動武。

孫啟賢靜靜走到吳水逢身後，拍拍他的肩，吳水逢反射性轉頭，「砰！」一記右勾拳重擊吳水逢的臉頰，他連連倒退，孫組長搶上前一步，膝撞、肘擊，像熊一樣的吳水逢，下巴、背部連續遭受重擊，終於趴下去了，孫啟賢還不饒人，飛眼掃了林美玲一下，頷首致意，然後一個箭步衝過去，拎起吳水逢的衣領，揪著他的頭去撞牆，直到他額頭、鼻孔鮮血直流才罷手。

「嘜擱打啊！你是誰？幹你娘，你迌迌哪裡的，臭雞掰！」

這時孫啟賢不打了，他掏出配槍，頂著吳水逢的頭：「幹，你是啥小狗爛毛，敢問我是誰？」接著他有點故意地用字正腔圓的國語說：「吳水逢先生，我是台中市刑警隊偵二組組長孫啟賢，你涉嫌持槍侵入民宅強盜，是現行犯，你有權保持緘默，你所說的一切都會成為呈堂證供。」

半搞笑、半落鋩角的宣告嫌犯權利之後，他又回覆到那副流氓警察的嘴臉，用槍柄往吳水逢天靈蓋猛敲，鮮血在黑髮中汩汩流出，吳水逢抱頭喊痛：「幹你娘，警察可以不講理喔？」

「喂！你持槍搶劫被我抓到，還跟我講道理。」

孫啟賢像是戲耍他，指著賭檯上的手槍：「拿去，你有槍，我也有槍，我讓你一槍，打得中你要跑路，打不中我就可以光明正大打死你，緊！嘜講我無乎你機會。」吳水逢就算再借他十個膽子，他也沒那個勇氣拿起賭桌上的手槍，他低著頭，乖乖讓孫啟賢手下押走。

孫啟賢感受到美玲崇拜熱情的眼光一直跟隨著他的背影，但他除了過去安慰一下受驚的姑娘，並未露出驕矜炫耀的神色，彷彿只是辦了一件小事。就在吳水逢被他的手下帶到監控點刑求時，李金生將他拉到一旁：「你打算怎麼辦他？」

「還在想啊！要不要學練組長，辦他侵入住宅強盜？」

「不好吧！這場子才剛開始。」

「也對！要拗說這裡是一般民宅，得有主人，還得阿水願意配合，苦主找誰扮演？不能美玲吧！」

「吳水逢也是有點實力的，能一直弄場子，要槍、要人都有，錢也不少，背後是有角頭在挺的，大哥，如果你壓他袂落底，最好留一條路日後相見。」

「嗯，我知道了。」其實，孫啟賢不無見獵心喜，想學少年組老練學長的手法，栽贓對方侵入住宅持槍強盜，那可是重大刑案，分數相當高，可是，那次老練碰上的，是羽毛還沒豐滿，拿把土製手槍就要來鬧事的小混混，照李金生說法，吳水逢不是好啃的骨頭，那麼，見好就收吧。

他回監控點，叫手下別再打了，然後交代潘家興：「巡官，這畜生槍被我們繳了，沒有不辦的道理，我給吳水逢一個機會，你讓他找個小弟來頂，再多交一把制式的，就跟他說，看在同業分上，我放他過，以後別來亂了。幹！當恁爸是呷菜的嗎？」

孫啟賢出面力挺，排除場子的麻煩，李金生感恩、奉承的話說了一籮筐，這人厲害在於能把肉麻的馬屁話說得極其自然流暢，貌似真心，聽者悅服，不自覺信以為真。

那晚，李金生宴請孫啟賢到全台中市最大的「明玥大酒家」喝花酒，組裡幾個親信也跟著尋歡，李金生特別聲明會找林美玲姊弟，因為小妮子說，無論如何要感謝組長幫她出這口鳥氣。

而林美玲也不避諱風塵的過去，事實上，幾年前她就是這間酒家的紅牌酒女，她殷勤地調度姊妹淘，安排桌面、那卡西伴奏，彷彿女主人，這回，李金生坐在孫組長正對面，讓林美玲專心服侍孫，其他坐孫啟賢檯的小姐，反倒成了打下手的，年輕組長滿意極了，整晚除了與李金生及其他兄弟喝酒、喊拳、唱歌之外，一有空就與林美玲親暱私語，情歌對唱，其他小姐成了花瓶般的擺設。

酒過三巡。「組長！你是不是因為我才出手？」美玲側過臉，含情凝睇，注視著孫啟賢有稜有角的輪廓，在部屬面前向來威嚴的年輕組長，一下子臉都紅了，他嚥了嚥口水，艱難地說：「不能說完全是啦，當然，看到你被打，我火都上來了，不過，自己的場子，總不能讓別人侵門踏戶。」

林美玲躲進他的懷裡，用塗滿鮮紅指甲油的指尖輕輕刮著組長的臉：「你說白賊，大哥，你喜歡我，對不對？」女人藉著酒意捅破隔著兩人的那層薄薄窗紙，讓孫啟賢看個更明白。

「……」

「還是……」美玲起身，摟著高她一個頭的孫啟賢的肩，香唇湊過去，在組長耳廓邊，極輕、極輕地哼出鼻子裡帶酒味的氣息，貝齒若有似無地嚙咬著男人的耳珠，說：「你看不起我，因為我是酒家女，你只想跟我做愛，不想跟我在一起，對不對？」

「不、不，別這樣講，我不是那種人……美玲，我是尊重你，畢竟，你是金生兄的妹妹。」

她冷笑著：「阿兄，我咧客兄（情夫）啦！」

美玲突然出現一種豁出去的狂態，先舉杯飲盡一個「鳥仔嘴」的公杯，接著轉身跨騎在孫啟賢大腿上，挺起胸乳，幾乎鼻尖對著鼻尖，四眼相對不到五公分的距離，使得孫啟賢的視野裡只有林美玲在眼眶中打轉著死都不肯流下來的兩汪淚水，她一仰頭，捧著孫啟賢的臉，用力地親下去，吸吮著、香舌撬開孫啟賢牙關，狂野地翻攪，在兩人混雜的津液中探索牙間齒縫與每一吋的舌苔……

親了許久，美玲恨恨地說：「現在我知道了，你不會愛我的，但你知道嗎？只要你想，我沒辦法拒絕你，我就是這種笨女人。」

接著林美玲離座，跑到李金生那裡，像小妹妹一樣摟住哥哥的肩頸，用刻意裝可愛的聲音說：「阿兄，咱來唱歌，老師，幫我奏《負心的人》……」

林美玲醉了，連唱幾首悲傖失戀歌曲，如泣如訴，但轉身一抹淚，立刻笑臉盈盈邀其他男人對唱，她花蝴蝶似地滿場飛舞走跳，猶如晚宴主持人，所有人都一副尷尬神色，客氣地推拒，但最後還是被逼著與她唱歌跳舞。這攤花酒的後半場，幾乎是林美玲在舞弄，唱獨角戲般地製造刻意的熱鬧與歡愉，她雨露均霑，可誰也沒能、不敢怎麼樣，從那深深的一吻之後，林美玲看都不看孫啟賢一眼，這歡樂但氣氛微妙、變調的尋花問柳，在美玲終於醉倒後宣告結束。

六　我會一直愛你

當美玲終於不勝酒力，醉趴在桌面時，賓客紛紛託詞離去，潘家興這幾個條子見老闆臉色陰晴不定，早想落跑，平常巴結著、非得幫組長開車護駕的「小朋友」蕭仁友，更趁林美玲在「盧」其他男士時，藉尿遁離開現場……

只剩兩、三位酒家女還待在包廂內，捏肩頸、敷熱毛巾，幫著照顧這位昔日姊妹淘，李金生揮手要她們離去，在場還清醒的，就只有孫、李哥倆，組長一臉懊惱怎麼會搞成這樣，自已到底哪裡弄錯，不安地搓手，不知從何說起！

「幹！大哥，你在衝啥小，阮阿妹仔真心真意對你，你不接受，人家也不會勾勾纏，你衝啥刺激她……幹！我攏不知要怎麼說你。」

「我！我無啊……」

「無？鵝卡大隻過鴨啦，你沒說啥，她會喝到這樣失態？我從來沒有看過她這樣。」

孫啟賢急躁地辯解說：「我只有說，我跟你是兄弟，她是你妹妹，我必須尊重她。幹，兄弟的小妹我總不能想騎就騎，當成『機仔間』（應召站）的查某，我對你小妹尊重，這樣也錯？」

「憨阿呆喔，她是要你愛，又不是要你尊重，你們這些讀書人尚假仙啦，明明美玲走到哪裡，你目睭就隨到哪裡，一看就知道你『哈』（喜歡、迷戀）她哈到卵鳥（陰莖）硬梆梆，人家也肯，你還在那邊『結面腔』（擺臉色給人看），還大兄小妹咧！就算是我親小妹，恁兩人有意愛，我嘛祝福啊，啊你是無卵芭（陰囊）？幹！」

「唉……金生，咱兄弟我也不會騙你，我這人不會假仙，你們也看得出來我有呷意伊，但我沒講你也想得到，我有娶某，阮兩人不會有結果。」

「哈哈哈哈……」

李金生笑聲未歇，孫啟賢又說了：「美玲說我看不起她酒家出身，還說我只想跟她做愛，不想負責，天大的冤枉喔！我不是那種人喔，如果今天我們逢場作戲，找那些酒家女花錢打一炮，我隨時都可以，但她是你小妹，我怎麼可以玩一玩就說再見，大家以後怎麼作朋友？」

「幹！大仔，你是古意（忠厚老實）還是客氣，你擔屎攏袂偷吃（形容人非常老實）喔？」

李金生仍笑得不可開支，他起身換位，挨著孫啟賢坐，感慨地說：「小弟笑你憨，但是，嘛表示我沒看不對人，美玲當然知道你有結婚，這個我都打聽過，但你看嘜，市內這些刑事組長，哪幾個沒有『鬥陣的』？有些還光明正大娶細姨，生囝仔，只差不能報在自己戶口裡。

「查甫人在社會走跳，三妻四妾叫做有本事，就怕你沒有能力照顧人家，還要勾勾纏。

「大哥，咱的事業越來越發，錢不是問題，我絕對乎你有能力照顧兩房，就怕你卵鳥不會硬。」

「幹！恁爸卵鳥比拳頭卡硬，你要試看嘜無？」說著他開玩笑似地搥了李金生的肩頭，兩人相視一笑。

「嘜想遐呢多，美玲不是那種會想欲『整碗捧去』的查某人，她不會跟大嫂爭，嘛不會影響你的家庭，說實在，她是好女人，是她自己呷意你，不是我牽豬哥，我李金生沒那麼下賤！」

「你說啥小，有些感覺，我自己心裡清楚得很。」

「對了，聽說阿嫂……跟你感情不是很好，是按怎？」

組長嘆了一口氣，半晌，才說：「查甫人有時事業跟家庭很難兼顧，本來她們外頭厝（娘家）就看不起阮兜散赤（貧窮），我高一那年，父母出車禍死掉，靠叔伯跟庄頭嗣大（長輩）贊助，才能唸完高中，我成績很好，醫學院有可能考上喔，就是因為沒錢才去念警官學校。結婚後，我也想快點升官，讓丈人有面子，所以就很拚啊，彼時陣，阮某有身，我帶人在外面辦案，三天三夜沒回家，原本也說好，預產期前後我會請假，哪知道她提前陣痛，當時沒人照顧，阮某自己叫計程車要去醫院時，在門口跌倒，小孩流掉，差點連大人一條命都保不住，岳父岳母對我很不諒解，現在，她三天兩頭回娘家，我也忙，一個月碰面不到幾次，我跟羅漢腳差沒多少，悲哀啊……」

孫啟賢難得吐露家庭隱私，一臉悲傷，李金生拍拍他的肩膀說：「攏是命啦，你也不要想那麼多，你夫妻感情變成這樣，不是你的錯，順其自然啦，只要外面女人安分守己，尊重大某，阿嫂也怪不得你。」

孫啟賢像是想到什麼，一臉正色說：「老實講，你跟美玲真的只是兄妹情分？」

「現在當然是，我不會騙你，以前阮兩人確實鬥陣過，不怕你罵我，那時候就貪圖她水，身材好，打炮刺激，老實說，我只是花錢找快樂。說起來，當年她對我跟現在對你，實在差有夠多，彼時陣我行情很好，『明玥大酒家』最紅的小姐，恁爸一定要追到手，於是給了她一筆錢，要她跟我。其實就是玩玩，哪知道被我家那個發現，找人恐嚇她，要潑她硫酸，美玲哭著要分手，我也不勉強，但她說，不想再回去酒家上班……」

「從情人變兄妹？變化還真大！」

「唉！那是講好聽話，一方面當然是被抓猴，美玲不願意再跟我作夥，我的個性哪可能勉強查某人，齁！阮家那隻虎霸母，是真的會動手，我也沒有必要跟她拚，本來我想給美玲一筆錢，幫她做個小生意，這樣分手算夠意思了；但她不要，這查某認為跟在我身邊才可能發展自己的事業，但她又不讓我碰她。你知道美玲多厲害嗎？她跑去找阮某，說伊自己是艱苦人，跟我鬥陣，是人在風塵身不由己，你娘咧，搞到我老婆同情她，要我把她當妹妹。

「幹！現在想起來，我親像『盤仔腳』，渡伊靠岸就變阿兄！加在，本來就只是玩玩，鬱卒很快就過去了，久了，嘛真正把她們姊弟當成自己弟妹。」

孫啟賢聽到李金生「被迫」當乾哥哥的過程，不覺莞爾，心思也活動起來了，他對這謎樣的女人更想深入探索。

李金生接著說：「大哥，其實我有點吃醋，當年我跟她的情形，實在是開錢在做『客兄公』（情夫），但她對你不一樣，有一種崇拜的感覺，是真心呷意你，相信我，這個查某會幫夫，當然啦，作小姐不如跟黑道兄弟，跟兄弟鬥陣，又不如跟警察，她的打算沒錯……喂，你不會介意當我的表弟吧！」

「幹！」

「問你自己啦，只想玩的話，只要你能拉拔她，誰也不欠誰，就親像我全款（一樣）。若真心作夥，她會對你好，至少，不像我，花錢栽培別人的某。」

「幹，你也不要講得那麼悲情，不是看開了？」

醉趴在桌上的美玲突然掙扎著起身，又頹然跌坐椅子上，差點後仰摔翻，孫啟賢眼明手快，衝過去及時撈住她，將女人緊緊攬在懷裡。

「我不管，恁爸現在只是阿兄，你負責把人送回去。」李金生使壞地眨眨眼。

建志開著車，載姊姊跟孫組長，後座裡，美玲像貓咪一樣蜷縮在孫啟賢懷裡，三人一路無語，到了美玲的小套房樓下時，建志冷冷看著男人緊摟幾乎趴在他身上的姊姊，遞過一副鑰匙：「老大要我把備份鑰匙給您，以後找姊姊不能自己開門進去。」孫啟賢正忙著固定搖搖晃晃的女人肢體，以便挾攙著入屋，他大概沒聽清楚，隨手接過鑰匙，七不搭八地回道：「等我一下。」

「不，組長，老大要我立刻回去載他。」

這時，再漫不經心也知道今晚被「送作堆」了！

真正泥醉的人，完全使不出力量，整個癱軟的身體是非常重的，即使力壯如孫啟賢，一個人也很難架著走，得雙手抱起。但他發現攙扶著美玲，並不吃力，她蹣跚步履邊走邊蹭，應該還沒醉到不省人事，這女人下半夜會清醒吧？是不是要守著？還是放過這次機會？他暗忖，下次自己大概沒有主動求愛的勇氣與臉面吧！但這一次如果懷中美女沒有幾分清醒，上了她，豈不跟姦屍一樣？他絕對無法忍受自己做出這種獸行。

進了閨房，孫啟賢幫喝醉的女人擦臉、餵水，在她嘔吐時撫背，安頓得差不多了，心裡還在掙扎，要不要順勢卸掉對方的衣著，他感覺應該不會受阻，也說不定女人沒那麼醉，正在等他這一手，但他總覺得，不能趁人之危。

美玲突然搖晃晃地起身，走向浴室，才兩步就撞到家具，孫啟賢上前一步扶住，但女人轉身推開他，吃吃笑著：「我要洗澡，你不能偷看喔。」

她顛著進浴室，門也沒鎖，水聲淅瀝瀝從門縫傳出，他明知不會被拒絕，就是沒有勇氣推開門……

時間也太久了，孫啟賢按捺焦慮的心情，他還是不願偷窺，只豎起耳朵傾聽浴室內的聲音，當他聽見淙淙水聲中夾雜著嗚咽聲，再笨都知道自己傷了女人心，年輕組長胸口一熱，衝進浴室，熱氣水霧瀰漫中，只見美玲任憑蓬蓬頭的水灑在她濕透的秀髮、臉龐與全身每一吋肌膚，正嚎哭著的美玲轉頭一見他，立刻蹲下去，背對孫啟賢，屈膝抱胸，護住乳房與私處。

孫啟賢也走近，蹲在她身後，拍了拍：「別哭。」女人扭動肩膀，負氣抖落搭在她肩上的手，蓮蓬頭的水繼續噴灑兩人，男人突然開了竅，一把抱起赤裸肥腴的小羔羊，往床上去。

也顧不得濕透了的身體，兩人扭動著、交纏著身軀，張嘴互相嚙咬、吸吮，就在快要融為一體的時候，美玲停下所有動作，原本趴在她身上的男人撐起上半身，含情看著她：「怎麼了？」

「如果……你不要我的時候，你必須第一個讓我知道，我無法忍受從別人口中聽到我被拋棄。」

「不、不，我想照顧你，我會一直愛你。」

兩人頭髮、身軀未乾，躺在濕潤的床單上，冷氣吹來，美玲瑟縮發抖，望著男人：「我好冷。」那受驚小鹿般的大眼睛，輕輕眨著，專心看著他，像是渴求，孫啟賢感覺，她與其說是求人愛，不如說是求人憐、求人庇護，他喉頭哽了一下，那眼神……在他的卑屈婚姻中自己從未被這樣被求愛過。

「有我。」

他用力挺進，要像個男子漢，不只是肉體上，他告訴自己可以駕馭命運，負起所有的責任。當女人肢體捲上來，如同溺水的人抓住浮木，任濤浪起落都不願放手，彷彿一鬆開就會死！

鏖戰過程，女人總是睜大著眼，注視著時而仰頭噴出熱辣鼻息、時而低頭啃噬自己柔軟耳珠、乳房的男人，只有當男人嘴巴湊近，睫毛快扎到自己眼瞼時才閉上。

這女人，做愛時不太言語嚎叫的，當男人勤奮地掏摸、舔舐、刺激著腔內外敏感處時，也只聽到她鼻孔呼出舒心的氣息，即使是插心刺肺的狂猛進出，她也咬緊牙關，只從牙縫裡流洩出忍不住的悶哼，彷彿來自靈魂深處，但肢體唇舌的迎合絲絲入扣，似乎正承受著多麼巨大的享受，如此低調的狂亂，更讓人感受到妖嬈淫靡醉人之處。

可是，強大的快感還是衝決網羅，女人不顧羞恥地顛倒乾坤，她翻過身，主動騎上去，吞沒男人的強硬，然後激烈抖動臀股，一下子後仰挺出胸乳，更落力地馳騁，一下子又飢渴的俯身搜尋男人的唇舌脖子耳朵乳頭，她要男人如同她一樣快活……

到達頂峰那一刻時，過程總睜亮著眼的女人，終於微笑地闔眼，享受那餘韻，孫啟賢還想盡責的讓休止符下得更完美，近身愛憐親撫，美玲環抱他的肩頸，滿足地說：「乖，一起好好睡個覺。」

七　我的菊花，你的命！

一九八八　小滿

孫、李合作的賭場，順風順水一整年，沒想到幫黑龍代管的賭場出事了！那天，李金生派駐在這個場子的圍事負責人阿豹，一走出賭場巷口就被四、五個持槍的彪形大漢押上一輛廂型車，場內小弟包括黑龍系統的「磨非」他們，沒一個人發現豹哥不見了。隔天，李金生接到老冤家吳水逢電話，劈頭就是指責場子裡找來「老師」（出千郎中）出剪刀（詐賭），害他輸了一千多萬，李金生嗤之以鼻：「你嘛卡差不多咧，輸錢就賴人家出剪刀，證據呢？」

「你來！我拿證據乎你看，若無來，恁兜阿豹我就剁他一隻手飼狗。」

李金生深知吳水逢幹得出殺害阿豹的事情，再加上之前被孫啟賢修理得那麼慘，新仇舊怨一起算帳，代誌大條囉！

他第一個反應，是想讓孫啟賢辦阿水，但繼而遲疑，主要是他不想太過依賴孫啟賢，顯得在警官面前過於卑微；此外，上次阿水在場子裡鬧，孫組長痛扁阿水，移送法辦，已有江湖上老派兄弟非議他，仗恃警方欺壓同道，但那時畢竟是阿水侵門踏戶，雇用警察看場的又不只他一個。而這次，他不曉得對方掌握了多少證據？就這麼魯莽的動用警方勢力欺上門去，不妥！李金生也是相當「硬氣」1的迌迌人，想了想，他決定帶兩個小弟，攜槍赴約，兵力可以部署在外圍，見機行事，至於孫組長，等善後再來用他吧！

一進阿水的「公司」，對方手下帶著李金生三人，沿著曲折的廊道，穿過兩道必須按密碼鎖的門，還得再上一層樓，李金生頭皮開始發麻！但勢已至此，只能硬挺著，跟他玩下去！

一入密室，只見阿豹被關在一個半人高的狗籠子裡，極其屈辱地半蹲跪著，他只要手一碰到鐵欄杆，或屁股一落地，阿水的人就用電擊棒通電，李金生見自己手下頭、臉瘀腫，嘴角還有血絲，衣鈕脫落，露出的胸膛也有一條條棍棒毆擊的血痕，他氣極了！衝到籠子前搖晃欄杆，叫囂著：「幹你娘，先打開籠子，給恁爸放人！」

阿水手下冷不防通電，他與籠中人都叫了起來，金生被電到，屈蹲著的身體仰摔，跌了個四腳朝天，趁這時，阿水的手下衝過去，持槍頂住他腦袋，搜出他身上的槍枝。

吳水逢輕蔑啐道：「給恁爸卡老實一點，沒有賊頭挺你，恁爸看你多囂掰？」

自己被繳械了，手下也被制住，完全落入人家手裡，不過，李金生研判阿水目的是求財，想賴掉鉅額賭債，他還有一堆本票、簽單在自己手裡，不會一打照面就痛下殺手。

「阿水，你這麼多支槍對著我，話攏隨在（任由）你說，你要說我倒欠你三千萬，說我刣死恁老爸，強姦你老母、某囝（妻小），幹你的臭尻川（屁股）、頂世人（上輩子）牽牛踏破你家的金斗甕（骨灰罈），嘛你說了準算（算數）……」

這些陰損的話沒講完，阿水衝上前去，怒氣沖沖地搧了他一耳光：「幹你娘，嘴遐呢秋（囂張），按怎死攏毋知？」

老大動手了，兩個小弟衝過來，欲拳打腳踢，而李金生雖然被人用槍抵住頭，他還是大膽地一腳把衝過來的小弟踹趴在地上，再一個側踢往右手邊的古惑仔胸前招呼，接著轉身揮拳猛擊持槍押他的傢伙，一把揪住對方，欲伸手奪槍，但另一人撲上來勒住他的脖子，李金生只得放手，解開勒頸男的束縛。槍是搶不到了，他本能地抓起一旁的白鐵折椅，揮舞著自衛，並伺機攻擊，一時之間，他雖擺脫了阿水一夥人的控制，但也不過是被圍在兩尺迴身之地的困獸。

「砰！」阿水對空鳴槍，然後槍口對準李金生，所有小弟都停止動作，李金生也僵住！

「夠！你老大有夠歹！無要緊，你擱歹看嘜？幹，恁爸剁掉你的腳筋，看你還擱會這呢歹無？」

李金生急了，廢掉自己一手一腳，留半條命簽本票、簽自白書，並坦承詐賭，這沒心沒腦的阿水若抓狂了，不是做不出來的。

「你叫我來是要談代誌，還是要來糟蹋人的，你若要凌治（欺負、虐待）我，不如一槍打死我，你的簽單本票，孫組長自然會想辦法收，若要談代誌，尚好對恁爸客氣一點……」大家都是住在巷子內的（內行人），李金生技巧性的「落軟」，阿水不是聽不懂，他說：「好，我跟你談。」

「要談，可以，先放掉阿豹。」

「呷卡歹咧！講會妥當，我就放人；哪喬袂好，恁爸把你跟他關在一起，電到金細細！」

1 接近國語「底氣很足」，又暗含稱讚人剛強、剛直，不易屈服之意。

「幹！」

李金生打開剛才揮舞的折椅，一屁股坐在阿水面前，他雙手按著膝蓋，身體前傾，用低沉嘶啞的聲音說：「你說我的場子落剪刀，這要有證據，你沒當場抓到，卻四界說我博歹僥（詐賭），恁爸還沒找你算帳，你先揪我輸贏？」

「我去你的場子賭，前後輸給一個叫阿祥的人八百多萬，這個人，你認識吧！」

「他是人客啊！我不熟，那個場子是黑龍的，我代管而已，阿祥不是我的客源，我不知道這個人的底細。」

「你娘咧！真會推，我告訴你，已經有證據，彰化過溝仔的『文將』告訴我，這個阿祥是『老師』，三年前在文將的場子當場被抓到，打斷一隻手，在中部賭場消失一段時間，最近重出江湖，原來就是被你金生仔吸收，當你的虎仔（爪牙、嘍囉）！」

「這叫證據？」李金生質疑：「你嘛卡差不多咧，先嘜講是不是有三年前文將場子被詐賭的代誌，文將說的話是聖旨？還是法官的判決？喔，他說某人博歹僥就準算？幹，就算他沒說白賊，你怎麼證明這個阿祥就是彰化博歹僥的那個阿祥？就算阿祥以前在彰化博歹僥，也不見得在我的場子嘛黑白（隨便）來，就算他在我場子『剪』了你，也並不代表跟我有勾結。感謝你的提醒喔，我會交代，以後這個人來玩，就趕出去。」

「幹！你……」論辯才機智反應，阿水怎麼會是李金生的對手？他被堵得說不出話來：「你、你……我明天就叫文將來跟你對質！」

「要對質啥小？文將我也很熟，你要他來我面前說他三年前抓到一個詐賭的人，跟我有什麼關係？抓人家博歹儌，跟抓猴一樣，要現場抓到，要有證據！你是抓到他偷藏牌，還是阮內場有人甲伊『打Pass』？你總要說乎清楚，這個阿祥是按怎博歹儌？」

「你讓師傅仔在你的場子，而且幾乎是天天在那裡，說你沒博歹儌，誰相信？」

「社會事不是按呢（這樣）就可以準算的，咱攏在開賭間的，另天，我找一個師傅仔跟我作夥去你那裡賭，兩人假裝不認識，我贏了拿現金，輸了就說你的場子內有人詐賭，不用還，換作是你，甘講會過？」

「幹，你……」阿水辭窮，他心裡明白，如果人贓俱獲，哪需要擄走阿豹處理？不過，黑道兄弟處理事情根本不需要講證據，摸到點邊，說你是就是了！這傢伙不是真正流氓，不過一旦有小弟簇擁，流氓氣卻重得很，他心知不該跟李金生鬥嘴的，於是惡狠狠地說：「你金生仔是當警察的細漢太久了，跟我要證據？阿祥就是證據！你若無？為什麼大家攏說你的場子有問題？」

「大家？大家是誰？」

阿水不知道從哪裡掏出一根伸縮警棍，「刷！」甩成兩尺長，朝李金生肩膀鎖骨猛力揮擊，怒斥道：「打到乎你作狗爬，證據你自己就會吐出來了。」李金生吃痛，欲起身還擊，但立刻被身旁的小弟壓制下去，把開山刀架在他脖子上，他彎腰拱背，雙手護頭，任憑阿水毆擊他的臂膀、背部……

「說不說？」

「幹你娘老雞掰，你是硬要拗嗎？」

打夠了，阿水不囉唆，拿出一張十行紙繕寫的切結書，內容是李金生承認設局詐賭，願意賠償因他詐賭而令吳水逢輸掉金額的兩倍金錢，以乞求被害人吳水逢先生原諒他以及其所經營賭場的卑劣行為，此外，還附了一張填好金額的本票，李金生只需簽兩次名，蓋上指模，事情就算結束，但他李金生，從此也別想在賭界混了。

「你去搶卡快！」李金生倔傲地拒絕了。

「哼！七月半鴨，不知死活。」

他命令小弟脫光李金生的衣服，四、五個人邊打邊扒衣褲，李金生抵死不從，一邊扭動身軀還邊出拳還擊，到後來，他緊抓著褲腰帶在地上扭滾，小弟幾乎撕爛了他的上衣，可褲子就怎麼也扒不下來。

「好了！」吳水逢示意小弟停手，他冷笑著：「金生仔，你自己脫，只要你身軀還擱穿一卡襪子，我就開一槍，你有兩咖襪子、一領內褲、一領外褲，我攏共開四槍，不是對你，恁爸打阿豹，就打他兩手兩腳……你要試看嘜我的槍法嗎？」

「幹恁祖媽咧！」李金生嘴裡不乾不淨地幹譙著，無奈脫掉鞋襪、褲子，阿水命小弟將全身赤裸的李金生五花大綁在一張椅簝上面，他背脊貼著椅面，仰躺著，毫無生氣的陽具垂在胯下，十分屈辱，但也沒辦法，李金生暗忖：「要按怎亂舞攏隨在伊，先活著走出去比較重要。」

但這天殺的吳水逢，竟然叫人拍他裸照，這時李金生在心裡發誓，只要留著一條命，非得討回來，加倍奉還。

剛才亂烘烘的，他一直沒注意到籠子裡的阿豹，原來早在一開打，阿水的人就電昏了他，帶來的兩個小弟跪在一旁，也是被打得鼻青臉腫，滿臉鮮血，他把心一橫，嗆聲說：「阿水，社會事你按呢硬拗，是講不過去。你的賭債，咱可以喬，我照規矩給你打三折，這是江湖上交情尚好、尚好的處理方式；而且，你若不方便，我讓你分期，折下來也剩沒多少，咱這次算『相借過』，代誌到這裡就好，我不會計較。」

阿水如果聰明，應該放人，並把剛剛用「拍立得」拍攝的裸照，連底片一起奉還，他押走阿豹、毆打兩人等蠻橫硬拗的行為，可以在雙方協商出個都可以接受的結果後，拜託某個江湖大老出面，擺桌和頭酒，說聲誤會、一時衝動，設法圓了對方的面子，李金生被打折的金錢損失，也只能自己吞下，但即使是這樣，都已經是吃人夠夠，後患無窮了！

可是，「盤仔假流氓」的吳水逢，天生就是個不懂得見好就收的二百五，他不曉得李金生是真的被他嚇到，才會讓步這麼大。本來嘛，詐賭要當場抓到才算數，他們這筆爛賬若擺到檯面上來談，怎麼都是阿水理虧，而他胡攪蠻纏加上暴力脅迫，居然能讓李金生願意打三折處理，他不珍惜這個重大勝利，還以為李金生因詐賭心虛，可以軟土深掘！

吳水逢得意地笑：「我就說嘛！打下去就有證據了，你沒博歹傲，為啥米（什麼）要乎我打折？」「幹，我在好好跟你處理事情，你煞當作恁爸欠你。」遇到這麼個暴力嗜血、頭腦不清楚的傢伙，李金生心裡是又怕又恨，又慌又急，他暗忖，只要不承認詐賭，這傢伙說什麼都先答應，將來再設法討回來。

這時有個獐頭鼠目的小弟，湊到阿水耳際說了幾句悄悄話，阿水樂得大笑：「好、好，你叫『坩仔賓』來！」

阿水跑到綁著李金生的椅簝邊：「聽說你少年時，關在『籠仔內』，太過白目，乎其他角頭老大修理，後來你就靠幫某個老大吹喇叭、乎人幹尻川才沒被打死，要不要再嚐嚐這款滋味？」

「幹！阿水，你莫亂來喔，我警告你，這只是錢的代誌而已，不要搞到大家以後無法度收散。」

「嘿嘿……」阿水淫笑看著李金生，手指著一個把自己脫了個精光的大屌小弟：「阮阿賓是『坩仔仙』[2]，擱是一號仔，你這兩丸尻川，白泡泡、幼綿綿，他幹起來一定足爽ㄟ。」

「幹你娘！恁爸一定要乎你死！」

被施虐慾望沖昏頭的阿水，這時奈ㄟ（怎麼會）去想後果，他命坩仔賓把老二放到李金生嘴裡，讓他吹喇叭。李金生緊咬牙關，任憑阿賓的龜頭在他嘴唇、臉頰磨蹭，他感覺噁心極了，突然張嘴一咬，想咬斷這死Gay入了十幾顆珠、像玉蜀黍般的陰莖，幸好阿賓閃得快，他不敢再把老二送到李金生嘴邊。

於是吳水逢命小弟緊緊捏住李金生下顎關節，讓他無法咬合，阿賓則將那包皮過長的老二伸進李金生嘴裡，在他咽頭、舌間摩擦，甚至快突入到扁桃腺，那腥臭的味道從喉嚨嗆到鼻子，直衝腦門……

在被凌虐過程，年少時代蹲監獄的陰影與早已塵封的痛苦記憶，像濤浪一樣狂捲他的心靈，他腦袋發脹，幾乎要窒息，完全無法思考。這時天殺的阿水，竟然叫小弟把他雙腿掰開，舉到胸前，讓他後庭朝天，門戶洞開，阿賓興奮地舉起老二，一吋吋朝那朵菊花挺進。

「好！好！你贏了，我簽、我簽……」

阿水猶豫了一下，他還想看李金生被雞姦的慘狀，這時阿賓的巨屌抵在李的屁眼口，李金生急了，大叫：「幹你娘老雞掰咧！我攏投降了你還要弄，恁爸若沒叫孫啟賢弄到你全家死了了，我就跟你姓。」

阿水不甘不願命手下鬆綁，李金生不再多說，在那份承認詐賭且願意賠償兩倍金額的切結書上簽名、印下指模，頭也不回的帶著阿豹跟那張裸照走人，這仇恨，已經無解！

2　台語對男同志的稱呼，帶有歧視意味。

八 吃掉一個盤仔人

自從跟孫啟賢搞賭場後，李金生較少到茶葉行來，這天，他罕見地在密室接見客人，還拉下鐵門。跟他密談的這傢伙，名叫陸柏建、綽號「六百」，有點瘋癲，你也說不準他什麼時候會突然掏出個錫箔紙跟玻璃圓球，旁若無人燒起安非他命吸食。雖然是李金生最討厭的「藥仔組」，但六百跟他有著不為人知的掛鉤，他也很忌諱讓身邊人知道自己與在黑道名聲不太好的陸柏建私下有互動，兩人路不同，有默契地在人前互相閃避。

一進門，六百眼神渙散，講沒兩句話就不停打哈欠，李金生看了火大，罵道：「幹！擱在『啼』[1]啊齁！跟你說要講正經代誌，叫你在厝裡先藥仔『哮』[2]了再來，你就不聽，我最恨你這死人型，去！去便所哮孤，莫弄甲我房間裡攏是安仔的味。」

陸柏建是阿豹的表哥，他與李金生國小前後屆，三人都在第二市場旁的陋巷長大，年紀小了半輪多的阿豹，還是猴囝仔時，是兩個大哥哥的小跟班。而六百與李金生成人後分別跟了不同的老大，六百幾次因暴力犯罪進出監獄，行為日趨乖戾，不可理喻，久了就被視之為瘋狗般的殺手，同道中人不太愛沾惹他，老大「馬沙」也頭疼；李金生則不然，會賺錢、懂得經營，阿豹長大了自然跟著較有前途的李金生而不是自家表哥。但李金生雖表面和他保持距離，卻暗中接濟這隻黑道孤鳥，連他現在代步的福特千里馬，也是李金生買給他的。

六百躲在廁所吸安提神的片刻，李金生心裡還在遲疑著，要用這傢伙嗎？他知道吸毒的人不可靠，加上六百缺副腦子，就算沒背叛之心，也很難不被愚蠢連累；但，李金生卯足了勁做生意，力爭上游當董仔，要打要殺要博性命拚輸贏時，才發現可用之兵那麼不足。

六百精神奕奕地走向泡茶桌。

「你知道阿豹被吳水逢打斷一條腿，排仔骨（肋骨）斷了四、五根，脾臟出血，醫生說沒躺在病院兩、三個月，不可能好！恁小弟彼條命去一半。他是你小弟，你甘不想欲替伊討？」

「幹！阿水算什麼狗爛毛，以前我跟馬沙大仔時，伊在大仔面頭前像龜仔子仝款，阮在喬代誌，這個豎仔（無膽量的人）連放屁都不敢！伊喔……還擱有，五年前要阮厝內的『塔落』替他理『小梅花幫』禿頭賭帳，巴結甲……」

吸完安非他命，六百是精神多了，卻也太過亢奮，喋喋不休講起當年他行情最好時，吳水逢對他們哪一個角頭如何卑顏諂媚，見了他又是如何敬畏，是啊！那時吳水逢相對位階低，依黑道倫理，叫六百的老大一聲「叔仔」，朝貢、請求提攜保護，都是事實；但長年吸毒加上落魄、到處受到白眼的陸柏建，扭曲的心靈刻意誇大當年對方的卑微與自己的風光，更無視於今非昔比，說得吳水逢好像是

1　啼：毒蟲藥癮發作，呻吟、喊叫、全身發癢難受等症狀。

2　哮：吃。台語說「哮孤」，意指吃東西，是罵人的用語，因為「孤」是祭品，比喻人是餓死鬼。文中「哮藥仔」，就是吸食毒品的貶抑之詞。

個不堪一擊的跳梁小丑。

「還有喔，我有跟他講喔，你阿水有本事衝著我李金生來，不要抓阿豹，他現在幫我做事，但人家好歹是六百的表小，嘛是馬沙老大疼惜的囝仔！我想說，他會不會手勢夯高一點，奈ㄟ知道他打得更殘，他嗆說，馬沙棺材入一半，你六百食藥仔食到起痟（瘋）！人家現在跟以前不仝款啊，現在，你算啥小？」

「幹，你報阮厝內的名，他擱擯落去！他不尊重我，嘛要尊重阮大仔，這個臭豎仔嘛算馬沙大仔牽起來的，他敢背骨（背叛）？」精神仍亢奮的他持續碎唸著當年的江湖事……

李金生心裡冷笑，即使當年馬沙對阿水有牽成之恩，老人家也是有抽成的，更何況，如今老邁貪財的馬沙，不靠外圍的吳水逢這些能賺錢的撈家，難道要靠只會打架惹事、沒有產值的六百？現在是拚經濟的年代了。

他心裡清楚得很，阿水，就是個賭徒，他不是正統的黑道兄弟，他靠賭發家，經營賭場有一套，更懂得利用賭場利潤結交各角頭老大，要不是嗜賭如命，在自己、別人的場子裡輸多贏少，他早就是億來億去的大亨了！而六百的馬沙老大，也是阿水利益輸送的受惠者，憑什麼站在他李金生這邊。

詐賭的事情，在他盤問過阿祥後心裡篤定了些，不過，李金生研判，雖然這事擺到檯面上來討公道，他肯定占理，但占理又怎樣？頂多其他角頭老大指責阿水不對，要他還錢、陪禮，這傢伙就是沒錢，人肉鹹鹹你又奈他何？如果真能把他的賭場及客源搶過來，那還使得！但阿水的每個場子都牽涉其他老大的暗盤收入，為了自己利益，這些老大是會昧著良心說話的。

更糟的是，掀到檯面上，自己被拍裸照，差點被雞姦的醜事，將成為江湖上的大笑話，以後他李金生就是個被幹屁股的貨色，這比殺了他更令人難以忍受。所以，早在阿賓的大屌蹭著他的嘴、臉時，李金生就已經動了殺機。

在六百呶呶不休時，他想好了怎麼驅使這個凶狠的青梅竹馬，為自己拔掉眼中刺。他說：「嘜講了，社會跟以前不仝款，人家現在有錢了、大尾了！你也不能只靠馬沙老大，我跟你說，這次阿豹被他打到差點變殘廢，我也被修理……」他鎖骨斷掉，左臂膀吊著，頭臉也貼著繃帶膠布，李金生說：「你看，恁爸肩角頭嘛乎他們打斷，四、五個人打我一個，你娘咧，講好喬事情，我也沒帶人去，博婊（要詐、玩陰的）的！我一定欲討回來……」

「對喲！我一進門就看你歸身軀攏是傷，正想問你發生什麼代誌？」

「幹你娘，你攏無關心恁兄弟，我就是被阿水打的。」

「幹！你跟他，是按怎？」

李金生將整個事件敘述了一次，部分被誇張、部分經過適度剪裁，他當然不會說差點被雞姦、被迫口交那一段，接著又編造了阿水如何囂張，他打出了馬沙跟他六百的招牌反而遭來訕笑，最重要的是，他壓根不提孫啟賢毆打阿水的前因，他太了解這個瘋狗痛恨條子的非理性情結。

「好大膽！完全沒把恁爸放在眼裡，他大尾啊，ㄑㄧㄥ甲內褲穿不牢！連你跟阿豹都敢打？」

「兄弟，咱自細漢鬥陣，你武的、我文的，路不同，但感情永遠在，你說，現在恁兄弟乎人糟蹋，你欲按怎處理？」

「揪他出來講，我不信我出面，他擱敢這呢秋跳（輕浮不莊重，囂張）！」

「無效啦！六百，我講現實的情形，你也莫生氣，你跟馬沙老大經濟攏無蓋好，我講白了啦，你家馬沙老大還要靠他，你要幫我出頭、討公道，恁大仔不會同意啦……」

「你不了解我跟阮大仔的感情，我為了他的後生，揹一條五年，擱卡早之前，阮跟『大湖仔』的武龍相刣，小弟我站在頭前，擋了七、八刀，馬沙那條命是我救的，他不可能不挺我。」

「哼！那我問你，上次你打了那個洗車廠老闆，對方也找兄弟圍事，為何馬沙老大不願拿錢出來幫你和解！你還有『帳尾』[3]咧！要不是我私底下給你錢……嘿嘿，告上法院，你有前科，傷害罪至少半年，加上原來三年半……哼！他為了三十萬的和解金，甘願乎你擱抓去關，我剖白講，馬沙認為你是他的負擔，是因為你不像阿水遐呢（那麼）會賺錢孝敬他？」

這件事，是六百一直不願面對的內心痛楚，李金生硬生生撕開緊貼傷口的膠布，六百煩躁地搥著自己的頭：「嘜擱講啊！這世人我沒欠阮老大，我攏還他了！」

「沒錯！你沒欠他，是他欠你，但他不這樣想，他認為你『撿角』（不成器，沒出息），哮藥仔哮甲頭殼壞去，你只會打架，打天下時他需要你，現在天下打下來了，他嫌你無路用！你不是『頭殼組』的，不會賺錢，他還對外說，你這幾次打架、傷害罪被抓，都不是為了厝裡，是你自己衝動，袂曉想。」

「幹！我為他乎人刣甲肚破腸子流出來的時陣、當初在跟大湖仔車拚的時陣，他馬沙為啥米不說我無路用？」

六百總覺得，阿水是依附在家門外圍的「盤仔人」，搞賭場的生意人，只是角頭的附庸，組織還是得仰仗他這種武鬥派的戰將；在他的認知裡，阿水位階低，不過是賺了錢，進貢求保護的暴發戶，所以只要他一發怒，老大挺他，阿水就得乖乖認錯。但李金生戳破他那一廂情願、傳說中古早俠義道的想像，更不客氣地指出，阿水才是新寵，他在老大眼裡早已經是負擔。

「幹你娘，阿水憑什麼爬到我頭殼上放屎？」他雙眼發紅，且帶著濕潤。

「你老大卡凶，無人敢跟你說真實的狀況，大家都在閃你，當你是臭人，除非有人侵門踏戶，需要你賣命相刣，若無！你就是米蟲。加在你還好手好腳，還能打能殺，你若哪一次相刣斷手斷腳，我看你只有睡公園當乞呷（乞丐）。」

「幹！阿水的錢我也沒分到，若不是你加減給我一些，靠老大給的所費，飼某囝都不夠！」說到激動處，他幾乎哽咽。

「是啊，以你的級數，起碼也要帶幾個小弟，出門得有一定的行情，兄弟，我現在是作不到，我要養的人太多，但是，咱拚這次，我會讓你上位，當真正的老大！」

「你娘咧，你不會要我背骨，去對付阮大仔吧？」

「你想到哪裡去？我的意思是，我要報仇，作掉阿水，他的賭場都給你，你照阿水的『版路』孝敬恁馬沙老大，阿水給的錢跟你六百給的，有啥米不仝款？按呢，你就是真正恁厝內的少主，馬沙老大，你就好好有孝（孝順、孝敬）他，讓他養老，換你當家作主。」

這個六百，一生最渴望、即使賣命流血也希望得到的，就是如同父親般的馬沙老大的認同，他不可能背叛自己老大，但他效忠對象可不包括他認為位階在他之下、親疏在他之外的吳水逢！幹掉吳水逢，連兄弟鬩牆都不算，只是吃掉一個前來進貢的盤仔人，他那過時、簡單的黑道邏輯是這樣想的。

3　未結清的帳款，在黑道用語中，引申為假釋後的剩餘刑期，若假釋中再犯，就得乖乖的把「帳尾」的刑期服完。

「兄弟，我跟你講，先不講我乎阿水一個盤仔人拗，若沒討回來，我李金生要按怎擱繼續迌迌？他誣賴我博歹傲，這是斷我的路，我不拚不行，你兄弟要不要支持我？」

「當然！」六百含淚握著他的手：「金生，這些年攏靠你，若指望阮厝彼個凍酸（吝嗇、小氣）老大，我某囝早就餓死，但是，他可以對我無情，我不能對他無義！」

「還有，阿豹的冤仇，嘛要討，現在咱小弟，只剩半條命躺在醫院裡，幹你娘，他做錯什麼事？他只是我賭場裡的圍事人員，你有辦法對我，為了要逼我孤身一人去會他，他抓了落單的阿豹，還打到斷手斷腳，按呢甘對？這個臭豎仔阿水，不是兄弟人，卻比黑道兄弟更亂來……」

「對，要為咱小弟討回來，金生，你點看看你厝裡有多少人，我也揪幾十個少年仔支援，嘿嘿，你不要以為馬沙大仔棄嫌我，咱是憨慢賺錢，但阮厝裡也有不少小弟聽我的，只有我喊得動，兄弟不是每個都像老貨仔（老頭子）遐呢現實，要喊支援，嘛是恁爸卡有夠力！」

六百想集結大軍，正面對決，殺得他吳水逢片甲不留，但作戰重要的是資金、後勤補給；動員人給不給錢？事後傷殘、請律師、交保要不要錢？李金生心中幹譙不已，但還是裝出感動的神色：「六百，不能這樣處理，你要動員恁家的少年仔，難免跟老貨仔起衝突，就算這三、五十個小弟不聽馬沙大仔，跟你走，事後你又讓老大對你不高興了……何苦？」

「我不管，我一定要挺你，老大不爽是他家的事，這些人有一大部分是我收進來的！」沒錯，但六百忘了，他收進來的人，卻是別人在養！

「還有，你毋通忘記，我們除掉吳水逢，是要讓你取代他，我報仇之外，還要扶你當老大，如果動員恁厝內的人，車拚起來，說不定你躺在醫院裡，地盤就被老貨仔弄去給他兒子，你還是沒路用人，馬沙大仔對你還有一點情，換恁兜那個少爺上來，你哪時被掃地出門，還不曉得咧！」

講起那個膽小無能、總是躲在背後頤指氣使的少爺，六百又是一陣心痛，李金生完完全全戳中他心中的點。

「那，我要按怎處理？」

李金生附耳過去，說了心中的計畫！

「打死阿水之後，你有辦法把他的場子收起來，變成自己的？」

「也只有我有法度。」

「你會給我？」

「你占三分之二，我占三分之一，你負責圍事、討債，我來經營，我們兄弟一文一武，我扶你成為恁厝裡最會賺錢的幹部，以後，就算老貨仔死了，兄弟們挺誰當老大？當然是你！」

六百堅定地點頭，只有在博殺當中，他才能找到生存的意義與被重視的價值，更何況，這次是師出有名的復仇之戰，加上李金生幫他規劃了一條可以占有地盤，成為組織裡「最會賺錢幹部」的上進之路，他要成為馬沙老大真正的義子，是組織裡一人之下、數百人之上的二當家。

九　颱風登陸

一九八八　大暑

估計得到清晨時分，氣象局才會發布海上颱風警報，今年第一個颱風從台灣西岸登陸，也是大半天以後的事了。可是，這凌晨夜裡的雨卻又急又密，以最快速度搖擺的雨刷撥不盡傾盆狂洩的驟雨，車窗還是整幕水溶溶的，讓眼前被黑夜吞噬的景象更加模糊。天地皆墨，並不妨礙躲在車子裡的李金生、陸柏建監控眼前目標，因為那棟房子雖也溶解在黑夜之中，但門縫偶有燈光乍現，相當醒目，那就是有人進出；麻煩的是，要確認是否吳水逢，即使透過望遠鏡拉近距離，也得費點勁辨識，視線太差了！

這兩人開了一部刻意懸掛失竊車牌的黑色ＢＭＷ，停在距離那棟房子五十公尺外、對街一整排轎車當中，車窗又貼了深色反光隔熱紙，甭說大雨滂沱，原本喬裝閒雜路人，站立屋外「照水」的保鑣都躲進門內，就算平日無雨晴朗的夜裡，他們刻意選在這樹下隱密處，也不容易被發現。

「阿水這隻『傲豬』[1]，到底是要賭多久？」陸柏建已經不耐煩，他捏著手裡的玻璃圓球，都快出汁了！但他不敢點燃，一來外面風急雨大，若車窗打開一小縫，兩人片刻就淋濕；在這開著冷氣的密閉空間吸安，不被李金生罵死才怪！更何況，就算沒下雨，開窗吸安，讓煙霧從車窗外逸散，豈不暴露自己位置？作為一個殺手，這點專業自覺，他是有的。

「冷靜點，你不是出門前才哮過安仔？」

「放心，我不會誤事！」

但六百左腳不停抖著、手指微微發顫，李金生有點擔心他等一下開槍不穩，儘管這傢伙過去也是百步穿楊的槍手，他不放心地叮囑著：「你要等卡近咧再開。」

李金生心中感嘆，吸毒，讓這個囝仔伴精湛的殺手技能逐漸低落，即使這是當一個黑道分子最卑微、最陰暗、風險最高的生存之道；也就是說，再這樣下去，這個人，將沒有任何在黑社會被尊敬、被懼怕、被利用的價值。

為了安撫六百的情緒，李金生不厭其煩地再度解釋：「這個臨時場子打三萬底的麻將，不常開桌，來的都是大咖，找了阿水，他一定會去，我早就派人『釘』在他身軀邊，我收到消息，他暗頓（晚餐）呷食飽大概七點半進去，咱十一點來這裡，已經等歸暝啊！快了，他就算打八圈，最晚也再一個多小時就結束，而且，我確定他只帶一個司機出門，等一下他一進車內，我就衝過去，撞著𠲎無要緊，你對準再開槍，一定要乎死！」

半小時之後，門縫閃出燈光，這是今夜第三次，前兩次是送檳榔跟宵夜的，這次，透過望遠鏡，李金生清楚看到賭場保鑣侍立屋簷下，為吳水逢打傘。

---

1 不會賭又愛賭的爛賭鬼，愛賭的豬。

六百開保險、拉槍機，李金生按住他的手：「等他上車。」司機也撐著傘以跑百米的速度衝到一旁取車，駛近屋簷下，保鑣手中那把大傘片刻不離阿水的頭頂，就怕他被雨滴噴到。

阿水進了車後座，車子啟動。李金生猛踩油門，迎頭攔截，就在兩車快相撞時，他緊急煞車，兩部車保險桿距離不到十公分。

「上！」

六百打開車門，衝上前去，他縱身躍上阿水車子的引擎蓋上，居高臨下，以蹲跪姿，對車內連續擊發八顆子彈。事後得知，除了一發不小心誤中司機大腿，其餘七顆子彈全部打入阿水的頭部、胸部，說起來，他的槍法並沒有因沉溺吸毒而退步太多。

接連的槍響即使在喧囂的驟雨聲中，入耳還是讓人耳鳴心悸，一旁的保鑣先是呆住了，等反應過來時，人家子彈已經打完，他準備衝過去，但六百槍口對準他，保鑣手裡只有傘，很識相地煞住腳步，看著六百回車子裡，讓李金生載走。

本來嘛！在那個一天到晚發生槍擊案的年代，算不上黑道大人物、被當街狙殺會引起幫派火拚的吳水逢命案，也不過就是一則在三家電視台、中時聯合兩大報占據幾天全國版的新聞，警方會有壓力，但破不了也不至於讓分局長、刑警隊長或警察局長下台調職；但是，李金生壓根沒想到的是，那天幫阿水開車的「司機」，竟是台中縣清水分局的偵查員，那年代，警察當大撈家的小弟，並不稀奇，只要有錢賺。那天，這位刑警沒帶槍，就眼睜睜地看著阿水被狙殺在車後座，更糟的是，紙包不住火，因為他也中槍，醫院通報，身分曝光，這使得單純的命案，摻雜了警風紀問題，成為社會矚目案件。

那是報禁解除的頭一年，當局對媒體的控制力已經大不如前，也因此，一開始警局高層給轄區分局刑事組相當大的壓力，警察局長直接命令孫啟賢率員支援專案小組，這已經夠嗆了！李金生心頭就像壓了鉛塊似的，終日沉甸甸的。更糟的是，幾日後內幕被資深記者打聽出來，以影射的方式報導有警察涉案，剛成立的民主進步黨在台中市議會雖然只有兩席，但該黨大砲議員在保安小組質詢時火力十足，大爆槍擊案內幕，直指死者吳水逢是「地下賭場大亨」，有警察插暗股，捲入賭場利益火拚中，要求市長下令「限期破案」。

這案子不難破，六百行凶時只注意著阿水，壓根沒注意到旁邊的司機，但中槍的警察卻認出他來，只是沒看到躲在暗黑的駕駛座上接應的是李金生，但「陸柏建」的名字出現在媒體之後，李金生還是膽顫心驚，因為無法確認，現場兩個目擊者到底有沒有看到他？會不會過些時日，突然想起他是誰？

當與他剛成為事業伙伴、對其底細並沒那麼了解的孫啟賢，特別上門詢問陸柏建這個人時，李金生臉上雖然還相當鎮靜，心中的隱憂卻像行凶那夜颱風登陸前的低氣壓。他一面戒備著，做最壞打算，先當成孫啟賢是來打探，如此，也就是警方掌握到他這個人；但另一方面，他也想套話，透過孫啟賢打聽警方的偵辦進度。

說起來，殺人他不是第一次，二十六歲那年，剛竄起來當小頭目時，就曾在群毆當中活活打死對手，但未成年小弟擔走大部分責任，透過律師的巧辯，並收買法官，他只是傷害過失致死的共犯。

可是，這次鬧這麼大，幾乎成為黑白兩道的焦點，還上了全國版，驚動警政署長、內政部長，其事態已經遠遠超過李金生處理的能力範圍，自然，他也不認為兩人建立在利益上、先後共享一個女人的婊兄弟交情，孫SIR會拚著頭上的烏紗帽與他共度難關。

這天，立功心切的孫啟賢約李金生到「監控點」的密室裡，才坐下沒有多久，水沒燒開，茶也未沖，他簡單問幾句賭場裡的事情，就把話題轉到陸柏建身上。

「金生，你甘有法度調幾個小弟，到外面幫我打聽『六百』的代誌？」

「六百啥米代誌？」

「當然是他現在藏在哪裡？最近可能跟誰在一起？誰有可能窩藏他？我每天參加專案會議，都要交情資，幹，每個學長都講些五四三的，你卡用心咧，多弄點消息乎我，但真正重要，卡有可能的，要先跟我講，我才不會笨到在專案會議裡講出來咧，我會偷偷報告隊長，最好搶到頭彩……」

孫啟賢一副看好李金生這位兄弟一定弄得到訊息，也一定不會隱瞞他的篤定態度，讓這位近來惶惶不可終日的黑道大哥，不知道是該高興孫組長把自己當成心腹，還是該擔心孫啟賢把打聽情報的壓力轉嫁給他？不過，李金生轉念一想，孫組長看起來似乎是狀況外，這顯示，目前他還是安全的，就怕日後被認出來，或是六百洩漏祕密。

他先撇清：「六百喔，講實在話，大哥，我真的跟他沒有交情，大家攏在市內迌迌，說不認識是騙人的，但『這齒仔』（這傢伙，帶鄙視之意）足邪氣，大家又不同角頭，罕哩來往，我也不曉得他這幾年跟人家有什麼恩怨，按怎樣要刣阿水？」

「我知道，六百有麻藥前科，雖然沒被抓到煙毒[2]，但估計也有在用『四號仔』（海洛因），這款人你當然不會來往太過密切。」

「是啊！大哥你知道我的個性。」

「從現場跡證研判，六百非要置阿水於死地不可，很可能是賭場恩怨，從這個部分去打聽，你一定會有收穫的。先知道什麼人跟阿水有這麼大的冤仇，這樣就能查出六百背後唆使者，下一步，就能夠推估出，哪些人可能暗中支援他，我就可以監聽。」

那年代，也不需要什麼監聽票，只要跟電信公司機房關係好，就可以掛線監聽任何一支室內電話，顯然，孫啟賢搞到監聽門道，只是還不知道要監聽誰？李金生越聽越怕，因為孫啟賢完全掌握重點，他心裡揣測著，這位自己稱兄道弟的警官，到底知道了什麼？他陪笑道：「這麼『硬斗』（不好處理、棘手）的代誌，我會盡量打聽啦，但是我先講喔，我可是沒有把握，真的啦，我跟這種『藥仔組』的，沒怎麼在交陪。」

「兄弟，這是大案件，你這時不幫我，什麼時候才要相挺？」孫啟賢對這滿口叫自己大哥的傢伙一味推託，有點不爽。

李金生沉默以對，像是無言的抗議。

「……我知道你迌迌的原則，我嘛相信你這些年跟六百應該沒有在互動，但我肯定，你們一定有不少共同朋友。」

李金生愣了一下：「攏在市內迌迌，總是有些人熟識我嘛熟識他，恁兄弟在市內嘛是有趴數的耶。」

2 當時還沒有《毒品危害防治條例》，只有《肅清煙毒條例》與《麻醉藥管理條例》。

孫啟賢看他一眼，意味深長地說：「你跟六百，年紀差不多，小時候住的地方，門牌號碼只差兩條巷子，國小你們那兩屆，如今在台中道上有點名氣，也就你跟他，我就不相信你們不熟！」

李金生不太高興地說：「老大，你連我祖先八代都查得那麼清楚……」

「金生，我不是故意查你，在我們第一次見面前，你的檔案我都看過，幾乎都要背起來了，那時候我們又不認識，你能怪我嗎？前兩天我調六百的檔案，才發現你們小時候是鄰居。」

組長說得合情合理，也沒歹意，態度又帶著歉意，李金生無奈：「唉！這個人，小時候我們是囝仔伴，作夥學歹，但長大後，他邪氣很重，總要用暴力解決問題，又沾染毒品，加上當完兵，我們各自跟不同老大，很多年沒交陪了，見面就是點頭問好而已。」

「所以啊！要拜託你了。」孫啟賢話鋒一轉，摟著李金生的肩：「兄弟，我偷偷告訴你，這個案子如果我能夠有好的表現，不一定要我親手抓到六百，只要最重要的情資是我報的，又沒有人差點被打死破格晉升，那我就是首功，兩支大功跑不掉。當然，年終獎金多一個月，我也不看在眼裡，但隊長答應我，會向局長保薦我到四分局當刑事組長，兄弟，先別說分局功獎是隊部的兩倍多，咱就有地盤了，做生意也方便，你說是不是？」

「是啊、是啊。」看著躍躍欲試的孫啟賢，李金生突然有個想法閃進腦子……說不定，面前這位警官真能幫他解套！

「大哥，你看我這樣做好不好？我的確跟六百他們厝裡的人交陪不深，難打聽什麼內幕，但我們是作賭場的，我反過來，調查阿水除了得罪你孫組長大人之外，還把什麼人惹毛了？這樣你就有調查依據，也可以監聽、搜索。」

「嘿！咱兩人鬥陣久了，你嘛越來越懂刑案偵查喔。」

「放心啦，既然能幫你升官，小弟一定拚性命去處理，今晚咱兄弟一起好好喝兩杯，要不要找潘大哥跟小朋友他們？」

「好啊，你去約好了，我開口相招，好像在命令，他們不敢不來，也不好，去哪裡？我帶美玲一起去。」

「哭夭啦，要帶你去開查某，你還『帶便當』，那就沒有福利了，我跟你說喔，最近精誠路新開一家高檔商務酒店，叫做『金錢豹』，服務方式跟酒家不一樣，小姐都是二十歲的少年查某囡仔，還有大學生兼差，你帶美玲幹什麼？呿！」

「哈哈哈，我驚某大丈夫。」

「幹，你這無路用咖小！以前，美玲根本不敢管我……」

「所以啊，你只是渡她靠岸的客兄公。」

「幹，你甲恁爸恥笑……」

那小小的、跨越黑白道兩位事業伙伴之間的信任危機，就在打鬧調侃中化解，但對於李金生來說，這只是緩兵之計的第一步，他還沒過關咧！

十 再扯都要愛

孫啟賢在加入吳水逢槍擊命案專案小組後，比破案有責的轄區分局刑事組長還認真，而李金生給他的線報，感覺摸到點邊了，兩度搜索雖然撲空，但現場撿到與陸柏建DNA相符的菸頭，第二次那厮躲藏的空屋裡，還有吃了一半、猶有餘溫的便當，孫組長有信心，抓到六百只是早晚。

不過，這時自家後院卻失火。那晚，孫啟賢忙到快十一點才下班，他知道妻子又回娘家，所以直接到他與美玲的愛巢休憩，可卻撲了個空。這不尋常，他已經打電話說好今天要來這邊過夜了，問建志、金生與賭場裡的幹部，都說美玲傍晚對帳完，就離開「公司」了；與姊妹淘打牌，她都會事先講啊！搞什麼嘛！到了凌晨一點，孫啟賢的心情已經不是不悅了，他開始擔心，愛人是否出了意外？會不會發生車禍？他甚至想打電話到勤務中心詢問。

「鈴！鈴！」電話響起，這愛巢的電話沒幾個人知道，他迫不及待接起，話筒彼端傳來美玲的哭聲：「嗚嗚……老公，救我，我對不起你……」

「發生什麼事，你說清楚！」

「嗚嗚……我對不起你……」

「你說啊！有什麼問題講出來，你到底發生什麼事？」

有人接過電話：「孫組長，我叫明奎，海線的，你應該聽過我，我場子裡有個女人欠了一千多萬，因為她說是你孫組長的太太，我們尊重夫人，才讓她一直借支，但也從來不見你孫組長來處理，場子有場子的規矩，你也算是同業，所以我帶她走，請你來一趟，咱好好處理。」

「幹！當兄弟的押人押到我孫啟賢的某，你不想活了。」

「組長大人，凡事講道理，我當然知道民不與官鬥，你來、你來，我若沒照道理行，要打、要抓，隨在你！但請組長你嘛毋通忘記，警察不是能夠一手遮天，什麼事情都可以拗的。」

「幹你娘咧，你擄人勒贖還跟我講道理？」

「你可以問一問夫人，我有沒有強迫她，還有，有債務糾紛就不是『擄肉』，阮兄弟人無讀冊，但自細漢走法院，這點法律常識還是有的。」

「好，你在哪裡？我去！」孫啟賢氣炸了，但他不是衝動的人，略微思量就曉得，躲著不是辦法，這跟辦案不同，有組織撐腰，有法律作後盾，社會事，若自己不敢面對，美玲恐遭毒手。

對方講了地址，還不忘說一句：「組長，我不怕你不來，嘛不怕你帶兵來『公事公辦』，若按呢，受傷最重是誰？你心裡應該清楚，作你放心，我這人講道理，你大人肯出面，攏可以談。」

孫啟賢聽對方這樣講，心裡篤定一點，但還是回組裡領槍，並吩咐小朋友跟潘家興在附近待命。

一被帶到明奎的辦公室，孫啟賢血氣上湧，差點就想掏槍殺人，因為一入目，就看到美玲頭髮散亂，臉上有被掌摑的指痕，且被綑綁著，她胸前衣襟被撕破了，露出大半個乳房與蕾絲胸罩，旁邊還有一、兩個小弟貪婪地盯著那片被凌辱後狼籍的春光，林美玲嘴角有血痕，左眼也黑了一圈，顯然遭人用刑過，只是這些傢伙對女人下手沒那麼重！

他不曉得哪個是明奎，衝過去一拳猛擊站在林美玲旁的小弟，然後掏出手槍，抵著他的頭：「給恁爸放人。」

小弟雖被脅迫，還不敢放人，轉頭看著五、六個人當中的老大，孫啟賢槍口調轉：「明奎，你押走阮某就算了，處理代誌嘛！但你好歹稍尊重恁爸咧！打成這樣，馬上給我放人，否則我開槍『砰』掉你，打死你之後，代誌隨在我說，我可以說你擄人勒贖，李金生會很願意當這個被害人的家屬。」

他在暗示明奎，不用官方勢力，他也有李金生的黑道勢力可以掰掰手腕。

「放人！」

「孫組長，只要你肯來，攏好說。」

「幹！你明知道是阮某，你還敢打她，這條要按怎算？」

「可以算！攏可以算，但先算大條的，孫組長，尊夫人這三個月來，在我們場子裡輸了一千三百多萬，喏！」他將一疊簽單本票推到孫啟賢眼前，孫仔細比對，都是林美玲的筆跡無誤，從三、五十萬到上百萬不等。

他看了剛被鬆綁的女人，美玲抽抽噎噎的，眼淚不停地掉，他脫下自己襯衫，讓衣不蔽體的美玲套上，無奈的問：「都是你簽的？」

「嗯……」

「怎麼會輸這麼多？你不是說只是與姊妹淘小玩幾把？」

「老公，對不起，你不要管我，我再回酒店賺還他們……」

「孫組長，你打算怎麼處理？」

「哼，法律不承認賭債，可以不用還的，你告也沒用，恁把我的女人打成這樣，算相抵過！」

「大人啊！你是吃錯藥喔？如果你孫組長是個乾淨的警察，或者這女人是你用大餅換來的正宮，這算恁爸衰小，黑白亂放錢，自己要認堵。但你孫大組長尻川掀起來嘛是臭烘烘，還有，我打聽過，這女人原來是李金生的七仔（女友），金生仔為了巴結你孫大人，把自己七仔送給你……」

「幹你娘，嘜黑白亂講！」

「好、好！孫組長，我要強調的是，你可以不管她，反正我也沒那個膽子找警察要賭帳，只要你不承認她是你的查某，我跟你說聲歹勢，另日擺一桌跟你會失禮（賠不是），賭債，我當然不敢找你討，我另外找李金生，看他按怎說？若恁兩個查甫人攏無擔當，算這個查某目睭糊到蜆仔肉，兩個攏愛不對人，我抓她去賣身抵債，以她的條件，一天乎十個查甫人幹，三年就可以還清，按怎？我講的，是不是合情合理？」

孫啟賢瞥了緊緊依偎自己身旁，嚇得全身發抖的美玲，胸口一挺：「幹你娘，免說遐呢多，這條我處理，但是，你打她，要怎麼賠償？」孫組長也理虧詞窮，只能在美玲被打、受辱上打轉，討點籌碼。

「孫組長肯擔，真是好氣魄，咱兩條帳作夥算，夫人欠我們一千三百多萬，看在組長身分跟我們對夫人失禮的份上，我打三折，擱乎你組長面子，尾數去掉，四百萬，用你孫組長的名字重簽三張本票，夫人這一千三百多萬的簽單、本票你就拿回去。另日，我擱辦一桌幫夫人壓驚；再不然，打她的囝仔，夫人要怎麼處罰他們，我都讓夫人吐一口氣，這樣可以嗎？」

「賭債可以三成處理，是社會規矩，我出面本來就要算三成，你打阮某，看要折多少？一句話，兩百萬！」

「大仔，卡有氣魄淡薄啊！賭債三成是手骨粗、有交情才有的，討賭債討不到三成，會衰的！你手骨是有夠粗，但你我有交情嗎？若不是打了夫人，我頂多五成，算給你孫組長面子，三成再去掉尾數，已經夠尊重你了。」

自己都在搞賭的，孫啟賢也不是不懂賭場規矩，若是一般「有肉」的百姓，沒有靠山，找不到兄弟撐腰，甭說打折，沒給你算高利貸，利滾利，滾到你房產土地工廠店鋪低價折讓拱手奉送，那就不叫黑道！

他自恃一身老虎皮（警察身分），還想多拗一點，就在他遲疑的時候，明奎說了：「組長，若夫人贏錢，我嘛是要傳現金乎她領，你將心比心，我們這樣不尊重你嗎？剖白講，你無就嘜睬這件代誌，乎阮把她帶走，我不當她是孫夫人，抓去剖去賣攏跟你沒關係；你若要處理，照社會規矩，該尊重你，我會做到乎你的同行攏無話通講。」

明奎像是被孫啟賢的不乾不脆惹惱了，略提高聲音說：「大組長，你莫想欲用官方一套准過（過關）！你可以帶兵來掃我的場子，抓我的人，甚至提報我流氓，但我嘛不是無你的孔縫（把柄），你跟金生的場子，資料我攏有，我在警界、甚至督察室不是沒有朋友，議員記者我嘛熟識不少，我說過，你不是乾淨的警察，你毋通欲賺錢的時候把自己當江湖人、說江湖話，拗人的時候拿出警察的扮頭嚇驚人，按呢是講袂通。」

對方話都講盡了，孫啟賢知道自己理虧，拗不過去，擺在前面，就是只有兩個選擇：簽下本票；或棄美玲而去，保住自己的錢財與官位。但若這樣做，李金生、手下兄弟與江湖上知道他事情的人怎麼看他？更重要，他怎麼看自己？

孫啟賢想起妻子流產，出院時岳父母帶著女兒要回娘家的情景，他上前欲攙扶妻子，被岳父一把推開，兩老轉頭看他的眼神滿是嫌惡，就像他是個髒物一樣，他就這樣愣在醫院的台階前，看著這家人離去。從那天起，他知道他就此被放逐在自己建立的家庭之外了，跟父母雙亡那年一樣，他沒有家了！這時，他告訴自己，不可以再讓生命中僅有的溫暖與情愛流失……他再也不想逃避了。

「好，就四百萬！我簽，但你好膽敢打阮某，以後小心死在我手頭！」他撂下狠話。

「組長，我實在是不得已的，這查某堅持不打電話給你，她說不能牽連你，我既不敢真的把她賣了，又不敢到刑事組跟你討債，換做是你，怎麼辦？」這句話讓孫啟賢聽了好過一點，不過，也只有一點點。

回到兩人的愛巢，孫啟賢無力地坐在床沿，他一眼也不想看這個被他救回來、滿臉淚痕血汙、哭花了妝的女人，四百萬！他五、六年的薪水總和，這一陣子與李金生一起搞賭場，雖然分到不少，但剛剛才用美玲的名字買了個三房兩廳的小公寓，這時房地產開始飆漲，他買得貴，但當時是美玲吵著要，因為手頭寬鬆，賭場分潤的錢來得快，床頭風一吹，他也就答應了，而且，因為房子在美玲名下，兩人法律上沒有婚姻關係，不能用軍公教貸款申辦，利息高達十一趴多，頭期款又高，一下子就把賭場賺來的錢付掉了，這時哪來的四百萬？

「老公！」美玲從背後抱住他，臉貼臉好一會兒，接著轉頭雨滴般地不停親吻孫啟賢撒嬌，但這時他聞到自己與美玲身上的汗酸味、菸味，加上蓬亂的髮梢刺著他的鼻子眼睛，越覺煩悶，他一把推開美玲，孫啟賢真想打女人出氣，但這不是他的個性做得出來的事！

「你為什麼到那裡輸一千多萬，真的想玩，自己場子小玩幾把，不行嗎？還有，你這不是一夜之間輸掉的，為什麼不在一兩百的時候講，那時還好處理，我……真不知道怎麼說！」

「原諒我！我也不曉得怎麼會這樣？」

「幹，若被強姦說是人家逼的，失身錯不在你，賭博，有人拿槍逼你？四百萬！不是四萬、四十萬，我才剛幫你付房子頭期款，你每月場子的薪水要寄回去家裡，我沒意見，我還要幫你付房貸、給你生活費，這些都快超過我的薪水，什麼都要用最好的，我養你一個比養一個家庭貴！要不是有賭場的分紅，我他媽的早就被你拖累要跑路了！

「還有……我還你以前的債不打緊，你幫姊妹淘，幫你弟弟跟我借的錢，全部有去無回，你當大姐頭，我買單，這是什麼道理？我一直不願意講，我想說，給你面子，但你真的以為錢會自動掉進我的口袋？拜託，美玲，我是公務員，對！雖然跟金生合作有賺錢，那是提著頭在幹的違法生意，能賺幾年？你怎麼那麼不會想，我求你了，我們好好過日子，不行嗎？」

巴拉巴拉巴拉……孫組長一直唸唸唸……原本一直低頭懇求原諒的美玲，也拉不下臉了，突然撒潑道：「沒擔當就不要說大話，是誰說會給我幸福？是誰說不在意我的過去？對啦，我就是配不上你，我是酒家女，我愛賭，我又跟過李金生，是你自己要我的，我又沒逼你，幹，沒有卵芭就不要學人家娶細姨，碎碎唸，你像個男人嗎？」

「我……」孫啟賢氣到說不出話，哪有這麼沒廉恥的女人！他吼著：「你要不要臉，賤貨，你他媽的給我輸掉四百多萬，還敢大聲！」

「不要你賠，老娘明天就去賺，我就打著刑事組長夫人的旗號，腳開開讓人家幹，一次收一萬，你放心，很多兄弟，被你抓的，都樂意花大錢幹你的女人，我不會連累你，你去當你的清官，拜託，人家三分局刑事組長是怎麼對待他的女人，買房、買車，一個月十萬元生活費，小孩念私立學校，你哪一點跟人家比得上？」

「你……」

女人不顧臉皮叫罵起來，男人的確不是對手，孫啟賢被逼急了，一掌揮過去，林美玲被打得頭暈耳鳴，摔在床上；她也不示弱，撲上去抓撓孫啟賢的臉，他躲過了，心裡正在懊悔不該對女人動手，林美玲整個人跳上去咬他。孫啟賢不想再毆打美玲了，她今天已經被那些流氓打得夠慘，他用優勢的氣力跟較為壯碩高大的體型，捉住她的雙手，將美玲壓在床上，美玲扭動著、掙扎著，哭泣著，她用胸脯、恥骨不停往上頂，企圖掙脫，那撒野倔強的神情極其撩人，纏鬥中，孫啟賢的陽具硬了，緊緊地壓著美玲下體……

突然間，美玲鬆掉所有力氣，乜著眼看他，老公也放手了，她上身一挺，摟著孫啟賢的脖子，用力地親吻，扯破他前襟的扣子，皮帶沒解就伸進去掏摸龜頭已經濕潤的陰莖。這女人從未如此粗魯、飢渴，搞得孫啟賢也受不了，詭譎的激情讓孫啟賢異常興奮，他一反平日憐香惜玉的做愛方式，猛戳狂抽，幾乎被抓握到爆的奶子指痕宛然，從背後衝刺時，勒住韁繩一樣拉扯長髮，另一手洩憤似地打得她屁股紅腫！女人也猛烈吸吮、啃咬，快射精的時候，孫啟賢雙手緊捏著林美玲的脖子，直到她快窒息、求饒時，才隨著千軍萬馬般奔騰的點點滴滴鬆開雙手。

沉默了一陣子，美玲說：「老公，我覺得我被設局？」

孫啟賢翻身望著她：「詐賭？有證據嗎？」

「每次都先贏後輸，而且輸得很不合理，哪有連續十次開莊家，人家不信邪，才會一直下注。」

「這不能說詐賭。」

「輸最多那次，我喝了飲料，頭暈暈的，雖然有記憶，但是好像被下符一樣，人家叫我怎麼做，我就怎麼做，跟三歲小孩差不多。」

「幹！這個明奎，恁爸要他死！」

林美玲的話簡直鬼扯，完全禁不起推敲，但孫啟賢現在需要的，不是真相，而是一個繼續信任美玲、支持自己能再愛下去的理由，再荒謬，再扯都要愛！

十一　江湖仲裁者

那天，李金生接到吳水逢胞兄、吳火源的電話，挑明了，他認定在幕後唆使六百殺害他弟弟的人，就是李金生，而且他已經弄清楚事情原委，吳火源說，他將邀請縱貫線老大憨松出面主持公道，大家把這件事談一談，最好李金生把六百交出來，這樣他還有一條生路。

電話中，李金生反駁道：「教唆殺人這種事情，你老大沒有證據，怎可以亂講？」

吳火源輕描淡寫地回他：「既然憨松老大肯出面，你毋免驚我拗你，你有理由跟他講，他聽得下去，說一句：這件代誌跟你金生沒關係，我不敢動你一支毛。小弟啊！憨松大仔做人處事，你甘不清楚？若你無法解釋眾人心裡的疑問，大仔認為你有嫌疑，那你就要給我一個交代。」

李金生當然知道，憨松老大是出了名的江湖仲裁者，在道上極具分量，這位老大為人公正，處理黑道間的利益紛爭，總能讓人信服，而且他為了「喬代誌」，自己與親近門人絕不涉足黃、賭、毒與這幾年才興起的公共工程圍標，但是，單靠仲裁所得利潤與受他庇護者的孝敬，老大早已經是鉅富，也因此，他不可能砸了自己的金字招牌去偏袒其中一方。

他努力回憶吳火源這個人，李金生與他交集不多，但他知道吳火源與他那個「盤仔假流氓」，囂張、淺薄的弟弟，個性完全不同，兩兄弟差了快二十歲，哥哥內斂客氣，表面上像個和善的阿伯，其實是淡出檯面的大哥，真正的江湖人！聽過他在搞賽鴿，是個有能力操控上億賭局的實力人物。

幹！殺吳水逢時，怎麼沒想到他還有這個大哥，但李金生不後悔，即使知道「事尾」（爛攤子）如此棘手，時間倒流，他還是會殺了阿水。

當天，他準時赴約，一個小弟沒帶，身上連把指甲刀也沒有，他知道在憨松老大的地方，這些都是多餘的，以大仔的老派作風，就算要他的命，也會讓他回家交代好後事，再來追殺。

像這種喬事情的地方，憨松老大在好幾個縣市都有，一入室，寬敞的廳堂內側，有張七、八公尺長、兩公尺寬的奇木樹瘤泡茶桌，桌緣還保留樹木外型，這麼巨大、自然成形的桌面，需何等巨大的神木方能裁得？恐怕要價數百萬，而且有錢還不見得買得到！

「金生，來坐，喝茶。」倚牆而坐的憨松老大親切招呼他，足足可以圍坐快二十人的泡茶桌，只坐了憨松、吳火源以及一名老大厝內的壯漢，幾個精悍的年輕人站立在遠遠的門邊，不得招呼不敢靠近。

吳火源品嚐著老大親自執壺沖泡的上等春茶，咂著舌頭稱讚茶好，似乎不急著進入正題，等李金生喝了第二泡茶，憨松老大不疾不徐地說：「阿水是六百創的，這點，戴帽子的（警察）攏已經確定了，咱免爭，好！阿火，你說看嘜，為什麼你認為是金生駛弄（教唆）六百刣你小弟？」

「唉！說起來嘛是阮小弟先得罪金生，這兩人有一條賭債糾紛，金額真大！到現在我嘛不知，阿水有乎人『剪傲』否？但是呢，阿水把金生的小弟阿豹帶走，逼金生出面……」他轉頭看著李金生：「我聽說，阿水打甲你歸身軀傷，你怨恨他嘛是應該，好！我不論你的場子內，是不是有人博歹傲，我當作無！這條，是阮阿水不對，但江湖事有江湖事的處理方法，你不能找人刣死他啊……」

「火兄，就親像你講的，江湖事有江湖事的處理方式，我嘛打算照規矩來，找大人做公親，當然啦，我的輩分是請不動憨松老大，但總嘛是有阿水會尊重的長輩嗣大，可以出來解決阮兩人的糾紛，阿水若拿得出我博歹傲的證據，我自己鼻子摸摸，乎人打沒討的；但他若拿不出來，嘜講他逼我簽的本票與字條仔要還我，恁爸賭債照討、利息照算，他打我跟阿豹這條，我嘛欲討。可是，就在我養傷的時候，他就乎六百刣死了，真的，跟我沒關係。」

憨松老大點頭：「若要說，因為有這樣的冤仇，就認定金生，是講袂過啊！阿火，你還擱有啥米證據嗎？或者聽到啥米消息？」

「我本來是不想講，阮阿水太超過，打金生嘛就算了，擱糟蹋人……」他像是在顧及金生的面子，附耳到憨松耳際竊竊私語，想也知道是在談他差點被雞姦的細節，李金生不知道是氣憤還是羞赧，他感覺像是被剝光了衣服般的窘迫，臉都脹紅了！憨松老大盯著他，點點頭，同情地說：「這就是阿水的不對，奈ㄟ這呢超過！黑白來！」

「是啊！若是金生來找我，無論如何我攏會叫阿水賠罪，設法彌補，但是，阿水雖然過分，對不起金生，嘛無惡質甲該乎你刣！一條人命咧！阮姪子今年才八歲，以後沒老爸，可憐喔……」

吳火源叨叨絮絮，向憨松老大訴說遺族的無助與淒涼處境，接著話鋒一轉，他告訴李金生：「一事歸一事，阮阿水用拗的，硬逼你簽的本票、字條，我現在還你，我說過，我當作你沒有博歹傲，但是，到底有或是無？阿水死了，只有你自己心裡清楚。」說完，吳火源雙手奉上那天李金生菊花差點被捅時咬牙簽下的自白書與本票。

這隻說話慢條斯理的老狐狸，句句溫情脈脈，公正合理，且兼顧李金生的委屈，但步步進逼，擺明了不要錢，要命——李金生的！搞得這位後輩小子槍法大亂，額頭汗涔涔，不知如何回應。半晌，他略提高聲音說：「兩位大仔，我這漏氣代誌，尚多只能說我有殺人的動機，並不代表是我叫六百刣的，火兄，你甘不知恁小弟冤仇人一大堆，毋通白狗偷吃，黑狗擔！」

說到底，他也只能訴諸證據力，但黑道哪有在跟你講證據、程序正義的，有聽到風聲，看起來像是你，就是你了！要不然大家怎麼不說別人，都說是你，這就是黑道的邏輯，這裡不是法院，李金生訴諸證據，顯得無力。

吳火源瞪著他說：「好，我乎你雞嘴變鴨嘴（不再反駁多辯，認份屈服）。」

他招手叫來一個站立門邊的小弟，吩咐道：「把人帶來。」

五分鐘後，一個被打得像豬頭的小弟讓人押了進來，吳火源向憨松說：「這個囝仔是馬沙的人，我派人在追六百時，抓到這個少年仔，可惜，那次被六百逃走，只抓到這隻，你聽看嘜伊按怎講。」

小弟像是被打怕了，他也不曉得正在聽取他供詞的，就是江湖上的傳奇老大，他哆嗦著：「我說、我說，六百大哥告訴我，他是為金生兄報仇才殺了阿水大哥，李金生答應他，會把阿水的場子都交給六百大哥，他要我以後好好跟他，一定會有前途的。」

「呵！原來還擱在肖想阮阿水的場子喔……」

「金生，你還有什麼話講？」憨松老大語氣開始嚴厲了。

「這叫證據？你青睬（隨便）抓一個小弟，說他是跟六百的，然後編一個故事，說是我叫他刣，我不服！」

「哼！這囝仔是不是跟六百的，找馬沙來問就知道。」吳火源看著憨松。

「……」

憨松沉吟了半晌：「代誌已經明朗了，我憨松若硬說是你金生駛弄六百剖人，你一定不服！好，一開始，阿火說你是背後的藏鏡人，阿火這邊要提出一個說法，來說服大家，現此時，他說的不是有孔沒榫，『牛雞到馬卵』[1]的話；金生，你嘜擱講沒證據，這款代誌本來就不會有證據，咱又不是戴帽子的！我給金生你一個機會，你帶六百來解釋，他如果說不是你，跟你沒關係，這條，他自己擔，阿火，你也不可以再追究金生，人家兄弟就是有這個情分。金生，我留一條路給你，你想清楚，嘜擱講一些阮聽不下去的話。」

一錘定音，李金生再無狡辯的空間，他無力地說：「我要去哪裡找六百？」

兩個老傢伙看都不看他一眼，此事，就這樣處理了，李金生必須找到六百自清，否則，就得談談怎麼償命！

想了想，李金生正色道：「人，我不一定找得到，他不是我的小弟，但是，我會給火哥一個交代！」

行動之前，小隊長鄭立忠帶著「小朋友」蕭仁友到那個賭場勘查過地形，這棟民宅在公寓四樓，只有大門跟防火梯兩個出入口，加上巷口一個「照水」的傢伙。

1　母牛的陰戶裝上馬的生殖器，很粗俗的台灣髒話，指說話不對頭，胡說八道，不一樣的事情拼湊在一起胡謅。

孫啟賢決定不知會轄區派出所，自己一個組的警力夠了！他下令，小朋友先控制把風的小混混，再派一個人堵住防火梯的後門，其他人跟著潘家興直衝大門，他還刻意找人進去賭過一次，那場子的空間結構、廊道樓梯，就連廁所在哪裡，都掌握得一清二楚。

「別動！臨檢！」

那場子裡，有好幾桌正賭得歡！「莊、莊，閒、閒……」圍聚在百家樂賭檯周遭的幾個衣冠楚楚的男人脫下西裝、擼起袖子，赤紅著眼盯著那幾張牌，都喊臨檢了，不知是周遭太吵雜沒聽清，還是過於專注在牌桌充耳不聞，有幾人還吆喝著莊閒，潘家興又高喊了一聲：「警察臨檢！所有人拿出身分證！」這時，反應比恐龍快不了多少的男女賭客才意識到這場子被抄了，不知所措尖叫的、拔腿衝向後門廁所的、還有鑽進賭桌下躲藏的……也有呆在那裡，剛想到要跑時已經被警察按住了的二愣子。

最後進入門內的孫啟賢冷靜看著這幕鬧劇。

這上下兩層公寓裡所有人都被集中到賭廳裡來看管著，包括內場帳房、小房間裡盯著監視器的保鑣、賭檯前的荷官，連廚房裡的歐巴桑、跑腿小弟都被控制行動，一一盤問著，自然也少不了這次孫啟賢非得逮到的目標——明奎。

孫組長是確認明奎在場才行動的！刑警隊隊部外勤組沒有自己的轄區，衝賭場會得罪當地「土地公」，不通知而掃蕩，被視為忌諱！尤其孫啟賢自己也是搞賭的，這種作法更是惹爭議！但他心裡盤算著，搞定後找轄區分局刑事組共同偵辦，甚至讓對方主導，該揑該放，如何移送，一切尊重學長，除了明奎不能放過！他相信這樣給足了面子，學長再不爽也得吞下去。

他交代潘家興半小時後、控制了整個狀況再通知轄區分局，他得利用這空檔做他該做的事！孫啟賢命鄭立忠，帶著五、六個弟兄，徹底搜索這兩層樓每一個抽屜、箱籠、保險櫃，甚至天花板、牆壁夾層，理由是他懷疑賭場主人藏匿毒品槍枝；為人正派的王世剛小隊長則被交代負責清點、看顧著賭桌上的現金，莫讓自己人揣進褲袋裡；至於這些賭客，他指派了一個隊員登記身分證，等一下完整的交給轄區處理。

「簡明奎先生，根據警方的調查，你有兩次賭博前科，這次被查獲的是職業賭場，我可以提報你情節重大流氓，去管訓喔。」

「嘿嘿！聚賭而已，又不是殺人放火，恁爸嘛不是不曾被管訓過，大組長，要報老鼠仔冤（藉機報復細微過節）喔，作你來啊！幹！」

「你嘴真秋喔！」孫啟賢盯著他，也不動怒，反正，多的是整他的機會。

兩人互瞪了一會兒，這廝絲毫沒有害怕、求饒的神色，孫啟賢覺得無趣，拍拍他的肩膀，低語：「你甲恁爸皮繃卡緊一點。」然後踱步離開，督導起部屬的搜索行動。

過了二十多分鐘，鄭立忠帶著小朋友，捧著一堆證物，沒有期待中的槍彈毒品，但有一把小武士刀，六七根警用甩棍，還有好幾件尖頭手指虎、六七根鐵鍊條、木劍、電擊棒，雖然可以辦他槍砲罪，但組長毫不在意，潘家興隨後趨前，呈上一大疊簽單、本票、收據、帳單、帳冊，組長一把搶過，略顯著急的快速揀選、翻閱……

「大組長，你簽的本票我沒有放在這裡，哈哈哈，你想看嘜，我嘛知道你隨時會來衝我的場子，我會笨到把你的本票放在這裡？放心，你找不到！」

明奎放肆大笑，他金屬般尖銳的聲音，像夜梟長啼，相當刺耳，孫啟賢火了！他衝過去甩了明奎一個巴掌，那練過的掌力帶著怒氣使足了勁，幾乎打掉他兩顆牙齒，「呸！」明奎吐掉口中的鮮血，輕蔑地說：「來啊！來啊，打我啊……我看你還擱有什麼招？」

打得他滿嘴鮮血，難保不被投訴，孫啟賢是衝動了，他立刻壓住怒火，冷靜下令：「帶他到小房間去。」

孫組長熟知好幾種可以打人驗不出傷的方法，但饒是如此，還是沒能追出本票下落。

十二　為錢所困

既然孫啟賢不想得罪學長，這個案子還是交給轄區分局主導，算是該分局刑事組「主動」發現轄內有賭場，因此會同刑警隊偵二組合力取締。刑案移送書裡的賭場負責人當然不會是殷勤燒香拜「土地公」的明奎，他成了賭客，裁罰台幣六千元了事，日後換個地方，這個賭場還是能夠繼續經營下去；轄區與明奎掛勾的警察們不至於受到處分，財路也還暢通。

走出四分局，明奎找了個公共電話，打給某人：「喂！大組長實在有夠狠！打得我得內傷，看來他已經在『狂』了！」

「……」

「差不多要申請本票裁定了！嗯、嗯，我會處理……幹！咱甘欲甲他玩這呢大？」

「……」

「先講好喔，我跟他是無冤無仇，萬一有按怎，你不能放我一個人喔……」

沒錯！明奎的事沒那麼容易過去，他會繼續出招。

孫啟賢出師不利，想藉著掃蕩賭場搶回本票的打算落空，輪到他皮要繃緊了！兩個禮拜後，法院裁定支付命令，孫啟賢必須償還所簽本票金額四百萬元，有這份法院的命令，明奎隨時可以查封孫大組長的車子房子、存款土地，就連薪水都能每月扣三分之一抵債。

他從沒這麼需要現金，他開始體會被錢煎熬的滋味。

因為，孫啟賢向來不太管賭場的帳，美玲也只有賭場一開始營運時，會規規矩矩地跟身為股東的孫組長匯報營收狀況、分紅數目，也只有那時候拿到的錢讓他「有感」，甚至因而產生自己手頭還有不少餘錢的錯覺；這兩人成為公婆後，美玲不再跟他談帳務細目，就連場子該給孫啟賢的紅利，也由當老婆的自己左手轉給右手，只是越轉越少，美玲總是說家用、房貸扣掉，或有急需的理由得拿錢，孫啟賢本不太在意，加上他也沒在記帳、理財，印象中以為自己總還有點積蓄，等到需錢孔急，刷了存摺才知道帳戶裡的錢遠比他以為的少，為此，兩人又大吵一架。

他只能向李金生求助。

「金生，你現在能調動多少資金？」

「按怎？我自己手頭也緊。」

「哭爸啦，我現在若沒有一筆大條的，無法過關。」他吞吞吐吐將美玲賭輸被押走逼債的事情，一五一十地告訴李金生：「你想，那種情形，我可能放美玲被他們抓去賣嗎？錢再賺就有，我不能不管她。」

李金生一臉關切，畢竟美玲與孫是他撮合的，他真像個大舅子對妹夫似的，不無愧疚地說：「以前啊，她頂多小賭，幾十萬我也幫她處理過，罵幾句就收斂了，我不曉得她會舞甲這呢大齣，害到你！真歹勢。」

「唉，人是我的，這跟你沒關係啦！這條怎能算在兄弟你頭殼頂，是我自己不會管教查某人。」

「現在你打算怎麼處理？憑良心說，打三折已經是最低行情，人家給面子了，也站得住腳，再不跟人家處理，江湖上說不過去，人家去督察室弄你，扣你薪水，不能說是不對！」

「我當然知道，就是沒錢！」

「大哥，不是我說你，你怎麼到現在才跟我講，前一陣子，咱場子裡還有點現金，先讓你拿去用，一、兩百還勉強湊得出來，再找人調民間三分的（利息），就算一時調不到，先還一半，我出面跟明奎談，另外一半以賭場行情算利息，看分幾期，只要能在半年內還清，也不是不能談。」

「那現在呢？還有多少現金可以湊給我？」

李金生沒回答數目，一個勁地抱怨：「大哥，你不該去衝他的場子，現在，結這麼大的冤仇，我也沒有立場幫你說話，只能立刻拿錢出來處理，讓人家沒話說。」

「就因為美玲說，好像被設局，所以……唉！我也是一時衝動，加上賭爛他把美玲打成這樣……好啦！嘜擱講了，漏氣代誌！」

這種時候，不想拿錢出來，就只能沉默以對。

組長再鼓起勇氣，懇求道：「好啦，這些都先嘜講，你可以乎我借支嗎？算利息嘛可以，你知道，我除了薪水收入，就只有你這邊的紅利，我沒有其他來源，這次，真的要請你幫幫忙，不然，我過不了關……」

「不是我不幫！而是……」李金生艱難地說：「我現在也拿不出來。」

「那、怎麼辦？」在孫啟賢心中，賭場是個現金流量很大的地方，借支、調度金錢應該很容易，哪知道李金生哭窮。

「我正想跟你講，公司要暫停營業，大概半年吧！到時候我會再找地方，照樣給你仝款趴數的乾股。」

「啊做得好好的為什麼要休息？」

「我可能要跑路一陣子。」

「幹！是按怎？警察又沒有要抓你，如果是為了兄弟事，大家出來喬，我倒想看看誰敢動你！」

「嘜問啊啦！」

「是按怎啦，你不說，我怎麼幫你？」

「唉！很麻煩啦！你最好不要插手，這擺我若過得了難關，咱兄弟再擱作夥賺，放心，有我就有你。若我拚不過，以你現此時在警界的趴數，相信也有很多人想跟你合作，只是，唉！江湖險惡，大哥，你是好人，我勸你，不要對人青睬剖心肝。」

這些話像是在交代遺言，讓孫啟賢大駭！

「說看嘜！到底是什麼兄弟事，連我攏無法度處理？」那年代，在地方上，刑事組長威權大，介入調解角頭間的衝突，都不會是小事，若連組長還喬不動的江湖恩怨，那一定是利益糾葛很深、金額超大，或是其中一方把仇家得罪得死死的。

孫啟賢接著又說：「實在跟我沒交情的，我總嘛找得到跟對方有利害關係的學長來談，再不行請隊長出面，我若拜託，相信他會幫忙，你放心，只要你嘜完全無占理，咱用警察的力量，擱卡大的代誌，嘛要甲喬落來！」

孫啟賢為了他，願意以自己愛將的地位，加上利益進貢的交情，動用一個縣市的刑事龍頭，李金生不只是感動了！他握住組長的手：「不枉費我叫你一聲大哥，但，這次逼我的是憨松老大，我看，真的是連你都無法度處理。」

孫啟賢倒吸了一口涼氣！憨松，警察局長見了都要叫一聲「大仔」，除了他是無給職國策顧問，也因為選舉時他在黑道的動員能力，使得這幾任國民黨省黨部主委，當他像黨國大老一樣給予榮寵，縣市長檯面上不便跟他太過親近，但憨松老大若傳話有所請託，必然慎重處理；至於出自他門下、有黑道背景的縣市議會議長、代表會主席，加上議員，不計其數。若黑道人物對政客來說，是擺不上檯面的夜壺，那麼憨松就是國民黨高層御用、鑲金嵌鑽的超級名牌大夜壺，金生怎麼會惹上這麼個江湖大老？

「哭爸！奈ㄟ按呢？說看嘜，你是什麼代誌得罪憨松大仔。」

「唉，前一陣子大哥你不是要抓六百嗎？我老實告訴你，我知道他藏在哪裡。」

「真的！」孫啟賢眼睛瞪大了：「你怎麼不跟我說？」

「不行啊，跟你說了，恁爸就死定了！」

「按怎講？難道，吳水逢命案跟你有關？你是主謀？」

「幹！你想去哪裡？要說跟我有關，的確也有關，但其實，真正跟我沒關係。」

「你是在講啥小？顛顛倒倒，沒有邏輯。」

「唉！」李金生嘆了口氣，告訴孫組長：「大哥，你打了吳水逢之後，他一直想找我算帳，後來，他藉口咱家的場子詐賭，把阿豹押走，逼我出面，我去救阿豹，嘛乎他打甲足悽慘……」

「喔，前一陣子我看你滿臉是傷，問你、你也不講，原來是阿水打的，後來，你就叫六百剮他？」

「哭夭啦！六百那個痟仔！呷藥仔頭殼壞去，誰有辦法控制他？」李金生竄改部分真相，告訴孫啟賢，他跟陸柏建的確是一起長大的總角之交，但這傢伙進出監獄幾次後變得邪氣，自己基於童年交情，每當對方需索，總盡量接濟；而吳水逢是受他老大馬沙庇護的外圍撈家，有錢的說話卡大聲，阿水在家門內坐大，已經讓陸柏建吃味，加上這個盤仔人傻傻得罪了六百這個不知道什麼時候會翻臉的殺手，因此當他拗李金生、幾乎將阿豹打殘的消息，在馬沙家門內傳開來，六百主動跑來找他，說要幫李金生報仇。

李金生說：「我只是同意他把人押回來，教訓一下，然後討回被逼迫簽下的本票跟字條，所以就借他槍，哪知道這傢伙竟然打死阿水，還到處說是我背後指使的，幹！我跳到淡水河也洗不清。」

接著李金生把吳火源請出憨松老大那段過程，一五一十地說出來，除了稍微改變老大的指令，他說：「憨松老大下令，我跟六百要有一人償命，若不提他的頭來見，就要我的命！」

「幹！這麼鴨霸？」

「是啊！不然怎麼叫做江湖仲裁者，他的話，比法官判決更可怕。」

「更糟糕的是，六百到處說，我是唆使他殺阿水的幕後黑手，還威脅我要給他一千萬的跑路費，否則，他就要把我拖下水，如果我給錢，他就傳話給憨松老大跟吳火源，說此事與我無關。你看，明明是他主動找我，我答應他幫我追回被脅迫簽的本票、給他兩百萬分紅，他話顛倒講，反正現此時他揹著墓碑跑路，他最大！換了你，你會怎麼處理，這時候你跟我調錢？我比你還慘啊！」

「兄弟，那你是準備去刣六百？」

「我刣他得過嗎？如果用錢解決，我手頭也沒一千萬現金，他現在跟瘋子一樣，又不能講價，最怕的是給了錢不能解決，今天一千，明天五百，我要如何應付他？」

「唉！」李金生低頭沉思許久，抬頭見到孫啟賢一籌莫展的眼神，突然起翻身跪倒在地：「大哥，現在只有你能救我！我的一條命在你手上……」

「起來、起來！你的事情我一定幫忙，你不要這樣，好好講。」

被攙扶起來後，李金生附耳細語，跟孫啟賢道出籌劃已久的計策。

「……」孫啟賢想了半晌：「不行！會爆孔（露出破綻），這是犯法的。」

「不會啦，你聽我說……」李金生又講了一套執行的細節，那是他精心構思的成果，設想了各種可能，連法律面如何脫罪都考慮到了，聽起來頗具可行性。

「不好！畢竟是一條人命，再想看看有什麼辦法？」

「大哥……」李金生提高聲調：「不是他的命就是我的命，江湖就是這麼險惡，今天是人家不讓我活，連你也見死不救嗎？現此時的狀況是小弟的一條命快沒了，你要婦人之仁嗎？」

李金生又下跪了：「大哥，我一條命在你手裡，你剛剛跟我調錢，我沒答應，是因為給了他，就沒辦法借你，不給他，我也沒把握保得住這條命，所以要把那棟房子跟一些現金留給老婆小孩。只要你幫我，我活下來，明奎那四百萬我負責，我再抵押房子跟銀行借錢，給你五百萬，相信我，錢再賺就有，只要救我一條命，我用一世人報答你……」

禁不起李金生的軟磨硬求，儘管孫啟賢沒有明確答應，但已經認真地跟李金生討論、修正執行的細節了，臨走前他說：「再研究看看，非到不得已，不走這步！」

望著他離去的背影，李金生笑了。

十三　甕中殺鱉

孫組長、潘巡官、蕭仁友三人驅車前往現場途中，老大繃著臉，氣氛有點僵，雖然要出發前，孫組長只找來潘家興，簡單交代說：「你、小朋友，跟我作夥去看現場，要帶槍。」

這三人心裡都清楚，此行雙手將沾滿血腥。

如果能不與屬下共謀，就算得孤身涉險，獨自面對槍擊要犯，他也無懼，孫啟賢百般不願意有把柄落在這兩人手上。只是，他想破了頭，就是無法在缺少親信部屬的合謀、協助之下，做到百分之百安全，沒有任何證據、破綻落在檢警同僚手上。

後來是李金生說了，由他去說服潘、蕭，孫還叮囑，若兩人同意了，還得搞得像是他們先決定幫李金生，再來懇求組長領軍，而孫啟賢基於大夥兒同船一命的共同利益，勉強同意，李金生心裡暗笑，這位大組長是又要當婊子、又想立牌坊。

三人心照不宣，很有默契地不提此行要做的事，一路上沉默居多，偶爾「小朋友」受不了車內像是死了爹似的低氣壓，說幾句言不及義的話，潘家興也有一搭、沒一搭，組長一路無語，直到下車，才命潘巡官：「附近找個公共電話，先打給金生，確認人在裡面。」

這時，陸柏建還滿心等著夜半三更李金生送他搭漁船到菲律賓躲避風頭。這段被李金生藏匿起來的日子裡，他整天懊悔著，當時為何不連司機、保鑣一起殺，這樣就不會被認出來，如此，現在已經接手阿水的場子，當上厝內實質的少主了，可惜啊！人算不如天算，他認了，反正李金生會把他該得的錢匯到菲律賓，那邊幣值低，錢更好用。而且，李金生不曉得用什麼藉口，把他防身的槍彈騙走，此時，他不只是甕中之鱉，還是一隻待宰的王八。

孫啟賢很有耐心地等到半夜兩點，他下令：「上！」

這組人，連倉庫的鑰匙都有，他們悄悄掩襲，黑暗中，只看到六百躺在一張行軍床上打呼，旁邊雜亂的棄置著空寶特瓶、保麗龍便當盒、菸蒂、報紙……突然之間，三人的手電筒強光乍射，六百從睡夢中驚醒，還來不及問清來人是誰，孫啟賢開了一槍，正中胸膛，陸柏建倒在血泊中，還沒死！

「小朋友，你退到二十公尺後，靠右、再靠右，退、退！對，就站在那裡，對準腹部、頭部，再開兩槍。」

「砰！砰！」

「對準後面的牆，再開一槍，這發不可以打中！」

潘巡官還呆著，孫啟賢惡狠狠地說：「按怎？無你的代誌，是嗎？你給我退到門邊，射腿，打兩槍。」

「砰！砰！」

「幹，沒打中，再打，你娘咧，常訓打靶都在混是不是！你他媽的至少要給我中一槍……」

三人的子彈都打在六百的身體裡，這傢伙也死透了，孫啟賢戴上鑑識用的手套，從懷裡掏出一把包裹得嚴實的手槍，拆封後，塞到六百的手裡，先在槍柄按上指紋，然後他坐在六百的屍體旁，以死人的角度，模擬他開槍反擊的情形，分別在不同位置，朝設定的方向開了六槍。

事畢，他淡淡交代：「蕭仁友，按照規定通報。」

孫啟賢走出倉庫外，點了支菸，他望著滿天星斗，感覺每顆星星都像是盯著他看的眼睛，他躁得很，不禁用力吸了一大口菸，尼古丁與焦油衝進支氣管時，不小心嗆到，他猛咳，咳到吐，這一吐，吐到胃裡翻江倒海，他無法控制，繼續吐，胃都痙攣了，淚液在眼角直冒……

潘家興不知何時走到他身後，用力拍著組長的背，不無討好地問道：「我到車上拿瓶水給您喝……」孫啟賢搖搖手制止，好不容易止咳、不再嘔吐了，「呸！」他朝地上吐出口中殘留的酸液，用嘶啞、苦澀的聲音說：「家興，你為什麼會答應李金生幹這件事？」

「兄弟相挺嘛，我只有一個前提：組長同意，我就幹！」

「你不會後悔？」

「有組長在，我怕什麼？」

孫啟賢思索著，這幾句話是效忠之意，還是把主謀的責任推給自己？他相當介意剛才潘家興愣著不開槍的舉動，但他知道小朋友是更容易被收買的人，心中暗歎一聲，溫言道：「對！跟著我，什麼都不用怕，家興，你要知道，這件事幫了金生之後，咱兩邊關係會擱卡『密』，賺錢不是問題。但你要記住，咱是警察，是管他們的，以後，咱要擱卡小心，金生那邊有什麼事情，他私下跟你、跟其他隊員說了什麼，或他那邊的小弟講到我們什麼事，你都要詳細聽，話少一點，回來跟我報告。」

「是！」

「家興，隊長一再交代我，你不能用！因為你複雜，但我看人角度不一樣，複雜，說明你能力強，他們沒有看出你有忠直、『硬氣』的一面，你只是不輕易效忠你看不起的長官。我不一樣，我有自信，我敢重用你，所以把你當成伙伴，你不是我飼的狗，相信我，我孫某某有的，攏會有你一份。」

也只能這樣了，先安撫著這傢伙吧！想想，他又不放心地說：「交代小朋友，嘴巴緊一點，千萬不能喝醉酒亂講話，我把他交給你囉。」

天還沒亮，專案小組、鑑識人員、當地轄區警分局、派出所陸續來到，連局長、隊長都趕到現場，聽說天亮後檢座也會趕來，孫組長的報告是這樣的：因日前接到線報，指陸柏建曾出現在這個海濱的倉庫，由於線索來自「馬沙」不良組合成員，因此他相當重視，可是，因日前本組呈報了一份情資，檢察官率大批幹員前往圍捕，卻撲了個空，顯然情報有誤；為此，刑警隊長在專案會議指示，線報來源紛亂，務必過濾後再提到專案會議討論，不能私下報請檢察官指揮。為了避免犯同樣的錯，孫組長決定利用黑夜，率員勘查現場，若研判該情報準確度高，再依程序呈報專案會議。詎料，黑暗中與陸嫌駁火，孫組長與兩位幹員在遇襲後回擊，當場擊斃陸嫌。

喧騰一時的吳水逢槍擊案，就這樣偵查終結，檢察官以犯罪嫌疑人死亡，不予起訴。孫啟賢、潘家興、蕭仁友三人破案有功，各記大功乙次，媒體報導了幾天，隊長更是對孫啟賢讚譽有加，因為，這個案子讓警界尷尬，能擊斃悍匪，順利破案，也讓外界不再議論此案引發的警風紀問題。

六百死了，吳火源還想追究李金生教唆之責，但這一次談判，李金生底氣相當足，一來，可以將他咬死的人，被滅口了！第二，他透過台中市一位重量級的省議員，為他先向憨松老大當說客，話術內容跟他告訴孫啟賢的差不多；這套故事，可以自圓其說，但禁不起有心人推敲，也因此，李金生讓省議員先奉上五百萬元「仲裁費」，換得一個私下單獨申訴的機會。

同樣圍坐在那張巨大無比的原木泡茶桌，吳火源眼睛幾乎要噴火：「金生仔，你厲害、英雄出少年，還會勾結警察殺人滅口？」

「你老大人歲數多，要尊重自己的輩分，飯可以亂吃，話袂當亂講。」

「你講啥？要跟我開戰嗎？」

他沒在怕：「我說你老番顛，刣你小弟的人死了，冤仇也報了，你是欲牽拖多少人？全世界攏欠你嗎？你也不想想你那個小弟，四界得罪人，甘只有跟我結怨？在馬沙厝內，恁阿水三不五時嘛糟蹋六百，說話正尻左洗[1]，看人真無，盤仔人按呢橫著走，早晚要扛去種[2]！」

「你！莫太猖狂！」吳老先生動怒拍桌。

憨松溫和地訓斥：「金生，袂當對多歲人講話按呢無禮貌！」

「是，老大！但我要跟兩位老大報告，沒錯，阿水的代誌，我要負一半責任，當時六百主動找我，說要幫我報仇，我借他槍，叫他把人押來，當然啦，人若在我手上，我不會讓阿水遐呢『好呷睏』（過好日子、稱心如意），該討的我會討回來，重點是，我必須拿回本票跟字條，我也答應六百，把人抓回來給我後，我若討回本票，會給他兩百萬。但是，後來他殺人，跟我完全沒關係。」

1 尻洗：「諷刺」、「羞辱」之意。對某人「正尻左洗」，指說話針對某人極盡諷刺、嘲諷、羞辱之能事。
2 意指死亡入土。人死後入棺，棺材入土像在種東西般。

「你當時不是這樣講，你說你躺在醫院，就發生這件事！」

「彼日恁兩位老大甘有乎我講話的機會？就憑馬沙厝內一個小弟的說法，就認定我駛弄六百剖人。好死不死，真的是我叫他去的，只是沒要他剖人，那時候，我無法聯絡到六百，我奈ㄟ知他在想什麼？是不是對我有歹意，直接的反應就是先推乎離離離……

「還有，兩位老大要我把六百帶來，我按怎帶？喔，跟他講憨松老大要審你，我帶你去死，你死之前，先把代誌說清楚，毋通冤枉我，你想，他肯嗎？還是我用武力抓他？他彼時揹墓碑跑路，我跟他戰，要死幾個小弟才能抓到活的六百，綁來你們兩位老大面頭前替我辯解？就算我押他來，他恨我，甘會講實話？

「老大！」他用憐求的聲音說：「你們對我的要求太苛薄，我辦不到，要我死，乾脆講乎明。」

「所以，你就借刀殺人，叫警察殺他。」

「火兄，你嘜聲聲句句攏是殺人滅口、借刀殺人，你對我已經有成見，你若要我的命，就嘜找憨松大仔調解，直接來嘛！」他霍地站起來，瞪大了眼睛，居高睥睨吳火源，一副要吃下他似地攘臂叫囂：「來啊，我乎恁小弟糟蹋到不成人，你做阿兄擱來誣賴我，欲開戰嘛無要緊，我一條命配你這隻死老猴，算你賺到，幹你娘，你這個老番顛！」

「金生，坐下，在我的面前，你要注意你的態度。」

李金生立刻坐下，態度一百八十度改變，謙卑地低頭說：「老大，阮找您調解，就是要講道理，分辨是非。火兄已經認定我駛弄六百在先，殺人滅口在後，這不只是欺侮我後輩，嘛對您無尊重，話攏他說就好！」

「你說！阿火，你先聽看嘜。」

「是，我既然無法度把他帶回來，唯一的方式，就是乎警方把他抓到，阿水不是什麼善良人，這款黑道車拚的事情，六百最後不會判死刑，所以，我想說，我可以幫他找律師，並且答應他，在他入獄服刑時，照顧他的某囝；但他也要透過律師幫我澄清，律師可以讓火兄找，我來出律師費，律師加上警官見證，這是我唯一乎你們相信我的機會。」

「奈ㄟ打死人！」

「這要問孫組長。」

「哼，誰不知道他是你鬥陣的！」

「火兄，你老貨仔人頭殼卡清楚一點好嗎，幹！恁爸是警察局長嗎？他一個刑事組長會乎我喊起喊倒？我要他殺人他就殺人？難道不怕爆孔？弄到連警察攏無法度作？」

「那你就出賣你的兄弟！」

「你可以說我出賣，沒錯，六百跑路時來找我，要我幫他『坐桶子』（偷渡）去菲律賓，我相信，我如果這樣做，我跟他，攏會死在你火兄的手下，你要派人到菲律賓殺他，很簡單；反倒是，他被抓了才能保住一條命。當然，我嘛是，誰不知道你火兄有仇必報？如果，他被抓，關個二十年，你小弟那條命，他總算嘛用半世人來賠，另外半條，我只能用錢來幫他賠，畢竟，我嘛有責任。」

李金生換了一副嘴臉，用哀悼的口吻說：「過去的冤仇，阿水也不是沒有過錯，人死了，就要放下，阿水還有囝仔，跟兩位阿嫂，我會盡量幫忙。」

忍耐已久的吳火源突然爆發：「神嘛你、鬼嘛你！你是要用多少錢彌補我兄弟的一條命，幹！照我們當初說的，你必須帶他來說明，現在六百死了，你做不到，我就認定是你在幕後駛弄。」

憨松也被吳火源不講理的態度弄得不爽，他拉下臉：「阿火，你按呢就是不想要講，既然無愛講，何必找我調解？」

李金生幾分鐘前嗆堵，說要跟吳火源開戰，其實是想激怒對方，現在他反而一副理性友善，是個可以協調、談事情的態度，他冷靜地說：「火兄，一命換一命，六百已經還了，我承認此事因我而起，我有道義上的責任，但，阿水的死，不能算在我頭上。」他畢恭畢敬地拿了一張兩百萬支票，低頭奉上，給憨松老大：「老大，這個數目，你看可以嗎？」

憨松沉吟半晌，轉頭對吳火源說：「是啦，殺人償命，刣你小弟的人，已經死了，是天在收他！你也應該放下，這些錢，你拿去乎你弟媳婦，這事，就這樣結束，好嗎？」

「老大！」吳火源流下淚，哽咽著說：「這是我小弟一條命啊！他做人有虧欠，但他不應該死啊……」他戟指李金生：「攏是他！他在背後駛弄，他才是尚惡質的人，你……還我小弟的命來！」

歐吉桑越哭越淒厲，伏案捶桌，完全不聽人家勸，弄得憨松老大也不自在，又從不自在變成不耐煩，但又不能不讓他哭！好不容易吳火源淚乾了，憨松老大的耐心也用盡，他用罕見的嚴厲語氣說：「來我這裡喬代誌，牽涉人命的，你不是頭一個，每一個攏嘛有歸巴肚目屎，阿火，我可以不講證據，但不能不講道理。一開始，金生說的，我嘛有兩分懷疑，但兩分不夠，反倒是後來他擱講的，有七分可信，我只能這樣處理。你不願，好！這件代誌我處理到這裡，兩百萬你不收，我用阿水的名義捐給孤兒院，你嘛免尊重我，離開我的所在，我允准你跟金生車拚，你們誰死攏跟我沒關係，金生，你自己愛小心，我作老大的，無路用啦，我講的話，攏無人要聽啦……」

「嘜按呢講，感謝老大的調解，可以讓火兄的，我一定讓，畢竟，是他的親兄弟往生，我不會跟他計較。」

「嗯，少年人有腹腸（肚量）是好事，以後有閒常來泡茶，嘜見外。」

第二回合談判，李金生大獲全勝，他體會更深的是，所謂江湖仲裁者，公正公平，其實也不過是盡量讓受委屈的弱者不敢哀嚎喊痛，或哭得小聲點；讓占便宜的強者，氣焰壓低一點，免得弱者無路可走拚死一搏，妨礙了老大的名聲。哼！憨松老大，跟國民黨開的法院差不多，重點在於關係跟實力，要不是省議員的背書加上五百萬仲裁費，自己今天這關過得了、過不了，還不曉得咧！

第二部

十四　瘋股市

一九八九　芒種

孫啟賢那不到五坪的組長室，扣掉屏風裡的行軍床與小型衣櫃，再擺上辦公桌椅、公文櫃，只剩下一張可以容納四個人圍坐的泡茶桌，因為組長剛上任時動了桌位，更顯侷促。外人以為是講求風水，只有他自己知道，那個角度可以最大幅度監看門外，加上原來的牆讓他裝上了窗，他端坐桌子後面，視野就可以籠罩辦公室全景。而這間位於全組最深處的小房間，關上門、拉上窗簾，是個諱莫如深的城府；但就像孫啟賢自己標榜的：「我的大門永遠為弟兄而開。」組長室幾乎不關門窗，彷彿他的心胸也一樣。

那天，他邊批公文，還不時舉目探探組裡弟兄辦公情形，一抬頭，最先入眼的就是「小朋友」的背影，這廝會坐組長室門口的「特別席」，是因為不久前他深夜值勤看A片被督察員抓到，孫啟賢氣得下令「就近監管」。

咦！不是在問筆錄嗎？怎麼小朋友盯著前方發呆，照理講應該一問一答，有經驗的偵查員還會觀察嫌犯眼神、表情，必要時恐嚇幾句、拍桌罵人，甚至一個巴掌搧過去，但可別忘先關掉錄音機；

他卻像是中邪一樣，嘴裡唸唸有詞，手指輕彈桌面，完全不理會嫌犯。坐在一旁的嫌犯還推他一下：「長官，問完了沒？」他理都不理，不耐煩地斥喝：「嘜吵啦！」半晌，這傢伙歡欣大叫：「水啦！南港輪胎漲停……」

他媽的，原來這王八蛋邊問筆錄邊聽股票行情，氣死孫啟賢了！他走過去，一個巴掌往小朋友頭殼搧下去，就像這廝平常在「巴」犯人一樣：「幹！你嘛卡差不多咧！」這時，小朋友正拿著話筒，撥給證券營業員囑咐買進……

等蕭仁友工作告一段落，孫啟賢叫他進組長室開罵：「按怎？你是皮在癢！問筆錄時給我帶耳機聽股票行情，工作攏免做啊，是嗎？恁小仔（小隊長）說你交辦案件一堆親像山，檢仔攏打電話來催了，你證人還沒給我傳，你管的贓物庫亂七八糟，我還聽說你簽出、說要去刑責區查訪，結果給我查訪到證券公司，喂！蕭大戶，真正賺那麼多，就不要當警察了，幹！」

「大仔，我改進、我改進。你也不要怪我，你想，我們從李金生那裡賺的，隨時都可能中斷，被贏太多、賭債收不回來，都是可能的風險，何況，我們這些小的，只有顧場的車馬費，而且那麼多人才分一點點乾股，當然要到股票市場拚一下。老大，你不是勸我們，偏門賺的錢，不要亂花，要存起來做正當投資，買股票不只是正當投資，還是全民運動咧。現在誰不做股票？上面的長官玩更大！」

幹！他還理直氣壯，孫啟賢又好氣、又好笑，拿這個痞子沒辦法，於是裝出惡狠狠的語氣說：「你是抱怨我給你們車馬費、股份太少，是不是？你就那麼『古意』，除了公發的車馬費，都沒有收其他的錢？

「我沒有叫你不能買股票，但你不能影響工作，上班時給我聽行情，查案子查到號子，小心我把你送督察室！」

「大仔，那是因為沒有明牌，所以我得盯緊K線圖，現在啊，只能做短線，該跑的時候要趕緊跑，免得被套牢。如果有明牌，提前在大戶要倒貨之前先跑，哪需要每天盯緊行情？那樣就不會影響工作了……」

「那你就等有明牌再買，你要記得，你是警察，你的工作是抓歹人，不是研究股票，亂來！最後一次警告你，再給我散漫，不要以為我不會記你過，年終就讓你抱鴨子！」

「是！長官。」蕭仁友旋即又恢復痞子樣：「組長，其實我也不想影響工作，跟您報告，聽說二分局警友會站長何根傳有明牌，他之前透過調查站跟國安局打聽到的明牌，讓他們組長大賺一票，你沒發現李組長換了一部BMW，二公司好幾個人都跟有賺到，我們也可以找何根傳，跟他交陪一下。」

「好了啦！嘜擱痟股票啦，小心套牢。」

「老大！就是怕被套牢，才需要明牌，真的！何根傳的明牌很準，像上一波他們作紡織股，散戶都還不曉得主力要拉抬的時候，他就報二公司的同事買了，等到大家在搶，股價一直飆，他們都獲利出場，那時候追高的散戶一路跌，不甘心再補倉，還是跌！但聽何根傳買的，都沒被套住，聽說啊，那一波是國民黨為了選舉操作，要賺一筆買票資金……」

「做股票奈有穩贏的？」嘴巴這樣講，孫啟賢也動心了，這不能怪他，那時候，走到哪裡都聽人家在談股票，每天聽說某人買哪一支股票賺了多少錢；某人投入一百萬，才進場不到一年，翻了三、四倍；像蕭仁友這種沉迷股海荒廢工作的例子很多，各公家機關都有，甚至有人乾脆辭職，專心炒股，因為那時公務人員薪水少，比起股市獲利，那點餓不死、吃不飽的俸祿根本不夠看。而孫啟賢早就想投資股票，只是忙碌，加上不曉得要買哪一支，若有穩賺的，他手上閒錢正多，怎會不動心？

他態度軟化了：「那、明牌也不曉得準不準，電視上那些老師講得天花亂墜，真那麼厲害，他自己賺就好了，哪需要當老師，賺會員的錢？」

「老大，這你就不懂了，老師有好有壞，有的根本是在幫主力坑殺散戶，還有，選對了老師，你還要加入ＶＩＰ才會準，一個月只繳五千元的，當然比不上年費五十萬的。而且，何根傳跟那些老師不一樣，他有許多國民黨高層的訊息，他只跟警界、商界的好朋友講，人家當然不是白白跟你講，你也要還人家人情的，所以啊，上次他家遭小偷，連局長都第一時間到現場關切，天天盯著偵辦進度，只差沒自己跳下去抓賊，你看他關係夠不夠硬？」

「我好像有聽說這件事。」

「對啊，連局長都聽他報明牌，你覺得這些長官是傻瓜嗎？當然是有賺到才會信他！」

「嗯，這個人倒是可以認識一下，你有熟嗎？」

「我同學、二分局的吳永成，是他們分局三組（刑事組）總務，他是何根傳的虎仔，聽說私底下認何根傳當乾爹，我找吳永成安排一下。」

「這個何根傳是什麼背景？」

「聽說他是北區大地主，投資建設公司，都蓋豪宅，岳父當過省議員，放心啦，人家是正派生意人，沒在搞八大行業。」

「那就好！」

傳話給何根傳，對方表示仰慕已久，早就想交孫組長這個朋友。但何大戶顯然很忙，一直到七月初，才吃成這頓飯。

何大戶說仰慕孫啟賢，倒不是信口開河，他慎重地在全台中市最頂級的「長榮桂冠」酒店訂了個包廂，吃的是高檔的鮑魚排翅宴。一落座，吳永成介紹雙方認識，何根傳熱情有勁地握著孫啟賢的手，直說這陣子比較忙，絕不是故意怠慢孫組長。

席間，何根傳大談股票經，孫啟賢也虛心求教，包括大戶如何以「養、套、殺」一貫手法坑散戶，他談起這些股市大戶，就像圈內兄弟一樣熟稔親切，讓孫啟賢越聽心裡越癢，他腦海裡突然閃了個念頭：與其聽何根傳報明牌，不如讓何根傳代操作！既然他這麼厲害，應該是穩賺不賠，或者，乾脆大家合股，搞個兩、三千萬，一起投資，賺了錢再按照比例分配，豈不是更省心！

但第一次見面講這個，顯得貪婪，分明是占人家便宜；不過想想，何根傳這種身價，很容易成為黑道覬覦的「盤仔」，與其他得花錢以黑制黑，尋求保護，不如找警察當守護神，如果能由孫啟賢這方提供人身保護，也不算坐享其成。但畢竟交淺言深，孫組長幾次話要出口，又硬生生地止住，喉嚨咕嚕作響。

何根傳老於世故，見他欲言又止，主動詢問：「組長有什麼話要交代嗎？」孫也就借酒蓋臉，老實不客氣地提出要求，並含蓄地暗示，未來若有任何麻煩，警界朋友都願意全力以赴。

何根傳矜持笑了笑：「各位長官願意把錢交給我，是看得起我何某人，但如果弄不到三、五億，沒辦法拉抬股價，也做不了什麼事。本來嘛，幾千萬，我代操作，並不麻煩，反正我買什麼就幫你們買，但問題是，買股票必須冷靜，幫你們操作，我會有心理負擔，我這人最怕對不起朋友，會患得患失，這樣，判斷會失準，幫不了你們，也害了我自己。」

他將杯裡的軒尼詩白蘭地一飲而盡，繼續說：「還有，操作股票像是在打仗，戰況不利時，必須增加子彈，我可以一千萬輸了，再添五百，最後賺錢的還是我，你們呢？萬一不順利，我告訴你，每人再拿三百，要不前功盡棄，你們願意嗎？」

孫啟賢訕訕自覺無趣，但何根傳話鋒一轉，說：「組長，我跟你保證，這段期間，股市一定不會好，絕對會無量下跌一大段時間。」

何根傳的說法是，因今年六月底立法院修正銀行法，檢調單位強力取締地下投資公司，也就是因為這件事，讓他從五月院會一讀的時候忙到現在，才會跟孫啟賢之約一延再延。

而且，這兩個禮拜內，投資公司的龍頭「鴻源」發生四次擠兌，被領走兩百億現金，搞得數萬投資人人心惶惶。也不過一年前，鴻源機構在中華體育館舉辦「團結大會」，這些投資人發了瘋似的，把總裁沈長聲當神一樣膜拜，那時鴻源每月發放四分利，多少退休軍公教人員把畢生積蓄投入，賺錢時，誰會想得到日後政府嚴打投資公司，而自己成了最後那隻逃不掉的老鼠！

何根傳說：「組長，你想想，幾百億流到投資公司，就是這些投資公司結合大戶在拉抬某一支股票，要不然，怎麼有辦法發給投資人四分利息？靠百貨公司？不，沈長聲搞鴻源百貨，是想握有更多現金，你們沒做生意，不曉得百貨公司每天收好幾千萬、上億的現金，卻開六個月的票給廠商，這些免利息的現金進入股市賺錢，才能夠維持四分利。」

怎麼自己才剛想要投資股票，就淨是些壞消息！孫啟賢垂頭喪氣的神色落在何根傳眼裡，他拍拍組長肩膀：「不過，現在反而對你們這些警官來講，是大好時機。」

「坦白講，各位長官領死薪水的，手頭能有多少錢跟人家玩？倒是現在政府整頓投資公司，正是各位阿SIR賺錢的機會。」

孫啟賢眼睛一亮！

「投資公司現在跟過街老鼠一樣，現在靠過去不是死得更快！」

「組長啊！」何根傳笑得肆無忌憚：「辦案抓賊你厲害，說到做生意，你就外行！我常說，人要做自己擅長的事，才會賺錢，政府目前在整頓投資公司，鴻源不用講，那是頭號目標，但你知道沈長聲藏匿多少資產？你如果能接近他，在這時候雪中送炭，賺他幾千萬、上億，都不是問題，就我所知，警政署幾個三線二的，還有調查局高官，都在打他的主意，這傢伙，是塊肥肉，不過，沈總裁我熟，這人不簡單，當官的要吃他，沒那麼容易。」

「你的意思是……？」

「我就敞開來講，之前搞到四分利，實在是太離譜！還不是拿後面人的錢分給前面的人，讓你嚐到甜頭，投資更多，或找更多人來，搞到後來，大家都知道遲早會垮，但都在自己騙自己。現在，政府嚴打，剛好有個名正言順的藉口，讓投資公司改發一分五、兩分利，而投資人的心態也變得只想保本，賺多賺少已不重要，只求公司不要倒，錢不要打水漂就好。但不是每個人都這麼認分，少部分有力人士不願善罷甘休，所以，這一、兩年，投資公司會整併，衝突、糾紛等亂七八糟狀況一定會很多，能夠介入處理的，不是警察就是黑道，你說，現在難道不是各位長官發財的時機到了嗎？」

孫啟賢恍然大悟，何根傳就是要他幫投資公司圍事嘛！何根傳又說了：「組長，我剛剛說了，每個人都必須做自己擅長的事，才會賺大錢，這只是其一；其二，要跟著有錢人，才有賺錢的機會。改天，我介紹一、兩個投資公司老闆給你認識，他們的公司雖然沒有鴻源那種數百億規模，最好的時候，也是好幾十億在運作喔！」

十五 以黑制黑

搞賭場，是靠圍事賺錢，幫資產數十億的投資公司處理疑難雜症，同樣是在圍事，但層級拉高許多。思考了一整個晚上，孫組長得到一個結論：若照何根傳的方式去做，只會讓他堂堂一個刑事組長淪為有錢人的打手兼跟班，等著主人打發點賞錢，既危險又沒格調；他要在幕後操控，讓民事糾紛演變成刑事案件，才有獲利的空間。畢竟，警察不是調查局，這種大案，頂多協勤，跑跑龍套。說得更白一點，調查局可以藉辦案之名項莊舞劍，搓圓捏扁，等著苦主來談價錢；地方刑警，根本沒你叫牌的份。

孫啟賢只能暗中添柴燒火，等待時機出手，而李金生就是那柴火！

何根傳見孫啟賢上鉤，直接打電話約見面，要把他介入重整的一家「萬宇投資公司」董事長盛宇欣介紹給孫組長，而孫這邊沉吟了半晌，哈拉幾句後說：「何董，做生意我不懂，但辦案、抓流氓，我內行，你可能不知道，警察有『民事不介入』的規矩，投資公司現在需要我們協助的，不外乎債權、債務衍生的糾紛，這部分在法院沒裁定之前，警察不能偏向任何一方……」

「可是，組長，對方的行為已經涉及恐嚇取財，使人心生畏懼了啊！」

「何兄，那得報案啊！還有，你的朋友有沒有蒐證？蒐證很重要，證據不足，檢察官那邊也不容易成立喔！」

「就是不敢報案才找你啊！人家怕被報復嘛，報案能處理，以盛董的關係，難道找不到警政署、刑事局的長官來相挺？」

「嗯，我了解，不過，何董，你說對方找黑道來，你以為現在的流氓都沒有頭腦嗎？會傻傻留下證據，等我來抓嗎？對方沒犯法，我也不能亂抓人啊！硬要找他碴，頂多抓幾個小弟，辦他違警罰法，幕後老大根本沒事！何董，現在是自力救濟的年代，立法院門口每天有人在抗爭，不過是違反集會遊行法，對方如果只是包圍公司，不出手打人，你說，我怎麼在當事人不報案的情況下辦他？這樣我自己立場先站不住啊，記住，民事不介入！」

「難道不能用你警察的力量去壓他？」

「當然可以啊！提報一個，再換一個角頭跟對方結合，我能抓幾個？還有，你有沒有弄清楚，對方有哪些警官在當靠山嗎？說不定人家找個分局長，我哪有戲唱，硬壓到底是不行的，得有方法！」

「他媽的！怎麼這麼複雜？」

「……你聽我說，社會事要用社會事處理的方式，你要介紹的這位盛董，不就是沒有人幫他，所以對方隨便找兩、三個小混混，坐在公司不走，就搞得員工不敢上班。這好處理，看對方是誰，讓我的人去跟他們的老大談，兄弟事，攏要『相借過』的！不可能警察直接偏某一方去處理……」

「找黑道會不會有後遺症？」

「我當然知道你們怕找黑道，請神容易送神難嘛！但我控制得住這些兄弟啊，不然找我幹嘛？坦白講，公司方面，不就是想找個門神擋住邪魔歪道，還要弄好防火牆？放心啦，這種社會事你聽我的準沒錯，就像要買股票要聽你何董的一樣，安啦！你說明天要約盛董見面，我帶一個我的好兄弟一起認識，人、是我的，我負全部責任……對、對！手法要細一點，不能那麼粗糙，現在解嚴了，我們又不是警總，想抓人就抓人，說灌水就灌水，哈哈哈，這樣你就懂，好、好，明天見，放心，交給我，我會搞定，時間嘛……嗯，好，就明天下午兩點。」

孫、李這對兄弟檔，隔天應邀到盛宇欣的萬宇投資公司。「萬宇」位於台中市租金最貴的「新世紀金融大樓」，因為盛宇欣將門之子的出身背景，投資人當中退伍軍人比例偏高，因為信任，許多老伯伯把退伍金與多年來胼手胝足省吃儉用的微薄積蓄一個勁兒地投入，想說下半輩子，就靠老長官的公子了！當時銀行利率高達十三到十五趴，但人家盛董給到四十趴，兩、三年就回本。可是，也因真心的信任遭到背叛，那憤怒如燎原之火，這些已故盛中將的部屬，如今以年輕時剿匪抗戰的精神，在公司外埋鍋造飯，準備逼這混小子出來解決。

「幸會、幸會。」電梯門打開，盛宇欣已經站在十五樓大門迎接，他並沒有山東人的高大粗勇，矮胖身材在剪裁合宜的西裝修飾下，肚腩看起來沒那麼大，小小的眼睛躲在金絲框眼鏡底下，不停地眨著，讓人感覺那對招風耳也在動！再配上總是嘟著的厚厚嘴唇，孫啟賢心想，這傢伙小時候的綽號一定是「肥豬」、「歐羅肥」之類的。

寒暄過後，盛董很快進入主題，急切地說：「投資公司的合約都有但書，發放多少利息、獎金，公司視營運狀況有權調整，雖然我們暫停出金、公告降低利息，但打官司未必輸。其實，多數投資人支持公司降息、繼續營運，但就是少數人自恃胳臂粗，要求跟人家不一樣的待遇，這些人是有洪門背景的，帶頭的老不死，是情報局的退役上校，這王八蛋先前來找我私下談條件，要求他們那一掛的要兩分四暗盤，他個人要三分，說是會幫我擺平所有對公司有意見的投資人，我不肯，他沒那個實力嘛！這老不死的勒索不成就帶頭造反！肏他姥姥的。」

孫啟賢聽得很仔細，他問道：「盛董，也就是說，投資人分成兩派！有支持貴公司經營團隊的，也有急著要連本帶利、趕緊討回來的，或要求不能降息太多的，是嗎？」

「對、對！多數投資人都是好的，支持本公司，就是一小撮壞分子，帶頭亂搞。組長啊！我公司不是沒有資產，但之前也被擠兌，目前現金不多，當務之急，是必須先止血，穩定之後才有新的資金進來嘛，現在少領一點，細水長流，不是很好嗎？」

「嗯，盛董，反公司派大概有多少人？」

「唉！這不是人多人少的問題，我公司投資人超過五千，就一趴好了、五十個人卯起來，天天在公司門口靜坐抗議，我就受不了了！」

李金生捲起舌頭說國語：「董事長，對方只有洪門背景嗎？有沒有結合我們台中的外省掛角頭？」

「問題就在這裡，金生兄，洪門一些山主結合亂七八糟的台灣人，搞得烏煙瘴氣，哪有一點規矩？老一輩都說『紅跳青、一條龍』，他們不像我們清幫，各字輩收徒弟相當嚴謹，不是軍情單位、忠黨愛國不收，資質不好的也不收，還得考察三年！我跟你們說，我爸是台南老爺子的關門弟子，你們不曉得，老爺子是清幫還活著的、在台灣輩分最高的傳人，快九十歲了！當年我爸升中將的時候，老爺子的大弟子才收我當學生，如果是我們家門內的鬧事，我跟老爺子講一聲，什麼問題都解決了！問題是洪門那些光棍，找一堆台灣人立山頭、開堂口，倫理都亂掉了，怎麼談？」

李金生心裡暗笑，幹！又不是反清復明的年代，什麼清幫，不就是軍方與情治圈子裡一些既得利益的外省高幹關起門來扮古人。老總統在的時候，警總壓制一切，清幫高輩分成員的確是很有力量，現在都解嚴了，警總也要撤掉了，還老爺子咧！至於洪門，早就跟地方角頭攪在一起，什麼亂七八糟的錢都要賺，李金生曾受邀在洪門某山主開堂口時觀禮，見他們擺手勢、講切口，像唱大戲、吟歌詩般做作，當時都差點忍俊不住。

李金生心中想笑，卻一臉嚴肅地說：「沒關係，不管那個洪門的老頭跟哪個台中縣市角頭結合，我們都有辦法處理，董事長您放心。」

孫啟賢是早就做了功課：「盛董，我當過分局保防組長，前幾天我才從警局保防室私下要了跟你們有關的『社調』，跟你搗亂的退役上校，叫張梧權，國防部軍事情報局退役，他外甥『俊郎』是小梅花幫老大『駱駝』的手下大將，平常就在暴力討債，再來亂，我就提報他流氓，老先生就沒戲唱了！」

李金生顯然怕孫啟賢一提報流氓，功勞都被他搶走，連忙說：「駱駝很凶悍喔，他丟過汽油彈，還幹過放火燒房子的事！我看我必須跟他談一談，談不過也沒關係，我們實力不比他差。」

放火、丟汽油彈！盛宇欣嚇住了，孫啟賢也知道李金生的心思，他其實不是吃獨食的人，但得讓他「占贏面」，他接著說：「別怕！讓金生去談，不行的話，先備戰，然後我再來提報流氓，把他組織裡能打、凶狠的都抓起來，看他還能怎樣，不過……我們警方內部作業，起碼要兩、三個月，這段期間不能出事！我們要保護好盛董。金生，你派幾個小弟，身手好一點的，當盛董的隨扈，不要帶槍，會落人口實，一有狀況我這邊合法帶槍的出動，剛好抓人！」

「是！大哥。」兩人事先講好，為了讓盛宇欣安心，得讓李金生擺出一副臣服於孫啟賢的樣子。

接著談公司的維安，孫啟賢建議，除了派「駐衛警」，還得裝設全套保全系統，當時還很昂貴的監視器，一下子裝了二十支。說穿了，孫李兩人為了保住酒店圍事的利潤，成立了一家保全公司；其實是在堂口掛上公司行號招牌，內部設「機動組」，讓李金生旗下沒前科的古惑仔登錄為保全員，同一批人、幫同樣酒店圍事，雖然是換湯不換藥，但有了公司，表面就合法化了，且圍事之外，順便也進口一些防盜器材、連線警報器之類的保全產品。這對黑白殊途的兄弟聯手，著實敲了怕死膽小的盛董一大筆銀子，但盛董反而覺得他們安全可靠，做事細膩周全。

安排妥當後，盛宇欣見李金生派的黑衣人，魁梧精壯，衣著整齊，且對他畢恭畢敬，盛董辦公時，兩人標兵般守在門口、另兩人隨侍在側，外出時，兩部車前後護衛，就連上廁所都片刻不離，好像他是大官一樣；以前他的中將老爸也只有一個侍從官提皮包、一個傳令兵伺候。唯一美中不足的是，這幾個隨扈檳榔吃得嘴角紅吱吱的，稍嫌不雅觀，否則就更像府院的侍衛了。

十六 老兵不死，只是頭破血流

那一年，全台烽火遍地，農民衝進立法院，抗議美國農產品進口，台北市城中區動亂一整夜；其他的政治示威遊行，動輒十萬人癱瘓鐵路，還有無殼蝸牛夜宿忠孝東路……台中市單單一個陳婉真「台建」組織，威脅要丟汽油彈，升高暴力抗爭態勢，已經搞得警局疲於奔命。像「萬宇」自力救濟派這種少時幾十人、多則近百人的規模，既不打人、也不砸東西，上班時來抗議，人家下班也跟著撤，說難聽一點，連怎麼抗爭也不會，更不受媒體青睞，根本造不起勢。也因此，對警方來說，並不是急於要彈壓處理的對象。可是，他們會讓盛宇欣窘態畢露，他想繼續吸金的企圖，將因為老兵們如影隨形的抗議而破功。

抗爭初期，警方根據集會遊行法舉牌三次，抓了負責人張上校，移送地檢署交保後，他又跑回前線領導抗爭，時間久了，分局派人與張上校談判，警方私下表示，同情他們被坑了老本，自力救濟可以，但要向分局申請路權，不能打、砸傷人，警方會留給他們一點空間。

上頭的決定，在孫啟賢意料之中。孫啟賢剛好在這事件中沒什麼角色，可以放手去玩陰的，他決定讓投資人「鬼打鬼」，解決眼前問題，好讓盛宇欣更信任他們。

李金生很快地成立另一個投資人自救團體，打著「支持公司永續經營，反對貪心鬼殺雞取卵，搞垮公司」口號，與反公司派抗爭，現場從一百人變成兩百多人，隔著一排警方設立的拒馬互相叫囂，還不時發生肢體衝突，幾個老兵被打得頭破血流，上了報紙地方版。

那天中午，溫吞的毛毛雨濕潤了「世紀金融大樓」門前的紅磚道，席地靜坐舉牌的老先生們屁股都濕了，且那副筋骨又不耐久站，個個坐立難安，加上空氣中的濕度使得盛暑的溽氣更加悶損，天邊烏雲壓得低低的，身體的汗也發不出來，又沒風，人的身體人的心，就連周遭的空氣都覺得沾黏遲滯，似乎每分每秒都過得特別慢。在眾人心浮氣躁的時刻，一部黑頭車疾駛而至，三個穿著青年裝、理平頭的年輕人一下來就衝著張上校斥喝：「你是張梧權？」

老先生見這陣仗，上前客氣的問：「你們是？」

「囉唆什麼？」一個年輕人一把推得張上校踉蹌了好幾步，另一人把他壓制在汽車引擎蓋上，將他雙手反銬在背後，一踢他膝關節，老上校跪了下去，在場的三十多個老人都叫了起來：「怎麼打人？」「你什麼單位的？」……三名青年裝人士甩都不甩，架起張上校，把他塞進車子裡，揚長而去。

眾老兵錯愕不已，不曉得來人是警總、憲調，還是警局的便衣？交頭接耳後請示其中幾個官階較大的退役校官。此時，拒馬的另一邊突然發難，對方衝過來，每個人都不曉得從哪裡掏出一把一尺多長的熱熔膠棒，這玩意兒既硬且韌，又帶著彈性，打起人來比棍棒痛。李金生特別交代，不能攻擊要害，這些年輕的地痞們不斷攻擊老先生們的手、腳……

一個老兵脫下汗衫，露出「殺朱拔毛」的刺青，喝道：「造反了！」他正要衝上去解救被兩個壯漢架住猛踹的同伴，卻被另一名黑衣人用力一推，他跌出紅磚道外，差點被慢車道的機車碾過。另一位先生火了！掄起一旁的板凳衝過去，沒打到年紀足以當他孫子的古惑仔，卻摔了個狗吃屎，當場撞斷兩顆門牙。

這些老先生再硬朗都六、七十開外了，哪打得過年輕小伙子？只有一位前七海官邸侍衛的老士官長，身上有點武藝，他使起八極拳，左叉右勾，撂倒兩個痞子，但另外三個人旋即衝過來，一人攔腰抱住，兩人合力反剪老人雙手；他最慘，被KO的流氓很快站起來，因為惱羞成怒，拿起棒子朝這位老士官長頭部猛力一揮，鮮血在他天靈蓋汩汩流下來，老侍衛頹然倒下，事後送醫，嚴重腦震盪住院兩個月。

還有一個老先生，被打趴在地上，他強忍著拳打腳踢的痛楚，掙扎著要爬起來時，卻被強力摁下去，他死命往前爬行，臉、胸緊緊貼在地上，摩擦出血，他用比哭還難聽的聲音嚎叫：「我肏你的狗娘養的……」

將近五十個人的大亂鬥，也不敢用刀、攻擊要害，被打的人跑不動，遲鈍地回擊著，儘管經歷過沙場征戰，一半以上的老人喪失了打鬥意志，雙手護住頭部，蹲著讓對方猛打手腕，也有人小腿脛骨被揮擊，那個部位平日磕碰到硬物就痛得要死，即使骨頭沒裂，也只能抱膝滾地哀嚎、哭泣，多數的老兵們手腳被打出一條一條的血痕，雖只是皮肉傷，但攻擊能力完全被癱瘓。

帶頭的人拿起無線對講機請示李金生後，喊一聲：「撤！」十幾個人跳上不知何時早停妥在路旁的三部九人座廂型車，一溜煙跑掉，不到五分鐘，兩部警車趕到現場，是「萬宇」公司主動報案。

老榮民們躺在地上的、坐著摀住傷口的、互相攙扶才勉強站起來的，一副狼狽相，但他們嘴裡還不乾不淨地咆哮著各省鄉音的髒話，因為現場見血少，讓人無法想像到幾分鐘前一群年輕人攻擊阿公的凶狠樣，再加上不明前因後果，老人們的慘狀完全激不起員警的憤慨，只覺得都是一群愛惹事的老厭物。

近來處理這個場子多起互控傷害、公然侮辱案，已經煩躁到極點的管區員警，一到現場就開罵了：「你們這些老貨仔，搞什麼鬼啊！不是答應分局長了，三個加起來快兩百歲了，還打架。」

因為擔心張上校不曉得被什麼單位帶走，心底白色恐怖陰影揮之不去的這些外省老兵，身體的痛楚與委屈、不甘、氣憤種種情緒瞬間爆發開來！臉上鮮血未乾、像鬼一樣的老侍衛突然搖搖晃晃衝過去，衝著員警叫著：「你們這些警察，都是有錢人的狗，欺負窮老兵，我跟你們拚了！」他抓狂似地十指曲張成爪，撲過去以凌厲的鷹爪功扣住員警的衣襟，連那胖警察肥膩軟嫩的胸肉也緊緊揪著，激動的搖撼，痛得員警大叫：「放手！放手！」旁邊一名警察見狀，連忙揮警棍，猛擊他的鷹爪。

警方的動作跟剛才孫啟賢派來、偽裝成情治人員的李金生手下，以及那些「反公司派流氓」的行徑太像了！在場的老兵們產生一種「警察也是敵人」的錯覺，在此危難之際，他們發揮袍澤之愛，強忍痛楚站了起來，三十多人圍住兩組警網、五個員警，有人企圖去奪警棍，有人激動地推打著員警，更多人雖然動口不動手，但什麼難聽的髒話都出口了，像是要仗著人多勢眾，以口沫將這五個落單的員警給吞了下去。

被鷹爪功襲擊的胖警察脫困之後，立刻踐著老侍衛，將他上銬，帶上警車，以現行犯拘捕，另一名員警打開無線電請求支援：「一〇三呼叫勤務中心，萬宇公司自力救濟老兵襲警，請派人支援。」

「收到。」

半小時後，這些老頭全被帶回一分局民權派出所，已經快丟了半條命的老侍衛，跟幾個衝在前面動手的老兵，被依涉嫌妨礙公務、違反集會遊行法，移送台中地檢署偵辦。

而張上校，被李金生手下帶到大肚山望高寮「丟包」，他走了兩小時山路，才找到一家雜貨店，借了電話，叫兒子騎摩托車上山載他，等他與伙伴聯絡上時，這些人已經全被抓回警局。

這些老先生們哀嚎、被毆打、被上銬抓上警車的整個過程，透過新裝設的監視器鏡頭，在盛宇欣豪華辦公室的螢幕上全程轉播，而他與李金生、孫啟賢坐在沙發上，享受當年算是最頂級的路易十三威士忌，佐小酥餅夾魚子醬、鵝肝醬，當公司門前的紅磚道完全被警方「清空」，盛宇欣興奮地舉杯敬兩位新朋友，這個留過洋的權貴子弟忍不住衝過去，擁抱孫啟賢：「孫組長，您高！有您的謀略，加上金生大哥的武力，我還怕什麼呢？」三人得意地笑開來了。

十七　射精為盟

那天，盛宇欣的司機開車載著孫啟賢到大坑山區一棟別墅，車子在蜿蜒的山路行駛至台中縣市交界、快接近中興嶺時，突然拐進一條隱密的坡道，又轉了個彎，不到一百公尺，眼前出現一道圍牆、一扇繁複雕花與奇獸吉禽造型構成的鐵門，而牆外一排羅漢松，把牆裡的建築物隱蔽得相當好。

司機下車按門鈴，遙控的鐵門緩緩打開，一入內，眼前豁然開朗，那是極簡風格的日式庭園：寬闊的草皮、表現意象的細沙地與堆疊的奇岩怪石，以及迂迴的廊道，加上院裡錯落有致的落羽松，是典型日本「枯山水」造景。寬闊的庭院風一吹，還可以聞到細微的沉香味，孫啟賢頓時感覺到一股禪意，他被引領步入最內裡的和室，侍立門外的保鑣為他拉開紙門，只見盤坐在榻榻米上的盛宇欣艱難地撐起肥胖的身軀迎客，而李金生也盤腿坐在一旁。

盛宇欣眨著他的小眼睛，喜孜孜地誇著：「這個私人招待所，只接待頂級客人，今天我包了，兩位大哥幫我處理了公司的大麻煩，我要好好答謝，今天晚上，就咱們哥仨，而且，我還想給兩位一個驚喜！」

他擊掌兩聲，四個穿著白色廚師服的壯漢，抬著一片跟門板一樣大小的木案，上面躺了個全裸的年輕女孩，她赤裸的身體上，放置了由水果雕刻的花朵與菜葉、蘿蔔絲構成的裝飾，而乳尖、私處、肚臍與平滑的小腹上盛放了頂級生魚片，這就是傳說中的「女體盛」！

看著目瞪口呆的兩個新朋友，盛宇欣率先夾了一點山葵，放在女孩恥骨上那塊油亮的黑鮪魚大腹上，然後很故意地在生魚片淋上醬油，讓黑色的液體順著陰毛，流過兩片陰唇間的縫隙，接著他夾起生魚片，刻意在陰道口蘸來蘸去，邊淫笑著邊吞下生魚片。

李金生毫不客氣夾起乳尖的鰤魚，也有樣學樣的去蘸那陰道口的密汁，爽口咀嚼後大呼：「好吃、嗯，味道就是不一樣！」最尷尬的是孫啟賢，他僅客氣的夾了女孩小腹上的海鱺與牡丹蝦。

幾杯溫熱的「大吟釀」清酒下肚，李金生也跟著盛宇欣放肆起來，他把北海道馬糞海膽放在女孩乳頭上，不用筷子直接以口就食，還吸吮得津津有味。盛宇欣不甘示弱，拿了顆碩大的生干貝，塞進女孩陰道中，再拿出來，夾給孫啟賢吃，組長連忙婉拒，盛宇欣大笑，一筷子送進自己嘴巴裡。干貝之後，又是牡蠣、龍蝦沙西米，總之，這個色胚，非得把食物塞進女孩陰道裡攪一攪才夠味，他說是「採陰補陽」。

「女體盛」的猥褻，讓三個人的歡宴一下子嗨了起來，但這只是前菜，接著六個穿著和服的女孩進入和室侑酒，並找來「那卡西」伴奏，這款日台合併，夾雜日本京都祇園藝妓色彩與北投溫泉風情的花酒，對痛恨日本鬼子與看不起台巴子的盛宇欣而言，一點也沒有違和感。

一夜的喧鬧，孫啟賢的領帶已經拔掉，襯衫也早就被和服女孩硬是給脫了，只剩下一件「吊嘎」，李金生打了赤膊，身上的龍虎、羅剎鬼頭張牙舞爪，盛宇欣最扯！穿著白色內褲，像隻小白豬，追著女孩在榻榻米上翻滾，就在酒過不只三巡，醉意超過五分的情況下，盛宇欣腆著肚子宣布：「最後一個節目開始……」

他拉開身後的紙門，只見剛才擔任「女體盛」的女孩，跪坐在榻榻米上，同樣全身一絲不掛，她雙手擺在膝前，巧妙遮住若隱若現的陰毛，垂首斂眉，感覺一副日本女人嬌羞溫柔的模樣。

盛宇欣帶著醉意大聲說：「兩位大哥，我盛某人今天要跟二位結拜，我們兄弟三人，以後有福同享，有難同當！在古時候，得歃血為盟，但小弟我怕見血，這樣吧！我們射精為盟，今天，我們三人幹同一個屄，表示我們兄弟一條心……兩位大哥，你們說好不好？」

孫啟賢公務人員的謹慎性格發作，正在沉吟著如何拒絕，求之不得的李金生擔心孫啟賢出言拒絕、得罪人，搶在前頭說：「兄弟，既然要結拜，以後水裡來，火裡去，我一條命就是你的了！」

不待孫啟賢有任何反應，李金生轉頭對他說：「大哥，我屬狗，應該小你一歲。」孫啟賢看過李金生的前科資料，明明知道他大自己一歲、屬猴，顯然他不敢自居兄長，而這些日子裝傻讓他大哥、大哥的叫，若真的敘齒，突然大哥變小弟，說什麼也不願意，這其實是他對盛宇欣提議結拜興趣缺缺的最大原因。但就在他還不知怎麼婉拒的時候，盛宇欣說：「我最小，我屬豬！兩位大哥，請接受小弟一拜！」說完他真的跪下拱手作揖，就像戲裡演的一樣，他這一下跪，孫、李兩人也趕緊下跪對拜，孫組長就這樣糊裡糊塗地成為這兩人的結拜大哥，他心裡還怪不好意思的，但一轉念，謊報出生年分的是李金生，又不是他，就算日後被抓包，也不能怪他！

兄弟對拜，確認金蘭之交，問題才來！要射精為盟嗎？盛宇欣好像沒有準備保險套，幹，會不會中標？而且，他那拘謹的本性，要跟別的男人一起大鍋炒，實在彆扭。

李金生沒啥不敢的，就是不願射精落在人後，於是他脫下褲子，對著孫啟賢說：「大哥，你不上，小弟先上！」

盛宇欣也脫下他那件三槍牌純棉內褲，想不到這隻小白豬，矮胖的身軀，竟然配上一副驢似的粗大陽具，青筋畢露的昂首怒挺著，他抓著龜頭傻笑，願意讓賢給李金生先幹，孫啟賢看了李金生的老二，略放下心，李金生的尺寸跟他差不多，真要比起來，自己還粗一些。

只見李金生捋著老二，很快將它弄大，吐了口水在掌上，隨意抹了女孩陰戶，屁股一挺，就插進去了，他以老漢推車的姿勢進進出出。一旁的盛宇欣可能酒喝多了，一下子軟掉，但他一番搓揉，很快又讓那一大陀軟肉雄起。不到一刻鐘，李金生直接「中出」，濃濃的白色精液從女孩粉嫩的細縫中緩緩流出，盛宇欣一點也不在意的推開李金生，接著上！

殿後的孫啟賢嘔死了，他想了想，跟李金生說：「兩位兄弟，我答應過你們嫂子，不能在外面幹別的女人，這樣吧！吹喇叭就不算幹，我讓她口爆，這樣也算是射精為盟，可以吧！」

盛宇欣忙著幹，無暇回答，李金生也覺得自己搶先，太不仗義了！連忙答腔：「意思到了就好、意思到了就好。」於是孫啟賢也脫下褲子，將早已硬挺的陽具塞進女孩嘴裡。

兩位哥哥跟著盛宇欣，連日參加外省權貴的社交宴席，今天為前國民黨海工會主委張公暖壽，明天為上海幫退休紡織業大亨孫老接風，他都慎重地帶著兩位哥哥出席，只是地方小吏的孫啟賢，多少有點受寵若驚，那時候，最後一位由陸戰隊司令轉任警政署長的羅張上將還在位呢！在警界，台灣人還沒出頭天，也難怪他有點暈呼呼的。李金生則不然，他想的都是如何巴著這些講國語的「凱子」吸血，同時也揣度著，這些高級外省人，是否豢養著竹聯、四海的幹部，有無聯手「吹凱子」的可能。

這一天，趁著盛宇欣到南投中興新村喬省屬行庫貸款的事情，孫、李兩人在李金生茶行密談。孫啟賢開門見山問道：「金生，你現在手頭上有多少錢？」不待對方回答，他自顧自地盤算：「我呢，全部也就五百多萬，兩間房子貸款、兩個家庭開銷，薪水奈有夠？得靠你賭場那邊跟其他業者『寄附』[1]的收入，我沒有轄區，除了你給的，其他都不太穩，所以我五百不能全部投入，一定得留個一百五備用，你呢？」

李金生一頭霧水：「投入什麼？大哥你打算揪我作什麼生意？」

「盛宇欣啊！投資咱換帖小弟啊！現在小白豬攏靠咱，我作大兄的，開口跟他討三分利，他哪敢不給咱嗎？」

「他甘有穩？咱毋通倚豬椆（豬圈）死豬母！」

「哼，我看，他早晚會倒別人，對咱，他不敢。」

「大哥，重點無在這裡，咱是幫他圍事的，奈有圍事的人要擱拿錢出來？」

「不拿錢投資，難道咱欲領他的薪水？」

李金生大笑：「你奈ㄟ這呢古意！有一句古早話怎麼說？啥米兔子抓了了，獵狗就會乎人刣死……」

「幹！狡兔死、走狗烹，飛鳥盡、良弓藏啦。」

「對啦、對啦，嘛是恁大學生腹肚卡有膏！我的意思是，咱要維持換帖仔需要咱的情勢，暗中布局，乎他應付袂來！錢才會一直落入咱口袋裡。」

1 政治獻金台語稱之「寄附」，可引申指帶著點投資性質，有期待某種形式回報的餽贈。

「你甘有卡具體的想法嗎？」

「簡單講，咱要主動替他製造敵人。」

「敵人？」

「大哥，你甘看袂出來，他高層關係很好，他一直想用警方的力量去壓制黑道，按呢尚省！這個人怕流氓，是你說有法度控制我，他才會用我，若無，他那些阿叔、阿伯，青睬打一通電話到警政署，頂頭交辦落來，你就要忙甲憨面……」

「我該按怎做？」

「啥米攏嘜做！」

「啥米攏嘜做？……是什麼意思？」

「阿兄，你如果真的把他的敵人提報流氓，他包一個紅包給你，咱就下課啊，這是他最希望的。毋通袂記，他欠人家錢，所以，道理不站在他那邊，你只要堅持民事不介入，然後把問題交給我處理，這樣，就有錢賺了，記住，嘜假驚[2]！」

「我大概了解你的意思，那，你按怎幫他製造敵人？」

「嘿嘿，我早就派人找那些老兵，花不到一百萬，買了超過五百萬的債權憑證，這些債權可以讓渡的，我給誰，誰就是他的敵人。」

「才五百萬，他一句話就可以處理。」

「虛張聲勢啦，大哥，這些投資憑證，如果在盤仔人手上，作用不大，如果我拿給海線或其他角頭的兄弟，騙他說手上有五千萬、一億債權，先拿幾張讓他聞香一下，你想，咱換帖的，甘袂驚甲趕緊來找咱兩位阿兄。」

孫啟賢完全懂了！兩個奸人相視一笑。

「神嘛你、鬼嘛你。」

「不是我，是咱！」

「不過，你要找別的角頭兄弟，可要控制得住，別反過來咬咱，跟咱作對，甚至倒去咱小弟那邊，兄弟人看到金主，親像胡蠅（蒼蠅）看到屎！」

「放心啦，投資憑證交給對方，會讓他先簽本票抵押，而且，有大哥你，哪個兄弟敢亂來？若來亂，你就把他提報流氓，這不是你的專科嗎？」

「哈哈哈哈！」

「看來，你已經想好了，要找誰？」

李金生突然露出為難的神色，扭捏了半天才說：「大哥，我說了，你嘜生氣，你要知道，江湖上沒有永遠的敵人，也沒有永遠的朋友，只有咱兩人是永遠的兄弟，什麼人攏無法度把咱拆散……」

「誰啦，你龜龜鱉鱉（不乾不脆、遮遮掩掩）是衝啥小啦。」

「我想找明奎配合。」

「幹你娘！不行，他是我的冤仇人，他打過美玲，我心有多痛你知無？」

「唉呀！我跟他也是不打不相識，上次處理你的事情，人家嘛是足巴結，是恁某自己愛賭，不能

2　「驚」即台語很棒、很行的意思。假驚，就是不行裝行，不懂裝懂；但在這裡有點要孫啟賢別當出頭鳥，勸他別逞能的味道。

怪人家，說起來，他到現在還對你跟美玲很抱歉，一直想找機會，甲恁尪某會失禮，你就大人大量，賺錢卡要緊。」

「哼，我還想找機會修理這王八蛋咧！」

說實話，如果可以不用明奎，李金生也不想！畢竟，上次他得罪孫啟賢太深，可是，要扮演對手，在江湖上「趴數」不能太低，又能讓他操控由心，而且還不讓人知道他們的真實關係，綜合這三個條件，唯有明奎，問題是，如何說服孫啟賢盡棄前嫌。

李金生反覆勸說，曉以大利，但他這位大哥就是不鬆口：「不行，我還是想不開！」

講到口乾舌燥，李金生也有點火了，但他耐住性子，雙手一攤說：「我沒有別的人了，不然你找！要靠得住，百分之百，像我仝款會聽你的，擱要有一點仔江湖地位，請問阿兄你，親像這款趴數的角頭老大，咱欲去哪裡找？」

孫啟賢想了想，不甘不願地讓步。他說：「我可以把冤仇放袂記，但是，你叫我如何信任他？你又憑什麼認為你控制得住他？」

李金生不正面回答，謹慎的說：「按呢啦！我跟他合作，你任何代誌攏假不知，我會跟他說，你沒有參與這件代誌，還要他小心被你提報流氓，你恐嚇他一下，我再來擋，咱跟盛宇欣結拜的事情，已經很多人知道了，你就站在他那邊，假鬼一下，但關鍵時刻，就推說，民事不介入，刑事提報流氓證據不足，總之，你做神，我來做鬼！」

孫啟賢很不情願地點了頭，他也不想跟錢過意不去，但一顆懷疑的種子埋在心裡深處，連他自己都沒感覺到。

十八　股市成災

中秋節前夕的一個中午，孫啟賢跟組員們吃完了便當，正閒豫地剝著柚子、泡茶、分食月餅當飯後甜點，幾個條子談著九月一日剛公布的局內人事調動，誰誰花了多少錢買官，誰積分夠了，卻被調到爛轄區，誰又競標進了「中原地區」，好生令人羨慕！就在言不及義的閒聊時，蕭仁友慌張地衝進辦公室，在堆滿柚子皮、月餅盒、茶杯的雜亂桌面中搜尋著，突然一把抓起遙控器，打開電視，不停轉換頻道……

潘家興罵道：「靠夭！你是著猴齁！」

「幹！那個痟查某……」

「按怎？」

這時電視上女主播用悅耳的聲音，播報著財政部長郭婉容宣布明年起課徵證券所得稅的消息，這時，連孫啟賢也緊張起來了，因為，他那五百萬積蓄，至少有一半投入股市。

小朋友破口大罵：「幹你娘咧，我還以為那個痟查某不敢真的課，股票市場大家都說，一課稅就完蛋了，國民黨選舉一定會大輸！幹，她還玩真的，甘講毋驚股友集體反彈？害啊、害了了啊！擱來一定攏跌停……」

氣氛瞬間緊張起來，在座的警察人人都有投資股票，多少而已，就連王世剛也保守地買了幾張漲幅不大的績優股。潘家興聞言，坐不住了，起身到座上撥電話給他的交易員，孫啟賢表面還鎮靜，但他心裡比誰都急，因為他作「丙種」的，也就是透過地下經紀人墊款交易股票。

當時，國民黨營「復華證券金融公司」壟斷融資與融券獨門生意，操作的額度與目標卻嚴格設限，因此地下經紀人應運而生，孫啟賢只需付兩成五的保證金，就能以日息七厘（每一萬塊每天七元）的利息借錢玩股票，換句話說，漲停的時候他以小博大，跌停的時候，如果跌到接近保證金的價位，他必須在一定時間內補足差額，否則質押在「丙種」地下經紀人手上的股票立刻「斷頭」。

孫啟賢也是因為美玲跟她說哪個老師多準，幾十萬讓她小試身手，居然短短兩個禮拜獲利三十多趴，於是他不斷加碼，最後因為聽了李金生的勸，不投資盛宇欣了，在美玲拚命吹床頭風之下，他把過半的積蓄都倒在股市裡，接著看形勢一片大好，身邊哪個人不是滿盆滿缽的賺，乾脆玩起「丙種」地下融資。但這些情形，甭說部屬，連李金生都不曉得。

儘管心急如焚，但他還是得端起組長的架子說幾句，孫啟賢清了清喉嚨：「好啦，股票有賠有賺，得失心不要太重，今天禮拜六，不能買賣股票，你們急也沒用！各位還是該做什麼做什麼，星期一不要跌停板就給我曠職，我不會同情你們的，尤其是小朋友。」

孫說完了連他自己也覺得無趣的「幹話」，回到他的組長室，還是忍不住拿出「股市快報」翻閱，心裡慌得很。

星期一上午，果然開盤沒多久，就下殺到全部股票都跌停躺平，直到收盤。隔天起，無量下跌十九天！股友都快抓狂了，那段舉國投資人都在追著錢跑的日子，因為股市狂跌，券商追融資戶、丙種金主追炒家，跌到第十五根跌停時，連丙種金主都要跑路了！許多融資戶被迫追補保證金或質押房產，這些慘透了的投資人當中，孫啟賢也是被追著討錢的一個，但他平常總是道貌岸然地勸部屬不要瘋股票，要以本業為重，結果自己玩得比誰都大、賠得比誰都多。

儘管丙種金主的電話如催命符，他還是得上班、開會、辦案，週三開局務會報，督察長作「風紀案例宣導」，特別提到台北有個巡佐，股票套牢後，標了好幾個會，捲款棄職潛逃，舉家消失無蹤，被害人多數是分局的同仁、警眷，以及外面往來的業者；高雄有個派出所所長，在股市無量下跌期間，先是私下掃蕩轄區大家樂組頭，再恐嚇、索賄之後放人，而他食髓知味，三天兩頭打秋風，組頭不堪其擾，乾脆向分局督察組自首，並檢舉該所長……

這些狗屁倒灶的案例，孫啟賢越聽越煩，散會後，他也不回辦公室了，直接約李金生到茶行密室談話。

「賭場有多少現金？可以借我度過難關！」孫啟賢說了自己股票快被斷頭的情形，金額之大，連李金生也咋舌！

他想了想：「頂多給你兩百，三個月以後要還公司。正常來講，內場必須維持七百萬的水位，因為我們不是麻將場，只有『東』水錢[1]而已，內場傳乎人客借支的錢就有夠了；百家樂是咱作莊，跟客人對賭的，當然，正常狀況，總是咱贏多輸少，因為有抽水錢，最後嘛是咱贏，但若歹運遇到人客

1　東水錢：東，就是抽頭，水錢即賭場向賭客抽頭的錢，不管輸贏，賭場都抽固定比例。

大贏的時陣，內場本錢不夠，操盤的人心裡沒底，很容易做到垮！如果，現金拿袂出來，關門小代誌，信用打壞，才是大條！我說可以給你兩百，是打算萬一被贏太多，拿我那部賓士進當鋪，立刻調個一兩百沒問題。ㄟ！大仔，借這些錢攏是三到五分的高利貸，不能借太久，還有，利息我會作帳沖銷、不會讓你揹。」

孫啟賢知道，李金生這樣做，夠意思了！不能再要求更多。他想了想：「還有哪些地方可以借？」

「唉，這段期間，不是只有你在追錢，我想一想，但你別抱太大期望。」

「咱換帖的那邊呢？」

「我看困難，股市跌成這樣，他應該也很緊。」

「你說的那些計畫，要卡緊咧。」

「錢，他有，只是不知道藏在哪裡，我相信他早就準備要落跑，資產一定寄在別人名下，等待以後慢慢變現，要從他那裡挖大條錢……沒遐呢簡單！」

「我要怎麼配合？」

「恐怕，你不能只是『啥米攏嘜做』，大哥，你有調查局的朋友嗎？」

「有啊！」

「若有錢讓他賺，肯配合嗎？」

孫啟賢想了想：「有個調查官，是官校學長轉任調查局，很匪類，也很欠錢，比警察還惡劣。」

「有交情嗎？」

「他有欠我人情，但這人風評不好，我不想走太近，就是『不得不失』[2]，所以，有必要，我可以拜託他。」

「大哥，你不能用拜託的，你要讓他來拜託你！」

「怎麼做？」

李金生靠過去附耳說了幾句，孫啟賢立刻心領神會，他本性不壞，但聰明人要學壞，真的很快。

正如同孫、李猜測的，股市成災，靠景氣泡沫吹噓吸金的投資公司，簡直雪上加霜，盛董資金更加緊縮，他隨時準備落跑，兩個結拜哥哥，自然得幫他擋一陣子，這樣才有餘裕暗中轉移資產，淘空公司。但這些話他怎會跟結拜兄弟剖心肝、說實話，盛宇欣表面上裝作忙碌找錢，設法盡快出金，但其實，他已經在撈最後一把了！

那天他電邀大哥、二哥共商大事，老大託詞帶隊到南部查緝黑槍，三弟也知道大哥公職在身，身不由己，幸好二哥隨招即到，盛董希望二哥幫他找些可靠、乾淨的人頭帳戶，同時商量著如何把自救會轉為御用的啦啦隊，這對持續吸金頗有幫助。

談得正起勁的時候，突然門被打開，兩個在外頭站衛兵的西裝隨扈並未攜帶槍械，腦袋被手槍頂著，讓人押了進來。海線角頭大哥簡明奎率領十幾個黑衣人，直闖董事長室。

見這陣仗，盛董嚇得臉色發青，哆嗦著，直拉著二哥的衣角，李金生拍拍他的手，安撫情緒，霍

2 台語「不得不失」，不是沒有得失的意思，而是不得罪、不失禮，以現代華文書寫，很容易引起誤會。

太超過？」

地起身，挺起胸膛：「明奎，你海線ㄟ舞弄你的砂石、點仔膠（瀝青）就好[3]，來市內侵門踏戶，甘袂太超過？」

「金生兄，咱平常時卡少鬥陣，但嘛不是無熟識，市區少年輩的老大當中，你是阮海線嗣大難得提起會褒獎的，但今天，小弟是正正經經來處理帳目，怎樣說我侵門踏戶？甘講你就不曾處理過阮海線親友的帳目，阮嘛是講道理、憑實力喊『啪啦肯』[4]的！」

明奎不卑不亢地表態，堵得李金生說不出話。這個人雖然沒有策劃計謀、出鬼點子的能力，但做事穩健，不易被激怒，談判現場分寸掌握精準，這是李金生喜歡用他出面喬事情的最大原因。

李二哥轉頭對三弟說：「我們先聽聽看他是怎麼說的？」

「是這樣子的……」

「慢且，叫你的人把槍收起來，不然，我們開戰！」

簡明奎斯文有禮地說：「歹勢，不得已的。」他轉頭吩咐小弟收槍，然後好整以暇地敘述：「貴公司的投資人當中，有不少阮海線的親友，他們拿金生兄無法度，乎恁創甲被警察抓去，真厲害！兄弟人擱會曉駛弄賊頭。這些可憐的阿伯走投無路，只好委託阮老大，投資憑證也轉讓，有律師見證喔，現此時，小弟就是貴公司的投資人，擱是大咖的喔，我手上現在有一億元的投資憑證，還擱在增加當中，請問，貴公司是不是要對投資人客氣一點？」

「幹你娘，恁爸聽龜在哮！我們不承認你這款投資人。」

「金生兄，這就像收購上市公司委託書一樣，我手上股權多，你就要聽我的，不是嗎？這是法律問題，是民事債權，金生兄，你嘜甲恁爸使流氓癖，要開戰，試看嘜！阮海線吃清飯（隔夜飯）等你[5]。」

雖然台語只聽得懂六、七成，開口講不了幾句，但盛董也看得出對方來勢洶洶，是會打起來的，他緊張地推推李金生手臂，低聲說：「二哥、二哥，怎麼辦？你去跟他講，再給公司一點時間，等好轉了，要怎麼處理，按照合約來，我不會讓他們吃虧的，分紅趴數也可以談，公司有資產的，只是現在無法變現。」

「別急！」他低聲叮嚀著三弟，然後回頭說：「明奎兄……我們董事長說了，公司呢，現在受到大環境影響，獲利沒有以前高，依照合約規定，可以調整分紅成數，之前暫停出金，也是於法有據，都跟投資人解釋過了，公司目前還在努力經營……」

盛宇欣搶話：「對、對！董事會已經決議，頂多再兩個月就會繼續發放紅利，各位大哥請放心！」

「幹！」明奎用力一拍茶几，霍地站起！他嗆聲道：「莫來這套！恁公司若下個月突然倒去，我嘛無意外，擱等你兩個月後放一分四利息，騙痟仔！」

「無你是要按怎？」李金生也不甘示弱站起來，邁步向前，與明奎近距離面對面互瞪，殺氣騰騰，毫不相讓，倒是小白豬嚇得直嚷著：「二哥，有話好說，別傷了和氣……」

「董事長，放心，我用這條命挺你到底，我就不相信這個明奎能把你二哥怎麼樣。」他轉頭嗆道：「我幹破你娘老雞掰，明奎，你按呢擱說不是侵門踏戶？你這是投資憑證，不是本票、借據，阮

3 本書中海線黑道壟斷瀝青、砂石生意。
4 台灣酒拳的一種，喊拳的人吆喝著「五、十、十五」，比劃的動作被引申為討價還價，談判交易數字。
5 悠哉地吃著隔夜飯在家等著你，表示沒在怕，隨時等你來挑戰、挑釁。是嗆聲時常會講的台灣俚語。

若有欠你錢，照法律、照規矩發給你利息就好了，哪一條法律規定投資一定穩賺？」小白豬頻頻點頭，心裡暗中慶幸，還好今天李金生在，否則自己八成被拗得死死。

原本像鬥雞一樣怒視李金生的明奎突然笑了！他輕鬆地拍拍李金生肩膀，轉身坐下，從小弟手上接過一份投資憑證，他說：「投資的規矩是你們訂的，還敢說這款話！喏……金生兄、盛董，你們自己看，上面寫著，投資滿兩年，可以依照原金額贖回，兩位董仔，看卡清楚咧……我這些憑證都是超過兩年，哈哈哈！照恁的規定，要原價贖回！」

盛宇欣像是吃了什麼興奮劑，突然膽子大了起來，他上前一把搶過明奎手上的投資憑證，急促地翻閱，然後用幾乎快要哭出來的聲音說：「這哪有道理，這幾張都是一開始就投資的，早就回本了，還用從我這邊賺來的錢加碼投資，現在公司被大環境影響，受到挫折，就要我原價贖回，哪有這道理？不能這樣過河拆橋，沒道理、沒道理！」

「哼！沒道理也是你訂的規矩，盛董，你卡甘願咧。」

李金生訕訕地說：「奈有攏要包贏的？公司不是不發紅利，你現在這樣打擊公司的經營，就是跟我作對，咱要看這情形，已經回本的，贖回的金額少一點，還沒回本的，多給一點，你們少賺一點，莫乎那些老阿伯了錢就好。明奎，你若當帳目處理，咱得談談，三折？你看怎樣？」

「幹你娘咧！金生兄，你當作處理賭債喔？你毋通大人說囝仔話，阮出面免走路工嗎？我是義工喔？還有，新的規定是六折贖回，你跟我講三折，當我乞呷嗎？幹你娘，看人無起嘛要有一個限度。」

「幹！無你是欲按怎？」李金生發飆！

明奎反而冷靜：「那，我請盛董來阮厝內，跟阮老大談一下，你放心，大仔現在當議長，嘛是有頭有臉，一定對盛董客客氣氣！」

他一抬手，七、八個黑衣人從腰際掏出手槍，對準李金生與盛宇欣，小白豬嚇得差點沒尿褲子！

李金生連忙把盛宇欣拉到自己身後，用肉體幫他擋住槍口，他怒道：「誰遐呢好膽，敢給我帶人走？幹你娘，明奎！盛董是我換帖兄弟，是我用生命去保護的人，你動他一根毛試看嘜！你敢帶他走，我明天就到縣議會去丟芭樂（手榴彈），幹你娘，議長是什麼狗爛毛，恁爸一條命跟他配！」

接著他跨前一步，抓著一個持槍小弟的手，把槍頂住自己的頭，狠狠嗆道：「來啊！開啊！今天你不甲我打乎死，免想欲帶走阮換帖小弟……幹！來啊，恁爸無在驚…」

這番激情演出，嚇到了盛宇欣，他癱坐在地上，明奎見火侯差不多了，揮手示意手下把槍收起來，緩緩說道：「金生兄，小弟佩服你！你叫小（膽識）實在好！今天看在你的面子上，我暫且放過盛董。」他轉頭對盛宇欣說：「李金生無法度保你一世人，你嘛嘜當作議長是呷菜的，夭壽錢、失德了！艱苦人的錢，還是早早吐出來卡好。」

一行人離去，小白豬艱難爬起來，他抱住李金生：「二哥……」一句話不成聲，突然嚎啕大哭，這黨國溫室長大的公子爺，何曾見過這種要命的火爆場面。

十九　再三進逼

「大哥、大哥，這個王八蛋你一定要幫我把他提報流氓！花多少錢都沒關係！」飽受驚嚇的盛宇欣，好不容易定了神，繼而在胸中熊熊燃燒的是一把壓不下去的憤怒之火，他立刻想起了他那握有公權力的大哥。

「那有什麼問題！」詳細詢問當天情形後，孫啟賢拍了胸脯：「弟弟啊！就憑他帶槍來你公司，槍口對著你跟金生，我就讓他至少關個五年以上。」孫啟賢說是打算用他持槍的畫面當關鍵證據，給明奎來個「一槍斃命」，但其實他們早知道小白豬有個小小壞習慣，他喜歡在辦公室與女祕書做愛，怕影帶外流，所以他的房間裡絕對找不到錄音影設備。

「沒關係，不用怕，我跟檢察官很熟，這兩天我就去搜索他的住處，只要給我弄到一把槍，明奎就死定了！」結果不用說，當然是無功而返。

「三弟，這樣好了，你來指證他，我給你做筆錄，以你的身分，檢察官一定會重視，這樣我才好出手。你知道，現在已經解嚴了，投資憑證的部分是民事債權，警察民事不介入，我沒有著力點，你只有上法庭跟他戰，我才能幫你整死這個傢伙，這樣最快。」

但這小白豬就是怕，盛宇欣低下頭懇求：「大哥，能不能找別的理由把他提報流氓，千萬別把我扯進來。」

孫大哥想了一下：「三弟，我不怪你，畢竟你是生意人，不比我們，早習慣刀口上舔血，當哥哥的，保護你是我們的責任，好，就照你吩咐的！我找別的理由提報他，但是，蒐證得花一段時間，你不了解流氓提報的程序，若要快，得刑事局檢肅科那邊配合，花點錢打點有用，但刑事局畢竟不是警總，可沒打包票喔。」

「好！大哥，拜託您費心了，我先給您三百萬現金，不知道夠不夠！」

「我試試看，但我得先講，警局我會打點隊長，刑事局學長收了錢，一定會通過初審，但複審還有警政署長官、法官、檢察官、法律學者、社會賢達人士與會，要看證據；還有，對方也有議長當靠山，得硬碰硬！你那麼急，要看短時間之內能不能抓到有力的證據，找得到其他被害人願意指證，那就得看運氣囉。」

「大哥，拜託您多費心。」

「敢動我的兄弟，我遲早要他死得很難看！」

孫組長這幾天被丙種金主催債，都快煩死了，要不是他捧著鐵飯碗，又是握有權力的刑事組長，老早就被逼得跑路了！他靈機一動，竟然從結拜兄弟身上摳出一大筆錢，真令他喜出望外。但這些還不夠！李金生與孫啟賢這對賊，目的是想逼盛宇欣交出隱匿的資產，所以，還得加大壓迫力道。

就在盛老三以為花了三百萬可以將簡明奎提報流氓，而稍稍舒緩了緊張的精神時，明奎又出招了！這次，他到法院申請支付命令獲准，拿著五百萬的債權，向盛宇欣嗆道：「盛董，這只是一小部分，我手頭還有九千多萬的投資憑證，若一併申請支付命令，是可以假扣押你的財產喔。」

如果，現在要他立刻贖回一億元的憑證，那簡直是要「萬宇」倒閉！盛宇欣也搞不清楚，到底明奎手上有多少投資憑證，只覺得「挫在等」，不知道什麼時候又會冒出新的憑證來，這時李金生告訴他，明奎以半騙半威脅的方式，兩、三折低價大量收購萬宇公司投資憑證。這消息對盛宇欣來說，猶如晴天霹靂，公司可以周轉的現金，真的不多，所以，他急需製造穩健營運假象，繼續再吸金。而明奎這一手，比他還狠，盛宇欣發放高利騙來的錢，明奎一下子就要拿走七、八成，在盛宇欣看來，比強盜還惡劣！

他逼著大哥趕緊處理提報流氓的事，孫啟賢已經想好了推託之詞，他拿之前早就鎖定的海線流氓當幌子，這批人讓他掐好時間收網，孫佯稱是明奎同夥，然後說，氣死了！明奎可能也花了錢，或請議長施了政治壓力，所以明明提報他為組織首惡，上面卻以證據不足而沒列入檢肅對象，只抓了些明奎手下的幹部跟嘍囉。而那些年，正好是國民黨本土派崛起的時候，官宦之子的盛宇欣當然也知道本黨的黑道議長，是有能力干預司法的，更別說是警政署。

更糟的是，就在盛宇欣煩到快跳樓的時候，兩位拜把兄弟神色慌張地跑到公司，孫啟賢匆忙說：

「三弟，趕緊把要緊文件收拾一下，跟金生到北部避避風頭！」

「大哥，發生什麼事！別再嚇我，我現在禁不起打擊。」

「調查局中機組把你列為經濟犯罪調查對象，明天要來搜索公司，要傳你去問，我怕你一被帶去就會讓檢察官收押，先躲一下比較好！對了，帳冊、存摺、地契，一些要緊資產文件帶著走，以免被檢調扣押。」

一聽到可能被收押，三弟嚇得六神無主，有錢人身嬌肉貴，就怕被關！他拉住大哥：「怎麼辦、怎麼辦？」孫啟賢應：「別急，這案子是我學長辦的，幸好我應酬過他，人家會讓我知道，就是在指點我們一條路。老三，這回你可要穩住，先仔細想想看，有什麼絕對不能曝光的文件，今晚我們燒了它，一定不能被查扣的資產文件，帶在身上，金生親自帶著人保護你，我留在台中跟學長斡旋，等我打點好，安全了，你再回來。你放心，現在還只是『他字案』，都還可以喬，如果演變成『偵字案』，可就費勁了。我明天一早先到地檢署打聽消息，大概那時候會有大批調查員會來公司問東問西，帶些資料回去，你人不在，要叫總經理穩住員工，懂嗎？」

老三急吼吼地動手收拾資料文件，李金生盯著，只見他開保險箱，在抽屜暗格、書櫥夾層陸續取出一疊文件，裝在一個黑色小牛皮公事包裡，二哥心想：「就是這些了！」只是，不曉得怎麼騙到手，這玩意兒，恐怕沒有印鑑、授權書之類的，到手也沒辦法變現，所以不能用搶的，還得花時間軟磨。

隔天，真的有三、五位穿青年裝的調查局人員，到公司調閱資料，他們出示證件，也沒給看公文，自己翻箱倒櫃，扣了些文件，然後告訴總經理：「本來是要傳訊盛董，他既然不在，就總經理先應訊，因為孫組長特別關切，所以我們也不將您帶回去，就在你們會議室做筆錄吧！」

其實，不是孫啟賢面子大，而是他那學長背著長官辦私案，但盛宇欣在台北透過電話了解整個過程，內心對大哥感激不已。

隔天，孫啟賢也請假北上到兩位義弟下榻的五星級飯店會合，報告打點調查局情形，他一見面就搖頭：「唉！被咬得死死的，上面認定三弟非法吸金，加上鴻源公司鬧得凶，調查局在配合政策辦案，很難善了！」

兄弟三人面面相覷，盛宇欣突然嚎啕大哭：「我公司本來做得好好的，要不是鴻源出事，都正常出金，我沒有坑人啊！我都是被連累的，我哪裡騙人？你說我違反銀行法，我認，但當初鴻源搞得那麼大，政府也沒說不行，我們才跟著開，現在說我經濟犯罪，好像我是騙子，我不服、我死都不服，嗚嗚……大哥，我真的沒有騙人，我也想幫大家賺錢，我公司營運好的時候，一毛錢稅金沒少繳，為什麼出了事情，政府不幫我解決，還落井下石，黑道搞我，政府也不幫忙。大哥，你每次都說民事不介入，明明是黑道趁火打劫，哪裡是民事，嗚嗚……王八蛋，我賺錢的時候，總統府還給我送匾額，現在說我是經濟罪犯，我怎麼跟我爸交代，嗚嗚……」

看三弟哭得如此淒切傷心，孫啟賢有點不忍，摟著他：「大哥無能啊！我都不知道該跟你說什麼……」

「我不怨大哥，你已經盡力了！」

李金生冷靜的說：「我看，三弟，我來幫你頂！」

「二哥，你的意思是？」

「經濟犯罪關沒幾年，對我們黑道兄弟來說算不了什麼，你把負責人變更為我，我來出面說明，我才是實際負責人，當初是借用你的家世、關係，來開這家公司，一切與你無關，你連員工都不是，只是人頭；未來起訴、判刑，都讓二哥擔，你到國外去，你留學過，在外國生活不是問題，等事情結束，你再回來重整公司。」

「那、這段期間的營運怎麼辦？」

「你有總經理、幹部在，大哥也會幫你看著，重要決策你可以在國外遙控，就讓大哥幫你管管人，讓他們不敢亂搞，一切還是你作主。」

「就是說，我得跑路？」

兩個哥哥不敢搭腔。

盛宇欣又哭了：「嗚嗚……我對不起爸爸，怎麼會弄到要跑路……嗚嗚……」在淚水的洗滌當中，他瞧著兩位大哥的臉，都不一樣了，他回想，事情不是在這兩個兄弟介入後才變糟的嗎？總是解決一件，又增加更多新的麻煩，還有，怎麼大哥老是民事不介入；二哥打退了一幫黑道，又跑來更多黑道，每次總嚷著要用一條命保護他，但最後都是他付錢。

盛宇欣收斂起淚水：「大哥、二哥，謝謝你們，是不是要讓二哥頂罪，得從長計議，事情總是要面對的，明天你們先回台中好了，這幾天我留在台北，找幾位長輩談談怎麼處理調查局的事，副局長程泉跟我一位伯父是留學法國的同學，我想我可以自己處理。當然，大哥，您學長那邊，還是得打招呼，請他高抬貴手，大家交個朋友，您知道，我不會虧待他；簡明奎那邊，二哥能擋就擋，債權本來就可以協商，即使他要假扣押，也得拿三、五千萬出來，我們反擔保也是同樣的錢，放在法院裡又不會被搬走，我拿得出來，他還未必拿得出來！如果這樣還要來亂，那就是刑案，請大哥費心了。」

這兩天他的眼淚，多半是深覺愧對父祖、家世門風而哭，但這一哭，也激發出他的勇氣，更讓他意識到兩位大哥不可靠，這時他當然還沒洞察到孫、李的企圖，但盛公子一旦想著必須靠自己，很快找到方法，這簡直是「半瞑吃西瓜——反症」，兩位大哥看著他，彷彿不認識。

「我累了，兩位哥哥，我先休息，晚安。」他起身送客。

在門外，孫、李兩人嘀咕著：「金生，你幹嘛突然說要變更負責人，那不是要搶他的經營權？」

「我奈ㄟ知道他突然『精光』起來？我甲你說，我偷看過他公事包裡那些資產文件，已經攏過戶到他前妻名下，我感覺，他應該是假離婚，真脫產，就是說，咱莫肖想他那些跑路以後準備享受的資產，連現金他都轉走了，所以，我才想，他可能會放棄公司，有事尾嘛！誰知道這隻豬公會抓牢牢！」

「幹！呷緊弄破碗！」

「唉！」

「幹！」李金生懊悔地使盡氣力搥自己的頭。

二十　黨國要員

盛宇欣在立法院旁一家五星級飯店十八樓開了有個小會議室的總統套房，倒不是他奢豪成性，而是這幾天他連續約了幾位叔伯介紹的黨國要人，針對調查局追查萬宇公司非法吸金一案，商談如何解套。處理這種事情，他深知造訪人家辦公室太過冒昧，也顯得外行；邀在樓下咖啡廳，草率不打緊，說不定被記者、反對黨立委撞見，只會讓事情更糟。所以他能夠談事情、款待又不失禮的地方，只有隱密的私人招待所或五星級飯店總統套房。

可是，連續拜託了兩位層峰刻意栽培的年輕立委，都太愛惜羽毛，他們知道眼下投資公司是過街老鼠，插手此事，弄得不好就是「榮星案」的翻版[1]，因此敬謝不敏。繞了一大圈，找上前省黨部主委、經濟部國營會副主委、剛卸下中央黨部組工會主任職務的蔣令剛，此公與盛家算是世交，但因為蔣主任年紀大盛宇欣一大截，當年他到家裡來走動時，盛宇欣還是個流鼻涕的小鬼；也就是說，盛中

1　一九八八年臺北市議員周伯倫、陳俊源在議會杯葛榮星案，並向業者黃週旋索取台幣一千六百萬元；後因市議員陳勝宏質詢榮星案有弊端，周伯倫為掩飾犯行，以利陽公司副董事長名義，偽簽買賣五億三千多萬元預拌混凝土合約，預收一千六百萬元訂金企圖脫罪。全案纏訟十四年，最後於二〇〇三年一月判決周伯倫六年徒刑，褫奪公權四年定讞；陳俊源則是被判處五年徒刑，褫奪公權三年四個月定讞。

將不再掌握軍權之後，子弟也沒人留在黨政權力圈子裡，兩家互動就淺了，但淺歸淺，盛宇欣跟人家還攀得上三代交情。

蔣令剛開門見山說：「老弟啊！實在是盛叔叔退得早，你還太小，否則你也是美國名校碩士，先到黨營事業歷練幾年，有機會為黨國效力的，你什麼正經事業不好搞，何苦去弄老鼠會呢！」

「蔣大哥，要不是鴻源出事，哪會搞成這樣？剛開始的時候，這生意正火紅！當時是好幾家長輩鼓勵，說我學財務金融的，內行，這錢不賺可惜，才將我拱上來，小弟也很認真經營，我給您看的開發計畫，未來絕對有黃金十年的光景！哪知道鴻源會搞成這樣，我們這些正當做生意的，都被連累。大哥您是留英的，當然也知道，在歐美先進國家，私募基金發展很成熟，集眾人資本進行大規模開發投資，甚至跨足國際市場，那是很正常的資本運作。唉！怎麼一到台灣就走偏了，我也不得不加高利息，弄得……大家都像著了魔似的！」

「的確，台灣法令不健全，保障也不足。先不談這些，你希望我怎麼幫你？如果調查局介入，是有點棘手喔。」

「蔣大哥，我想通了，公司是經營不下去了，這不是我的問題，像您說的，法令不健全，銀行法修訂後，寸步難行，但我這家公司是修法之前開的，官司不一定會打輸，如果我有好好處理，就算訴訟結果差一點，也可能爭取緩刑、易科罰金。蔣大哥，我公司真的不是老鼠會，我投資的標的物，幾乎都賺，股票先不講，現在跌到谷底不是正常現象，是政治因素，不用多久就會漲回來，我想跟投資人協商，讓我把資產變現後，訂一個辦法賠償他們。當然不能盡如人意，但處理好了之後，我讓公司結束營業，我重頭再來。」

「好！有擔當，但你的資產夠處理嗎？」

聽到「萬宇」還有相當資產，蔣令剛眼睛亮起來了！他開始對這個案子產生興趣。

「蔣大哥，我需要時間，所以，這節骨眼不能有司法問題，這一點，要拜託大哥，真的，我有誠意處理。您說的對，我還年輕，何苦搞老鼠會，唉！當時吸金吸到大家都瘋了！我也是……」小白豬搖頭自怨自責，神色哀傷但頗平靜，像是一夕間老了十幾歲。

「我話講在前面，解嚴了，很多事情都變了，你的要求，在過去不算高，但他媽的現在李登輝上台之後，提拔一些什麼本土派的，處處跟我們作對，立法院以前多好處理！現在搞了個什麼『集思會』，肏他娘咧，這些台灣人一天到晚跟民進黨眉來眼去，以前警總、調查局，我們說了算，現在，吳東明[2]只聽李登輝的，程泉[3]跟個小媳婦一樣，不太好弄！」

「蔣大哥，那怎麼辦？」

「警政署是沒啥問題，羅張是前陸戰隊司令，跟你爹有點交情，但案件本身他使不上力。吳東明是陸軍中將，工兵出身，留學美國的工程博士，沒怎麼帶過兵，後來轉入情報界，跟你爹沒啥淵源，他是李登輝上來才當的調查局長……有了！我來找劉展華[4]談談，這傢伙是調查局天下第一處處長，剽悍得很，調查局的事，他頂得了一半。」

2 陸軍中將、時任調查局局長。
3 時任調查局副局長。
4 時任調查局台北市調查處處長。

「謝謝大哥！」

「唉呀！你這事兒，也沒什麼大不了，你家有青天白日勳章，若在過去，只要不是殺人放火，憑你爹、你祖父功在黨國，能不給你條生路嗎？」

「唉！愧對先父先祖啊。」

「我跟你說啊！蔣經國樣樣我佩服，就用了李登輝當副總統是著屎棋，都亂了套嘛，但也不能怪總統，要不是原先的接班人孫運璿突然中風，他的身後事怎麼會搞得滿砸！本來只是樣版、跟嚴家淦一樣過場的台籍人士，居然上位，弄到現在朝綱大亂，民進黨這些個王八羔子天天鬧，李登輝這日本人生的漢奸，就會縱容他們，分明在搞台獨嘛！唉，扯遠了……」

「蔣大哥，您的意思是，劉處長可以搞定？」

「這傢伙如果出手，當然對你有利，但他也是個酷吏，要他相信你不是想鑽空子，脫產留一屁股屎，要費點心思。」

盛宇欣羞赧地說：「我原本也留了一手，不瞞蔣大哥，我海外有置產，那原本是後路，但這些我都會拿出來，其實，只要股票賣在高點，我還能結餘些，幫助過我的人，一個我都不會忘記。我自己，可以重頭再來，若能夠善了，我會出國再唸個學位，以後……再說吧！扯了這麼大窟窿，總不能只想著自己。」

「談不到這裡、談不到這裡！哥哥幫你也不是為了賺錢，我處理事情，你放心，不會不給你留點東山再起的資本。」

「那就太感謝了！」

「盛老弟，我雖然卸下組工會主任職務，但還是有給職的行政院顧問，我可以告訴你，上面就針對鴻源、龍祥、永安這三大投資公司，沈長聲這幾個人是不能放過的，弄得那麼多人身家財產一夕之間賠光，不整飭怎麼對得起百姓？你的問題，就在於怎麼讓上面相信，你是有心要處理的。」

「我公司資產可以信託，也可以比照破產管理，找律師進入董事會，當管理人，只要不凍結，弄到我資產賤賣，公司還可以運作就行，否則，受傷最重的還是那些苦哈哈的投資人。這一點，政府應該要出手幫我才對。」

「還談不到破產管理，走到這一步，你就完蛋了，還有，弟弟啊，你怎麼那麼老實，讓人家知道你公司要做最後處理，你的資產還能賣個好價錢嗎？買家能不趁機攔腰砍你價格嗎？還說會做生意！」

盛宇欣嘟囔著嘴，低聲道：「是你說要取信於人嘛……」

「唉！你不懂政治，我說取信於『人』，是指上面能管事兒的幾個大人，誰叫你大張旗鼓、昭告天下你要賣資產跟投資人和解了？公司要照常營運，穩住投資人，地方上的事，羅張會交代下去，黑白兩道都不敢動你！劉展華那邊處理好，就說黨中央有指示了，這樣，你就可以輕鬆地去談債權協商。」

「蔣大哥！」盛宇欣突然興奮地說：「您當我公司監察人，如何？」

蔣令剛沈吟了半天，說：「不好，我還有公職身分，雖然說，李登輝的人也跟財團走得很近，不像蔣經國在的時候，當官的絕不能碰生意，但我還是要避嫌，這不是好主意。」

「那、有什麼方式可以取信上面？」

「嗯……我找黨營事業幾個自己人進駐你公司，你印鑑、公司大小章要交出來，我們再看看，至於要怎麼做，法律上才站得住腳，還得從長計議。」

「是！」

「弟弟啊，投資公司本來是合法的，銀行法修訂後，也沒說這個行業就不能做了，只是有些限制，你的公司，如果跟黨的公司能夠無縫接軌，變成黨管會底下轉投資的一間公司，你還保留些股份，這也是一招，說不定，改個名字，你的公司做得更大！」

「能夠這樣嗎？」

「要看你怎麼打點上面囉！我來想辦法，讓你在公司轉型後還能當個總經理或執行董事。誒！我就說嘛，繞了一圈，還是到黨營體系比較有保障，未來公司轉型，弄個特許事業，既光鮮又有賺頭，何苦掏那些老兵的棺材本，才幾個銅子兒，太難看了，弄得不好，有個人上吊自殺，你就毀了！」

盛宇欣似乎在黑暗的深淵裡看見光，這時，他怨自己沒事瞎撞，找什麼警察黑道圍事，還義結金蘭，這些台巴子，都是鬼！

蔣令剛又發話了：「這些都是後來的事，眼前，得先打點上面，你心裡有沒有個數？得有數，我才能去談。」

「我想過了，第一筆，我可以先拿三千萬，接著，我原本打算當退路的那些海外資產，行情正俏，國外資產管理公司很專業，我訂個合理價格，他們很快就可以處理掉，比較麻煩的是股票，現在的行情不能動。」

蔣令剛雖然內心有點失望，但他還是一臉肅穆地說：「看你方便，你錢不要交給我，我找個律師跟你配合，我看，就找黨管會的御用律師好了。弟弟啊，我做事有個原則，公是公、私是私，處理你的事情，是三代交情，也是在解決社會問題，我現在沒有黨職，犯不著為選舉找錢，所以，你的錢我不沾手，你也不要給我任何好處。」

「大哥，那怎麼行！讓您這麼費心。」商人出身的盛宇欣，就怕當官的不拿他錢，不收銀子，意味著在敷衍，他急啊！搓著手，似乎希望蔣令剛說個價碼，大家銀貨兩訖。

「弟弟啊，你非要給我錢，就看不起老哥囉！我這層級的官員，能為幾個錢辦事嗎？我跟你說，要讓你公司併入黨營事業，是幫你找生路，也是為黨造產，同時，看你是個人才，為黨、為國舉才，我們都是三代受黨栽培的人，國家多事之秋，不能有太多私慾，得配合政府政策，懂嗎？以後，你也不能只會『銅錢眼裡翻跟斗』，需為大局著想。」

「是、是！」這時，蔣令剛在他心中形象超級巨大，這才是黨國之子，名門風範。

台中這邊，孫啟賢、李金生自從在台北與三弟分手後，哥仨就再也沒碰過面，幾次到公司找，不是人在開會，就是說盛董到台北出差；用電話跟祕書留言，剛開始盛宇欣還會回電，敷衍個幾句就匆匆掛斷，到後來，三弟是說什麼也不願意再理會，孫啟賢有種把戲被拆穿的羞赧，自覺玩不下去了。

過兩個月，聽說公司董事會改選，盛宇欣下台，被改聘為「高級顧問」，董事長、總經理換人，這段期間，面皮較薄的孫啟賢不好意思上門自討沒趣，李金生倒是去了幾次，而萬宇公司除了一、兩個低階主管還是盛宇欣時代的舊識，幾乎整個經營團隊全部更換，派去給盛宇欣當隨扈的四個壯漢，更是早就被辭退，孫、李兩人完全被摒棄在外。

李金生還不死心，派簡明奎持投資憑證上門討債，卻被對方法務客氣地表示「照單全收」，但必須進入法院的債權協調程序，律師還請明奎到會議室洽商，說是之前也有其他投資人要求公司贖回憑證，因此所有相關債權案件都在法院協商當中，而且法官裁定併案處理，請明奎配合民事庭的作業，律師還說了一大堆法律程序，搞得他頭都暈了。重點就是，公司會處理，但得打折，若要打官司討債，歡迎、請便！至於已經取得法院支付命令的部分，則爽快付現，絕不拖泥帶水。

事情發展至此，孫、李是賠了夫人又折兵，李金生這邊完全沒撈到，因為他放長線釣大魚，從盛宇欣身上摳到的一些錢，都花在找簡明奎演這場戲的費用上，眼下只能寄望手上低價收購的投資憑證，看能不能多換點現金，但他這段時間投入那麼多心血，甚至荒廢賭場經營，就陪盛公子玩，工資都不夠！

孫啟賢雖然以打點刑事局等理由，A了三百萬，但仍不足以支付他股票丙種墊款的錢，東挪西借，最後還是一半以上被斷頭，損失慘重，這對奸人兄弟，根本白忙一場。

更令人訝異的事情發生了！大概在孫、李伎倆被盛宇欣識破的半年後，聽說盛宇欣上吊自殺，因為他的公司被吃掉了，對方連骨頭渣都沒吐點給他，盛宇欣揹負一屁股債，但公司經營權易手，他以個人名義開出的支票，還是追著他跑，小白豬羞憤而在父親墓園旁的一棵樹上投繯自盡。

而狠心將他吃乾抹盡的，竟是他視為救星的國民黨大員蔣令剛！這件事，讓蔣某在外省權貴圈裡備受爭議，部分不齒其行徑的黨政人士，嘴裡的話講得難聽，更不願意為蔣令剛諱飾。消息很快傳到民間，雖然說法版本不一，但身為局中人的孫啟賢用心打聽，還是能拼湊出盛宇欣被設局吃掉整個公司的輪廓。

自己費盡心思，設計了老半天，連唱帶打，還演出全武行，卻被外省高官一出手就割了全部的稻子尾，孫啟賢與李金生嘔死了！幹，都解嚴了，台灣人已經當總統，還是這些高級外省人比較厲害、比較狠，那晚，孫、李在茶行密室裡喝著悶酒，一旁美玲服侍著哥哥與老公，孫啟賢鬱卒著不太言語，他還在心疼斷頭的股票，李金生突然迸出一句話：「幹！你娘咧，蔣經國攏死了，啥小好康的，還擱攏是姓蔣的占了了。」

二十一 砂石扣達

一九九〇 驚蟄

雖然在小白豬身上白忙一場，但孫啟賢如願以償，調到四分局當刑事組長，總算有了自己的地盤。就在孫組長忙著和轄區各方勢力建立交情之際，卻沒想到李金生變成脫韁的野馬，在他不知情的狀況下，與海線角頭發生了兩次流血衝突。

雖然兩邊均有人掛彩，但沒曝光，案子被壓下去了，按照江湖規矩，不管事後怎麼喬，當警方上門探詢時，即使是被挑釁的一方，也必須否認到底；而警方，有人上門報案都想吃掉了，何況是械鬥的兩造死不承認，當然樂得當作沒這回事。但那只是檯面上粉飾太平的「官方作法」，實際上，這些刑警是不會讓自己在狀況外的，更不會不出手遏止，讓情勢惡化，也因此，孫啟賢被刑警隊長李宏傑叫去斥責。

「啟賢，你是性情中人，你把他當兄弟，他未必跟你一樣真心，算他聰明，還懂得尊重你，要不然，我早就出手弄死他。你放心，我不會讓你難做人，要處理李金生，我會讓別組辦，你就跟他說，如果太超過，你也保不了他，壞人我來做。」

「是！」

沉默了半晌，孫啟賢還是鼓起勇氣問道：「隊長，是不是他收斂了些，這次，就放過他，以觀後效？」

隊長非笑似笑，看著孫啟賢：「我怎麼說你呢！你這重感情的性格，當朋友，我欣賞，當部屬，我放心，但當一個刑事組長，這樣是不行的！啟賢，當初我怎麼跟你說的，要你把他收、起、來，什麼叫『收』？就是，你可以對他示好，扶持他壯大；也可以壓榨他、毀了他！你自己拿捏，大家都只是在維護自己利益而已，小心啊，你是警官，未來你會幹到我這位置，或考上分局長，繼續往上爬，能一直跟黑道扯不清嗎？」

「是！」

孫、李這對拍檔賺的錢，李隊長也沒少拿，卻只因為李金生惹了些事端，就準備翻臉，孫啟賢想起業者、黑道最常批評警察的一句話：「嘛欲呷、嘛欲抓。」打了個冷顫；但站在警察的角色，他覺得隊長的話也沒錯，理性告訴他，絕不能受制於黑道，但兩人的交情加上實際的經濟利益，讓他左右為難，他想了想，還是決定警告李金生，讓他知所收斂。

他當然不可能把隊長那些條子的內心話說給李金生聽，卻也惡狠狠地斥責李金生，殺到兩邊加起來十幾人受傷、住院，事先連招呼都不打，最後撂話：「隊長說了，你擱亂舞，他嘛保你袂住。」

「幹！」李金生忍不住抱怨：「又不是沒給他，一點啊情分嘛無講。」

孫組長拍桌怒斥：「你說啥小，上面有作公關就可以為所欲為嗎？你趁早打消這念頭，好好檢討，是你先乎我在隊長面前立場站袂住，毋通怪我們。」

「老大！你想想，我要去砍人，跟你報告，你會允准嗎？」

「……」

「再說了，你以為我是為了賭氣、意氣用事，還是呷飽太閒，才跟人家刣來刣去？小弟醫藥費毋免錢嗎？我跟人家鬥，是在拚利潤的！大哥，我們賭場，這半年利潤越來越差，我想要買賣砂石，但對方博很硬，講攏不講，才會跟海線兄弟『強蹦』（衝突、衝撞）！」

「那，你也不能搞到我被隊長臭罵！說我都沒有把你管好，他還嗆說，我管不了他就要自己出手。」

「幹！你以為他講這些話攏是為了轄區治安？他是前任的台中縣刑警隊長，海線那些兄弟跟他嘛有交情，說不定到現在還有利益往來，我又沒有惹到代誌爆孔，他是在緊張啥小？」

「哼，你還有理！嘜講遐呢多，隊長個性我很清楚，他的人好鬥陣，但沒那麼好講話，你說，我要怎麼對他交代？」

李金生想了一下：「大哥，請你跟隊長報告，兄弟人為了利益，打打殺殺難免，都能用講的，就不是黑道。銅板沒有兩個不會響，袂行攏算我頭殼頂。說卡白咧，我賺錢他沒分到嗎？如果這樣他還要打壓，表示他私下偏向別人，那麼，大哥，你得暗示他，是不是我們要加碼？代誌辦得通，我不會凍酸。」

「話不能這樣講……」李金生的振振有詞，讓孫啟賢內心有點不安。

「我這樣很巴結了，隊長也要講道理，你得挺我啊！」

「我想想……」

話鋒一轉，李金生談起進軍砂石買賣的計畫。他說，砂石源頭，除了部分建築工地挖地下室，多數砂石來自台中縣大甲溪、大安溪流域，不管是占地盜採的，還是向水利署河川局標案、承攬疏浚工程所開採的河川砂石，都是台中縣市固定幾家砂石買家在收購，這些買家轉手，將砂石賣給工程單位當天然級配，或賣到混凝土廠，一轉手就是好幾倍利潤，只要有一、兩家砂石買家，願意撥點配額給他李金生，他就可以進入這個封閉的行業了。

「氣死了！」李金生眼裡幾乎要噴火：「恁爸是兄弟人，好嘴甲賣砂石的講，小弟我願意用卡高的價格跟他買，讓他多賺一點，幹，恁爸的錢是卡臭腥喔？死都不賣我，說是攏甲人家講好了，有固定配額，除非他的買家願意轉讓一些配額給我，否則不可能賣我。我都跟幾家『濫仔控場』（混凝土廠）講妥當，對方說只要我手頭有砂石，會仝款價格收買，算算利潤不錯，我就跑去跟砂石場參商，幹你娘咧，這些盤仔人，一個比一個擱卡躢摒……幹！用腳頭髑（膝蓋）想嘛知，這些人後面有兄弟在乎靠，你娘咧！作兄弟咱嘛無比人卡憨慢，不是喬、就是戰，你說，哪無這塊市場咱放棄、嘜賺；若要賺，只好拚了！」

「老大，這是賺錢的事業，你當然有一份，你跟隊長報告，海線兄弟砂石利益結構穩定，交情歸交情，人家也要孝敬現任隊長，我不相信他到現在還有利潤，我李某人進入砂石業，不會忘了他的牽成，他應該讓我們自由競爭，尚好嘜管太寬。」

「你起痟啊！我哪敢這樣跟我的長官嗆聲。」

李金生無賴地雙手一攤：「我也沒辦法。」他低頭想了一下，放軟語氣：「大哥，誰想要整天相刣，打到流血流滴？你今天不找我，我也正想請教你，看有沒有什麼方法，嘜用武力，例如，結合你警方的力量，或政治勢力，打入這個市場，咱嘛會照規矩行。你想，這些人壟斷砂石市場，又不是國民黨規定，更加不是皇帝傳位給太子爺，世世代代攏他們家的，當初這些人一定也是幹掉其他弱小的勢力，剩下幾家誰也吃不下誰，所以維持勢力的平衡，大家聯合起來，不讓新的人進來。咱只要夠強大，他就得讓步，用打的，是不得已，完全不用武力，恐怕也不行，如何結合武力與官方的勢力，我看，這才是打破既有勢力的關鍵。」

「你這樣講，還像句人話，金生，你將這幾次談判、衝突經過跟我講，也談一談你打聽到的砂石業生態，我們再來想辦法。」

那天晚上……

由於李金生好言好語，放下身段想取得砂石，卻在產地與買方兩邊碰壁，他決定「博硬的」，他打聽到「瑞龍」砂石場老闆楊慶龍在市區「凡爾賽」商務酒店最大的包廂飲酒作樂。李金生知道楊老闆是「盤仔人」，但與海線黑道過從甚密，他不是吳水逢那種「盤仔假流氓」之流的淺薄之徒，而是身兼黑道金主、事業伙伴，可以驅使兄弟為他辦事的生意人。

既然要啃硬骨頭，就得咬得碎，才吸得到骨髓湯汁，打定主意，他帶了兩個小弟，黑色風衣下藏了一把烏茲衝鋒槍，口袋裡還放了兩顆手榴彈。

李金生三人直闖包廂，大喊一聲：「臨檢！」他判斷楊老闆有攜槍保鑣隨侍在側，因此假裝警察來鬆懈對方戒心，以免還沒說話就開槍駁火，當所有人目光集中在他身上，還一頭霧水，小弟把包廂內的燈打到最亮，並喝令小姐關掉音響，這時候，原本鬧得正歡的酒客、小姐，還搞不清楚來的是哪個單位？怎麼沒有制服警察陪同？

「楊老闆，小弟叫李金生，之前專程到董仔你的公司拜訪，但董仔你事業作真大，足無閒，沒時間接見小弟，我只好來這裡聽候指教。」

李金生跟孫啟賢結合後，日漸兵強馬壯，已經是台中市區令人側目的新生代老大，楊老闆當然聽過他，且這一個多月，他到產地糾纏地主，騷擾買家，接洽混凝土廠，還跑到他公司與手下幹部發生齟齬，楊慶龍正想透過警界友人或黑道高輩分的老大打壓他一下，沒想到他竟然只帶著兩個小弟，就來闖席，看來，也是個「衝組」的。

中部地區砂石買賣既得利益已被這批人壟斷十幾年，這些人根深蒂固的想法是：你有辦法占地盜採，開挖工地，甚至標到河川疏浚工程，取得砂石，我們用業界協商出來的公定價格採購，有多少買多少，不會讓你吃虧，但你只能賣給我們這個「砂石聯盟」；其他人想成為新買家，是不可能的，頂多只能成為產業鏈下游，承包運輸、當仲介掮客賺差價。這些年總有些黑道分子、營造廠想成為新買家，但實力不夠，很快被「勸退」，楊慶龍認為，李金生也不例外。

他是生意人，先是客客氣氣地裝傻：「金生兄，你想要買阮兜的砂石嗎？很好啊，請你跟阮業務經理談，既然來了，就喝一杯吧！我介紹……」

李金生打斷他的話：「我不是欲來『交關』（買賣、惠顧）你的生意，我又沒在起厝，幹嘛買你的砂石！」

「喔？如果金生兄手頭有客戶，想欲『牽猴子』（當仲介掮客），嘛可以談，價格我可以放軟一點……」

「老闆，我是作這款囝仔工作的人嗎？」李金生拉下臉，不耐煩跟他繞圈圈。他直接嗆說：「大甲溪疏浚，還有頭厝村村長那塊地的砂石仔，我要用比你卡高的價格買，人家都說要問你楊老闆，說要你撥『扣達』乎我，才肯賣我，所以我才來這，請你牽成。生意人人做，不好你們幾人霸牢牢，現在砂石有錢無一定買有，應該自由競爭，價高者得，憑什麼『扣達』攏恁幾家掌握？」

「你欲要扣達？」楊老闆還是一貫不輕易得罪人的作風：「這不是我一個人決定，阮公司的扣達若撥乎你，我對股東歹交代，你講的那兩塊（砂石產地），有三家欲要，若大家攏講好，撥一點給你，我是沒意見，問題是，今天給你，明天就一大堆人攏欲來搶，一定天下大亂。尚好，你找個大人來講，大家看在大人的面子上，放一次乎你，我想，也袂有啥米事尾，我看，就麻煩你找一個檯面上，有法度跟議長說得上話的人來，頂頭大人攏喬好，我就沒問題！」

這話講得客氣，有技巧，看似尊重，留下協商空間，若一般生意人，也只能照這樣處理，但光棍眼裡揉不進沙子，李金生聽進去的卻是反面的貶抑之意，他認為「你把我當囝仔，不夠格喬此事」，正要發飆，坐在楊董旁邊的一名海線中生代角頭老大「大胖偉仁」桌子一拍：「幹你娘！砂石仔生意有按呢硬討的！」桌底下，他早就握緊一把貝瑞塔九〇制式手槍，嗆完立刻將槍口對準李金生。

李金生掀開風衣，把藏在裡面的烏茲衝鋒槍亮出來，俐落地拉槍機，不屑地說：「偉仁，你還沒開保險，你動一下試看嘜！」

李金生兩個小弟也分別掏出制式手槍，對準楊老闆與偉仁，一旁的生意人、小姐都嚇壞了。其實，楊老闆這邊，除了偉仁之外，他還有個隨身保鑣，身上也帶槍的，他還慢了偉仁一步，手才放在腰際，就被制住，李金生順利將偉仁與楊老闆的保鑣繳械，這時，他才好整以暇地說：「大人，是愛乎人尊重才叫大人！生意不是恁說好，就霸牢牢，不乎別人做，你欲扛議長還是恁兜哪一『仙』老公仔標出來談攏袂要緊，恁爸無在驚！」

接著李金生轉頭：「偉仁，這事跟你無關係，我嘛不知會碰到你，我欲跟楊董好好談生意，你硬要『現馬』（亮槍），替他出頭，嘜怪我無乎你面子……」說完他示意小弟把卸下彈匣的槍枝擲還，「小弟不是故意欲甲你漏氣，這擺算大家相借過，你可以跟明奎探聽我本人，你若有誠意，我是一定講道理的，但你要跟恁爸博硬，我嘛敢跟你橫著來。」

楊董並不是沒見過大風大浪的人，他知道李金生無傷人之意，放下懸著的一顆心，膽子也大了起來，他大概想找回面子，一改斯文的語調，嗆道：「李金生！我叫你找個大人，是教你做砂石生意的規矩，你硬要『橫葛葛』（蠻橫無理，糾纏不清），用拗的，是行袂通，少年人不是夯兩支槍就可以亂來，你毋通太囂掰，小心呷到羹（踢到鐵板）！」

已經轉身準備離去的李金生回頭，從口袋裡掏出一顆手榴彈，握緊保險杆，拔出插銷，促狹地湊到楊董眼前：「砰！」作勢嚇嚇楊慶龍，再好整以暇地把插銷插進去，他慢條斯理地說：「毋驚死的尚大！恁爸穿草鞋的，錢無、命一條！你拿啥米跟恁爸比，去找恁兜大人幫你收驚吧。」

走出這家酒店，李金生越想越氣，他走到停車場，找到楊董的賓士轎車，把烏茲衝鋒槍丟給身邊的黑衣少年，這傢伙是他刻意挑選、未成年又一心想出頭的中輟生，他問道：「有學過怎麼開烏茲的嗎？」小弟一臉興奮點頭，李金生吩咐：「去！把這部車子打成蜂窩，一顆子彈都不要留……」

二十二 經濟組長

聽完李金生的敘述，孫啟賢倒抽一口涼氣，他罵道：「我只聽說你在酒店停車場開槍，原來舞這大條！楊慶龍不是一般盤仔人，你真好膽，如果只是飲酒後吵架開槍，喬一下就無代誌，你舞這呢大，莫怪隊長生氣。」

「好啦，大哥，莫生氣，我已經傳好了，少年仔這兩天會帶槍去找你投案，績效算你的，這樣你對上面就有交代。」

「你開槍這件已經被吃掉，我幹嘛讓學長轄區多一件發生的紀錄！人跟槍交給我，算是我們主動布線查獲，最近我們組績效很差，槍枝的部分，有這枝烏茲，分數就夠了，叫你再花錢買槍來交，還不是公的出錢！我也有分耶。」

講到錢，孫啟賢算得可精，他想一想：「高利貸的再報幾個來，要有被害人……」李金生不但是孫啟賢的事業伙伴，也經常出賣同道，是孫組長最大的爪耙子，這種事情，他們配合已久。

「對了！還有一件在台中縣，那是怎樣？」事不關己，罵也被罵過了，孫啟賢只是隨便問問。

「嘛是為了砂石仔，買方那邊沒遐呢緊落軟，我就想到深山裡找一塊無主的河川地，自己找怪手挖，奈乀知影已經被當地村長占了，幹，都是國家的地，你能挖，我就不能挖？啥米道理！當然，就打起來了，這次沒開槍，但打得很慘，兩邊攏有人受傷。」

「金生，你這樣不行，莫說整體海線，議長下面幾個大角頭，火力兵力都比你強，你並不是揹著墓碑在跑路的槍擊要犯，大家攏要讓你、攏會驚你，用戰的，你一定戰不贏，何況，相戰不用錢嗎？咱的財力甘有遐呢粗？」

「所以啊！你要幫我，看能不能用你警方的力量幫我施壓，利潤扣掉給隊長的，咱一人一半，資金我來想辦法。」

「不是錢的問題，而是我管不到這個部分，除非這些砂石業者有搞些什麼觸犯刑法的事情，你總不能叫我抓他賭博吧！槍，這些人應該有，但哪有那麼好抓？提報流氓，要看他們有沒有強買強賣、恐嚇勒索？」

「幹！砂石供不應求，人家捧著錢拜託他賣，怎麼可能強逼，至於買方，管道都壟斷了，一切按照他們的規矩走，這才頭痛，啊！對了，在水利地、河川地偷挖砂石，再倒垃圾進去，有沒有罪？」

「這頂多只是一般竊盜罪、違反水利法、廢清法之類的鳥案子，你要我刑事組辦這個，有沒有搞錯啊……」

李金生想了半天：「對了，做砂石買賣的，最怕聯合稽查，尤其是檢察官帶隊的，配合水利局啦，環保局，還有你們警察的經濟組，好像什麼都可以辦，而且是檢察官的窗口。」

一知道警方也插得上一腳，孫啟賢眼睛亮了！當時刑警隊轄下的經濟組，是辦理業務的內勤組，沒有兵，但有稽查權，這就好辦了，孫啟賢遲疑了一下，說：「經濟組長王志強小我一屆，在學校就很熟了。」

孫啟賢腦海裡浮起王志強那張由瘦削下巴、細長鼻梁以及笑起來瞇成一條線的眼睛所構成的白皙的臉，心裡感覺相當複雜。

官校時代，兩人交情不錯，經常一起打球、出遊，是相當投契的哥們，但孫畢業前夕，王志強突然跟他告白，坦承自己是Gay，孫啟賢多少被嚇到，但心裡也不是沒有沾沾自喜的微甜感覺。當下，他先是很有風度地表明自己只喜歡女生，尊重、但無法嘗試同性戀情；話說到這份上，如果握握手，說聲謝謝你的錯愛，這種事不能勉強，我們還是好朋友之類的客氣話，人家也不會來嬲纏著你。但那時孫啟賢不曉得哪根筋不對，竟然一臉關切地說：「學弟，要不要我陪你去看心理醫生，或一起到教堂禱告，我想，應該可以矯正的。」

王志強看他一眼，扭曲的臉盡是受傷的神情，他艱難地擠出一句：「學長、抱歉。」明顯帶哭聲，他倉皇離去時單薄的背影，看得出渾身發顫，腳步也狼狽而急促，明顯想要趕緊離開他孫啟賢這個人。

當下孫啟賢就知道自己狠狠地傷了這個愛他的Gay，年紀越長，閱歷越深，越能了解自己當年是何等的無知與殘忍。沒想到五年後在同一分局服務，後來又在刑警隊共事，幸好沒同一辦公室，業務往來不多，但總還是會接觸，而這學弟對他尊重、客氣得像個陌生人，幾次分局聚餐飲酒，孫啟賢沒回頭，卻感受到學弟伺機偷偷窺視他的灼熱目光，兩人在人前，絕口不提學生時代交情。

如今，他也只好硬著頭皮找王志強了！為了怕這個學弟亂想，他約在李金生茶行，還找來美玲姊弟，間接暗示自己不但有老婆，還有「外婆」。其實，他想多了，王志強自從被狠狠地刺傷之後，豁出去讓情慾的花朵盛放，在同志圈裡玩得很浪，性格也變開朗了。他倒是想再跟孫啟賢當個好朋友，畢竟當年唐突的告白嚇到對方，是自己猛浪；且這些年孫啟賢也從未在保守封閉的警界透露他的同志性向，算是口德好，嘴巴緊，該感謝他的，只是怕學長還有芥蒂，未敢主動修好，所以，一受邀就爽快答應。

用餐時，兩人很有默契地不提起那尷尬的過去，氣氛頗融洽，談到合作買賣砂石，王志強說：「學長，虧你想得到利用聯合稽查施壓，不愧是我們刑事系的高材生，沒錯！土方、營建廢棄物及河川砂石開採，警方雖非事業主管機關，但也管得到，雖然砂石場多半在台中縣、南投縣，台中市僅屯區有幾場，不過，地檢署縣市都管，聯合稽查是一起的，再加上取締盜採，會連帶追查非法買賣，連混凝土廠、營建工地都可以查，我這邊使得上力。一直以來，經濟組不太管這部分，是因為盜採不在我們轄區，純粹業務配合，又沒有績效好拿，如果學長這邊有確實的線報，我倒是可以促成檢察官帶班突襲取締，那就好玩了！而且，管這項業務的主任檢察官跟我交情不錯，我幫得上學長跟金生兄的忙。」

一講到跟檢察官「交情不錯」，孫啟賢那骯髒的腦袋想歪了，暗忖，怎麼搞砂石卻撞進兔子窩裡，但他用歡欣的聲音說：「學弟，真的要拜託你了，我兩個家庭要養，負擔大了些，更何況，這年頭不搞點錢打點上面，刑事組長位子也坐不穩！你說是不是？你放心，我一定會算你一份，而且，金生進出多少量，都會讓你知道，該你的絕對不會短少了你，你相信學長。」

「呵呵！學長，我一毛都不要，你知道，我單身一人，哪像學長你，老婆一正一副，又是刑事組，開銷大、外面處處要應酬。而且，你也知道我家裡做貿易，生意不錯，我爸都一直要我辭職，說是回家幫忙賺比較多，後來，我跟我爸說了，我當警察可以保護我們家財產，他才讓我弟接班，反正家裡賺的，都有我一份，我犯不著蹚渾水。」

「那……怎麼行呢？對你太不公平了。」孫啟賢只想著，不會要他以身相許吧！王志強笑著說：「學長，可不可以借一步講話。」

兩人到密室談話，孫啟賢還在擔心他的菊花不保，學弟開門見山說：「我想要一個全職司機兼助理，大嫂的弟弟我很喜歡，可不可以讓建志跟我，薪水你付，這樣誰也不欠誰，你要求的，我保證讓你滿意！」

「他、他……這要尊重他的意見，我當姊夫的，也不能強迫，還有，學弟，他不一定喜歡男生……」

「你放心，我不會做人家不喜歡的事情，一定是你情我願才會怎麼樣。其實，很多同志是後天才發現自己性向，國外做過研究，多數人是雙性戀，只是有沒有被誘導。我的直覺告訴我，他應該是雙插頭的。」

「幹！」孫啟賢輕鬆起來，打趣道：「你不要拿他來抵我當年拒絕你的帳！」

王志強誠懇地站起來，一鞠躬：「學長，當年是我不懂事，也不懂怎麼追人，你大人大量，就不要再嘲笑學弟了，不過，官校時代我整整迷戀了你四年，倒是真的。」

「哈哈，我怎麼沒感覺。」

「你不是我們圈子的人啊！放心啦，我不會吞了你小舅子。」

「我得問問他。」

「好，我在這等你，你們談完再叫我。」

回到飯桌，孫啟賢把學弟的要求說了，還特別提醒，他是Gay，對建志有企圖，所以不勉強，美玲緊張地阻擋，她可不希望林家單傳的唯一男孩變成同性戀，沒想到建志輕輕一笑：「姊夫，我會讓他看得到，吃不到！」建志說了，他也很想逐步擁有自己的事業，一直窩在賭場總不是個正途，能夠在姊夫跟金生哥提攜下，學會怎麼做砂石買賣，倒是個好出路。

事情，就這麼定了！孫啟賢、李金生這對拍檔在經濟組長的全力支持下，有了跟砂石聯盟叫板的實力。

幾次聯合稽查，從上游產地查到進貨的砂石場及更下游買家，如營建工地、混凝土廠，王志強果然精通法令，嫻熟業務，一疊看似平常無奇的進出貨單跟報表，就是能讓他在雞蛋裡找出縫來，業者天價聘請的律師也沒輒；加上檢察官想求表現，揚言要擴大追查盜採砂石，竊占國土，搞得業者雞飛狗跳，損失不貲，終於妥協，讓孫、李兩人坐上談判桌。

雙方約在台中市一家川菜館的包廂裡，才上冷盤，服務生斟了茶，就叫「封包」，沒吩咐不用上菜。楊慶龍代表買家「砂石聯盟」，他帶著上次被繳械的海線角頭大胖偉仁護身；操縱砂石價格的台中縣議長張茂榮也派了代表、縣議員劉俊清出席，他帶著五、六名小弟，個個橫眉豎眼的，議員本人則是揚著臉、歪著嘴，說話時指東畫西，都快戳到眼前那人的鼻子了，就像他在議會質詢般盛氣凌人，令孫啟賢一看就「倒彈」[1]。

1　台語「倒彈」不是反彈，而是反感、生厭的意思。

而孫、李，就哥倆聯袂出席這場談判，向來躲在幕後為李金生撐腰的孫組長，倒不是利慾薰心或得了大頭病，想搶鋩角，而是他想清楚了，這些人，多多少少都有犯法，唯一可以壓制警察的議員是台中縣選出來的，管不到他的局長；反倒是這廝隨著海線黑道勢力，將手伸進台中市轄區開賭場、插股泰國浴、賭博電玩，自己可以將他吃死死的！

最重要的是，總是縱容台中縣海線黑道進入市區爭利的李隊長，對這些「海賊」的貪得無厭、需索無度，開始感到厭煩，私下透露：「該還的，都差不多清了。」孫啟賢抓住這個契機，想給海線黑道來個震撼教育，這個膽識與敏感度，事後讓不少長官學長豎起大拇指。

這劉議員可能平常在議會對警察局長、分局長頤指氣使慣了，見對方只是個兩毛一的刑事組長，拿出議員身分教訓對方：「你是台中市ㄟ警察，跑來阮台中縣跟人家搶砂石仔，甘袂太超過！假痟，恁爸把你送督察室！」

孫組長先是輕聲細語地回答：「議員啊，你嘛知道我是台中市的……」突然虎目一瞪，桌子一拍：「……幹你娘老雞掰咧，欲管我、你先來台中市選得上再擱說，大家就事論事，我來跟你講生意，還沒講到話，你就嗆要送我督察室，按怎？是嫌我抓賭博色情不夠力，好啊，恁爸先處理你的店，你尻川幾支毛，恁爸攏查甲足清楚啊！」

接著他把劉議員插股的賭窟、「貓仔間」（妓女戶），店名、住址，如數家珍一一報出來，最後嗆一句：「恁爸一個禮拜之內，若無乎這些店收起來，我跟你姓！若乎我查到槍，你就知死，尚好你那些人頭會堪得我灌水，不敢把你供出來，小心我就連你提報流氓！」

一見面就如此霹靂火爆，楊慶龍有些許不安，他搓著手說：「議員、議員，有話好好講，咱就事論事，先聽看嘜孫組長、金生兄按怎講。」

議員一臉不悅：「哼！不就是欲來搶扣達，還能說啥米！」

李金生清清喉嚨：「各位，小弟真有誠意要跟大家鬥陣做生意，但你們搞壟斷，這是啥米道理？做生意，若無就自由競爭，出高價的人得到砂石，現在是按怎？幾個人講好，就要把歸ㄟ市場『拆吃落腹』（併吞、生吞活剝），別人攏免玩，不就是靠勢恁黑白兩道結作夥兼後面有議長作靠山？好了，欲用兄弟事車拚，小弟武力不一定比恁強，但恁爸毋驚死：要玩白道的，我這邊發動聯合稽查，各位老大也知道後果。按怎？小弟甘有資格跟恁玩？」

擺明了要用搶的，偉仁立刻撂話：「金生仔！我知道你很衝，但是，你甘有實力跟整個海線作戰？」

「整個海線？砂石利益甘是每一個海線角頭攏分有到嗎？莫彈『雞胿』（氣球，形容吹牛皮，說大話），議長是官方勢力大，兄弟事欲戰，仝款要拿小弟的命出來賭，還有，恁兜跟阮戰爭，甘毋驚其他海線角頭趁這個機會占恁的地盤？」李金生很清楚，海線內部也是矛盾很嚴重，其他角頭老大不趁你病、要你命，就已經阿彌陀佛了，還會與你聯合抗敵？笑話！

議員聽不下去，他戟指李金生：「你、你，勾結賊頭，你算啥米江湖兄弟？好幹咱來輸贏！」

「講到勾結，恁海線兄弟嘛是勾結你劉大議員，不是你在議會把警察局長壓死死，這些海賊敢這呢囂掰？」

孫啟賢一反剛剛怒目金剛的氣勢，斯文地用國語緩緩說道：「楊老闆、劉議員，我們打開天窗說亮話，你們砂石聯盟壟斷十多年，不就是其他勢力搞不過你們，才能夠上下沆瀣一氣？如今我找到捷徑，可以讓你生意作不安穩，產地買家出貨困難，天天擔心檢警突襲，你覺得，貴聯盟的優勢還能維持多久？」

他靈機一動，信口唬爛：「其實，我也不一定要跟你們談，黑派議長壟斷了這麼多年，紅派甘願嗎？老實跟兩位講，你們『大烏龍』（大肚、烏日、龍井三個鄉鎮）選出來的議長，伸手到大安溪、大甲溪，利益你們家獨享，其他海線角頭跟紅派的、山線的角頭，難道不想取而代之？想打破你們壟斷的人太多了，只是找不到方法。現在，方法讓我想到了，能談就談，不行的話，我準備跟紅派、南投的兄弟另組砂石聯盟，參加我這邊的，都不會被稽查，我就是要選擇性執法，你咬我啊，多幾次下來，我不曉得，楊老闆你還能掌握多少貨源？」

二十三　打破壟斷

孫啟賢有理有據的信口欺敵，起了意想不到的作用，想推翻砂石聯盟壟斷勢力的地方政客、黑道角頭大有人在，沒有人比既得利益者更清楚。

楊慶龍先是緩頰，客氣地說道：「金生兄，上次我叫你請個大人來談，就是留空間乎你啊，我嘛無說你袂行哩參加阮，但是，要乎議長面子嘛！」

李金生得了便宜又賣乖的個性發作，他指著議員：「派這箍ㄟ齁，這款袂上轎（不上道）的來跟我談，議長的誠意在哪裡？你要我找大人，可以啊，憨松老大嘛足疼惜我，若我拜託他老大人來，開口要三分之一、甚至一半，恁議長甘肯？若不肯，阮憨松老大有那麼好講話？找大人來，就要有大人的規格，我是驚恁這些臭豎仔受擔不起，啐！」

劉議員氣得七竅生煙：「幹你娘，你看阮海線真無喔……欲相戰嘛無要緊！恁爸傳好好等你。」

明明就不是正統黑道出身的，議員當久了，支使黑道兄弟習慣，竟然也耍流氓癖，有備而來的孫啟賢感到好笑，他刻意激怒對方，撇著嘴，不屑嘲諷：「開錢買的議員囂掰啥小！你不過是盤仔假流氓，有夠好幹，你敢喊開戰，恁爸就抓。海線，去年我才像肉粽抓歸大串，議員恁爸照抓，攏抓來灌水，電甲乎你金細細，幹！議員，魚丸啦。」

幹！議員怒極拍桌，旁邊情緒失控的大胖偉仁會錯意，反射性亮槍，但他又忘了開保險，孫啟賢立馬掀翻大圓桌，衝上前去，先一個擒拿手把偉仁槍枝奪過來，丟給李金生，連續揮拳，將對方擊倒在地，口鼻噴血，然後將他兩臂拗到背後上銬，還重重踹了幾腳。

聽到裡面在翻桌打鬥乒乒乒乒聲響，已經埋伏在門外的組員，蕭仁友、王世剛、楊東昇、鄭立忠破門而入，槍口對準那些小弟。孫啟賢喝道：「在警察面前現馬，你是嫌死了不夠快嗎？」

他對議員跟楊董嗆道：「幹你娘，恁爸不爽跟你談生意了！現在是警察辦案，你們都是現行犯，全都給我帶回隊部……」

偉仁之外，那些劉議員帶的小弟，有兩個帶槍，其他三個在懷裡藏著「尺二仔」小武士刀、伸縮警棍、手指虎、匕首，這些都是違反《槍砲彈藥刀械管制條例》的違禁品。

孫啟賢拍拍議員的臉頰：「褫奪公權，還能當議員嗎？」

色厲內荏的劉俊清議員不敢再對孫啟賢大小聲，他回頭痛斥偉仁：「我啊無叫你現馬，你起啥米神經？」然後對孫啟賢說：「組長，他帶的槍，跟我沒關係，你不能冤枉我。」

「你去跟檢察官講！對了，我現在流氓欠績效，海線的兄弟不是攏你的細漢的嗎？提報你當首惡，阮隊長一定真歡喜，齁！有議員、民意代表身分的提報流氓，分數擱卡高喔，一支大功跑不掉，感謝你喔。」

孫接著轉頭對楊慶龍說：「我要查你跟偉仁的金錢往來、通聯紀錄，甚至找到你跟他同進同出的相片，應該不難，你看，我要怎麼辦呢？」

「組長，你明知道我是單純的生意人，跟這些兄弟交陪嘛是為了生意，我又沒在迌迌。」

「哼，把你抓起來，還需要拜託你給我扣達嗎？」

「好、好！扣達給你，我讓你加入砂石聯盟，我們化敵為友，好嗎？」

「眼前，你要怎麼配合？」

「組長，你吩咐！」

孫啟賢順風旗扯足了，差不多該收蓬了，他說：「抓到三把槍，偉仁跟這幾個囝仔，不可能不辦，這是原則，你跟偉仁講好，你是被害人，因為跟他有商業糾紛，談判破裂，他帶著小弟持槍恐嚇你，而你楊董因為心生畏懼，事先報案，警方在千鈞一髮救了你，逮捕偉仁，這樣的劇本，可以嗎？」

這分明要他們狗咬狗，楊董顯得為難，被壓在地上的偉仁氣得雙眼噴火：「幹你娘咧！」孫啟賢順勢猛踩他的頭：「你幹啥小，現此時你擱敢嗆秋（囂張、驕傲）！你是七月半鴨不知死活。」

「一定要按呢嗎？」

「你們去喬，你給他安家費，叫他擔起來，我這是在救你，按呢尚自然；若無，就乎金生作被害人，變成恁兩邊在談判，李姓商人驚恁出怪招，暗中通知警方，你跟議員攏是教唆偉仁持槍恐嚇的幕後黑手。嘿嘿，按呢甘有卡好！」

接著他轉頭對議員說：「我本來是單純要來講生意，我知道你們會帶槍，若嘜現馬，我嘛當作毋知，大家相借過。喬江湖事，我袂利用警察身分博婊、欺負人，但恁ㄟ人竟然這呢好膽，敢在我面前現馬，現在是按怎？當作中華民國警察攏是紙糊的？我不抓他，就對不起我帽子頂頭的粉鳥仔[1]。」

---

1 台語指鴿子。警察的帽徽有和平鴿，「粉鳥」在這裡指孫啟賢帽子上的警徽，更是暗指他的警察身分。

這倒是真心話，他期待對方亮槍，但也覺得他們應該沒那麼笨吧！會幹這種犯人騎的傻事？所以不斷激怒對方，沒想到這兩個頭腦簡單的傢伙果然上當，真是意外的驚喜，楊董有這豬隊友，只好跟著倒楣。

劉俊清先蹲下去，好說歹說拜託偉仁擔起來，楊慶龍一臉懊惱，他突然想到：「李金生呢？他應該也有帶槍。」躲在門後像個沒事人的李大哥，掀了掀外套，敞開衣襟：「我跟合法帶槍的出門，幹嘛自己帶？」

孫啟賢打趣道：「今天他只是路人甲。」接著對議員說：「我已經放足軟了，那是為了生意，想欲合作，若無、攏抓起來，看檢察官跟法官聽誰的？」

偉仁終於點頭，孫啟賢讓部下將偉仁一干嫌犯帶走，李金生叫服務生清理翻掉的桌面，重新上菜，又吩咐開了一瓶軒尼詩XO白蘭地，他特別聲明，這一桌，他請客。

談判繼續，楊董完全棄守，他轉頭對議員說：「無法度，英雄出少年，你跟議長報告，就當作咱多交陪一個朋友。」楊慶龍的提議是，砂石聯盟成員依照實力有三大、六小，共九家買方業者，配額固定，現在，就讓他們加入，變成三大七小，十家共享。第一筆，先讓利，李金生覬覦厝村村長偷挖的那塊，規模小點，就讓孫、李獨得三十趴，大甲溪疏浚工程出產的料，則按照三大、七小比例來分配；以後，就讓孫、李照原本的遊戲規則一起玩，楊董握著組長的手：「都成了自己人了，要互相照顧。」

老實說，一戰而能有如此成績，算是戰果輝煌，孫啟賢相當滿意，但李金生蹙著眉頭，想了半天說：「暫時按呢啦！我是有個想法，攏是同一個聯盟，按照實力分配比例，是對的，但所謂的實力，不是比誰人厝裡老大趴數高、誰人的拳頭姆卡粗，是吧？」

他環視另外三人，連他兄弟也搞不清楚他想說什麼？楊董則是驚弓之鳥，點頭如搗蒜：「對、對，自家人就莫比拳頭姆。」

「是嘛！我所謂的實力，包括銷售能力、業務能力。」李金生用不容置疑的堅定語氣說：「三大七小定下去，永遠不變，絕對不合理，既然是自家人，也不能為了扣達自己內亂，我探聽了真清楚，有些大場，手裡扣達多，擱賣袂出去，就等牽猴子的來賺，甚至砂石仔根本沒進他的場，直接配額給牽猴子的，讓他去促成雙方買賣。這些大場，說卡歹聽咧，根本沒在經營，是空殼公司，按呢，要乎他永遠享受特權嗎？」

這現象是有的，其實就是議長弟弟的砂石場；楊董自己生意作得勤，手上扣達都不夠用，因此他對李金生的提議並不反感。

「金生兄說的不是沒道理。」楊董跟議員說：「金生兄的提議，你跟議長反映一下。」他楊慶龍準備躲在李金生背後，讓孫、李當這個出頭鳥。

正在風頭上的李金生得意地說：「我的意思很簡單，阮新來的，一切按照規矩走，如果明後年我的業務量大，表示我卡打拚，生意作得好，那麼，我的扣達無夠用，先借你大場的，嘛分你賺，但幾年之後，大家要檢討扣達按怎分配。嘛就是說，大的不打拚，不能永遠是大的，沒有業務量，就應該讓，坐享其成不能太久，我看，我們就三年檢討一次好了。」

楊董同意：「我沒意見，請議員回去轉達。」

就這樣，李、孫不但打入砂石聯盟，還將內部壟斷結構，硬生生敲了個裂縫。

成為砂石買家，讓李金生賺翻了，但他始終是「七小」之一，要重新檢討配額，又得等三年之後，他李金生從來就不是個坐等上面的人分糖果給他的乖孩子，才進入砂石業半年，他又開始不安分了。這天，他拿了三百五十萬的紅利給孫啟賢，組長喜孜孜的，直說雖然行政院長郝柏村剛剛給全國公務人員加薪十三趴，他就算考績甲等，年薪也才七十萬左右，那還是連賣肝賣命的超勤津貼都算進去才有的，金生這半年就給他賺了五年的年薪，真讓他喜出望外！

「大哥，這是你應得的，要不是你大力相挺，把楊慶龍壓落底，奈有小弟進入砂石聯盟的空間？要不是我手下多，開銷大，還得孝敬隊長，公關費用也不少，應該給你更多才對。」

「金生，本錢都是你出的，這樣我很滿意了，說實話，這種灰色地帶的生意，要靠實力，但我們好歹有間合法的公司，比賭場好，你穩穩啊做就好！嘜擱打架、相刣……你看，當時隊長對你那麼不爽，一直要出手弄你，現在都過去了，不是很好嗎？」

「幹！隊長有給他錢，他就不會『該該叫』，我倒是在想，要不要自己開採，或去標疏浚工程？直接出砂石仔乎同業。」

「會惹是非嗎？」

「難免！無試看嘜奈ㄟ知。」

「現在，甘毋好賺？」

「當然好賺！」

李金生眼睛亮起來，他告訴孫啟賢，一部中型的砂石車，可運載十方（十立方米）的砂石，但通常超載到十五方，因為是用體積計價，砂石間的縫隙給了業者偷斤減兩的空間，通常帳面上你賣出十五方，這叫「車斗方」，但實際給的砂石只有七成，約十點五方，這叫「實方」，也就是因為以體積計算的業界陋規，讓賣方有這三成的額外收入，單靠這筆外快，就足以支付公關費以及公司過半的管銷，怎麼會不好賺？

「那不是很好嗎？為何還要自己開採？」

「老大，你顧一個美玲就好，半年三百多萬你感覺足多，我手下百多個小弟，開銷太大！不能不想辦法增加收入，更何況，不開拓財源就無法度增加兵馬，你能保證王志強永遠當經濟組長？我不維持一定的實力，什麼時陣換咱乎人踢出砂石聯盟，誰知道？」

警察的本分讓孫啟賢怎麼也不希望「掛在他名下」的李金生再度挑釁海線黑白勢力，上次他突然「雄起」，當了一回出頭鳥，那是覷準了形勢，抓住隊長漸漸嫌惡海線角頭的心態，這種險棋，只能偶一為之。

他想了想，說：「金生，是不是我分太多，相對讓你不夠用？按呢啦！咱從四六，擱回到以前作賭場時的三七分，我分三成就好，畢竟，本錢攏是你出，生意嘛是你在操煩的。」

「不、不、不，大哥，這個行業，資金不是重點，我嘛是銀行借來的，利息跟攤提的還款，攏算在成本裡，誰嘛無欠誰，是大哥找了王組長，才有這個空間，上次跟楊慶龍以及海線他們談判，嘛攏是你的功勞，若不是我開銷太大，我應該跟你對半分才是道理。」

「唉！攏你在處理，哪能對半分，三成我已經很滿足，我不會反對你開拓財源，但要小心，呷緊撞破碗。」

「不！你聽我說……」

二十四　一元搶標

一九九一　春分

按照李金生的講法，當買家、加入砂石聯盟，只是第一步，因為最有肉的，不在這一塊，而是成為砂石出產者。

「大仔！欲出砂石仔，最惡質的就是占一塊水利地，或國有地，拚死命挖，這是百分之百無本生意……」

「這不行！咱就是用聯合稽查來威脅對手，要抓他們竊占國土，盜採砂石，自己還這樣搞，被抓到加倍歹看。」

「我嘛知道行不通，因為要有在地勢力，庄內嘛要有自己人巡頭看尾，這、咱無法度，以前我就是不懂，打到十幾個人受傷，嘛無占贏面，硬欲占，絕對乎人檢舉，到時陣會乎大仔你歹看。」

他接著說：「第二，就是建築工地挖地基，不但建設公司要給我們清運的錢，我們還可以把砂石、土拿去賣，雙邊賺，只要花幾千元買『最終去處證明』，就合法，這嘛很好賺，但人家大公司有圍事的幫派、角頭，這些土方是人家的固定利潤，輪袂到咱，硬要搶，一定打起來，這款代誌你嘛不希望啊！」

「嗯……」

「最肥的是河川疏浚工程，每年颱風過了後，山上沖刷下來的砂石堵住河道，水利署河川局會招標疏浚工程，出價最低的得標，大家硬堵硬！我們一方面賺河川局的工錢，疏浚的砂石拿去賣，仝款雙邊賺之外，還可以光明正大地偷挖，不只清疏淤積的砂石，每個得標業者攏嘛將河道挖寬、挖深，嘿！我就想無，政府奈ㄟ這呢憨，為什麼不自己找人疏浚、自己賣錢，幹！原來這些官員都有收錢，人家能送錢，我們也能啊！」

「你標得到嗎？」

「每次河川局編列的預算都在一、兩百萬之間，這次預算金額超過三百萬，我不要這點小錢，我打算出一塊錢，讓其他人措手不及。」

「這種事，一定會有搓圓仔湯，或業界先講好，誰人多少錢得標，其他人一定要寫比他多，大家輪流，類似的黑箱作業，不是嗎？」

「是啊！幹，嘛是台中縣議長張茂榮那些人，標河川局疏浚案的，跟砂石聯盟那些人壟斷，是一樣的道理，也差不多是那幾個大咖，又當買家又當賣家，他們靠兄弟暴力、乎盤仔人不敢不照這個遊戲規則，靠白道政治人物，挺甲兄弟敢遐呢囂掰，恁爸偏偏不按照這些地頭蛇的規矩走，我兄弟當假的？欲相戰！來啊，我李金生不是呷菜的。」

一聽到要開打，孫啟賢頭又暈了，他拉下臉斥責：「你錢賺遐呢多，是欲帶入棺材？幹，就不能好好地照步來。」

「大哥，你這樣講就不對囉，我們按照政府的規矩投標，哪一點錯？是那些人圍標、犯法，用暴力恐嚇正當商人，你不怪他們，反而罵我無照步來！好啊，我依法得標，他們要找我麻煩，你剛好把他提報流氓，我來當證人，而且不用『Ａ1』[1]，我就光明正大出庭作證，當被害人，哈哈，一定足好玩。」

好像也有道理！

想了老半天，孫啟賢說：「你嘛是有實力的兄弟，我看你得標之後，他們大概不敢像對付盤仔人一樣，先打再擱說，硬用暴力壓你落底，我想……事後這些人應該會找你談，談的重點，可能要你吐一些出來，然後下次得按照規矩參與搓圓仔湯，這都可以談，最怕就是逼你不得履約，讓這個標廢掉重來，甚至想整個標案搶走，還不讓你加入他們的小圈圈，這樣……」

「哼，我有遐呢軟嗎？」

「如果，你以『一元搶標』策略，攻其不備得手，法律上又站得住腳，不是不能拚看嘜！但是，白道這邊，要有所布置。」

「有你相挺，不就夠了！」

「不，差遠咧！上次是好狗運，無每天在過年的，你準備五百萬資金，聽我的命令，兩個禮拜之後，我開口，你就得拿出現金，做得到嗎？」

「老大，一句話！」

「還有，我話要說在頭前，這五百萬，有可能是肉包子打狗，就當花錢交朋友，相信我，不會白花，但不一定保庇到這次，按呢，你嘛ＯＫ嗎？」

「大哥，沒問題。」

「還有，運作到最後，要不要一元搶標，都得聽我的，可以嗎？如果不行，這次我退出，出代誌莫找我！」

這樣講，就是將他的軍，李金生倒不會不爽，他知道這個他並不是打從心裡尊重的大哥，到底書讀得比他多，見識也廣，會如此慎重其事，一定有原因，他只是好奇，為什麼支持他，又如此神祕兮兮。

「大仔，你講啥攏好，五百萬就算肉包子打狗，我當成賭輸，但是，為啥米要這呢麻煩？」

「天機不可洩漏。」

過了一個多月，也就在水利署第三河川局疏浚標案公告後的第三天，孫啟賢約了王志強、李金生吃飯。當天，王志強帶了他的「私人助理」建志，孫組長也與美玲聯袂出席，都是一家人，氣氛融洽極了。

美玲下廚掌杓，這頓飯吃得相當舒服，席間，孫啟賢笑嘻嘻地說：「金生，搞定了！你衝吧！後面不止有我。」

「學長、金生兄，要不要我幫一把？」

「那還用說，海軍陸戰隊搶了灘頭堡，得陸軍去收拾戰果啊。」

1　就是「祕密證人」，在檢警筆錄上只有「A1」的代號，除了法官，檢察官與律師都無法調閱得知其身分。

「緊啦、卡緊說，到底你按怎布置？」李金生很想知道那五百萬的子彈怎麼打出去的。

「嘿嘿！這些話絕對不能傳出去喔，你們不知道齁，隊長買新厝，我私下找裝潢的包商，五百萬一次付清，本來還不夠咧，我硬是砍到五百，那是他退休後要住的，有夠豪華！他知道後，馬上找我，你沒看他那個臉，一副不知道怎麼回報我的表情，就是沒說要退回，他當然知道我有所求，我們就談開啦……」

「隊長要挺我們，那太好了！」

「單單他挺，還不夠的，山人自有妙計，你們就聽吧！」

孫接著說：「你們要了解他的心態，他這次刑事局督察的位置飛了，中央是回不去了，咱隊長才五十出頭，如果他今年能夠幹督察、接著幹刑事局科長或隊長，然後再高昇北、高兩直轄市分局長或刑大隊長，六十歲之前，是有可能當上縣市警察局長，這次是被檢舉才升不上去，也不知會耽擱幾年，這輩子，大概到此為止，頂多再往上爬一階，兩線四退休……」

王志強搶話：「我懂了，回不了刑事局，他打算再兩、三年退休，這時，他的心思，就放在如何撈錢，是吧！」

「嗯，聰明！有風聲說，他跟刑事局長要求在台中多待兩年，就在這裡退休，局長他也打點了，就是要在台中這塊風水寶地好好地撈最後一把！」

「學弟，你猜，知道我跟金生要搶標疏浚案，他怎麼說？」

「感覺為難，但還是勉強答應……啊，這老狐狸一定跟你強調，金生兄萬一出事，他不幫忙，也不抓他，保持中立……不對！五百萬不少錢，這樣太不夠意思了！他一定答應暗中幫忙，但老先生絕對不會出面挺。」

「猜錯了！你就不曉得，之前隊長跟我講到金生，一副要不是看在你孫啟賢面子上，我就要打死他的高姿態，媽的，連我都沒面子，但這回不同……」

孫啟賢玩心大起，模仿起隊長的客家腔國語：「啊！金生這半年多，在砂石業表現不錯——幹，錢他都有拿到，當然不錯——不過呢，要標疏浚案，一定會造成幫派械鬥；可是，重點不在海線那些黑道，要擺平那些角頭，我如果挺你，跟檢方溝通一下，你一個刑事組長就可以搞定。問題的癥結在於背後的政治勢力，嗯，我來想想、我來想想……」

李金生跟隊長只有幾面之緣，美玲姊弟沒見過，王志強見學長模仿得惟妙惟肖，笑得捶胸撫肚，幾乎不能控制，歡樂氣氛感染整個桌面。

「其實，他也不用想，我都幫他想好了，我就跟他說，隊長，這五百萬只是小意思，您退休後，就來公司當個顧問，有這間公司，就有您！但眼前這一關，您得請簡議員幫忙。」

當時，李隊長一拍大腿，頻頻點頭，他政治上最大靠山，台中縣紅派省議員簡兆良，是足以抗衡海線議長的人物，更是下屆縣長熱門人選，李隊長都快退休了，此時不請出這尊大佛，要等到何時？

「金生，隊長跟簡議員談過之後，有話要我轉達給你。簡議員說了，出奇不意用一塊錢搶標，一定拿得到手，但這次的標案太大，河段也比過去的長，本來有三家要均分，你拿到之後，這些人不會善罷甘休的，整個吞下是不可能，他會放話要所有人不准動你，然後，喬一喬之後，你得吐出一半河段，下一次，你就可以參加圍標，跟大家一起玩。另外，簡議員說了，要玩、玩大一點，誰說砂石都是黑派的天下？他願意拿些錢來投資你，你好好幹，隊長跟議員會挺你！對了，這幾天，我們一起跟隊長、議員一起吃個飯，大家正式見個面。」

李金生不敢相信，怎麼會有這麼好康的事情掉到自己頭上，他心情激盪啊……突然起身衝到孫啟賢，一把將他摟住：「大哥，你真厲害，太感謝了，你真是我的貴人。」兩個人緊緊抱在一起，興奮無語，情義之濃比當日射精為盟時還要黏稠、有味。

李金生右手猶抓握孫啟賢，左手抄起酒杯，「咕咚、咕咚……」猛灌一大口：「大哥，敬你，我現在正式宣布，我們扣除給議員的股份、隊長乾股，所有支出之後的淨收入，你我兄弟平分。」

「志強雖然說不要，你還是得給他留一些。」

「當然，王組長是我們的顧問，我留給他的跟李隊長一樣多，放心，紙頭紙尾攏袂有你的名，絕對安全。」

「既然學長跟金生兄這麼誠意，我就收了，我會存起來，下一次你們做生意我也摻一腳，就拿給建志吧！我答應要給他一些的。」

當姊夫的瞥了建志一眼，到底他有沒有跟王志強搞上？但他小舅子安靜地坐在桌邊，今天從頭到尾，他也沒跟王志強特別親暱，就是守住助理的本分服侍老闆，但動作不再那麼像黑社會兄弟。

美玲說話了：「老公，哥！建志也只有王組長下班才得跟，白天可不可以讓他在砂石場占個缺，學習怎麼做生意，他年紀不小了，當年家裡沒錢讓他讀書，是我們姊弟命苦，現在有機會，你們當老大、當姊夫的，要牽成他啊！」

「好啊！學弟，白天你也不能帶著他上班，就讓他到公司吧。」

「我ＯＫ啊！建志也跟我說他白天無聊得很，只是，金生兄你們殺來殺去，建志不會有危險吧？」

「幹！建志又不是孩子，他也混過，懂得自己照顧自己啦，你比他姊還囉唆耶。」孫啟賢一說，美玲用力拍打了老公一下！嬌嗔地抗議。

「恁建志嘛不是乎人嚇驚大漢的，他在公司，我一群囝仔讓他帶，他嘜欺侮別人就阿彌陀佛囉！安啦，不是攏說好了，做砂石難免有糾紛，危險的事情，我不會讓他一個人處理，這樣你可以放心了吧！」

看學弟關心則亂的神情，好似個溫婉的妻子，孫啟賢心裡盡是齷齪的畫面，他倒不像一般警察歧視同志，只要小舅子搞定王志強，才不管他是否菊花夜夜被捅。就這樣，這夥人結了更大的靠山，警察、黑道，如今再攀上政治勢力，這意味著，李金生找到更上一層樓的階梯，而身為地方基層刑事組長的孫啟賢，不管賺再多錢，擁有再大的暗黑勢力，限於體制，在這個分水嶺上，爬升速度將遠遠落後於李金生。

因為，那是個群魔亂舞的年代，集繁華與罪惡、慾望與希望、墮落與敗德於一個黑洞似的深淵，急速流轉的漩渦裡，每個人都身不由己。

二十五 河床夜戰

在省議員簡兆良的支持下，一元搶標得手的李金生，只吐出一半河段給搓好圓仔湯、原訂得標的那三家，他們憑空少了一半河段，對李金生恨之入骨，那是不消說的，其中一個叫「大目仔」的業者，更是放話要李金生好看！

如果我們的李大哥在簡議員出面協調後，放低姿態，一一拜訪這些開採業者，說聲抱歉，這次小弟「占權」，爾後會照規矩來，請多多照顧；看在議員面子上，這些前輩業者是會勉強接納他的，時間久了，彼此有在「交陪」，他自然能夠融入這個既得利益的小圈圈。

其實，李金生不是不會「博感情」，形勢若是不利於他，這廝也很懂得伏低做小的。問題在於，有了簡議員相挺，他自認為是豐原紅派在砂石業的代表，沒必要對海線黑派「落軟」，且論黑道實力，他並不輸人；再加上他本來就覺得自己一元得標，是被硬生生搶走一半，哪會乖乖地去討好其他業者？而他那種「一來就要作大的」的姿態，更是讓大目仔這些人將他視為眼中釘、肉中刺。

孫啟賢倒是一直勸他，好不容易同時成為買家跟賣家，在砂石業總算立足了，還有簡議員相挺，應該交好同業，畢竟，這個封閉的業界，生意是「喬」出來的，不要再給議員惹麻煩了，但李金生總是笑一笑：「大哥，我如果能一直幫議員賺錢，他就會繼續挺我，哪一天我變弱了，進貢的錢減少，我再乖、再聽話，他也很快找別的兄弟當他的『虎仔』。」

也因為這種心態，李金生跟共同開採另一半河段的三家業者糾紛不斷，今天你砸我辦公室，明天我打你小弟，有時候是為了越界開採，有時候只是言語齟齬或看你不爽等無聊的原因。

因為，說好整條河段各分一半，但就像切西瓜一樣，很難一刀剖得四四六六、斤兩不差；他們約定以河道某轉彎處、一整排茄苳樹的第一棵為界，以東歸李金生、以西則是那三家的禁臠，因為界線模糊，又沒有柵欄、圍牆，越界偷挖的事情，總三不五時發生。

這倒不能怪李金生，一來，對方帶著幾分小家子氣的怨恨，也常趁他們停工時摸黑跨界盜採，能偷一車是一車；其次，建志這個傢伙偶爾賭輸了，私下放行，讓一些小砂石場進來偷挖個十車、八車，錢則放進自己口袋，他有原則，不會在姊夫跟大哥的河段偷雞摸狗，但夜路走多了，總會碰到鬼，被抓了幾次，人家投訴到李金生處。李大哥一來不想得罪王組長，加上黑道本來就是只在乎「內外」，沒在講道理的，當然硬掰些歪理，偏袒到底，畢竟，對方手腳也沒多乾淨，說穿了，兩邊都是貪心的王八蛋！

此外，因為河道越挖越深、越寬，河床底需要專屬的車輛，將砂石接駁運送到河岸邊，讓等著載料的砂石車裝載、上貨、開單、計價，而岸邊作業區狹小，有時買方趕著要載料，無奈出貨速度太慢，河堤聯外產業道路砂石車大排長龍等著，很容易你擋到我、我礙著了你，裝卸中的車子無法讓道，趕時間的非要盡速過去，因為，多載一趟就多賺好幾千，不管是現場人員、司機老大，沒有一個脾氣好的，往往打架就是為了這點小事。

可偏偏，分別負責兩個河段疏浚工程的工務所，就隔著那棵樹看不到的楚河漢界相望，不到百米之遙，摩擦更頻繁，搞到後來，兩個工務所都像個炸藥庫，底下人磨刀霍霍，上面的不但不制止，打贏了還獎勵有加，萬一打輸了，則找兄弟再加倍討回來，發生大規模械鬥只是早晚而已。而這些情形，孫啟賢略有風聞，卻不知道實際情況比他想像的嚴重多了，唸了幾次，也都被李金生跟他小舅子說好聽話安撫過去。

砂石運載作業是廿四小時的，因為客戶出料時間不一定，甚至出貨量大的時候，會盡可能避開對方作業時間，以免塞車，畢竟聯外道路只有一條。那天凌晨一點多，喫了酒的建志正要回家，腰間的B.B.Call響起，是工務所Call的，電話號碼後面還加上「＊１１９」，表示事態緊急，他打過去，守夜的老工頭說：「協理啊！卡緊咧啦，五、六台輪流挖，攏挖甲咱這邊啊啦！」

建志二話不說，回公司點兵點將，當時他已經有十幾個直屬的小弟，有些是自己新收的，有些是李金生派給他管的，他怕人手不夠，又打電話叫支援，他找了跟他輩分差不多，負責暴力討債的大康、小康兄弟，吩咐他們從另一據點出發支援，有多少人、槍、武器，全部出動！建志不是不向金生報告，而是小弟打到茶行、公司、家裡，都沒人接，砂石正一車車的被偷，他想，小偷可不等人，於是回公司拿了把制式「沙漠之鷹」手槍，一夥人凶神惡煞地殺向大安溪。

那晚沒有月亮，烏雲遮得連螢螢星光也看不見，對方僅打開一盞作業燈，低調照著河床，進出河道也只靠燈與強力手電筒指路，視線非常差。建志一夥人衝上前去，把正在挖砂石的怪手司機一把揪了下來，順手搶走鑰匙，他一馬當先，把司機踹趴在地上，一旁等著出料的買家，是不相干的，他們也是客戶，建志不會對他們動手，但他仍粗聲粗氣地趕人，而大目仔一個手下趁著黑夜跟買家的砂石車一起逃走，通風報信。

「真好膽，挖甲阮這邊！敢做賊仔！你細漢時恁兜大人無教示嗎？」

「老大！我只是人家請來的工人，頭家叫我挖啥米所在、我就挖，我奈ㄟ知啊你們的界線佇兜位？你一來就打，拜託啦，阮艱苦人，嘜為難阮啦！」

「這隻怪手你的？」

「頭家的。」

建志心想，這個司機也不是大目仔那三家業者的員工或幫他們圍事的黑道兄弟、砂石公司幹部，若不是包商請來的怪手作業員，就是算日薪的雇工，為難他是仗勢欺人。「好！我不打你，但你不能走，你要當證人，證明是頭家叫你偷挖阮兜的砂石仔。」

這時建志氣不打一處來，渾然忘了自己也幹過這勾當好幾回，他下令：「砸了這怪手。」一堆小弟持棍棒鋼筋亂K一陣，只毀了駕駛艙的幾片玻璃，車體頂多落幾片漆、造成幾個小凹洞，砸的人卻手酸了；要知道，怪手的車身、車臂、挖斗，都是超厚的鋼板，不比汽車薄如紙的板金，用蠻力就可以砸得稀爛，這下子，建志更火了！

此時，對方也來了支援。也有黑道背景的大目仔，帶了一群小弟衝了上來，要救那司機，仇敵相見，建志一點也不心慈手軟，加上腹內酒氣洶湧，他從小弟手上接過一把「尺二仔」的武士刀，猛地朝大目仔劈下去，大目仔側身一閃，躲過這一刀，嚇出一身冷汗，建志揮刀往死裡劈、砍，大目仔狼狽閃躲，不斷退後，突然掏出一把手槍，對準建志，這時兩人距離不到一公尺，他趁大目仔拉槍機時，衝過去用刀背猛劈對方握槍的手，子彈擊發了，「砰」的一聲，在一陣廝殺喊叫聲中格外震耳。

建志煞住腳步，這槍射偏了，子彈在他耳際「咻」的飛過，驚嚇之餘，怒火更旺；而槍在擊發的剎那，同時被他打落，大目仔欲彎腰撿槍，建志揮刀衝上去，一腳把對方的槍踢得遠遠的，然後掏出自己的手槍，猙獰地嗆道：「你甲恁爸開槍！幹恁老師，乎你死！」

大目仔轉身逃跑，夜太黑，根本看不清楚，建志也胡亂射擊，對方幾個小弟衝上去保護大目仔。河床坑坑洞洞，追殺人的、被追殺的，都有好幾人摔了一跤再爬起來，幾乎伸手不見五指的漆黑中，只要對方跑遠一點，你就看不清楚那人的肢體動作，甚至無法辨識眼前隱約晃動的黑影是誰，也就是說，大家都摸黑在大亂鬥，很可能砍殺了自己同伴。

有幾個小弟撲上去扭打了老半天，驚呼：「幹！阿才，奈ㄟ是你？」「雞掰咧，打不對人了啦！」也有四、五個分屬兩邊的少年仔，扭打了老半天之後，才發現拳頭都招呼在自己人身上，甚至有零星的槍聲響起，從槍響的方位跟射擊後互相幹譙的情形，應該是雙方憑著感覺駁火。在建志這邊，只有他和康家兄弟有帶槍，對方火力應該也差不到哪！

建志靈機一動，跑到怪手旁邊的作業燈，抓著燈罩，探向四面八方，光線所到之處，隱藏在黑暗中的，不管是亂鬥打到自己人，還是打架不認真、偷懶放水的，都無所遁形。剎時，這盞作業燈像是探照燈，搜尋著敵人……

突然之間，他看見大目仔躲在岸邊一棵樹下，連開了三槍，但因為對方位於射程之外，於是建志大喊：「大康，我來照他，你過去，要打（射擊）乎著喔！」

但建志忘了，在一片漆黑當中，掌燈人本身就是最顯著的目標，敵方陣營一發子彈射向他，但對方槍法實在不怎麼樣，子彈在他頭上十公分處飛過，建志立刻憑本能還擊。

如此看不到目標胡亂射擊，終究也不是個辦法，加上在慌亂中，大目仔又消失了，若硬是堅持提著燈搜索，最可能被子彈打中的，肯定是自己，他乾脆關燈，吩咐手下拿手電筒來。在這烏漆抹黑的地方，可以當成警棍打人的強力手電筒是標準配備，全都打開，只見十幾道「劍光」在黑暗空曠的河床上交錯，掃過來、掃過去，看到敵方人員，就大喊：「幹！乎死！」然後衝過去欲開打，而這邊出聲，同伴也聞聲支援，還是大亂鬥，但誤傷少了點。

毫無章法的械鬥中，槍聲零零落落響起，也不知道是哪一方的哪個人大喊：「趴落，若無會著槍。」說時遲，那時快，兩邊加起來快四十個人、半個連的兵力通通臥倒！雙方僵持了好一陣子，大目仔不知何時跑到他們的工務所，有了鐵皮建物掩蔽，他膽子大了些，這傢伙拿起一把烏茲衝鋒槍，對著天空掃射一排子彈：「噠、噠、噠、噠、噠、噠……」

他用指揮裝卸砂石的大聲公廣播叫陣：「建志仔，我手上有連發的，你的人嘜擱過來，若無，乎我打著，阮不負責，這呢暗，我恐驚會傷到自己人，今天到這裡就好，你嘜擱追過來，我火力卡強，你打袂贏啦……」顯然，大目仔自知理虧，不想傷人命，再加上，他也怕繼續大亂鬥，強大的火力會誤傷自家兄弟，若能這樣休戰，最好。

「幹你娘，你偷挖阮兜的砂石，擱敢遐呢歹？要輸贏，來啊！」

「咻！」大目仔警告性地朝建志的方向射了一槍。

「嘜講這些！恁甘就不曾偷挖過阮兜的料？大家嘜龜笑鱉無尾。」

「臭雞掰啦！你去乎人幹！」

「噠、噠、噠、噠、噠、噠……」這一次子彈對準距離地面一米處，低空掃射，若不是雙方全都趴在地上，肯定有人中槍。

「建志，恁爸槍子還擱真多！甘欲戰？」

「幹你老師！好啦，停戰，下次嘜乎我抓到恁偷挖阮這邊的砂石，若無，打甲乎你做狗爬，試看嘜！」戰況不利，也只能說說狠話，阿Q式地透過嘴皮子討點便宜，讓自己感覺好一點。

黑夜中，陸續有人起身，也有人發現，原來剛剛趴在自己身邊並肩匍匐前進的，竟是敵方人員，但兩邊都氣勢衰竭，沒有人想再惹事。建志累得癱坐在河床的一塊大石頭上，他收攏部隊，集合所有弟兄，在作業燈下檢視弟兄們的傷口，三人被流彈打中，幸好都是手、腳，沒重頭部、臟腑要害，二十來人，包括建志，無人不掛彩。這場仗，打得沒什麼意義，但好像又不得不打，當下那種誓不兩立的氣氛，就是如此。

散了！敵人無聲走遠。退了！自家傷兵讓弟兄們載到特定的診所醫治。建志的心裡，先是讓一股強烈的虛無感占據，繼而轉化為不爽，接著迅速累積成為不甘心的怨，最後，升騰成惡向膽邊生的衝動，反正，就算他做錯事，王志強會挺著他，但想起細皮嫩肉的組長含著自己陰莖的複雜感覺，再想起另外一支入珠的陰莖在自己口舌之間翻攪的噁心屈辱，他更想發洩，一咬牙，喝道：「大康、小康，放火把這部怪手給我燒了！」

烈焰沖天，火光照著每個人臉上、手腳的傷痕血跡格外清楚，建志還不曉得，這次的械鬥，已經不是他或王組長可以善了的了。

二十六　一粒砂也運不出去

這場河床夜戰，引起整個砂石業賣家的公憤，因為過去業者間也曾為了盜採、越界、爭道等細故爭吵打架，頂多是現場肢體衝突；實在氣不過，砸了人家辦公室門窗、毀損幾張桌椅，也時有所聞；就算動刀動槍，了不起示威性質地朝天花板開個兩槍，意思到了就好。但這次，都往死裡打，還燒了一部大型怪手，是以前沒發生過的事情。而大目仔到處串連，煽動其他業者，把所有的不對都編派在李金生、建志這邊，且渲染己方傷勢災情，至於他派人盜採李金生河段的砂石，則一語帶過，避重就輕。

另三家是早就想將李金生趕出這個壟斷的圓仔湯小團體，經過一番合縱連橫，所有業者聯手向簡議員投訴，要李金生給個交代！咱李大哥是死豬不怕開水燙，原因很簡單，本來簡議員說要拿錢出來擴大營業規模，所以要占三成股份，但他嘴巴說說而已，一毛也沒出，可是，答應他的三成利潤卻不能少，他還派會計來查帳咧！這等於是李金生在供養議員，不是投資合夥了，在他的想法裡，拿人錢財與人消災，議員收這麼高的保護費，本來就得幫他在政治上圍事，加上這次的衝突是因為對方盜採引起，要算他一個人的帳，他死都不肯。

也因此，李金生傳話：「既然大家攏有小弟受傷，這部分雙方自己帶回去塗牛屎（包紮治療），喽擱計較，燒壞怪手的部分，新車三百萬，中古大約一百七十萬到兩百萬之間，因為是你們挑釁，我只願意賠一百五十萬。」

對方大怒，可是，簡議員因為賠償金提列成本，影響到他的收入，他也支持李金生「免睬他們」！最後，所有砂石產地業者聯合運砂石車的司機，不准為李金生的公司載運砂石，這下子，可扼住了李金生的咽喉，直取要害。

事情鬧大了！李金生不管怎麼好說歹說，甚至恐嚇威脅也沒用，因為對方也有黑道保護，他恐嚇一個司機，隔天對方就派出保鑣隨車，擺明了要抵制李金生到底。

這招釜底抽薪之計，相當毒辣，弄得李金生整整半個月連一粒砂都運不出去，耽誤疏浚工程進度，有違約之虞不打緊，整個公司空轉，就差點要關門大吉了，他焦慮得如同熱鍋上的螞蟻。

他找上孫啟賢，組長大為驚駭：「不是叫你不要一直打打殺殺，跟其他業者好好相處，放卡軟一點，讓同業接納你，你奈ㄟ攏不聽我的！」

「現在講這有啥小路用？今天又不是我牽牛去踩破他們家的金斗甕，是人家侵門踏戶，來偷咱的砂石，我哪忍ㄟ落去！」

「他們能偷幾車？因小失大！」

「不是這個緣故，自從我們打進去，一元搶標成功，這些人就一直在找咱的孔縫，挑工（故意）製造衝突，這不能說全部是我的問題。」

「大仔，你看，按怎處理？」

「好嘴甲對方說，多賠一點吧！」

「時機點過去了！我看，嘛是要找簡議員。」

「萬一，簡議員擺不平，我們可是會被迫退出開採，說不定連買家都當不成喔，金生，要做最壞的打算。」

「大仔，你的意思是……？」

孫啟賢其實有一肚子對李金生的不滿，但畢竟放火燒怪手的是自己小舅子，他忍下來，也不好說是金生縱容的，好聲好氣地說：「我陪你一起去甲對方『會』（會失禮）！咱作夥漏氣無要緊，如果現此時錢可以解決，多賠一點，買一台新的怪手還他們，面子作足，可以乎對方願意和解，那麼，算是萬幸！我怕的是，當他們發現這招可以讓我們『一槍斃命』，幹嘛跟我們玩！你懂嗎？」

他接著說：「好，若這次過關，講有好，下一次再有衝突，他們擱再來一次，你我甘凍ㄟ條？」

「大哥，你想欲按怎處理？」

「我們建立自己車隊？你看，做得到嗎？」

「中古砂石車十輪的，一台差不多兩百萬，五台一千萬左右，但公司現在沒錢，因為這個疏浚工程租怪手、機具，請工人、搭寮仔的成本已經花落去，簡議員的分紅也墊出去了，若要買車，只能向銀行貸款，這一點，向省屬行庫借，議員可以幫得上忙，我來找他談。」

李金生想找簡議員談貸款，對方倒先召見。

他一進議員服務處，環顧四周，「為民服務」、「造福鄉梓」，這些鑲金框、斗大金字的牌匾掛滿四壁。俗豔繁密、碗口大的花朵盆栽擺得讓室內顯得擁擠。簡議員身材粗壯，不太高，雖然穿著西裝與白襯衫，但其實也不需要領口偶爾不小心露出的刺青，光他那精悍的眼神，跟講話的「氣口」，就讓李金生聞到同類動物的味道。

沒錯，簡兆良省議員是黑社會世家出身，老爸在日據時代就是流氓，不幸因為爭地盤，遭人暗算，被仇家殺死，差一個禮拜滿十八歲的他，拿了扁鑽當街刺死殺父仇人，然後昂然到派出所自首，少年監獄待個幾年出來，剛滿弱冠之年，就接了父親的位置。他的剽悍不在其父之下，頭腦與手腕更勝一籌，而且不甘只當個流氓，三十歲便當選豐原市代表會主席，再進軍縣議會、省議會。

簡議員讓李金生呆坐在泡茶桌上快半小時，只讓一個小弟幫他泡茶，甩都不甩他，自顧自地打電話聯絡省府官員，吩咐在他身後片刻不離身的兩個彪形大漢召喚祕書，下條子發落事情，忙完了才從那張超大的紫檀辦公桌起身，來到泡茶桌，面對著客人，端坐在他的專屬座位上，而那兩名保鑣，依舊像關平跟周倉一樣，站在他身後，動也不動。

「金生仔，知道我為啥米找你嗎？」

李金生不由自主屁股夾緊，挺起腰桿回話：「請議員交代。」

「你要做生意，我開一條路乎你做，為啥米弄到這呢複雜？全部的業者聯合起來，逼砂石車運將袂行替你載砂石，舞甲這呢歹看，是欲安怎做生意？」

「議員，當初我有向你報告，是他們盜採咱的砂石，侵門踏戶，咱只是保護自己！」

「趕走就好，衝啥燒人家的怪手！」

「是！」李金生低下頭，歉咎地說：「這是我袂曉教飼（教導）小弟，我的不對！我嘛願意賠償合理的金額，但是對方開的價格太過不合理，根本是欺負人。」

「做砂石仔生意，冤家相打是難免，為了利頭，無『杭扣』（反擊、回擊）嘛袂行，會乎人呷死死；但每一家砂石場，攏嘛是打了再來講和，無才調（本事、能力）講和，就莫出手，我不反對你甲他們鬥！我挺你啊，但不能打甲無法度收拾！」

「是！」

金生沉默了一會兒，忍不住抗言：「議員，我有報告過，你嘛說免睬小他們，我願意講和啊！是這些人偏袒自己人，好！怪手我賠新的乎他，大家都有開槍，不是我一個人的錯！」李金生越講越激動……

「啪！」簡議員用力一拍桌：「你在我面頭前講話大小聲嚷，成啥米體統！」議員臉一沉，相當不悅。

「……歹勢。」李金生心裡幹死了！花錢供養你還讓你當成小弟般斥喝！但他心裡清楚，簡兆良不是那種手腳不乾淨的縣市議員，給錢就可以使喚，且他在黑道以及政治上的勢力，自己還差得多。

「金生！你說，欲按怎處理？」

「是！議員，代誌是我舞出來的，我會收拾，我跟孫組長討論過了，勢面是人家的，今天就算講和，他們也讓砂石仔車替咱載，但是，下次又有衝突，擱再來一次，咱是生死門抓在人家的手上……」他頓了頓，偷覷一下議員的臉色。

「所以呢？」

「我想拜託議員，幫忙到省屬行庫貸款一千萬，咱用這筆錢，買五台十輪的中古砂石車，再叫幾個厝內的小弟去考職業駕照，爾後，誰都無法度刁咱，議員，你說是不是？」

「我跟恁兩位作夥貸？一千萬咱三個公家出？」他乜視著看對方。

李金生機警地說：「不是、不是，貸款阮來揹，議員幫忙跟銀行喬就好。」

他以為議員一定會說好，沒想到簡議員算盤不只打得精，還利益分毫不讓，他說：「你借、孫組長借攏仝款，若不是增資，我的股份變少，就是提列成本，壓縮到我應得的，ㄟ！金生，這是你惹出來的代誌，為什麼我要替你分擔這筆沒必要增加的成本？」

「議員，四四十六，咱買車就省下運費，看卡遠一些，議員你的收入利益不會減少，公司規模變大，你賺得才會卡多。」

「不行！要多久才能回本，萬一公司若倒咧！會影響到我的貸款扣達[1]。」

李金生突然理智線斷掉：「議員，你算甲這呢清楚，我本來是不想講，你說好要入股的錢，一元嘛無入帳，現在只是要你幫個忙，你就計較甲……甘袂乎小弟心肝冷吱吱！」

簡議員正手執茶海，將少年仔泡好的茶水，注進自己的聞香杯裡，他眼睛一瞪，目露凶光：「幹！」整壺滾燙的茶水直接潑灑到李金生的臉上。金生放在自己膝上的拳頭一握、再握，捏得緊緊的，卻不敢去擦拭滿頭滿臉的茶水。

「你是嚷啥米？恁爸乎你太好吃睏，說話攏不知分寸！

「不服喔……」

李金生頭垂得更低：「不敢，我只是實話實講。」他用上眼瞼的餘光偷瞄一下，簡議員似乎又要發作，他趕緊補一句：「議員你按怎說攏好，我照你吩咐。」

「這句話嘛才晟樣！」

簡議員好整以暇地將聞香杯的茶湯倒入小小的瓷杯，然後將聞香杯湊進鼻子，先用力吸嗅茶香，再慢條斯理地啜飲著這泡極品春茶。半晌後他開口：「我跟你講，砂石生意是比手骨粗勇，若不是李隊長來央求，想說乎他一個退休後的位子，豐原、東勢、太平，捧著大筆錢，拜託我牽成的人歸山坪，我甘需要拿錢出來？我說要投資，是講乎外人聽的，是為了要壯大你的聲勢，乎外面的人知道，你的公司我有股份，按呢，才無人敢動你！」

李金生心想，是啦！門是你開的，但海線那些業者也沒怎麼睬你，真把你當神，怎會三不五時找碴，還使出殺手鐧，鎖住我們的運輸通路！但他已經漏氣了，不想再白目下去。

簡議員像是讀透了他的心思：「做砂石的冤來冤去，打來打去，很正常，但這次若不是你小弟控制無好，代誌舞了太大條，人家奈ㄟ全面封殺你！你要檢討，為什麼以前別人攏袂衝突這呢大，你來就亂舞？」

「是，我檢討，那……買車的事情？」

「有錢你買啊！嘜用公帳，嘜算在成本裡面，我嘛不占你便宜，你的車替公司載，錢照算！免打折，公歸公、私歸私，咱算乎清清楚楚。」

這樣也不是不行，問題是，沒錢啊！李金生一咬牙：「好！算我跟孫組長另外開一家運輸行，以

1　當時省議員都有呆帳的扣達，一當選新科省議員，隨便拿個爛土地質押，就能超貸五百萬，只要繳利息，本金都不用還。這也是為什麼公營行庫逾放比高得嚇人的主要原因，

服務咱自己公司為主，但是，嘛是要拜託議員跟銀行喬一下，乎小弟過關。」

「你的信用不好，不可能。」

「議員，你按呢，是逼小弟去死，你甘有卡好？」李金生幾乎是發出喪家之犬的哀鳴。

「要我幫你貸款，可以！但是，我怕你無法度正常還錢給銀行，我必須替你還，若無會影響我的信用，甚至公司資產資金被查封；全台中縣攏知道這家公司我是股東，錢小事，我的面子漏氣，代誌卡大條。所以，你公司要抵押給我，一旦要我替你還錢，你的股權就變我的。」

這不只是趁人之危，簡直是流氓的強取豪奪手段，李金生一點也不陌生，他立刻聯想到，即使他跟孫啟賢有心償債，難保議員不會勾結銀行，挑他資金不湊手的時候來個雨天收傘。事實上，之前公司開辦費用全部是貸款，拖欠是免不了的，當初算好好，資金雖緊湊，但如果簡議員當公司門神，三不五時幫忙向銀行關說、擋駕，這筆錢三、五年後是還得清，長遠來看，值得投資。如今，既不能提列成本，要他跟孫啟賢單獨吸收，簡議員還虎視眈眈……

二十七　我也要選議員

李金生抬起頭，桀傲不馴地平視著簡議員：「這條路，小弟走袂落去，我看，乾脆公司散股，結束營業，歹勢，小弟辜負你的栽培，這個工程該給你的利潤，已經先付了，清算之後一些資產賣掉，可能會有盈餘，我叫會計算清楚，若還有相欠的，我賣某賣囝嘛會還你。」

簡議員錯愕了一下：「你疏浚工程還沒做完，是準備按怎收尾？」

「哼！你放心，我轉包乎別人，很多人要搶，但我死都不給隔壁那三家，幹！毋做的尚大，以後，是這些人頭殼抱在燒，我要他們袂呷袂睏！」李金生用幾乎是從牙縫擠出來的聲音陰惻惻地說。

但這句話說壞了，簡議員立刻意識到自己勾結另三家對手的陰謀已被識破，李金生若不玩，他最大！他會利用孫啟賢與王志強的檢警勢力，加上他自己的黑道武力明著暗著、文的武的騷擾其他砂石業者，徐圖再起，有這兩個警官相挺，他只是放棄這個工程，改頭換面，借張牌，還是繼續做，砂石聯盟那些沒路用的傢伙，根本不敢得罪這黑白道搭檔。

「真好！真厲害，我簡兆良入股的公司不到半年就關門，我面子放哪裡？」

「大仔，你又不幫忙，小弟走投無路。」

「我不勉強人，你要結束營業，我尊重你。但是，你若還在砂石界走跳，不就是我簡某人被你玩了？恁爸堂堂一個省議員，手下嘛上千個小弟，乎你這個少年英雄利用去，嘿嘿，我不就呷老煞倒退嚕？」

議員接著說：「……你欲退，好！我會乎挺你的那兩個警官調內勤，按呢，你還擱有法度作砂石仔，算你有本事！我佩服你。」

「大仔、議員，你要講道理，結束營業跟兩位阿SIR有啥米關係。」

「算他們卡衰，交到你這個好兄弟，我只是要確保你完完全全退出砂石界，嘜洩到我的面子，你欲走，歹勢，我無送！」

他瞪著簡議員的一雙布滿血絲的眼睛，幾乎要噴火！

「我不能對不起兄弟！」

「哼，你真是有情有義喔。」

空氣似乎凍住了好一陣子。

李金生掙扎許久，最後用乾澀的聲音說道：「你說吧！你今天找我來，應該是要指點小弟一條路，做得到，我做，錢可以再賺，兄弟不能背骨！」

「我是為你好！本來對方來偷砂石，是你卡有理！擱再說，你嘛曾經偷過隔壁的，這攏小代誌，打打就算了，但是你袂曉控制，弄到你怨眾人、眾人怨你一人，甘有意思？我跟對方講好了，以後大家和平相處，該輪到你標、該分你圓仔湯，攏有咱公司的份。這次，就散散去啊，你賠一部新的怪手，三百萬，另外擱賠一條五百萬，算是會失禮，他們說，這是懲罰性的賠償。」

「還擱有，這條錢，你要自己付，不能算公司，代誌是你惹出來的，阮股東有啥米關係！」

媽的！用膝蓋想也知道，五百萬、這狡猾的政客鐵定分一杯羹，徹底被他出賣了！李金生不禁高聲質問：「幹！議員，我給你三成乾股，了錢算我的，賺錢你有分，結果你偏別人，世間奈有這款道理？」

這是用嗆的，議員身後兩個保鑣踏前一步，似乎要動武，李金生也挺起胸膛，怒視那兩人，隨時準備還擊，他豁出去了！倒是簡議員輕輕一笑，抬手制止保鑣妄動，他說：「我有挺你啊！我哪一次沒挺你？是這次你弄到所有人聯合起來對付你，我無法度！你要嘛、自己買車，嘜找我，這個想法很好啊，沒錢，你就照我的條件和解。」

李金生叫了起來：「八百萬，再添兩百就可以買車了！」

「好啦！我叫對方擱減一些……六百，好嗎？」

「六百，打死我嘛生袂出來！」

「你有法度拿多少？」

「最多三百！」

「啊！嘜講老大沒挺你，另外三百我借你，嘛不免啥米公司股權抵押，頭家還是你，我才沒那個美國時間去經營，你就押本票。先說好，你跟孫組長賺的要先還我，還清三百萬你們才能分紅，我會派一個人當出納，放心，你還清了，本票一定會還你。」

李金生本想破釜沉舟，趁這個機會踢掉簡議員，然後另起爐灶，但因為兩個警察弟兄的仕途捏在議員手上，一個省議員要透過省警務處調動地方中階警官，簡直跟「桌頂拿柑」同樣輕易。

所以，他只能屈服。

原本以為是靠山的簡兆良議員，竟然是吃吞噬人的惡虎！而且花錢供養他，還讓他給「搧巴肚邊」[1]，這種事他從年輕的時候就常幹，只是，他一直是「搧」人家的人，如今淪為他非常不習慣的「被害人」位置，李金生格外難接受，畢竟，他不是盤仔人！

對此結果，他內心深處是怨孫啟賢的，李金生總認為，如果不是孫啟賢硬要拉攏李隊長、簡議員，如果放手讓他跟對方血戰，且暗中、背後支持他……不、不用，就算他兩邊都抓，只要稍稍偏他一下，他就能挺下來！因為，對方穿皮鞋的，他李金生穿草鞋的，怕什麼？更何況，讓你孫啟賢賺那麼多，不就是要你關鍵時刻出手嗎？

李金生認為，「一元得標」之後，若對手來亂，自己是苦主、被害人，發生衝突，道理站在我們這邊，為什麼非要打點好隊長，拉住簡議員，才敢下場拚搏！還硬生生地被搶了一半的河段，越想越嘔。他怨孫啟賢太在乎官位，在李金生看來，這些長官都拿了錢，拿錢不就得辦事？

情緒歸情緒，一冷靜回想前因後果，稍微有點頭腦也知道，這事兒完完全全不能怪孫啟賢，孫不願自己再跟其他幫派發生械鬥衝突，並不全然是為了他的烏紗帽；說得更白一點，如果孫啟賢有一丁點李隊長或簡議員的自私陰狠，他大可讓自己去拚搏，拚贏了坐地分贓，輸了落井下石……再想想，這兩年若沒有孫啟賢，自己還是個收收保護費、幫人圍事、聚賭抽頭的小角頭，兵力財力頂多目前的三分之一都不到。一想到這裡，李金生拿起電話，準備跟結拜大哥好好聊一聊。

他知道孫啟賢是好人，可孫啟賢因為警察的本位主義，害怕衝突的妥協性格，讓李金生在心底深處種下了一絲輕慢，因利益而結盟，未必不能以鮮血與鈔票澆鑄出真正跨越黑白兩道的友情，但，黑道兄弟只崇拜強者。

憋了一晚上的話，見到孫大哥，他反而不知從何說起。孫啟賢也有一肚子怨李金生的話想說，就他的想法，這位老弟若聽他的，靠簡議員打入疏浚圍標集團後，一切以和為貴，慢慢融入業界，怎會搞到進退兩難！兩人相對無言，最後還是孫啟賢打破沉默：「這六百萬，我出一半！扣到完，我再領紅利，賭場那邊也一樣。」

李金生是明白人，事情是自己惹的，這位股東既是警官，目前又是他唯一的靠山，若擺明了不付這條額外的支出，他也只能吞下去，李金生正想哭窮，看大哥會不會跳出好歹幫襯點，如果對方默不作聲，他打算偷偷作假帳，好歹減少點損失，沒想到大哥竟然願意跟他承受同樣多的損失，李金生不只喜出望外，甚至有點小小的感動。

「大哥，衝甲按呢，我對你足歹勢！」他只承認失控的責任，還是不認為自己的作風有問題。

「現在說這些攏無路用，以後你安怎打算？」

「簡議員是免寄望！尚多搓圓仔湯時推他出去甲人喬，一直乎他三成、三成的抽，了錢算咱的，賺錢他要分，啥小代誌嘛無欲幫忙，總是要設法換掉，若無，早晚乎他吸血吸到乾。」

「你若想妥當，我不在乎被調職，我乾脆來考刑事局，他管不到，幹，我專門提報他的小弟跟幹

1　台語的「搧肚子邊」，有趁火打劫之意，但表面上是協助、相挺，不是明著來搶、來騙。特別是指黑道或所謂「有力人士」在一般老百姓、生意人惹上麻煩時，藉機坑他一把的狀況。

部。」孫啟賢講這些當然是氣話，但也是實話，不當刑警，他寧可不幹警察，而刑事局也有賞識他的長官，要進去，並不難。

「你在說啥小？我無你甘ㄟ行哩！」

李金生加重語氣：「咱兩個，是一體的，嘜講那些五四三的，我甘願整個砂石場放乎他簡兆良，也不能放棄你這個兄弟……」

孫啟賢上前抱了抱李金生，感慨地說：「你的心意，我收到，但他目睭『金唬唬』欲呷咱，咱安怎處理？」

本想抱怨幾句，但李金生吞進去：「要擱弄一張牌，乎簡議員知道另一張牌是咱的，嘛無要緊，新公司莫進入砂石聯盟，就牽猴子，做外縣市生意，只要新公司沒有標疏浚案，嘛無挖地開採，就不算反背他簡議員，生意隨在人做，他管無這麼闊！等時機到了，我就要把他踢掉。」

「他若有意見呢？」

李金生說：「不會，這次他已經吃咱夠夠，無冤無仇，迌迌人不會連一條路都無留乎人行！」

「若連咱成立新公司，不介入疏浚工程，不參加搓圓仔湯，他還有意見呢？」

李金生目露凶光，恨恨的說：「那我就刣死他！」

孫啟賢大駭：「你……」

「大仔！你聽我說，我袂像上次，我會找個未成年的，動手時出國避風頭。憨松老大哪一次殺人不是用這招，派殺手作案，自己留下不在場、出境證明？」

他輕蔑地說：「憨松老大從年輕到現在殺的人，嘛不知道多少，你們警察的高層還不是對他客氣甲像在款待阿公！」

「幹，金生，你在我面頭前說要殺人，你……」

「我，我按怎，我把你當成尚、尚、尚知己、尚心腹的阿兄，我是在拚咱兩人的前途，沒錢你按怎買官？你現在兩線一只靠績效比較慢，若有好缺，例如一分局，要不要花錢買？我幫你買了，你賺的油水又不用分我，未來你升到兩線三、兩線四，要花更多錢，搞不好十幾年後一次要花個一、兩千萬幫你買個局長的位置！幹，你我是一世人的兄弟，我為什麼不敢跟你講？」

組長又好氣、又好笑地說：「你是要我歡喜感動，還是欠人幹譙？」

「青睬你啦！你想，簡議員要投資、不給錢，算咱飼的，飼他擱不做事，顛倒過來搧咱巴肚邊，幹你娘，這世間甘有天理，不做又不行，威脅要調你跟王組長職務，水淹到嘴還ㄟ忍！淹到鼻孔，我不刣他刣誰？

「還有，不刣他，兩幫人憑實力戰，我鬥得過他嗎？一槍打乎死，只要嘜留下證據，誰拿我有法度？」

「你們兄弟人奈有在講證據？」

「所以啊！我表面上不能跟他結怨，現在要吞忍，他仇家遐呢多，還有，這個雞掰人作老大嘛無上轎，兒子在國外讀書，不是迌迌人，他沒接班人，他一死，下面就鬥起來了，免驚啦！」

「幹你娘，這些代誌攏嘜乎我知道，你派的人早晚乎警察抓到，尚好他ㄟ擔起來，袂供出你的名！」

「靠夭喔！我可以花錢向憨松老大買殺手，保證你們警察抓不到，他那些人，都藏在菲律賓，要作案才進來，我還在跟憨松老大探聽，我慢慢跟他搏感情，總有一天用得到。」

孫啟賢頭又痛起來了！他突然想到：「對齣！再弄一張牌，什麼時候要把簡兆良踢掉，你說的時機，是何時？」

「等我當選議員！」李金生一臉肅穆地說。

「啊！」

「老大，我想過，他簡兆良嘛不是一個多麼厲害的兄弟，他對人刻薄，對自己人嘛仝款，把朋友當奴才，把小弟當狗用！就算他錢多，不一定兄弟會為他拚命，若不是因為他作了省議員，很多兄弟看他頭面吃穿，靠他護航，他可以插手很多黑道的生意，他哪來那麼大的聲勢？擱再說，這些年國民黨提名了不少黑道兄弟，有些趴數比我低，例如，屏東的鄭太吉，歲數跟我差不多，我是『一清』時另外一條關在裡面，否則可能是同學。太吉仔當選議員之前，經濟狀況、兵力，還比咱卡差，但他一當選議員，什麼黑道生意攏欲插手，過高屏溪全部賭場攏要給他保護費；當了議長，他喊一聲，半個屏東縣的兄弟攏算是他的人。這個天年，中央雖然還是外省人卡大尾，地方你有法度當選，國民黨就當你是人才，不管你出身。還有，我也不想永遠當兄弟，我嘛想欲賺大錢之後漂白，有一天，你當局長，我當立委，那才是咱兄弟出頭的時陣……」

他連珠砲似地一口氣把心裡的吶喊、野心，說給義結金蘭的兄弟聽，孫啟賢受到震撼，他不知道這兄弟志向如此遠大，訥訥地說：「你要選哪區？台中縣紅黑派你攏得罪了了，沒派系你按怎當選？若要選台中市，都市所在，兄弟人不容易當選，不親像鄉下，可以綁『條仔咖』（樁腳），嘛不好買票。」

「我當然嘛知道，台中市目前只有兩個黑道議員，人家經營很久，這裡不好選，但是，只要派系挺我，我選西南屯，那裡是都市裡的鄉下，安打好條仔咖、里長，就有可能當選。」

「你怎麼讓派系挺你？」

二十八 加入派系

「要讓派系挺我、提名我，我必須先為他們所用！」

孫啟賢狐疑地看著這位拜把兄弟，他覺得，台中縣雖然一堆黑道出身的議員、鄉鎮代表，但那是鄉下，台中市賴派、張派都喜歡提名形象牌，如果李金生說要到台中縣選，他不意外，市區，有可能嗎？

「大哥，這你就不懂了……」

台中市連續幾任市長，都只幹一屆就落選，甚至中央插手提名，硬生生把前前任政績不怎麼樣的市長拔掉，不讓連任；接任的市長，也因為涉及重劃區弊案，被「高升」到中央當官，結果因為國民黨首度嘗試「黨員評鑑」新提名制度，黨中央屬意的書生型立委意外落敗，不在規劃中的老市長獲得提名，回鍋參選。那年代，國民黨提名等於當選，既然市長不是派系密室協商出來的結果，議長、副議長的位置，就是派系爭取的重點；由於市長已經由親張派的回鍋老市長搶走了，賴派堅持，正副議長都得是他們家的，讓議會有效監督，才能維持派系平衡。

而賴派因為上上次的市長選舉恩怨，分裂出一個「小賴派」，本來掌門人當選省議員，旗下市議員在議會獨樹一幟，經常發揮「關鍵性少數」的威力，但前年底，老省議員任內猝逝，兒子繼承不了老爸衣缽，旗下議員好幾人轉而投靠張派，事實上，「小賴派」已經淪為張派的附庸，因此張派提議，乾脆副議長給小賴派，因為市長跟張派當然不願被掣肘，兩方僵持不下。

李金生說：「這不只是一個副議長的位置喔，還牽涉到重劃區的利潤，都市計劃的大權掌握在親張派的市長手上，若賴派沒辦法絕對多數掌握議會，用預算來卡市長，整個重劃就會偏向張派的利益，大家都瘋狂地買了一堆農地、空地，劃在哪裡？怎麼分？差天跟地喔！」

所以，這場議會副座之爭，也是土地利益之爭，既然牽涉到土地重劃開發，就一定有黑道兄弟介入的空間，如果雙方政治勢力差太多，那根本不用玩，賴派只能巴點鍋邊肉止飢；好死不死，不只正副議長職務都給賴派取得，連民進黨都分兩邊站，在議會數人頭，竟然差不多一樣，有時候賴派壓得過，有時候張派強渡關山。也就是說，賴派很勉強地維持議會的多數，但也沒辦法把市長吃得死死的；而張派有執政優勢，卻也不得不看賴派的臉色。

李金生得意地說：「這種情形，對黑道最有利，讀書人在議會喬不攏，晚上派小弟去開個兩槍，那些形象牌、博士議員，說啥米專業的民代，嘛是『挫』（怕）甲親像孵不出蛋的母雞一樣！」

「也就是說，你想投靠賴派。」

「不是我想，而是我已、經、是他們的人了。這屆選舉，要動員人，派小弟到派系議員服務處駐點，攏我處理的，欸！每場造勢活動、政見發表會，要拚場，幹你娘咧！加在咱兜招牌夠大支，一叫支援，起碼三、五百少年仔到場『贊聲』（聲援），若無，要擱甲其他角頭調人，不知道要花多少錢？不過，單單便當錢、涼水錢嘛真嚇人，大哥，賴派好幾個議員都欠我人情，議長、副議長若有什麼複雜的社會事，嘛是交乎我處理。」

李金生又得意忘形了：「所以啊！如果李隊長如果對你不好，我叫議長修理他！幹，一天到晚對我『小小鼻鼻』[1]！走不知路。」

孫啟賢這才知道，每次他轉達李隊長要他收斂，他都一副「付了錢我最大」的屌樣，原來是有議員、議長當靠山。

雖然也為他高興，但心裡總有點不是滋味，他酸酸地說：「齁！李議員，以後進入議會，小弟就要向你敬禮囉！」

「老大！嘜按呢講，咱兩人永遠一體，乎我做到立委，嘛是你喊東，小弟不敢向西！」

「幹你娘啦，你有那麼乖？我叫你不要跟其他砂石業者打架，你甘有聽？若無會舞甲這呢大孔？」

李金生尷尬地搔搔頭，弄到這麼大，是他沒控制好：「唉啊，我不是不聽你的，我脾氣無好、卡躁性，啊就有時陣凍袂條（忍不住）！好啦，大仔，嘜擱罵我……」李金生很懂得安撫孫啟賢，他知道怎麼順著他的毛摸。

「啊你處理這些議員的代誌，哪攏無乎我知？甘有啥米禁忌？」

「我跟你，奈有啥小禁忌？一來忙啊！動員小弟去捧場、造勢，那是小事！不值得說，議員交辦的一些土地拆遷的事情，大部分是恐嚇人家、拉布條抗議，嘛不是啥米光彩的代誌，還有，彼時陣，為了砂石冤家相打，每天乎你罵到臭頭，我哪敢講……其實，我一直沒跟你說，最主要是因為，我嘛不敢確定，議長到底有甲我當自己人嗎？」

「最近，就在簡議員的代誌發生之前，議長叫我負責買土地，我偷偷跟你講，現在外面傳的，欲按怎劃，攏是放空氣！十年後要蓋百貨公司的商業用地，靠近新的市政中心那塊，目前是最高機密，若乎地主知道，哪肯賣你，就算你去開槍恐嚇，他死嘛袂賣，還擱有，等到重劃公司成立，這些作田人就算肯賣你，一定貴森森，他嘛欲參加重劃啊！所以，要趁大家攏不知真正的精華區在哪裡，私底下設法買，我的方法就是，透過關係把那些地主或他們的兒子牽去賭博、喝粉味，等這些未來的田僑仔欠我錢，我就好下手。」

「幹！消息會不會再變？」

「買地的錢攏是議長的，奈有可能變？」

「那你有啥米好處？」

「當然有啊！他們吃肉，我喝湯，每個議員多少，攏說好的，我卡少，但是賺的錢，嘛會分給你。」

「好啦，買土地的錢，花多少，我拿現金給你。」

「唉！小事啦。」

「你為議長這呢拚，他會讓黨提名你嗎？」

「這兩年，我還得再立下功勞，在地方認真建立人脈。西南屯當選六席，民進黨只有一席的空間，我只要擠掉一個現任就行了，幹部評鑑占一半，黨員投票占一半，我會讓五百個自己人遷戶口，加入成為黨員，這樣，勢面造成，我不怕他不提名我。」

1　對某人囉裡囉唆，碎碎唸的狀態，甚至更嚴重一點，有給人穿小鞋的感覺，但都不是明著阻擋、破壞。

「幹！不晟猴擱這呢厲害！」一想到結拜兄弟能當上議員，自己靠山更穩，任誰來當警察局長都得給他幾分薄面，孫啟賢也樂了！

近兩年來，獲聘為「市政顧問」的李金生，積極在西南屯布局，除了遷戶籍，大搞幽靈人口，他介入西南屯大小社會事，積極拔除同黨議員的樁腳，他參與鄰里活動、舉凡庄頭祭典、宮廟做醮或社區發展協會愛心送暖，甚至喬病床、到市府關說、交通違規撤銷罰單，都有他「湊腳手」的身影。李董還成立了一個慈善協會，內政部登記有案的喔，冬天送寒衣白米，每學期頒發獎助學金，他私下跟孫啟賢說：「這都小錢，還不夠我一個晚上輸的。」

在議長賴朝貴的力挺之下，李金生成為國民黨提名的西南屯市議員候選人，競選期間，眾多同黨對手攻擊他是黑道、流氓，但也無損於他的人氣，由於選情激烈，空氣中充滿火藥味，選舉暴力事件不斷傳出……

那一天凌晨，李金生交代一組小弟，以中港路、文心路口為中心點，這兩條車流量最大的主要幹道，延伸的選區路段，都得插上他的競選旗幟。也就是說，他們必須在一夜之間，拔除數百支其他候選人旗幟，改換成自己的；那年頭，傳播管道有限，平面媒體報導以市長選情為主，個別議員候選人頂多一筆帶過，所以，看板、插旗成了兵家之必爭。

凌晨兩點，十幾組小弟看到電線桿綁著別人的蝴蝶旗就拆，換上李金生的。就在上百個小弟忙得不亦樂乎時，對手一個三連霸老議員的三名手下開車經過，見狀停車，衝過來制止。

「幹你娘，我們先插的，恁袂行哩拔阮的旗子！」一人推開正在綁蝴蝶旗的小弟，然後拾起被丟在地上的自家議員旗幟，另一人則拿起相機蒐證，並大喊：「你們這些流氓，我們要報警……」被嚴格命令的李金生小弟，怎會讓對方搶回灘頭堡，更不可能讓對方好整以暇拍照蒐證，本能地揮拳擊退敵人，六、七個人在寬敞的文心路追逐互毆，打架嘛！老議員的助選員哪有李金生小弟專業？這三人被打得頭破血流，相機裡的底片也被抽掉，彼此攙扶著，一拐一拐開車離去，而李金生的小弟幾乎沒怎麼受傷。

這三名助選員跑到西屯分駐所報案，並檢具驗傷單，提出傷害告訴，老議員媒體關係良好，隔天開記者會控訴李金生施暴，呼籲選民唾棄黑道候選人，不能讓這種目無法紀的人當選議員。

這場記者會對李金生是有殺傷力的，更糟的是，老議員與《聯合報》台中特派員交情頗深，一起做生意炒土地的，那位特派員命記者把新聞作大，還寫特稿分析這次國民黨提名黑道之種種不當，這對李金生的選情更傷，必須止血。

隔天，撰寫這篇「暴力介入選舉」報導的警政記者范振興，剛走出報社就被三個黑衣人「請」到李金生某個據點，黑衣人也不動手打他，就是極盡恐嚇、尻洗之能事，還不時作勢毆打，弄得范大記者魂膽俱裂。

「啥小咧，大記者，你是用哪一隻手寫稿，幹！剁下來看你還擱有法度黑白亂寫嗎？」

「你娘咧！大家相打，你就寫阮老大，你是收對方錢鼾？幹，卡差不多咧，你是不曾看過歹人？」

也有扮白臉的：「你說，是誰駛弄你，叫你寫這篇？你說出來，阮袂甲你按怎。你放心，阮是斯文人，我們這邊嘛有人受傷，只是沒他們那麼婊，還去驗傷、報警，你大記者甘不知，選舉攏會相搶插旗，打起來兩邊攏有錯，你奈ㄟ只寫我們這邊？」

范振興頻頻起立、哈腰道歉。

「你坐、你坐，我問你代誌而已，免驚。」他心中的忐忑才稍減，一旁有個小嘍囉叫囂著：「幹你娘，免甲他說這呢多，手先剁掉再說！」接著拿出一把開山刀，抓住范振興的手就要揮砍！

就在范振興差點尿褲子時，門開了，李金生衝過來，搶過刀，一掌摑在那小嘍囉臉上：「幹你娘，誰叫你把大記者押來這裡？」

李金生寒著臉，冷冷地問：「是誰？是誰這呢好大膽，敢得罪咱大記者？」

一個小頭目怯怯的站出來，低著頭：「董仔，阮攏看袂落，報紙黑白亂寫，把咱白布染到黑，阮凍袂條，才找他來理論。」李金生一腳踹過去，罵道：「我不是跟你們說過，有委屈嘛要忍耐，我已經拜託人去跟報社的特派員溝通，把咱的委屈說清楚，我相信，這些大記者冊讀這呢多，最後一定會理解。」

小弟不服地說：「等他們理解，大仔，你已經落選……」

「你還擱講！」他作勢打人，但舉起的手遲疑了幾秒，還是放下，李金生轉頭，看著嚇呆了的范記者，嘆道：「大記者，你看嘜，你這篇報導對我有多傷？我全部的小弟攏不願放你過，是我硬壓住，但是，他們還是對你沒禮貌，真歹勢喔，他們有打你嗎？」

范振興頭搖得跟博浪鼓一樣，李金生說道：「加在無，若無……」他轉頭瞪著為首的小頭目：「哼，你們用哪一隻手打記者，我就剁掉那隻手，知無？」

這時在門外偷聽許久的孫啟賢推門入內，他與范振興是老朋友，會互放交情，但稱不上有多真誠的友誼，孫組長向來對記者友善，但不太願意深交。他一進門就對著范振興說：「有按怎嗎？金生告訴我，他的小弟把你帶走，他氣壞了，我也翻臉啊！在我的地頭，怎麼可以發生這種事，唉！振興，畢竟金生跟我是兄弟，你也知道啊，都自己人，你怎麼還這樣亂寫，咱的交情攏是假的嗎？你不看僧面也要看佛面？對不對？」

嚇壞了的范振興哪敢像平日在警局一樣，端起無冕王的架子，他拚命地解釋，說這篇報導跟特稿是長官交代，並非他本意，總之，吃人頭路，身不由己，不能怪他。

既然有了台階，孫啟賢當起和事佬：「振興啊！你先不對，但金生的小弟也莽撞，得罪了你，這樣吧……」孫啟賢揮手讓所有小弟離開房間，然後拿出一個六萬六的紅包：「這是金生的一點小意思，你不收，就是不跟我們當兄弟。我們是老朋友了，以後，金生也是你的朋友，這算不打不相識，好嗎？」

接著孫啟賢提議，李金生當選後，每個月給他兩萬元車馬費，請范振興幫他「經營媒體關係」，而且選舉期間，就請范記者幫忙邀宴《中時》、《聯合》，以及三家電視台的記者，彼此聯絡感情，並私下送紅包。

飽受虛驚的范記者點頭如搗蒜，他並不是乾淨的記者，本來以為要挨揍，結果居然還有錢拿，真是好狗屎運。

至於搞出這篇報導的鍾學理特派員，李金生特別在孫啟賢陪同下，備了重禮，登門拜訪，言談間，提到鍾大哥在某學校幾年級就讀的兒子真是優秀！太太在哪家公司上班，那家公司如何前途無量；又提及他那部車號ＸＸ號的自小客車，可以到他朋友的修配廠保養，費用都算他的！特派一聽就知道，自己的底被摸得一清二楚，此時卑辭厚幣，是示好，也是警告！真要作對到底，等李金生落選了，這廝毫無顧忌，自己恐怕會遭毒手，老記者經過大風大浪，阿莎力地說：「以前我們不認識，畢竟選舉期間，報了案，我這樣處理新聞不算過分，這不能算我拗你。以後大家是朋友，就不一樣了，我交你這個兄弟，我也會讓你感受到，我是怎麼挺兄弟的。」

第三部

二十九 嘴唸經、手摸奶

一九九三 小雪

為了插旗，動用媒體力量修理李金生的三連霸老議員叫廖勇三，他以小學校長身分參選，問政道貌岸然，老校長在地方上頗有人望，桃李遍地，但清高而不親切，和藹而不可親。相較李金生靠著社團、慈善會、宮廟等組織，服務比現任議員還周到，這讓廖勇三緊張了，他視李金生為眼中釘，也看不起這流氓。

因為，這次應選六席，國民黨揚言要「紅不讓」！高額提名六人，六位候選人當中，唯一女性，是要與民進黨提名女將競爭「婦女保障名額」，因為黨部不能眼睜睜地看著對方輕易「一票當選」，這兩個女人的戰爭，算是一組，無礙李金生選情。

最強的是姓張、姓廖的派系大老，他們有宗親票！其家族世居五、六代，血緣關係連結的鐵票，外人休想瓜分，也就是說，這兩個地頭蛇鐵定包辦前一、二名；還有一個金牛級的候選人，用買的也差不多篤定當選，至於黃復興的眷村票，一半多讓金牛用賄賂黨工手段給搞成囊中物；其餘的，按照選情分潤，爭取最多席次，以免有人衝過頭，害了自己同志落選。

至於民進黨，在西南屯提名一男一女，男性候選人是實力雄厚的黨外大老，他打出「監督、制衡」口號，頗動人心。加上民進黨市長候選人是「刑法一百條」廢除後，「黑名單」解禁，才返國參政的某位台獨聯盟留美教授，他高學歷、形象清新，加上公開宣示放棄美國國籍參選，捲起一陣旋風，支持者力量不容小覷。他當選機率雖然相當低，但對議員選情頗有「母雞帶小雞」效應，亦即，民進黨在西南屯很可能選上兩席。

另外兩、三個脫黨競選的無黨籍候選人，根本當選無望，算起來，還在浮浮沉沉的，就剩老校長跟李金生爭這吊車尾的最後一席。

也因為情勢如此，老校長非得把黑道標籤給牢牢貼在李金生額頭上，但因為孫、李的軟硬兼施，讓廖議員所期待、能夠持續到選前一天的「打擊黑金」、「教育家VS.流氓」的輿論交鋒，似乎蔫了，完完全全熄火啦！記者好像集體失憶，都當作這件事沒發生。

可是，老校長不曉得，他的夢魘還在後頭呢！

在那個還沒有網路，電子媒體剛突破三家無線台壟斷，有線頻道正要冒出頭的年代，政見發表會很重要，候選人比見識、比口才；尤其是公辦政見會，表現好壞，氣勢是否壓得過對方，往往成了勝敗關鍵。因此，要拚場、拚人氣，甚至要出怪招，往往政見會結束，候選人率眾到廟宇賭咒、剁雞頭的激情演出，似乎成了每次選舉必然出現的畫面。

議員只有兩場公辦政見會，最後一場在選前三天，是出奇招的最後機會。李金生抽的號次在老校長後面，老校長火力全開，政見也不講了，猛批：「有一個流氓，欲來選咱西南屯區的議員，他有殺人、恐嚇的前科，這個人，靠開賭場、偷挖砂石賺錢，黑心錢賺甲有法度選議員，這是民主政治的恥辱。照理講，這款人應要抓去關，如果咱乎這款人做咱的民意代表，去議會問政，請問，咱要按怎教育咱的囝仔呢？」

老校長接著談起黑金對民主政治的傷害，他呼籲：「牛牽到北京嘛是牛，流氓袂因為當選，就改變他的失德惡行！他只會利用議員的身分、權力，去做擱卡多的歹代誌，去歪哥、『烏西』（A錢、揩油）擱卡多咱人民的稅金……」最後一聲鈴響，校長激動攘臂，用國語高呼：「讓我們拒絕黑道勢力進入議會，讓清流問政出頭，請支持我、第六號、登記第六號的廖勇三、謝謝……」

老校長講得面紅耳赤，可惜只有他帶來的數十個人拚命鼓掌，自發性的掌聲零零落落，顯然，論拚場，他動員能力遠不如其他候選人。這場公辦政見會，把南屯國小操場填了個八成滿，在台中市，也只有在光復國小外操場舉辦的市長公辦政見會，會爆滿到溢出場外，各選區議員政見會能這樣算不錯了，但其實，接近一半的聽眾是動員來的，而這一半，又有三分之二是李金生的人，他下重本，足足找了八百多個小弟到場助陣、添加聲勢，雖然他交代不得鼓譟、丟飲料罐，但老校長下台時，還是噓聲四起。

下一個是民進黨籍的花瓶，女性候選人話講不俐落，反應不熱烈；再下一個是國民黨金牛，口條差，說話聲調平板，聽得人都想睡了，反正他的票是花錢買的，說啥不重要！就在場子讓人覺得沉悶的時候，李金生登場，八百人的掌聲如爆雷響起，久久不斷，直到他上台，對國旗及國父遺像敬禮，轉身面對群眾，鞠躬致意，掌聲還不敢停，他舉手制止，才慢慢歸於寂靜。

「各位鄉親嗣大，大家好，既然是政見發表會，小弟金生，應該先跟各位鄉親嗣大報告我的政見，以及我當選以後，要為咱地方爭取的建設是啥米……」李金生要言不煩地用三分鐘簡述了他開出的支票，都是很具體的承諾。

他話鋒一轉：「嘟嘟仔（剛才），有人在說到黑道參選，咱剖白來講，就是在暗示小弟的過去……」他用哽咽的語氣說：「沒錯，我少年袂曉想，曾經乎人管訓過，我走過歹路，放蕩過，但是，甘講這個社會、甘講咱鄉親嗣大，不肯乎回頭的浪子一個機會嗎？」

這八百人組成的鼓掌部隊是經過教導的，落點恰到好處，且熱情有勁，搞得連不是李金生的人，也受到現場氣氛感染。李金生呼喊著：「兄弟人，嘛有正直、說義氣的，阮嘛肯為地方打拚，用行動來證明咱對地方的感情……」但是：「尚可惡的是有一種人，虛偽、假鬼假怪，剛才某一個人，攏不敢提起我的名字，因為，他沒證據，驚乎我告！」

李金生說：「我是正統的兄弟人，我要為保護鄉親而戰，我敢說、敢擔當，我現在就說乎大家知，彼個人！我敢說出他的名，就是廖勇三、廖校長，他是一個『嘴唸經、手摸奶』的虛偽小人……」

現場爆出一片「嘩！」的聲音，而台下，李金生的人正廣發一份文宣印製品，裡面有廖勇三跟一個年輕辣妹摟在一起的照片。

「廖勇三自稱是教育家，是老師、校長，這款人說的全是道理，做的卻是傷天害理？不知見笑！無恥！虛偽又擱奸巧！我敢嗆他的名，因為我有證據，沒錯，小弟李金生有前科，我少年曾經為了我的老大，為了江湖義氣殺人，這是不對的，我嘛接受法律的制裁，付出代價，我反省、後悔，我要用我後半世人貢獻社會，來洗清我過去的錯誤，請鄉親嗣大乎我一個機會。」

他喘口氣，喝口茶，砲火繼續轟：「在場的各位鄉親嗣大，恁手上這張傳單，相片裡的女人，是一個艱苦的離婚查某，為了飼兒女，不得已墜落風塵。咱這位每天嘴念經，表面看起來非常清高的廖議員、廖校長，利用這個查某需要金錢渡過難關的弱點，不但摸她的奶，擱霸占她的身軀，這位本來只想賣笑不賣身的陳小姐，乎咱廖議員騙去，各位鄉親啊！若廖議員只是嘴念經、手摸奶，我李金生嘛袂用這款查甫人攏ㄟ犯的過錯來打擊你！但是你廖議員實在是禽獸、精牲！咱陳小姐失身後，本來有想欲好好隨你，只希望你幫她飼兒女，人家並無想欲歸碗捧去，破壞你的家庭，按呢的要求甘過分嗎？你玩弄陳小姐之後，該乎人的錢，攏無乎人，致使得她一個查某人繼續討賺，你甘有良心！」

李金生再度煽動群眾情緒：「各位鄉親啊，查甫人可以風流，袂行哩下流！大家說，對啊不對？」台下許多男人幹譙不絕於耳，女人更是憤恨不平，現場充滿鼓譟聲，情緒開始加溫。

李金生接著說：「廖勇三尚可惡是，你沒才調照顧陳小姐，幫她飼囝仔，就嘜用甜言蜜語，用空殼支票去騙人家的感情跟肉體，睏了再甲人放捨（拋棄），任何一個有擔當的查甫人，攏無法度接受這款行為，恁說，對啊不對……」

十分鐘的政見發表結束之前，李金生撂話：「陳小姐，現此時人在我競選總部，我等政見會結束、暗暝十點開記者會，乎陳小姐自己對媒體說明，她欲乎大家知道，廖勇三是一個嘴唸經、手摸奶的精牲！這個人，比阮迫迌過的兄弟人更加不如，他冊不知讀到兜位？他無資格作咱西南屯的議員啦……」

李金生計算好好的，晚上十點，已經很接近報紙截稿時間，廖勇三根本來不及回應，更何況，陳小姐戴著墨鏡、口罩，一肩長髮與裊裊身段，未語先泣，已經博得媒體的好感，加上「有圖有真相」，她還出示兩人出遊的親密照片，廖勇三就算渾身長嘴巴也無法辯解。

平心而論，「嘴唸經、手摸奶」的說法倒沒冤枉廖勇三，誰叫他平日裝作一副道貌岸然的模樣，但人家花錢帶酒店小姐出場，他以為夜渡資照給，誰也沒欠誰。問題是，那家酒店是李金生圍事，他早就布好局！一開始，陳女主動示愛，廖議員也暈了船，不知不覺讓人給拍了酒番裡的親密照以及出遊合照，更糟的是，免費做愛幾次之後，陳女懇求匯筆錢應急，不多、三萬，廖議員憐香惜玉，一口答應，他並不想吃白食，但這就留下證據。

陳女還公布存摺，訴說廖議員答應養她與小孩，所以兩人「鬥陣」了，但當廖給了第一期的包養費，聽說她懷孕了，以停止付錢威脅墮胎，陳女忍痛殺掉腹中骨肉，只為挽回情郎的心，哪知，「山盟海誓變成昨暝歹勢」，廖校長非但拒不見面，還出言羞辱她，讓陳小姐羞憤自殺，幸好家人及時發現獲救……這些三分真、七分假的編造故事，從楚楚可憐的陳小姐嘴巴說出，所有媒體都認為，廖議員真是禽獸不如啊！

真相是，廖議員把人帶出場性交易後，李金生就讓陳小姐主動挑逗，說愛他、崇拜他的人品、學問與翩翩風度，年紀不是問題，她自稱有戀父情結，在老校長的懷抱裡有如靠岸停泊的小船般安穩舒適，自我感覺良好的教育家，哪受得了這樣的挑逗？還以為是天上掉下來的禮物。等議員上當，留下證據後，陳女性格大變，不斷需索金錢，無理取鬧，讓公務員出身、口袋不深，又怕形象受損的廖議員退避三舍。但他處理這種事很「肉腳」，除了吩咐服務處人員擋駕別無良策，也因此，陳女曾與服務處人員發生拉扯，在派出所備案，這個線索在李金生有意無意引導之後，由記者「主動」挖掘，更具公信力。

最後，李金生以第四高票當選，不只贏了廖校長以及婦女保障名額當選的民進黨女議員，選票還比金牛多出五百多票，只輸國、民兩黨的三位大老。

三十　血染的風采

李金生宣誓上任前兩個禮拜，孫啟賢讓美玲帶了一個上海西裝師傅，幫這位新科議員量身，並訂製了兩套西裝，就職典禮前一天，這兩公婆興沖沖地跑到金生的茶行，為他送來熨得筆挺的西裝，讓他試穿，孫組長手裡拿著幾條他倆到自由路百貨公司挑選的領帶，屋裡一片喜氣洋洋。

李金生拗不過兄弟的好意，試穿了簇新的鐵灰色西裝，還有一套比較保守的黑呢暗底細條紋雙排扣西裝，孫啟賢要他試試領帶：「金生，這幾條是我跟恁小妹選的喔，攏是進口，有牌子ㄟ。」李金生尷尬地說：「莫笑我！我這個草地郎，袂曉結『捏固帶』（領帶）。」最後是美玲幫他繫上。

照照鏡子，其實李金生西裝筆挺，還真有幾分帥氣，孫啟賢說了：「有夠緣投！以後作議員，嘜兄弟氣遐呢重！金生，你要慣習穿西裝。」

「幹！我卡按怎看，都不像我自己。」李金生照著鏡子，升起一股沐猴而冠的感覺，他正要扯掉領帶，孫啟賢連忙阻止，趨前手執另一條較花俏的，對著鏡子在金生胸前比對，邊說：「你沒看電影，人家日本流氓，山口組的，嘛是攏穿西裝，聽說台北四海、竹聯，開始學人家這種作風，你當議員了，毋通擱穿那種『花巴尼貓』（花色俗豔、品味低俗）的襯衫，乎人一看就是土流氓……」

李金生笑笑，招手叫小弟拿了一套衣服：「我有準備啦！」他解下領帶，脫下西裝與襯衫，僅穿著孫啟賢訂製的西裝褲，然後換上一件藏青色的青年裝。

「幹！穿按呢有夠像調查站或是救國團的。」

「大哥，你的好意我心領，西裝我真的穿不住，領帶！我只有參加告別式才會結。」

「金生，你要慣習啦！」

「不，穿青年裝卡溜俐（俐落），而且，穿這款衫，才有像國民黨。」

孫啟賢還是不放棄，他說：「查甫人穿西裝看起來比較挺，有扮頭，你在議事廳質詢，又沒有要打架，幹嘛需要溜俐？」

「歹說喔！立法院不是打到流血流滴？我要當議長跟市長的『敢死隊』，嘛才會紅！」

看著自己特意訂製的昂貴西服，被李金生束之高閣，孫啟賢跟林美玲都覺得很掃興，林美玲還怨道：「攏你尚九怪（搞怪）！」

眼見這兩人失望的神情，李金生說：「我就職典禮一定穿大哥你送的西裝，擱來，恁兩位就嘜勉強我了，西裝，等我當選議長或是副議長，我就每天穿，按呢好嗎？」

孫啟賢搖頭，失望之情溢於言表。

李金生：「我驚萬一甲人相打，西裝會穿壞啦……」

一語成讖！

李金生沒多久就成了第一個在議會毆打反對黨的市議員，不過，卻無人膽敢聲討他。那天是該屆市議會第二次定期大會，審查追加預算，市長要求道路開闢、拓寬工程要追加三十七億元台幣，就連偏僻的縣市交界，以及大坑山區鳥不生蛋的地方，都要闢路，此外，還包括忠明南路外環道拓寬，以及多條省道與縣道連結道路工程，全「包裹」在這次的追加預算中，希望能一併通過。

市長張榮生強調，新闢道路、以及拓寬工程，使得交通便利，才能促進都市發展。但這套說詞被有識者駁斥：張市長對於真正急需拓寬、塞車塞得要死的舊市區狹小街道不去做，因為必須拆房徵地，會得罪人，反而根本沒人走的田地要徵收闢路，前一陣子多條市長新闢道路，人車罕至，路邊野草長得比人還高，甚至成了治安死角。

有陰謀論流傳：張市長熱中「造橋鋪路」，是因為搞這類建設不會得罪人，又有利於「養地」，況且，道路工程技術門檻不高，金額不大，小營造廠也能承攬，還可以分段發包，市長若要「雨露均霑」，鋪路工程最「補」了！當時還沒有實施政府採購法，小工程幾乎是市長說了算，人情都是他的，也因此，議員們贊成的雖多，反彈也很激烈。

當天市長答詢時，說沒兩句，火藥味就布滿議事殿堂。一位民進黨議員汪凱鈞質疑工程發包都是特定廠商得標，要求市府公布第一期工程所有得標廠商名單。當時還沒有「上網公告」的相關作法，政府施政依法該公告的，在局處或市府布告欄公開閱覽一定天數就束之高閣；過了期限，這些本應對社會大眾公開的資料，甭說一般小老百姓，就連小牌點的記者、議員，沒有關係與手腕的，還真的調不到。

不管汪議員怎麼砲轟，市長還是那句話：「本府工程發包，一切依法行政⋯⋯」然後老神在在看著手上資料，淡定得很。汪議員火氣上來，桌子一拍：「外面都說市長利用道路建設綁樁，工程都是特定那幫人在作的，市長，你要不要自清一下⋯⋯」

這種空泛的指責，張市長當成「蚊子叮牛角」，甩都不想甩他，四兩撥千斤地回答：「這些預算都在政風單位監察之下發包，汪議員，是否讓政風室主任來為您說明？」

汪議員氣得大罵：「實問虛答，你這個混帳東西！市長你今天得標廠商資料沒拿出來，本席杯葛到底！」

議員都爆粗口了！市長還是不動怒，好官我自為之，倒是急於表現的李金生跳起來：「汪議員，你質詢就質詢，幹嘛辱罵市長，恁民進黨就可以罵人嗎？市長都說請政風主任說明，你是罵啥小？」

大砲級的汪凱鈞根本不甩這個新科黑道議員，頭也不回地說：「李議員，我的質詢時間，請你尊重。」

「你先對市長人身攻擊，你沒水準，你哪有資格要人家尊重你。」

汪議員轉頭怒斥：「議員要求市府提出相關資料，又不是國防機密，這是本席的權力，你護航也就算了，等一下你的時間要怎麼巴結市長，恁兜的代誌，我的時間你這個流氓給我閉嘴！」大報記者出身的汪凱鈞年輕氣盛，對李金生根本不假辭色。

李金生衝過去，推了他一把，氣勢洶洶地罵道：「你說啥小！誰是流氓，幹，你好膽擱講一遍……」

人高馬大的汪議員也不甘示弱地推回去，一旁的國民黨議員，現任黨團幹事長的趙永奎連忙攔在兩人中間，硬把李金生拖回去，而汪凱鈞態度雖然高傲，卻也不敢對這個黑道大哥再嗆聲，他輕蔑地哼了一聲，繼續質詢，接著再度強調，市府必須在一週內提供廠商資料，同時要求議會祕書處，正式由議會行文要求市府回覆，否則民進黨團將杯葛工務局所有追加預算。

雖然李金生是賴派議員，但他是否支持親張派的市長，是看議長態度而定，兩百億的預算，即使同為國民黨或同為張派、賴派，內部也是有利益矛盾。議長這次有拿到好處，他私下允諾這些道路工程所需的砂石級配，會部分購買李金生的，雙方談好回扣，李金生當然誓死護航。

最後要表決了，議長形式上徵求同意後裁示：逕行表決。當時在場議員剛好過法定人數，事實上，這是上午副議長與幹事長私下運作結果，有七、八位原本反對此案的議員立場鬆動，藉口離席，「技術性」迴避表決。

而汪凱鈞等九位民進黨議員看情形不對，要求繼續辯論，至少先清點人數，暫時休息，等在場議員超過三分之二再進行表決，反對派不斷登記發言，想用拖延戰術杯葛，較斯文的在座位上高舉海報：「反對債留子孫」、「抗議多數暴力」，而衝組如汪凱鈞、何家俊議員，則衝到主席台阻擾表決，汪凱鈞甚至出手搶奪議長的議事槌，場面亂成一團。

李金生環顧議場，贊成派都是些沒卵芭的，只會坐在位置上叫啊叫的，等一下讓反對派再把人抓回來，表決不一定會贏，他一心當出頭鳥，二話不說，衝到主席台，從後面伸手勾住汪凱鈞脖子，將他拖下主席台，然後用力將他整個人摜在地上。這時，汪凱鈞什麼風度都拋在腦後，他爬起來，用力地推了李金生一把，李議員笑得邪氣：「幹！是你先動手的齁。」他一記右勾拳往汪凱鈞鼻梁猛揮，這是流氓打架的反射性動作，因為鼻子最脆弱，打了最痛，一撞就流血，在肉搏戰中，最容易產生震懾效果，再一拳，幾乎打歪了汪議員下巴，他牙齒鬆了兩顆，滿嘴鮮血，煞是嚇人。

汪議員口、鼻噴出的鮮血沾染了他的襯衫、衣領，赤紅一片，李金生不依不饒，繼續揮拳，他就是要打出個威風，以後喬事情才有力！

身長一八五，高出李金生半個頭的汪議員，其實不耐打，政大新聞系畢業的他，小學三年級之後就沒有打過架，一受痛只會用雙手抱著頭，又被李金生一腳勾倒在地，蜷曲著身體，幾乎是被壓著打。另一名衝主席檯的何家俊議員，見狀欲衝上前救援，李金生轉頭瞪大了眼睛嗆道：「幹你娘，你嘛討皮痛嗎？」他竟然嚇得不敢上前。

李金生不是白癡，汪議員被打趴在地上，沒有鬥志，他立刻停手，走上台階，站在主席台下方，轉身面對所有議員嗆道：「大家聽議長的，吵吵鬧鬧成啥米體統，咱開會要有秩序，毋通親像立法院按呢，在全國人民面頭前見笑，你好好啊講，我就客客氣氣，大家照議事規則，聽主席指示，輪流發表意見、照規矩表決，若無咱選議長要衝啥！若欲亂，不管恁多少人來，我攏奉陪啦……」他一手插腰，另一手攘臂叫囂，氣場強大得很。

接著，他下台階後竟然彎下腰，一把撈起被他打趴的汪議員，還攙扶著這位肝膽俱裂的同仁回座位，最後將搶下來的議事槌奉還給議長。

他那「以暴制亂」的宣言，還真有些生性反動保守的國民黨議員私下叫好，民進黨雖然氣得牙癢癢的，但對他黑道背景卻深深忌憚，甚至屈服於其淫威之下，好幾次小組議事，或大會總質詢，他桌子一拍，怒斥杯葛議事者，有些膽氣不足的議員，竟將想要說的長篇大論縮回喉嚨。

當天預算通過，他受邀到市長室喝咖啡，在場等候他的，有張榮生市長、賴朝貴議長、工務局長簡德濤、市府主祕邱宏嘉，以及市長頗信任的民間智囊，台中市最大地方報《台灣日報》府會召集人江一帆。

張榮生一見到李金生，立刻起身，小跑步到門前迎接，他先來一個大大的擁抱，然後拍著李金生的肩膀：「金生，就要按呢！硬要來亂的，你就卡大力甲打落去，我跟議長攏挺你。」

他握著金生的手，還十指緊扣，牽著他到自己的身旁落座，工務局長趕緊讓位，市長輕撫著李金生的背脊，溫言道：「英雄毋驚出身低，誰說你流氓，你攏免睬他，立院法嘛是打到委員腦震盪！咱嘜比他們卡超過就好，以後，該打就打，這攏是為了市政的推動。」

雖然這間房所有人都目睹李金生那血染的風采，但議長還是津津有味地重播李議員打得汪議員趴在地上的細節，甚至誇大了李金生的神勇，讚賞之意溢於言表。

而李金生打完架，立刻指示范振興，逐一通知所有府會記者，大小報都不能漏掉，就說李議員後天宴請各位媒體朋友，希望大家務必賞光，「給個面子」。見多識廣的記者心裡都清楚，黑道人面子掃不得，李大哥的鴻門宴不敢不去，可是，寫難聽了，又怕見面尷尬，心裡一忐忑，下筆就軟趴趴的，隔天，台中市史上第一次血賤議會，竟然被媒體輕描淡寫為「肢體衝突」、「互相推擠」。

那個年代，《中央日報》、《青年日報》，以及國防部所屬黎明文化公司強迫收購的《台灣日報》，根本不承認正崛起的反對黨，行文還是寫「X進黨」，尤其是《台灣日報》，竟然寫說，多數議員認為打人雖然不對，但X進黨以街頭暴力起家，這次遇到對手，李金生議員挺身維護議事殿堂秩序，儼然「議會糾察隊長」……小罵大捧，讓這位大哥議員也飄飄然。

三十一　叫大哥太沉重

市議員大小牌，端看能否驅使官員？為其所役的官員層級大小？有些議員儘管形象好，問政犀利，是媒體寵兒，但搞選民服務卻不夠力！願意幫的範圍也小。還有另一派，生冷不忌，使命必達，什麼狗屁倒灶的事都敢關說，只要交情深或給的代價夠高；這種「選民服務型」的議員，沒有連任兩、三屆累積在府裡的威望與交情，也不是百發百中的！

從這個角度來觀察這一屆的台中市議會，李金生簡直是異數！才第一任、第一年，他透過議場上血染的風采，讓自己成為市長核心圈內的議員，因為他好用嘛！李議員虎目一瞪，猛力拍桌，嗆聲幾句，就比黨團協商到凌晨兩點磨出來的結論還更讓市長開心。而他也善用這個勢，讓市府大小官員，從基層拆除隊技士到局長，都樂於賣他帳，這可就不簡單了！

當然，他可能會對你「怎樣怎樣」的想像，是官員不敢違拗他的深層心理因素之一，更重要的是，李金生絕對有條件「靠勢」，但他卻不輕易動用高層關係或黑道實力來壓人，他反而擺出一副「麻吉兄弟」的海派作風，對基層小吏稱兄道弟，又捨得花錢請客，送錢賄賂，對局處長級主管，更是深諳「花花轎子人抬人」的道理，大小官員只覺得幫他做事，既得市長、議長的歡心，又交了個「有用的朋友」，這些官老爺們是既怕他，又爭相向他靠攏。

也因為喬的事情多，他幾乎夜夜浸泡在酒家、酒店裡，有時一夜趕個兩、三攤，都很正常，雖然，他總是搶著買單，但自有電玩、「泰國浴」業者幫他付錢。這些日子，就連孫啟賢也難得見他一面。

那天晚上約十點多，李議員與工務局長簡德濤、建管課長余世傑、拆除大隊長林新堂一夥人，在台中市最大的「明玥大酒家」喝花酒。酒過三巡，余世傑提及他與孫啟賢都是台中一中校友，差一屆，兩人都是學校管樂隊，高中就認識了，但多年不見，聽說這位學長在警界很活躍，李金生大聲說：「四分局三組組長孫啟賢喔！阮門陣的啦！咱自己厝內的，這個喔，正港是我的人！」接著，他轉頭囑咐端坐在他身後的小弟說：「打孫組長的B.B.Call，記住，要加119。」李金生出門有個專門幫他拿「大哥大」的小弟，派頭十足。第一代的「黑金剛」剛問世一、兩年，碩大無比，連電池都有半塊磚頭厚的手機，拿在手上代表的是行情，也有個暱稱叫「大哥大」！當時還很少人擁有，因為不但門號少又昂貴，通話費開銷也令人咋舌，撥打一通起跳就是十元，騷包的李金生剛花大錢申辦了一支，而孫啟賢整個組也只有一支，還是偵辦擄人勒贖等重大刑案，才會讓第一線的人持有。

這傢伙也不敢亂撥，他跑到櫃臺用投幣式公共電話Call孫組長，留的是李金生的大哥大「090」開頭的號碼……十幾分鐘後，孫組長來電，小弟遞上黑金剛，只見李議員扯開嗓門：「兄弟啊！我跟工務局簡局長在喝酒，還遇到你學弟，建管課長小余啊！恁攏一中的，對嗎？他說高中就認識你……你等一下，我叫他跟你講。」電話拿給余課長，小余興奮地說：「學長好！我以前是管樂隊，小您一屆，吹小號的，您記得嗎？高一是七班，對、對，學長要不要過來，那麼多年沒見了……好、好，我請議員跟您說。」

「啟賢啊！你緊來喔，阮在等你，啥小啦，莫這呢驚某啦，來、來，叫阮小妹來聽，我來甲她說，查某人袂行哩管尪管太牢，幹，你驚某大丈夫啦，嘜甲恁爸囉唆啦，我等你，半點鐘要到喔……」

孫啟賢幾乎是抱著自欺欺人的想法，說服自己去喝這攤花酒的。

一進包廂，大圓桌首席坐著李金生，他左右兩側分別坐著局長與大隊長，往日，李金生看到他，一定像觸電般立刻站起來，喬出身邊的位置，親自動手招呼他這個大哥入座，但今天他忙著講話，而且有局長級的官員在場，都是公務員，孫啟賢很識相的，按照官位大小，坐在余課長身邊，那年代，刑事組長兩線二，才七職等，只跟鎮公所的課長一樣大，但其實質社會影響力，比起冷門的縣府局處長還大。

孫啟賢悶悶地跟學弟敘舊，半晌才主動舉杯，依照官職大小敬酒致意，李金生突然衝著孫啟賢說：「來！組長，咱作夥敬局長，我跟你講，在議會，誰若『拐』（杯葛）咱簡局長，就是跟我不好！組長，咱是兄弟，因為你的關係，警察局的代誌，恁爸嘛是挺到底！來！叫恁局長來……」那年代警察局長微服到酒家尋歡作樂或應酬，並不是沒有，但畢竟是負責掃黃的龍頭，哪能肆無忌憚召妓侑酒？除非是應酬議長等有力人士，非去不可，否則那層級的高階警官，會安排在私人招待所把酒言歡的，更何況局長來了，他孫啟賢豈不是淪為站立在一旁倒酒的小弟？

他僵硬地笑笑：「金生，咱自己兄弟喝就好，你叫這些大人，是挑工欲乎我喝袂爽快嗎？」

「不是啦！恁頭家要我相挺，嘛要卡常作夥，我要跟恁局長說，你是我尚知己的兄弟，幹你娘，若對你無好，恁爸電甲乎他金細細……」

「你現在是要製造我的困擾喔？」孫啟賢臉色開始不好看。

李金生最懂得見好就收：「好啦，你按怎講，我攏聽你的！」然後轉頭跟簡局長、大隊長說：「恁攏不知，若無阮孫組長，今天就沒有我李金生……」巴拉巴拉說起兩人的交情。這才像話！至少抬舉了孫啟賢，他臉色開始有笑意。接著叫來「那卡西」老師伴奏，唱歌、喊拳、打賞，摟著身邊的酒女翩翩起舞，這些在酒家例行性的嬉鬧套路一一上演，酒過三巡，李議員起身上廁所，孫組長有幾句話要說，見狀：「走！咱作夥來放尿。」兩人搭著肩，一起離席。

在廁所裡，小弟拿著熱熱的「喔西摸利」（用餐時侍者送來的白色小毛巾，日文音譯外來語），候立在門外，這對兄弟並排站在小便斗前，孫啟賢拉開拉鍊，掏出老二，說了句：「金生，我甲你講……」他突然頓住，因為很多話要說，一時不知從何說起。

李金生一手扶著卵芭，一手扶著牆，隨口應道：「啟賢啊，按怎？」

……孫啟賢忍了一晚上的情緒突然爆開，他倒沒失態吼叫嗆聲，但酒醒多了，組長轉頭瞪著李金生，低聲但幾乎是嚴厲的說：「現在是按怎？我已經不是你結拜大仔了嗎？歸暝你李大議員不是叫我啟賢，就是叫我組長，咱何時變這麼生疏？你李大議員是不是感覺，跟我這個小小的刑事組長結拜，乎你見笑、漏氣！還是洩你面子？若無，你奈ㄟ無親像以前，叫我阿兄、大仔！」

黑道也常有昔日小弟上位，甚至當了地區角頭老大或扛霸子，而當年帶出道的老大晚景淒涼的情形，但黑道的倫理、規矩，絕不允許泯滅了當年的大小之分，這是禁忌，在黑社會是最被瞧不起的「背骨仔」！在盤仔人的世界裡，如此前恭後倨，也是令人齒冷；可是，在官場、在警界，學弟變長官，「做此官，行此禮」，卻又是常態。

李金生當然知道自己錯大了！他乾笑兩聲：「大仔！阿兄，嘜甲小弟見怪，我沒那個心，那個、那個……是在外人面頭前，在我心裡，你永遠是我的老大，好啦，你就原諒我一次。」

孫啟賢也知道李金生今非昔比，他沒好氣地說：「我看你嘛不是那麼現實的人……」李金生趕緊接話：「是啊！你了解我，咱結拜是當初那隻白豬提議的。」他突然想到：「對齁！真的要論大小，我還擱大你一歲，你看嘛，當時咱攏應付、應付，實際上，你我有沒有結拜，兄弟感情甘有差？」

李金生在落軟！但孫啟賢大哥被叫慣了，還是很不爽：「青睬你啦，現在你當議員，你尚大尾啦！」

「上次跟小白豬的不算，三個人幹同一孔臭雞掰，奈有正經在換帖？按呢啦，你、我、王志強，咱三人擱另外結拜一次，這次要認真，咱來帝爺廟，關聖帝君面頭前燒香、跪拜，要擱辦桌請人客，我找議長見證，好嗎？」

搞得太隆重了！而且，重新結拜，孫啟賢倒變成李金生的小弟，他媽的，憑空矮一截，雖說李金生已經是議員了，組長當議員小弟並不丟臉，但以後他使喚起自己，不就更加順理成章？

孫啟賢伸手不打笑臉人，再鬧脾氣，會被說氣量小，而且，他真的也小人家一歲。孫組長臉色放晴，還是僵硬地笑著：「好啦，兄弟若有真正的感情，也免計較是否結拜，你毋通一作了議員，就ㄑㄧㄥ甲抓袂條，把兄弟當作細漢仔，喊來喊去，你想看嘜，你若拜託，我哪一件代誌沒挺你？」

李金生說：「對嘛！你看，黎有田議員，結拜十幾『柱』！攏是為了選舉利害關係，他們這些人哪有真心、真情？這款結拜，攏是政治、生意利益，咱不同！你放心，我是你一手牽起來的，咱不用計較這個名分。」李金生三寸不爛之舌，幾句話把自己從組長小弟的束縛當中「解放」出來。

孫啟賢無奈地點頭，兩人還是搭肩聯袂入席，後半段的酒宴，李金生更是在局長面前對孫啟賢熱絡，只是再也不提「大哥」二字。

三十二 嘸氣啦！嘜擱按呢甲我說話

已經不當大哥的孫啟賢，仍然與他黑色收入來源的李議員過從甚密，某日下午，開完分局主管會報，督察組長張邦雄在散會時靠近孫啟賢，低聲說：「等會兒我到你辦公室泡茶。」

張組長的來訪，帶了一個不太好的消息，他說：「啟賢，你組裡的偵查員蕭仁友是不是進入警政署查詢系統，調閱了一個叫做周傳勝的建材商的個資，包括住址、車籍、前科資料……等等？」

一聽到周傳勝的名字，孫啟賢心裡登格了一下！那是他交辦的，因為是李金生親自拜託。

孫啟賢見躲不過，直白地說：「有，我交代的，這個周某人涉及詐欺，有人來報案……」

張組長說：「周傳勝被打斷一手一腳，他說是欠賭債，李金生派人打的，糟糕的是，他叔叔是祕書室的老學長，以前幹過督察員，他當然知道李金生跟警界的關係，就往內部查，結果查到蕭仁友，唉！誰沒有朋友，幫忙查個資料有時候也是為了讓事情圓滿，議員來拜託，拒絕得了嗎？但你也得交代對方，剖柴不要連柴砧作夥剖！」

孫啟賢裝傻：「周傳勝的確是因為刑案偵辦需要，才調閱他的個資，一碼歸一碼，他被毆打的案子，若真是李金生手下幹的，我會勸他盡速和解，能撤案就別讓轄區學長麻煩了。」

「嗯，你叫蕭仁友最近注意點，沒事別跑李議員那兒，電話也少打，老學長沒那麼快消停。」

「了解，授人以柄的事情，我不會幹的。」

張組長知道孫老弟這話，暗示心領他這人情，不再多言，何況，他也是透過孫組長拿過李金生好處的人，沒理由袖手旁觀，這事捅大了要鬧上法院，但事前能彌縫，也就是個小麻煩，孫、李，這回欠的人情不算小。

就在孫啟賢盤算著怎麼還張邦雄人情時，李金生來電，講話口氣像是在吩咐小弟，孫組長一肚子氣窩著，直到下班趕往李金生茶行時，情緒已經很糟糕了。

李金生一見面，幫孫啟賢斟了杯茶，大剌剌地說：「有件要緊代誌，沒你幫忙不行。」

「看情形，該幫的我會幫。」

「袂乎你吃虧啦。」

「你講看嘜……」

「是按呢啦，我現在跟議長正在收購未來重劃區的土地，但是，阮嘛有競爭對手，就是建築起家的『隆昇集團』！這個財團老頭家朱天福財產好幾十億，大兒子朱文興是現任省議員，打算下一屆爭取省副議長寶座，他們家真有實力！在黑道上，朱天福的『虎仔』就是北屯的角頭『阿西』李西河。這個人跟我沒什麼交情，但也沒有衝突過，阮需要知道他們那幫人想對哪塊地下手，也必須掌握對手動態，所以要靠你監聽，我給你朱天福、阿西兩個人常用的辦公室、厝裡的電話，你不是跟電信公司機房很熟嗎？花點錢，請機房兄弟幫忙，錄音帶再拜託小朋友他們聽，有講到土地的，記下來！我先拿一筆十萬元的費用給你，該花的小錢，毋通凍酸，咱嘜乎人替咱作白工，按呢才會長久。」

李金生跟孫啟賢講話，雖然口吻還算客氣，卻越來越有「吩咐」的味道，那是一種不自覺的改變，尤其是在兩人解除了金蘭之盟以後；孫啟賢聽在耳裡，總是不悅，加上這次周傳勝的事，內心更是不爽。

「金生，好康的不找我，專門標這款有風險的工作乎我，你實在真照顧小弟啊！」孫啟賢諷刺地說，顯然不樂意。

「我知道最近拜託你的代誌卡多，我嘛不願意啊！上面交代的，我不找你，找誰？何況，別人我也信不過。」

「上面交代？這三個月你就讓我查四個車籍資料，還有兩個電話要查用戶住址，恁爸用腳頭膚想嘛知，你要那些資料，是為了討債！你知道嗎？現在全國電腦連線，任何一個警察進入警政署電腦查資料，攏必須用自己的密碼，按呢會留下紀錄，無代誌就無代誌，萬一你的手下處理代誌，舞甲『開花』（結果不好收拾、難以善了），變成刑案，督察系統一追查，完全無法度走閃（閃躲、迴避），你交代資料，哼！很輕鬆，我這邊嘛不是無風險！」

「唉！有啥米風險？」李議員還是那副屌樣！

「幹！」孫啟賢桌子一拍：「周傳勝那件，透過我查的，結果你給人家打斷手腳，現在督察室查到我頭上來了，要不是督察組長張邦雄提醒我，小朋友就要被送法院啦！無要緊，出代誌不是你當然無要緊！」

李金生心頭也震了一下，但聽到後面張邦雄有提點，他相信孫啟賢能處理，但他很機警地收斂起原先不在意的笑臉，關切說道：「會牽連到你嗎？有辦法彌補嗎？代誌尚驚咱不知道，事先若知道，應該有法度處理吧？」

孫啟賢見他緊張地當一回事，心中怒火才壓下去，吐了口氣說：「你找個周傳勝的債主，不是賭債的，最好生意往來的正經人，教他『以刑逼民』（以刑事逼民事），讓人家來我這裡告他詐欺，時間當成是小朋友調閱他資料前；你打斷人手腳部分，也趕緊和解，應該就沒事。」

一聽到「沒事」，這痞子又鬆懈了：「我就說嘛！不要自己嚇自己，只是查資料而已。」

當年對於警察進入警政署電腦系統查個資，雖然不怎麼嚴謹，但即使是管制最鬆弛的年代，查電腦資料也是「凡走過必留下痕跡」，孫啟賢對他故態復萌十分反感，冷著臉說：「好！既然是小事，任何一個小警員都能幫忙，也不一定要我出手，你李議員交陪廣闊，你去找其他組長、所長，但請你注意，別碰我的人。」說完起身，拂袖而去。

李金生趕緊上前拉他衣袖：「大仔！吼！說沒兩句就翻臉，嘜按呢啦，擱坐一下啦，我有話要說。」

孫啟賢再度落座，但兩人相對無言，半晌，李金生說：「兄弟啊，我承認之前查車牌是為了討債，但是透過你查的，我攏特別交代，要特別小心！這次周傳勝是擦槍走火，帶頭小弟被我打了，以後，我發誓，不會再犯同樣的錯誤。」

孫啟賢還是不說話。

李金生想了許久：「好啦，以後討債的事情，我找別人，但這次不一樣，這是大生意，真的議長交辦的咧！別人辦我不放心。」

「議長是交代你又不是交代我，我甘有必要去捧他的卵芭？」

這句話說壞了，簡直是指著李金生的鼻子罵他是議長的走狗，李金生也火了：「免議長交代，恁爸交代警察局長或是隊長，他嘛是會命令你去處理，按呢甘有卡好？」

嗆完之後，李金生覺得，對兄弟耍議員威權，有點不妥，於是略微放軟地說：「我是為你好，由我來拜託你，再跟議長報告，是你這個我的好兄弟，在幫阮的忙的，你在議長面前有光彩，多了一個靠山，不是擱卡好！讓他交代隊長、局長，你嘛是要辦，功勞卻變成恁長官的，你還不是作白工？」

孫啟賢情緒上來，也不客氣地回道：「你若真的為我想，就應該讓上面來交辦，雖然說到底，攏是違法，但至少萬一若有事情，還有人頂著，督察系統不會第一時間就先查我。唉！你不知道，人家調查局卡按怎黑白亂衝，出事情尚多『家法處理』，軍方也是一樣，攏會保護下面。只有我們警察，出了事情，警政署跟局裡長官先切割，還沒判刑確定，起訴就先停職，一被告到法院，就調離主管職，若是上面交辦，雖然也不見得長官就不會出賣你，但至少安全一點。」

「兄弟，你的意思是，不願意幫忙。」

孫啟賢是姿態抬得太高，一下子拉不下臉，視線飄向壁上的牌匾，嘴唇抿得緊緊的，不肯搭腔。

李金生哀怨地說：「以前，擱卡危險的代誌你都挺我，這次，一點小事，你卻不睬小我，我真正想無！」

這句話剛好架了個樓梯，孫啟賢順勢說：「幹，幫你刣人都敢，有什麼我不敢？」

「那你為啥米不幫？」

「恁爸就是袂爽幫議長，我管汰他多大尾，幹！議長交辦，請找我的長官，白紙黑字落條子乎我，不行嗎？好幹，叫我去議會罰站啊，恁爸不想升官，我最大！但是，若我的兄弟李金生拜託，恁爸就肯！」

李金生轉嗔為喜：「沒錯、沒錯，是兄弟在拜託，你想太多了。」

他很見機地舉起酒杯，敬了孫啟賢一大杯白蘭地，故意嗔道：「就你尚九怪！我說議長拜託，是加強代誌的重要性，不是用他來壓你，你又不是查某人，嘜遐呢敏感好嗎？」

組長也回他一句：「你嘜擱按呢甲我說話，好嗎？實在噏氣！」

兩人沉默無言，半晌，孫啟賢感慨地說：「金生！這幾年，你我作夥經歷過多少代誌？我嘛要感謝你，促成我跟美玲鬥陣，我早晚會離婚，有她，至少身邊有人關心陪伴；還擱有，你報我賺不少錢，咱就準說沒有結拜的名義，我嘛是真心把你當兄弟。可是，你毋通用彼款議員的『氣口』甲我說話，尤其是私底下。欲按怎說？你當議員之後，『屈勢』變甲無仝款，有時陣，我真袂慣習，你當選議員，我是真心為你歡喜，我自問不會嫉妒，嘛不怕你爬到我頭殼頂，但是，你常常掃到我的面子，不自覺把我當成細漢，甘講這是古早人說的，可以共患難，不能共享福？」

李金生難得自省，感覺慚愧，對任何人囂張也就算了，如果連對孫啟賢也不自覺頤指氣使，實在不應該。他帶著歉意說：「兄弟，沒有你一路相挺，奈ㄟ有我？我錯了！以後我會注意，你嘜見怪。」

想了想，李金生發願道：「放心，我一定會挺你，助你比別人升卡快！幹，過幾年後，你當分局長、隊長，我來選議長，天下攏是咱的。」

孫啟賢笑著說：「三八兄弟！升官的事情，你能幫我的很有限，在我這個階層，升官，是要靠積分、排名。你不了解警察制度，台中市警察局人事升遷管道很擁擠，我組長幹個十年很正常，頂多當到副分局長或課長退休，如果沒有趁年輕到刑事局，升兩線二、再考分局長，然後到外縣市流浪個七、八年，這輩子，官運有限。這也就是為啥米，當初簡議員威脅要把我跟王志強調職，我就想說，乾脆去台北考刑事局。」

孫啟賢接著說：「但離開台中，你我必然拆股，彼時，咱的生意出狀況，嘛乎我走袂開腳，既然留下來，不指望高昇，就得多賺點錢，在地方上好好經營自己的勢力，你當議員，未來當議長，甚至當選省議員或立委，不是不可能，我是多了個靠山，但我總感覺，你我兩人，奈ㄟ越走越遠……」

「唉！我不是那種人，你想太多。」

「……金生，或許，當時我應該去刑事局的。」

三十三　私縱嫌犯

李金生難得的自省，猶如沙漠仙人掌綻開的花朵，凋零得很快，苟有利於李議員賺黑錢而必須動用到警察勢力的，他絕對不會羞於開口，畢竟，撈偏門還是賺比較快，那更是他的專業！

那晚，孫啟賢帶班擴大臨檢，出發前蕭仁友領槍時向他報告，有個毒蟲這幾天可能會跑回同居女友住處，潘家興要帶他跟另外一個小組成員去埋伏，希望能抓到此人。這種情形，如果完全按照「刑事訴訟法」跟「警察職權行使法」，應該要先申請搜索票比較保險，否則你只能在門外攔人，查察身分，若沒通緝，你還搜不得身呢！但那是理論！

當年，哪有在照規矩的？逮到沒先痛扁一頓逼供就已經算是「佛系刑警」了！搜索票？孫啟賢抽屜裡就放了一大疊，只要弄得到毒品，自己填一填，跟熟識的檢察官打個招呼，補用印，就算是「報請檢座指揮偵查」，那年頭，只要跟檢方關係好，再怎麼便宜行事都不算過分。

這種小案子，孫啟賢也沒太在意，隨口說道：「搜仔細一點，看有沒有槍？」臨走時不忘叮嚀，如果人贓俱獲，檢座一早上班就得先打電話報告，不要等解送人犯到地檢署時，才拿著空白的票說要補程序，上次已經被檢座唸過了，組長再三告誡說：「不能靠勢。」

畢竟，潘家興經驗老到，蕭仁友這兩年辦案能力也越來越進步，就是小地方會忽略細節，這種案子，他會放手讓小組自己處理，所以，移送書沒送到他桌上之前，孫組長是不清楚偵查逮捕過程的。

隔天，因為前一夜的擴大臨檢，組長是下午一點半的班，他提早十二點多就進辦公室整理下午開會要用的資料，突然，他瞥見籠子裡空空的，明明凌晨三點多回到組裡交槍時，有抓到人啊！一個矮瘦瘦的年輕人，滿臉痘瘡，一看就是「藥仔組」的傢伙，當時「小朋友」正帶著他去取尿……

咦！人呢？雖然當年還沒有夜間不得偵訊，檢警共用二十四小時的規定，但小朋友他們再怎麼快手快腳地漏夜訊問筆錄，也不太可能趕得及早上九點警備隊第一班押解人犯到地檢署的時間，第二梯次解送時間是下午四點，還沒到。這種案子證物供詞明確，通常不會羈押，檢方覆訊完就會交保，難道是有人關說？拜託他們儘速偵訊、儘速移送，所以在他上班之前，已由刑事組人員親自隨案移送地檢署？

這倒沒有違背程序，但若是有力人士拜託，事後得來跟組長講一聲吧！孫啟賢不悅地交代：「叫小朋友過來找我。」

B.B.Call響起，小朋友趕緊把飯菜塞進嘴巴，匆匆從分局餐廳跑下來一樓的刑事組辦公室。孫啟賢問道：「昨天抓到那個藥仔組的，移送出去了嗎？」

「……」

「按怎？為啥米不講話？」

「沒移送……」

「我有沒有聽錯？人、不是已經抓到！」

「大仔……他、他沒跟你講嗎？他說會跟你說的。」

「他、他，他是誰？」

「金生大仔，咱議員啊……」

「蕭仁友，你給我聽、清、楚……」孫啟賢已經猜出是怎麼一回事了，他臉色變得猙獰，一個字、一個字用國語，從牙縫裡擠出話來：「李金生不是你的老大，我跟分局長才是，你他媽的再搞不清楚狀況，聽他指令辦事，我會讓你很快扒掉這身老虎皮，去當他的跟班小弟，說，怎麼回事？」

孫啟賢既怒且威的臉色，彷彿下一秒就要劈下轟隆響雷，小朋友嚇得語無倫次：「啊、啊……早上六點不到，他、他，李議員就跑來，說、說、說，他說這個嫌犯是周、周從濱周議員的親外甥，要、要我們……放、放他一馬，說、說趁沒人知道，趕、趕緊放掉……」

孫啟賢插嘴：「他要放人，你就放！」

「不是、不是、不是……」蕭仁友頭搖得跟博浪鼓一樣：「是議員說會跟您報告，所以、所以……」

「所以你就不等我的命令，直接放人了？你是我肚子裡的迴蟲，知道我一定會答應放人？你聽他的，很好啊，那你警察辭一辭，去當議員助理，以後我還要拜託你咧！你跟他比較有前途嘛！等李議員高升省議員或立委，你可以接收他的地盤，也當議員，好不好？到時候你蕭議員就可以把我這個小組長叫去議會罰站，很好嘛！好、有前途啊。」

孫啟賢環視整個辦公室，沒外人，只有潘家興、老四分局的偵查員葉信成，以及小隊長林長順，想了想，爆雷一般下命令：「葉信成，林長順，立刻逮捕蕭仁友，他涉嫌私縱人犯，依法送督察組偵辦！潘家興、你不准動，身上的槍交給林小隊長，聽候我指示。」

所有人嚇呆了！他怒喝：「還待在那裡幹什麼……」然後一腳把眼前的小朋友踹趴在地上：「抓起來。」

組長動手打人了，所有人才驚覺他不是開玩笑，林長順先衝上去把蕭仁友上銬，葉信成槍口對準潘家興：「巡官，對不起，先交槍！」

孫啟賢接著下令：「把所有門窗上鎖，包括分局長，任何人進出本組，均需我同意。」接著他下令將蕭仁友先關押在留置室，命潘家興以及兩位部屬進到組長室。

「葉信成，錄音，我要問潘巡官幾件事。林小隊長，你到門外守候，有長官要進出，先用無線電通報。」

「盤仔興」快嚇死了！他們明明是一夥的，組長一調來四分局，沒幾個月就把他們幾個也調來，三人還一起幫李金生的賭場圍事，一起賺黑心錢，甚至幫過他殺人，怎麼應該是自己靠山的組長老大，突然翻臉跟翻書一樣，一副要把他移送法辦的架勢？

「你們兩個在這邊作人證，我全程錄音。」

「潘巡官，你跟蕭仁友昨天跟我報告，說要埋伏，有機會抓到一名煙毒嫌疑犯，是不是？」

「是。」

「有抓到嗎？嫌犯姓名、身分？」

「有，嫌犯李玉銘，二十三歲，有煙毒、麻藥前科，本來不知道，後來李金生議員說，他是周從濱議員的外甥。」

「李議員怎麼說的?」

「報告組長，他說、他說……」

孫啟賢：「有什麼，講什麼，不然我不問，讓督察組的長官來問，李金生是議員，他不會有事，你可是要抓去關。」

潘家興直哆嗦，說不出話來，看著孫啟賢的眼睛，滿是怨懟、不解!孫啟賢很清楚他在想什麼，於是發話：「潘巡官，是你、搞不清楚狀況，如果是我下指令，天大的事本人會擔起來，李金生是你的什麼人?他小弟幾百個，缺你一個嗎?他叫你去死，你就去死嗎?在隊部時我跟你說過，只有我敢重用你，但前提是，你必須把我當你唯一的老大。」

剎那間，潘家興開竅了，他滔滔不絕地說：「報告組長，李金生說，他會跟您講，本來我也堅持，要他打電話給您，由您下令放人，但他說很緊急，等一下其他同仁陸續上班，就不好辦了!我也考量昨天您凌晨三點才下班，太累了，想說，以您跟他的交情，應該不至於反對。又想說，放人的事情越少人知道越好，才不會造成您的困擾，昨天只有當值的同仁，跟您、我、小朋友知道，我還告訴李議員，如果組長不答應，你人要帶回來給我，他也答應，所以，才、才……」他掰不下去了。

孫啟賢諷刺地說：「你真是體貼的好部屬啊，這種事怕吵醒我，事實是到現在李金生沒有打過一通電話給我，你啊，你被他出賣了。」

他臉色一變，嚴肅地說：「我給你最後一個機會，李金生不是答應你說，我如果不同意，人要讓你帶回來，好啊，我現在正式告訴你，我不同意，本組同仁辦案，必須依法行政，這樣，夠清楚嗎?」

他示意葉信成關掉錄音機：「兄弟啊！你老江湖，奈ㄟ這呢糊塗，如果，俖在現場抓到人時，金生來跟你關說，你跟我講一聲，我會把面子作給你，乎他欠你一個人情，現在舞甲按呢，你說，是你王八蛋還是我薄情寡義？」

「組長，我錯了！」

「我再給你一個機會，願意嗎？」

「願意、願意，但是，人要怎麼抓？組長，乾脆你去跟李金生講，叫他交人。」

「幹！你闖的禍，我要幫你擦屁股？」

潘家興愁著一張苦臉：「人都跑掉，怎麼抓？」

「幹！你還老刑事咧，攏袂曉變巧。」他轉頭交代葉信成：「把小朋友放出來，你們這組支援巡官，明天這時候要抓到人，你們不用顧慮李金生，我倒要看看他要怎麼對我交代？什麼東西！就算他當議長、立法院長，要放人也不能不經過我的同意，太放肆了！」

小朋友被放，一臉驚悸，臉色慘白，孫啟賢狠狠瞪著他：「你喔，按怎乎李金生牽去死攏不知，我是在保護你們，知無？你以為我擋你財路，怕你趴（依靠）過去！笑死人！你就作你去當李金生的少年仔，把你警察身分，你的靈魂攏賣乎李金生，我嘛無意見，但是，嘜在我這組。」

孫啟賢想清楚了，既然不甘心李金生如此架空他，越過他孫啟賢直接教唆部屬縱囚，就得給這些人、李金生一個震撼教育。他告訴潘家興：「巡官，你等一下跑去跟李金生說，我很生氣，在辦公室發飆，亂摔東西，但最後冷靜，想一想，還是不得不賣他面子，注意喔，要講得我很抓狂，他才會相信。」

孫啟賢面授機宜：「李金生不懂刑案偵辦程序，法律也是一知半解，你就騙他說，我萬般無奈，雖然生氣，但還是決定替他、替你們擦屁股，為了解套，我跟檢察官講好，要叫這個周議員的外甥當線民，套好招的，所以，李玉銘必須先來組裡寫一份線民檔案，日期填寫去年，這樣萬一出事，我們可以說，放他是為了要抓背後的大盤商，也得到檢方同意，雖然這都是作假的，但不打預防針，會死得很難看，他知道我個性謹慎，這套屁話，他會相信。」

「然後……」他再度叮嚀：「你千萬不要讓李金生把人送來刑事組，也不要去服務處帶人，這樣我們當場翻臉扣人，會讓他太沒面子。你就說，越少人看到越好，就約在你們抓他的地方，到時候，聽我指揮，反正，這次兄弟翻臉翻定了，錯在他，是他要來跟我道歉，不能怪我，王八蛋！」

孫啟賢再囑咐葉信成：「這一招，不敢保證李金生一定上當，所以，你到機房挾帶監聽李金生服務處跟李玉銘、周議員的電話，現在立刻去聯絡，你今天是第一備勤，我找人替補你，趕緊把這事辦好，直接到機房監控這三人，聽到什麼立刻跟我報告，才放人幾個小時，我不相信他們不會聯絡，李金生肯定會打電話邀功，說不定，人還在他服務處。」

最後組長惡狠狠地瞪著蕭仁友：「你以為你沒事嗎？幹！立刻去李玉銘家埋伏，帶兩個派出所專案的一起去，本組人力不夠了啦，幹你娘，生雞卵的無，放雞屎的一大堆！還有，看看值班檢座誰，若自己人，先打聲招呼，萬一到晚上巡官這邊都沒消息，就強制搜索李玉銘以及他女友住處，看有沒有什麼私人通訊錄之類的，再搜看看屋裡有沒有毒品，沒有也給我帶一包去栽贓，總之，如果他同居女友在家，一起抓回來，今天沒抓到，就先辦你！記住啊，人一定要給我抓回來，不然，最輕的處分，至少是調制服，還是我給你調保安隊？剛好去議會站衛兵，每天幫李金生開門倒茶。」

三十四　犯我大忌

如果李議員把潘巡官當成「盤仔」，那他肯定被賣掉還在幫人數鈔票！潘這老傢伙騙死人不償命，說得跟真的一樣，他先繪聲繪影地描述孫組長如何震怒咆哮、摔東西，還抓狂毆打小朋友，威脅要把他移送法辦；最後在他這個老巡官反覆分析利害關係，並把組長拉到一旁「曉以大義」，動之以「投名狀」的生死交情後，「組長他雖然對議員您極度不滿，但總算顧全大局，終於讓步，同意做些彌補的措施之後，當作這個人沒被抓到。」

潘巡官告訴李議員：「組長氣還沒消喔，議員您最好不要這時候去掃到他的『風颱尾』，我來處理就好，這件事除了周議員，沒其他人知道吧？好，多幾個人知道，組長說不定會改變主意。您呢，派個人把李玉銘帶來他住的地方，交給我，我帶他回去補一份筆錄，當成他去年就是我們列冊在案的線民，這樣萬一被檢舉，有檢察官背書，就不會出事了。」

李金生沒請教律師，乖乖上鉤。當年，還沒有「證人保護法」，有也不是這麼幹的！因為李金生背著孫啟賢私下教唆他的部下放縱人犯，本來心裡就七上八下，他當然知道這個兄弟沒那麼好「剃頭」！這件事，一來在周議員面前誇下海口，騎虎難下，二來，他想測試孫的底線。

他可以想像，孫組長前一陣子才因為李金生利用他提供的個資討債，打斷對方手腳，差點出包，對他正不爽呢！若再瞞著他縱囚，翻臉是必然的，但他也自恃兩人交情、利害關係都太深了，幾乎是綁在一起，再怎麼不滿，最後還是會讓步，他是打算讓美玲幫他吹吹枕頭風，讓大組長息怒，必要時，看情形給些錢，塞住孫啟賢與潘、蕭的嘴。

一聽說組長大發雷霆後還是勉強讓步，議員放下心中的大石頭，只想著等這位兄弟情緒好一點時，要如何負荊請罪，對於潘巡官的提議，立刻答應，他還怕李玉銘不願再入虎口，準備親自押著他交人，補足程序。

當他在助理陪同下，帶著李玉銘回到他與女友同居的公寓門口，只見潘家興一個人站在屋外，李議員下車，把人交給潘：「趕緊弄一弄，他阿舅還等他吃豬腳麵線。」

話沒說完，孫啟賢帶著小朋友等幾個偵查員從公寓走出，他下令：「給我抓人。」小朋友第一個衝過去，用槍指著李玉銘，喝道：「趴下。」然後搜身、上銬，接著押解他進入屋內搜索，這回連他同居女友一起逮捕。

李金生看傻了，一開始還以為孫組長只是在作作樣子，一分多鐘之後，看蕭仁友槍口不離李玉銘，另一名偵查員如狼似虎地搜身，整組人殺氣騰騰，完全不像開玩笑的，他才知道孫啟賢翻臉婊他！李金生對潘家興嗆道：「衝啥小，不是說補一個程序而已嗎？」

潘家興手指向鐵青著一張臉、專注監看著部屬逮捕搜索的孫組長，聳聳肩，表示他也沒辦法。

李金生氣壞了，他衝到孫啟賢面前，搖晃著組長的肩：「兄弟，你準備按怎處理？不是說好補一個程序，簽名印指模，當作是恁的線民就好嗎？奈ㄟ要打擱要抓？」

組長冷靜地說：「按怎？市議員可以指揮刑事組長辦案嗎？李議員，請你自重！這裡不是議會，請不要妨害公務。」李金生心裡倒吞了一口涼氣，他知道這次徹底將孫啟賢惹毛了，但他心裡也不爽，因為被騙。

李金生氣虎虎地說：「幹！你叫潘仔興騙我帶人來這裡！有夠無意思，按呢甘是兄弟？」

講到兄弟，孫啟賢更火了：「幹你娘咧！金生，你沒跟我講就叫我的部下放人，你甘有尊重我！我跟你講過了，你要我幫忙，做得到的，我都會幫，你現在是按怎？抓到的人放掉，你是要我無頭路是嗎？」

「攏是自己人，奈ㄟ出代誌？」

「鴨蛋卡密嘛有孔，照你這款版路處理代誌，我按怎死都不知！」

「騙痟仔！上次三公司抓到賭博，我去講，人家林組長就放我過，只要還沒通報，就袂有代誌，當作我不知恁警察按怎辦案？」

見這渾人「番番顛顛」強詞奪理，孫啟賢反而耐著性子跟李金生講：「嘿嘿，私底下放人犯，沒出代誌叫做好運，我是不曉得你按怎恐嚇林組長，人家學長是冒很大的風險在幫你，這款代誌你還讓我知道，親像你，嘴巴不緊，又不上道，總有一天全台中沒有一個警察敢幫你的忙……」

他嘆了口氣，勸道：「不是我驚死，啥米代誌攏要想清楚後果，你蓋頭鰻（不知死活的愚人）不知生死門在兜位！不是你當議員就可以無法無天，你出一隻嘴，萬一出代誌可以說是選民服務，你沒責任，但會害死幫過你的兄弟，幹！」

李金生當然知道自己過分，但他一時臉拉不下來，冷冷地說：「我如果拜託你的長官，他同意，你還不是要放人。」

這句話讓本來想好好談的孫啟賢，整個人「倒彈」起來，他嗆道：「李議員，就算你當議長、立法院長，你可以叫警政署長命令我，恁爸不放，按照刑事訴訟法辦案，中華民國任何一個長官，嘛不敢對我按怎，你懂嗎？什麼時代了！搞不清楚狀況。」

「好、好！你厲害，攏不顧兄弟情。」

「不顧兄弟情的是你……」孫啟賢看看四周，還有手下進進出出忙碌，他把李金生脖子掰靠近他，附耳說道：「你不要以為當時我幫你刣六百，以後就可以亂來，那次是你的『生死堵』，我若不出手，你一條命恐怕保不住，所以，拚著被抓去關我也要挺你。更何況，那次我們經過詳細計畫，像這款會刣頭的代誌，一世人處理一次攏嫌太多，你不能連小代誌嘛逼兄弟冒險，你按呢會害死人！你不檢討，顛倒怪我？幹，你是得了大頭病？」

李金生像鬥敗的公雞，小聲地說：「那你私底下跟我講，我跟周議員說你不同意，人還是會交給你，你衝啥用騙的，我多沒面子。」

「你瞞著我在先，能怪我嗎？我好好跟你講，你搞不好把人放走，再來跟我耍無賴，你以為我不了解你？幹，你對我，總是能拗就拗，我頭一天認識你喔，嘜當我是憨人！」

孫啟賢又說了：「老實講，如果在現場抓到，人還沒帶回組裡，你跟我講，或讓小朋友他們打電話給我，我一定乎你過；過了那個時間點，代誌就不能勉強。若你喔……我用卵芭想嘛知道，你一定在周議員面前誇口，無法度落台，才硬拗我的人，你這款個性要稍微改一下。」

「幹你娘，沒意沒思！」他心裡也知道孫啟賢講的句句在理，李金生只能口裡碎碎唸。畢竟，他了解孫啟賢雖然重情感，敢相挺，但他個性有很硬的一面，這次，自己誤判情勢，衝過頭了。

想想還是不甘心，他鄭重地問組長：「啟賢，你老實講，這件代誌是不是根本沒你說的那麼嚴重？你不放，是因為我趴（跳過、越過）過你，去拜託小朋友他們放人，你才這呢抓狂，攏說無情？」

「這當然嘛是重要的原因之一，但是，人抓到再放掉，本來風險就很高，處理不好，是會抓去關，欸！我拜託你，警察的關係要用在刀口上，你不能四界去答應替人喬代誌，擱卡危險的案件嘛拍胸坎，『臭彈』說你辦得到，再來勉強警察兄弟，按呢會害死人。」

「幹！風險、風險，哪一件代誌無風險，這件，周議員肯出兩百萬，算我愛面子，我擱添兩百，四百（萬）你們去分，不是很好嗎？」其實周議員出價一百萬，如果順利，他壓根沒打算分給孫啟賢或他的手下，反正破局了，信口加碼，為自己的行為增加正當性。

「你再加一個零，我也不敢放。」孫啟賢接著說：「你剛才講，是不是因為你直接叫小朋友他們放人，我袂爽，對！這犯了我的大忌，嘜講你不是警察，就算隊長或分局長越級指揮，在組織裡，都很不妥當。」

他把李金生拉到一旁去，講心裡話：「咱兩人交情擱卡好，你手嘛不能伸進去我的組裡，否則，誰跟你靠近，我就把他冰起來或踢走。你是議員，我拿你無法度，但你嘜想要架空我！再說一次，你有代誌，攏找我就好，我不是怕阮這些組員趴過去俱靠你，任何一個當長官的，攏袂容允這款情形發生在自己的單位裡。你想看嘜，若無你的交代，我就可以直接動員你的小弟處理社會事，攏免甲你打招呼，你會接受嗎？」

李金生想想，江湖上這也是大忌，他強辯說：「我沒想要架空你，我是誇口了，袂落台，擱不敢找你參商，急了、才直接拜託小朋友，以後這款代誌不會再發生了，你放心。」

其實，當選議員後，李金生心態就反客為主，想把孫組長「收起來」，但順勢擺脫了「弟弟」的名分之後，再怎麼示好、拉攏，或讓孫體會到他這議員身分的顯赫，這人總是沒他想要的貼心，三不五時還當他李金生是黑道兄弟般說教、碎唸，或有意無意擺出不願屈居己下的姿態，實在嘸氣！

這次，孫啟賢守住了一個警察該有的立場，沒讓李金生把手伸進他的組，也遏止了他的部屬倒向李金生，但兩人嫌隙已經產生，心中都有疙瘩。

對孫啟賢來說，李金生當選議員之後態度輕慢，能忍的都捏著鼻子吞了，這次，他自認為是忍無可忍，無須再忍，是底線與原則的問題。

對李金生來說，這一次縱囚事件，兄弟絲毫不給自己面子，道理孫啟賢是占足了，他啞口無言，語氣生硬地認錯，但李議員天生就是個絲毫不懂什麼叫做自省的人，內心對孫啟賢的怨懟增加不少。

簡單的說，兩人關係逐漸失衡，都有受傷害的感覺，自私的李金生，甚至覺得交陪這兄弟，功能性越來越低，想起花在他身上的錢，都覺得肉疼，人的心腸一變窄，出手就會變得小氣。而剛好，過沒多久，孫啟賢就需要李金生的金援。

三十五　為錢反目

孫啟賢自從跟李金生勾結之後，雖然灰色地帶收入大增，讓他有足夠財力金屋藏嬌，但錢始終是他的罩門；殺「六百」，雖說是為了救李金生一條命，但若不是被錢逼急了，孫組長大概不會那麼義薄雲天。而且，這幾年下來，李金生也養大他的胃口，讓孫從一個量入為出的公務員，變得大手大腳的投資、花錢，再加上一個慾壑難填的美玲……他始終賺的多，欠的也多，因為股市虧的錢，砂石收入給填上，但他卻像所有曾在股市裡賺過大錢、嚐過甜頭的人一樣，傷疤好了忘了痛，又繼續融資玩股票，畢竟，那是個大家都覺得賺錢沒什麼困難的的時代，台灣錢、淹腳目，愛拚才會贏！

李議員私下教唆孫的部屬縱放嫌犯事件發生之後，兩人吵了一架，後來李金生擺酒宴道歉，承諾不再犯，加上美玲吹床頭風，這事，儘管心結沒那麼容易解開，但檯面上，算揭過去了。

這天，星期六上午，證券公司快要結束營業時，孫啟賢的股票經紀人打電話通知，他融資丙種墊款的股票快斷頭，缺三百五十多萬，那時候的孫啟賢得繳兩棟房子的房貸，利率高，加上養兩個門戶，個人應酬開銷又大，手邊閒錢不多，不到七十萬。之前類似情形發生過兩、三次，每次都是李金生給解圍，反正股價漲回來，賣了再還就是，金額雖大，但撈偏門的人，沒差這幾星期一個半月的。

在孫啟賢來看，兄弟間救急，這算不得什麼大人情，真害他斷頭，這仇恨才大咧！

也因此，儘管星期一就得補上這筆錢，他雖然急，卻不慌，打電話給李議員，但好死不死，剛好雲林縣議會來訪，參觀台中市政建設，雲林議會三分之一以上的議員是黑道出身，都混縱貫線的，本來在道上就互相景仰，或有過「生意」上的往來，加上李金生自認是市議會要角，他熱情地招待這些「下港」來的民代朋友、江湖兄弟，一直分不開身。孫啟賢再焦慮，也得等到晚上十點，正式參訪的晚宴結束，李金生私下招待幾位有黑道背景的雲林議員到酒家「續攤」時，才見得著面，已經有醉意的李議員，聽助理說啟賢兄弟要見他，高興地說：「叫他來、叫他來，我介紹這些雲林的兄弟跟他認識。」

孫啟賢滿懷心思跑到酒家去，見李金生已經喝茫了，講話口齒不清，他有點擔心，只盼望兄弟不要醉得太離譜，還能談幾句話，交代手下處理錢的事情；他倒是信心滿滿，才拆借個兩、三個月，以現在李金生的實力，這壓根不是問題，怕的是時間來不及。

一進到包廂，李金生拉著他，介紹這位議員、那位大哥，都是聽過名字的，甚至有幾位暴力討債討到台中來的，曾在孫啟賢的掃黑檔案裡，是他想「飛象過河」檢肅的對象。

如今都是上了座的衣冠中人，孫啟賢也不好擺起刑事組長的架子，他客氣地逐一敬酒，歡迎各位議員來台中玩。只見李金生大著舌頭說：「各位議員啊！我跟大家說，孫組長是我最心腹的兄弟，若無他一路相挺，我無法度走到現在，當選議員，這個人，真正是「公」[1]的啦！是ㄟ當剖腹鬥陣的兄

1 台語，凸顯自己或某人的雄性特質，特別是指敢相挺、講義氣，有擔當的氣概。

弟……」

幾位跟李金生私交較好的議員老大，又紛紛向孫啟賢舉杯致敬，就這樣，帶著三分真心與七分酒意，既像剖白心跡，又有濃厚的表演味道，假的跟真的一樣鬧酒，鬧了一巡，連孫啟賢都因為連番灌了幾個大杯而微醺，他驚覺時間不能浪費，找個藉口，把李金生拖離席面。

「金生！借我三百萬，我股票要斷頭了。」剛剛還在誇口說孫啟賢是他一世人最好的兄弟，可以為他付出生命的李議員，竟然搖頭說：「幹！無錢啦，股票賺你放入口袋，輸了找我填補，奈有這款道理？」

「暫借而已，搞不好過幾天，一、兩個禮拜漲回來，我不追高，立刻賣掉還你，這事，救急，算利息也行！」孫啟賢焦慮地說。

打了個酒嗝，李金生說話了：「一百啦！剩下的你自己想辦法。」

「幹！除了你，我還能找誰？現在已經禮拜六晚上，星期一就得拿現金給丙種金主補上，你借我一百，跟不借我是一樣的。」

孫啟賢想到自己總是把李金生當兄弟，沒當黑道流氓壓榨，如今自己最困難的時候，竟然袖手，他後悔當時沒像隊長說的「給他壓落底」，但現在人家是議員了，奈他何？

孫於是憤恨地說：「你現在當議員，錢水卡活！你奈無想看嘜，當初沒有我從你搞賭場、砂石仔場開始挺你，幫你擺平砂石聯盟，找王志強來，你能夠爬到現在？咱就嘜講阿水那件事！我是按怎為你冒險……」他刻意不提到「六百」陸柏建這個敏感的名字，但幫他度過了這個生死關，現在才借個幾百萬，又不是不還，這位兄弟竟然如此澆薄，孫啟賢氣得發抖。

李金生是那種以義氣要求別人，用現實原諒自己的人，他想起前番的齟齬，也滿腹不爽，他認為魚幫水、水幫魚，你孫組長又不是沒拿到錢，於是回嗆：「幹！賭場、砂石場，你攏是拿乾股，上次美玲賭輸掉的，嘛是恁爸幫你處理，『那件事』我不是沒有還你喔！就準說咱是婊兄弟，你的查某人出代誌我幫你擦尻川，算我代念跟她的舊情，也不能每次你股票輸錢就跑來找我，我沒能力揹你歸口灶……」

講這話既過分又傷人，在孫組長的認知裡，四百萬換他一條命，能夠相抵嗎？美玲的賭債可是自己拿著頭上烏紗帽換來的，哪能算欠他的？當初李金生下跪，說只要幫他保住一條命，下半輩子為弟為奴都願意……現在呢？

可是，的確李金生的生意，孫多半沒拿錢投入……他突然想到，因為簡議員堅持賠給對方的那些錢，他可是出了一半，於是又嗆回去。正所謂「相罵沒好話」，這時雙方都挖空心思想些對自己有利的片面說法，故意不提對方貢獻，一點點互相體諒的心思也沒有。

李金生不甘示弱：「你還擱敢講，要不是你不讓我去拚，怕死怕活，硬弄隊長跟簡議員來摻一腳，『請鬼拿藥單』……還有，若不是你的小舅子鬧事，我會那麼慘？堂堂一個老大被簡兆良叫去他服務處『洗臉』，那是因為咱是兄弟，我攏吞入腹內，不計較。」

李金生真的是醉了，事後他這段記憶也很模糊，若不是酒精作祟，他不會連自己深藏在內心的不滿都說出來。

「你就是不爽我不讓你把手伸進我的組裡，對不對？」李金生喝醉了，孫啟賢可是清醒得很，他很快意識到，這是上次事件的延伸，李議員還在記仇。

金生醉到失去理智，竟然嗆道：「你的組員跟我走近一點，你就防得跟賊仔一樣。對啦，以前你不讓他們趴過來，是因為我是黑道，你怕你的部屬跟我或我的人走太近，有風紀問題，你要低調，我無話說！現在我是議員，小刑事想向我靠攏的一大堆，嘛很正常，你腹腸卡寬一些甘不行，按呢就叫我把你『架空』？你有沒有弄清楚，我是可以直接命令你的分局長，幹！我不過是一些小事拜託他們幫我辦，免看你臉色，你就嘰嘰歪歪，你就是要我凡事攏愛求你，還擱欲像以前仝款，把我當小弟，管死死！」

孫啟賢氣到鼻子都歪掉，如果是銷單等小事，李議員直接找孫手下認識的偵查員、小隊長，他孫啟賢還樂得省事咧！放縱人犯是會有人被抓去關的，他竟然說得像是關說取締攤販一樣簡單。

「很好、很好！李議員，你大漢啊！翅膀硬了，你可以命令分局長，自然我這個小小組長不算啥小！我嘛無那個面子跟你攀交情，算我白目，走不知路，歹勢喔，造成你的困擾。」

話說完留下滿身酒氣的李議員，連招呼都不打就走了。

錢還是得弄！事實上，這些年孫啟賢幫襯著李金生，把他扶上一線老大的位置，當上議員，日進斗金，加上孫組長在警界是當紅炸子雞，辦案又剽悍，就算沒有利益結合，大哥們也想與他交陪深一點，可惜他只與李金生結盟，對其他勢力僅作到不得罪、不失禮，和藹卻不可親；而孫啟賢也知道這些黑道老大、八大行業撈家，想靠攏他的不少，以前是對李金生的兄弟之情讓他本能地保持距離，如今他覺得自己孤注一擲押在李金生身上，真是太傻了。

他把心一橫，離開酒家後，漏夜拜訪三個角頭大哥，忙到凌晨，週日中午過後，又找了幾個賭界、酒店界大亨，每個僅開口商借五十萬，還簽了本票、借據，但這六位大哥、業者，不約而同在他面前把本票借據撕掉或焚燒在菸灰缸裡。孫組長當然釋出善意，暗示會投桃報李，甚至不排除合作的可能，言談間，完全沒提及「李金生」三個字。

其實，別說五十萬，以孫組長的「趴數」，要跟道上經濟較好的老大或仰慕他的酒店大亨調個三百萬，一點也不困難，但李金生的例子讓他警覺到不能欠同一方勢力太多人情，他刻意分散風險，五十萬拆借一個多月，只能算是幫個小忙，他很容易加碼償還人情債。

忙到週日晚飯過後，孫組長拎著三百萬現金，回到他與林美玲愛巢，一句話不說。這女人知道老公再不順心，回家也不會「凶大凶小」，沉默不語表示他心情糟透了。

美玲默默地幫他卸衣，放水、擦背，等他沐浴後，盛碗爐子上的煲湯，體貼侍候著，不嘰呱饒舌，而孫啟賢等放下湯碗才開口：「你這個阿兄，過河拆橋，真不是個東西……」

他情緒已經平撫了些，可以娓娓道來借款遭拒的細節，他強調：「我只是跟他拆借三個月，以金生目前砂石場、賭場收入，加上我沒參與、他跟別人合作的大家樂，不知道賺多少？搞不好他還有插手毒品，我不想查而已，他怎麼會沒錢？他就是不想借我，故意刁難……」

點支菸，抽了幾口，越想越氣：「說穿了，他現在當議員，他要我跟別的警官一樣捧他卵芭，最好他變成我的老大，幹！那以前的交情算什麼？當時，他叫我大仔，叫得多親！出事的時候下跪，要我救他一命，現在呢？幹！小人，得意忘形，我也想清楚了，這個人我是收不住了，隨在他去，我不會擋他賺錢的路，但我也不可能當他的小弟。做人要有尊嚴，我可以跟其他角頭合作，查甫人手裡有權，免驚賺袂到錢……」

講到這裡，他嚴肅地跟林美玲說：「你刷刷存摺，看我們還有多少錢，我不會主動跟他撕破臉，但他這個人的個性，我如果不讓他予取予求，他說不定會拿掉我的乾股，想用錢來威脅我，哼！我不會吃他那一套，我不能跟別人合作嗎？但是，會有一段青黃不接的時候，你要省著點用。」

「要弄到這樣嗎？你們兄弟誤會，難道不能坐下來談清楚？你就不能讓他幾分？他也不是不講情分的人。」

「這些話你去跟他講，檯面上我哪裡不尊重他李議員，我曾把他當細漢、當黑道兄弟『礙』嗎？我知道他是議員，我攏嘛讓他，但是，他手伸進我的組裡，架空我，逼我當他小弟，我在警界按怎站得起來？再不劃清界線，以後我就被貼上『李金生小弟』的標籤，你毋通忘記，他是我一手捧起來的，還沒當議員前，是夯我的看板在討生活，我嘛幫他處理不少高難度的代誌，他大哥長、大哥短，叫得親呼呼，這些過程，警界、黑道的兄弟，就連他家的少年仔攏看在眼裡。」

「再跟他談一談，遐呢親的兄弟……」

「美玲，你毋通雞婆，跑去生話！我知道你很為難，你認他作阿兄，以前攔是睏作夥的，但你現在是我的人，你要顧我！放心，我不會跟他翻臉，按呢太憨，我嘛袂弄到連朋友都做不成，頂多，就是事業不合作，漸行漸遠，而且，也不是一下子就拆夥。」

林美玲憂心忡忡看著老公，嘆了口氣：「恁查甫人的代誌，我嘛不懂！」

啟賢把女人摟進懷裡：「你可能會感覺歹作人，他也一定會透過你來跟我談，但你要記得，恁尪無欠他！變的人，是他。」

三十六　淡然的切割

林美玲自是不希望這兩個在她生命中都極其重要的男人翻臉成仇，即使是拆夥之後留有當朋友的餘地，她也擔心孫啟賢的收入銳減，更何況，她那相好過的「阿兄」，如今在這個城市黑白兩道握有的權勢，像赤焰焰的中午太陽，她怎捨得這關係淡了、斷了。

她不知道老公已經擺平錢的事，這女人掙扎了一個多禮拜，終於不顧孫啟賢叮嚀，私下約了李金生到茶行談事情，如果不是男人交代，她是不會出現在議會或服務處，向來如此，也不知道在心虛什麼？

林美玲轉述孫啟賢告訴她，當時李金生醉酒的離譜言行，她越說越為自家老公抱屈，本來隔著一張沙發椅講話，氣急了，乾脆移駕，一屁股坐在李金生身邊，伸出塗滿寇丹的纖纖細指，戳著李金生太陽穴，罵咧咧地數落：「你明知道他個性倔強，吃軟不吃硬，你只要用兄弟情跟他說，這個人命就賣給你，哪一次不是你落軟甲求，他就挺你？偏偏你一當議員了後，就尾椎翹起來，說話攏從鼻孔出來，硬要壓他落底，你尻川幾支毛，做過什麼犯法的代誌，他不知道嗎？你這款番仔性，攏不改，早晚會出代誌……」

聽到自己酒後荒唐言行，李金生自怨自艾地自行摑了個巴掌：「幹！我哮遐呢醉是衝啥小？」

他轉頭問美玲：「阮鬥陣的，現在準備對我按怎？」

「要跟你切啦！他說了，要走自己的路，尚好能夠漸行漸遠，好聚好散，聽有無？就是說，按呢尚好，若無法度，拆破臉嘛無要緊。」

李金生陷入沉思，他知道這次得罪孫啟賢大了！而且，都是自己的錯，幹，才幾百萬，又不是沒錢，自己喝醉怎麼會小氣成那個樣子，對他不滿是事實，但自己步步試探人家的底線，也是有非分之想，希望換自己把他「收起來」，這下搞砸了，失去一個得力的朋友已然可惜，若再樹立一個如此了解自己的敵人，那可怎麼得了！

他還在苦思，美玲又發難了：「還擱有，你說啥米婊兄弟，代念咱過去的舊情，才出那條錢，你毋通忘記那條債按怎來的？你就盡量喝乎茫，茫甲連你做過的夭壽失德代誌攏說出來，咱兩個作夥去死死卡緊啦！」

講到舊情，李金生看著美玲睜大杏眼，別有一番風情的嗔怒表情，腦海浮起過去兩人做愛的畫面，這色胚頓時把煩惱拋開，一把摟過美玲的腰：「按怎？你驚他不要你？免驚！還擱有阿兄乎你倚靠。」說完臉湊過去想親……

林美玲一個巴掌甩過去：「嘜甲恁祖媽腳來手來，我警告你，我身軀有刺喔，你毋通忘記，我是孫組長夫人，你的阿嫂，嘛是你的小妹。」

「我大他一歲，阮現在不是結拜兄弟了啦……」李金生伸手摸美玲的乳房，被她用胳臂擋住，再襲胸，林美玲抓住他的手腕，大聲怒道：「卡正經啦，我在跟你講話，你把恁祖媽當做啥米不三不四的查某！」

她霍的站起，坐到李金生對面，免得他來夥纏，撇過頭，氣到說不出話來。

李金生眼色好，知道美玲真的生氣了，乖乖說：「好啦、好啦，你看，我該按怎處理？」

「趕緊把錢拿給他，再跟他道歉，對啦，他最恨的，就是你把手伸進他的組裡面，我就不知你在想啥米，有他幫你『攬多力』（負責、主導、處理一切）全部警察的代誌，衝啥假驚去跟他的部屬『你兄我弟』，對你有什麼好處？人家就禁忌這項，你偏偏要去犯人禁忌，換成我，嘛會翻臉！」

「好、好，借錢給他，會失禮，跟他保證不會再犯，可以嗎？」

林美玲起身欲離開，臨走前放話：「嘜乎他知影我有來找你，他特別交代，查某人不能『過話』[1]。」

過了幾天，李金生約孫啟賢到茶行見面，他朝孫啟賢九十度深深一鞠躬：「大仔，攏是我的不對，我實在醉到頭殼不清楚，燒酒話攏無準算，請你原諒我。」李金生與美玲後來又套好說詞，因為，當場無第三者，若他醉到不知道自己說了什麼，怎會主動道歉？所以，劇本變成他宿醉醒來，依稀記得兩人激烈爭吵，主動打給美玲，才知道自己幹了這荒唐事。

久違的「大仔」兩字出自李議員嘴裡，孫啟賢竟有陌生、詫異之感，他輕聲的說：「代誌過了就算！你嘛免感覺歹勢。」

越是冷淡當作沒事，李金生越是覺得，得罪這兄弟可深了！

1 不當的傳話，未獲當事人允許把事情講給第三者聽，甚至引申為搬弄是非。

二話不說，他拿出一張三百萬元即期支票，軋進帳戶一經交換就能夠提領現金。但孫組長輕輕推開：「金生，我處理好了，你現在給我，也來不及，你知道我的個性，我並不貪錢，會突然找你，一定是要緊、緊急。」

李金生拿著支票的手僵在那裡，顯得尷尬，孫啟賢乜著眼，笑笑看他，李金生乾脆將支票一把塞進孫組長外套口袋裡：「唉啊！你處理好也是跟別人借的，嘜欠別人人情，我處理就好。」

孫啟賢靜靜地掏出支票，放在桌上，拒絕他的好意。

場面又僵了！

李金生急於等對方亮牌，好道歉、解釋，他甚至期待孫啟賢破口大罵，他都打算捏著鼻子忍受他的發火，但這位仁兄就是淡淡的，好似什麼都沒發生，刻意不談錢的事情，反倒閒扯起其他黑道上最近的動態。

都換了兩泡新的春茶，李金生受不了煎熬，賠小心似地說：「之前咱賭場、砂石場每個月扣一條三十萬，算是股東們支援我選舉經費，這事，當初跟你報告過，你也同意，其他小股東就更不用講，現在已經扣一半回去了，我想，選舉畢竟是我個人的事，大家支援我這些就夠了，下個月開始，公司會多分你十萬，王志強多五萬，你看，好嗎？」

「生意有賺有賠，我想過了，我一直拿乾股也不好，算你給我個方便，從下個月開始，我用每月分到的紅利，回填早就該到位的資金，這樣，我就不算占乾股，而是拿現金投資，萬一雙方經營理念不同，我可以退股拿錢走人，大家清清楚楚，不會因為錢的事情弄得不開心，好嗎？」

「幹！說這啥米話？咱是撈偏門的，資金不是重點，有本錢嘛不一定賺得到，我跟你講過，砂石場我向銀行貸款，提列成本，早就從你該賺的扣起來還給銀行，你算是有拿錢出來了，賭場那更是靠你的關係才有今天，你的貢獻早就超過你持有的乾股，不行、不行，我不同意。」

「我不否認，是你酒醉講那些痟話刺激到我，但人家說，酒後吐真言，沒拿真金白銀出來投資，就是會乎人喊細漢的，我拿錢出來，至少大家『喬平大』，你嘛卡ㄟ尊重我，大家朋友才會長久……我看這樣，你估個價，看我目前擁有乾股值多少錢，我手上錢不多，就用下個月以後每月紅利來扣，算算得扣多久？其實，這樣已經很給我方便了！」

李金生看他態度堅定，問道：「那你錢夠用嗎？你有兩個家庭耶！」

「老實跟你講，我不用刻意去刮，分局刑事組長的油水，就夠養兩個家了！只要恁小妹嘜甲我賭輸，省著點，不會過不下去，這次股票賣了之後，我不會再玩融資了。此外，我最近跟其他業者、兄弟，正在進行一些生意上的計畫。金生，你嘜亂想，我不想只靠你，你現在當選議員，不需要我照顧了，我覺得，我經濟上不依賴你，你也對我尊重點，你我朋友感情才會久長。」

孫組長講這話，語氣充滿誠摯，且聽得出決心堅定，李金生感慨地說：「攏是我的錯，我得了大頭病，你原諒我，好嗎？」

「三八兄弟，你我關係調整一下，不一定卡壞。」

「你還會像以前仝款挺我嗎？」

「我當然會挺你，但是，李大議員，你現在連分局長攏喊得動，需要我嗎？」他乜了李金生一眼：「現此時，你事業作大了，外面交陪闊了，碰到的社會事嘛多，你一人要面對眾人，老實說，我一個刑事組長爾爾，嘛處理不來！所以，你作法要改變。」

這些話其實半真半假！

孫啟賢想了又想：「我勸你，盡量用議員身分作一些合法的生意，原本賭場、砂石場穩穩的，就繼續做，我會幫你注意著，你叫下面的人嘜擱弄豬舞狗。還有，你也要廣結善緣，多交陪一些學長，我不會嫉妒的，以你的身分，根本不需要我介紹，對吧？」

孫啟賢忍不住，還是叮嚀了：「你跟『楓樹下』（台中市南屯區楓樹里）、烏日那些人搞六合彩，不是很妥當，有些小組頭輸了賴帳，嗆你的名字，對你名聲不好，別忘了，你還要選舉。」

孫啟賢很客氣地點到為止，接著他又隱諱地說：「下面的人如果沾到『藥仔』，你要管制好，毒品案出事，我不願意、嘛無能力包庇你。」

兩人合作關係還在，生意也照樣合股，但性質卻徹底改變，孫啟賢擺脫了經濟上對李金生的依賴，情感上的牽絆也少了許多，李金生明確感受到孫啟賢想自立門戶、走自己路的意志，但孫組長內心情感的變化掩飾得很好，有些念頭，還有防備的心思，他是連枕邊女人都沒提及的。

三十七　牽亡歌、煮紅蟳

李議員是真心想挽回與孫組長的合作關係，他的想法很簡單：當他跟大咖金主、身家數十億的大建商、上市公司董座聚餐、喬事情時，把孫啟賢找來，讓這位兄弟見識到這些過去難以高攀的上流社會人物，跟自己多麼親近！自己喬事情的能力又是「進化」到了什麼樣的層級，只要他孫組長肯繼續合作，這些人脈早晚都是他的。也就是說，合則兩利，甭計較大哥小弟了，大家一起搞，賺錢肯定比「單飛」來得快。

是啦，幾乎沒有警察不愛交陪有錢人，在那個「台灣錢、淹腳目」的年代，曾有派出所所長帶班簽巡邏箱，風雨無阻的服務，結識了土地重劃背後那個翻雲覆雨的大地主，大人物透露點消息，讓小所長幾乎平白地賺了棟透天厝！這招對任何警官幾乎都有用，對以前的孫啟賢也有吸引力，要不然他怎麼會花那麼多心思在小白豬老弟身上！

但有時候，人的心境一改變，想法、作法都會跟著變。

那晚，李金生、孫啟賢跟自辦重劃最大地主「隆昇集團」董事長朱天福，中部最大「大家樂」組頭、號稱掌握每期流動資金超過五十億的賴順彬，以及有警總背景的神祕商人吳健毅一起接受招待。

這位吳董搞的賭場，可以開張三年，不用換地方，因為賭客都是警察惹不起的政壇要角、商業鉅子，每晚流動賭資沒有一億，也有七、八千萬，連麻將都是最小三萬底起跳的……當年，孫啟賢初涉賭場經營實務，聽到有這麼個場子時還咋舌不已，和李金生兩人甚至興起「有為者亦若是」的雄心呢！

這樣的飯局不會開在酒店、酒家，而是在隱密的私人招待所，才五、六個男人，可是，若每人身邊坐兩位年輕貌美的女人陪侍，就得有張容納十五到二十人的大圓桌了。那年代，台灣人開始知道吃鮑魚要算幾個頭的，龍蝦要整隻焗烤或清蒸，而不是沙拉冷盤幾片點綴，那太寒酸了！魚翅湯必須先上，喝完湯品雙唇黏黏的，再來點XO白蘭地，用醇酒抿開雙唇的膠質……

這些有品味的人，也想結識有實力的警官，但孫啟賢層級畢竟太低，大咖對他雖然客氣，卻有點矜持的距離感，李金生還得故意找點話題，點名孫啟賢說幾句話，才不會讓他太像局外人，但這份好心反而讓孫組長內心與他的距離更遠！他看著穿青年裝的李議員，越來越難與以前那個口口聲聲叫他「大仔」的角頭兄弟影像湊在一起。

但這樣的疏離感，只要酒過三巡就會消融，因為杯中有酒，身邊有女人，再怎麼上流社會的人，放浪形骸起來，跟販夫走卒是一樣的，漸漸地，紳士們紅著臉，嗓門變大了！講的話越來越浮誇……

先是吳健毅對賴順彬手上那隻價值六十萬台幣的勞力士、俗稱「紅蟳」的鑽錶品頭論足，認為台灣人買太多，掉價了，他已經囊括所有經典款，買到不想再買，現在改收藏有「錶中之王」美譽的「百達翡麗」鑽錶。

賴董嗤之以鼻：「你懂啥米？這粒紅蟳是我買過尚俗的，平常時掛迌迌的，今天是因為去打球才會掛這隻俗的紅蟳……」接著他吹噓起家中收藏的另一款「滿天星」勞力士對錶，錶面鑲的主鑽就超過百萬元，瑞士進口全新手錶，要價五百多萬元一支，一對剛好破千萬，全世界限量版，只有二十對，那才是他引以為傲的收藏，也是送給太太的結婚二十週年紀念禮物。

賴董揚揚腕上的「紅蟳」：「親像這款俗仔貨，我不知道買過多少粒？送給公司幹部嘛買，出國旅遊看人家不同年份改版，改了真水，嘛買！連阮後生國中二年級，全校考第一，我抽屜翻一翻，找出一粒送他，才戴過兩次，這個齁！無算啥啦，要比，就比阮厝內那粒滿天星……」

朱天福有醉意了，他不滿地說：「臭彈！你買多少粒我不知，嘜講甲恁兜地上就撿有勞力士！」

「幹！你不相信，我前前後後送公司幹部快五十粒！彼時每季業績前三名就送，瑞士勞力士總裁來台灣還要請我吃飯咧！」

「你乾脆說勞力士你有股份！」吳健毅反唇相譏。

「你不相信就算了，我在瑞士他們原廠，算是大咖，亞洲排前幾名耶，去年原廠舉辦新錶經典款發表會，全台灣只有我跟王永慶、吳東亮跟彭雪芬收到帖子去參觀，ＶＩＰ咧！連美國前總統雷根，還擱有，長得水水的、美國那個查某明星，叫啥米名……」他敲敲腦袋，終於費力地想起：「對啦，布魯克・雪德絲啦，她代言喔，勞力士總公司寫英文批來，說我連續好幾年在他們公司消費上千萬，一定要邀請我去乎他們招待，吃住攏免錢。」

賴董這牛皮吹得大！但也無法查證，而這些土豪也搞不清楚布魯克・雪德絲是否代言勞力士，但當年此姝紅遍國際影壇，歐吉桑們都聽過。

炫富容易鬥氣，就在賴董一臉得意，牛皮吹得嘟嘟響時，他都沒意識到已經引起另外兩家的不爽。朱天福嘲諷地說：「講看嘜！你去瑞士參加勞力士發表會，人家按怎招待你？」

「無啦！忙得要死，加上咱英文袂曉說，去要衝啥？」

「吹雞胿，臭彈不用繳稅金！」

「你不信？另天，我拿英文批乎你看……」他著急地解釋：「人家勞力士原廠是真的有邀請我，是咱不想要去。」

「啊，嘜擱臭彈，我嘛ㄟ曉說，美國總統布希請我去白宮作客，是我太忙，沒時間去。」一夥人哄堂大笑，這已經不是面子問題，而是誠信被質疑，他氣得拍桌嗆道：「我按怎說恁攏不相信，若無，按呢，我叫祕書寫批，請原廠總裁下次來台灣，乎我做東，我找恁跟他作夥吃飯，你聽他講，就知道！」

朱董捉狹地說：「阮英文嘛聽無，你青睬找一個『阿凸仔』，阮奈ㄟ知影他是不是總裁？」

「不然要怎樣你才會相信？」

「你若好叫小，敢把你手上這粒紅蟳，丟落火鍋鼎裡面煮，我就相信你是勞力士大咖客戶！」

「煮紅蟳？這、好好的手錶，ㄟ，這是機械錶，會壞去咧！」

吳健毅挑釁地說：「你家不是一堆勞力士？買了幾十粒？煮壞一粒你會不捨喔？」他陰惻惻地笑著：「無那個尻川，嘜呷那款瀉藥，勞力士ＶＩＰ？嘴巴說說我嘛ㄟ曉！」

賴順彬已經被逼到牆角了，他一咬牙，才六十幾萬，他脫下手錶，不懷好意地看著朱天福，他是識貨的，盯著朱董手腕上的錶，也嗆道：「你那粒白蟳（白金勞力士）沒有我的貴，嘛要四十幾萬，我若敢煮，你呢？」

鬥富、鬥氣搞到這樣，簡直兩敗俱傷，孫啟賢緊張地看著這一幕，兩隻手錶都丟下去煮，這鍋湯價值超過百萬元台幣，銀子熬汁的湯都沒這麼貴！

氣氛快沸騰了，李金生還帶頭起鬨，加上身旁鶯鶯燕燕在兩位董事長身邊撒嬌、鼓舞，有節奏地拍手：「煮紅蟳啊煮白蟳，煮紅蟳啊煮白蟳……啊、啊、啊、啊——愛的鼓勵！趴、趴、趴趴趴，趴趴趴，趴趴！」李金生竟然帶動唱起來，搞到這樣，這兩隻名錶算是毀了！

賴董揚著下巴，輕輕地、優雅地，將市價六十萬的手錶放入沸騰的湯鍋裡。挑釁地說：「換你了！不敢喔，不敢就嘜相招，你只要承認你是凍酸鬼、開袂起！我就饒你免煮白蟳！」

哪有可能？朱董二話不說，用力將手錶一丟，湯汁四賤。

這時氣氛已經瘋狂了，李金生帶著小姐鼓掌、討賞，幾十萬的錶都砸了，一點賞錢算什麼？這幾位董事長讓底下人、祕書拿出一疊鈔票，都是發千元鈔的，小姐也亢奮了，褲腰帶自然變得特別鬆……

色胚李金生身邊兩位小模在議員半強迫下，脫得只剩一條內褲，孫啟賢也摟著旁邊的美女親嘴摸乳，其他的董事長上半身赤裸的、只剩一條內褲的、讓小姐坐在大腿上掏摸陰戶的……什麼怪招都來！

財力不足以「煮紅蟳」的李議員，有種輸人不輸陣的心情，他赤裸著繡龍刺鳳的上半身，大吼一聲：「照過來、照過來！」

所有男女停下猥褻的動作，看著他。李議員站上椅子，高高在上，他大喊：「發『吉不賴』（小費，外來語）啊……」他規定，所有女子必須脫個精光，不能伸手拿小費，必須用身體黏。

接著，李議員將手上千元鈔抖了抖，抖鬆了，往上使勁一灑，鈔票飛到快到天花板的高度，啪！散開之後飄落地面，煞是壯觀。

外省籍的吳健毅說：「灑紙錢？出殯啊！」

朱董拍手笑著說：「出山（出殯）？按呢要唱《牽亡歌》啊。」

人來瘋的李金生還跑到廁所拉了快一公尺的衛生紙，當作招魂幡，揮舞著，一面唱：「恁阿公啊欲啊死啊有交代，叫阮咧麻雀子啊毋通黑白擺喔，碰啊你在碰啊，胡啊我在胡啊，槓上開花是多一台啊，喔ㄟ喔ㄟ喔……草啊埔啊頂啊草青青喔，有孝的媳婦是三頓燒，不孝的媳婦是過路搖，喔過路搖……搖啊你就搖過橋，喔ㄟ喔ㄟ喔ㄟ喔……」

可笑的是，還有幾個舞女，像「孝女白瓊」一樣，跟著李金生搖啊搖著肢體，扭著屁股，而李大議員邊唱，手上不消停著，順手又從助理手上接過一疊十萬元鈔票，當成金紙一樣地灑，孫啟賢心想，他媽的，這傢伙重陽、清明給祖先燒冥紙，恐怕都沒這麼大方。

前後灑了二十萬元鈔票，一張張綠得冒油的千元大鈔躺在地上，不准用手拿，於是有些小姐把酒倒在身上，好增加點黏著性，還有美眉隨身包包裡有攜帶乳液，乾脆塗抹在雙峰、大腿，增加黏性，以最大面積滾動，去沾黏鈔票，十來具年輕的胴體、修長的大腿翻來覆去，乳波隨著鈔票移動，男男女女笑成一片，也滾作一團。

這窮奢極侈的夜宴，不敬禮解散，董事長們有的三P逞雄風，有的帶了自己喜歡的老點，到這別墅裡的房間洗浴，做愛。場面在「煮紅蟳」之後，就有一種混雜著豪氣，一切都不在乎的情緒，以及情色催化出來的淫靡氣氛，只有孫啟賢比較清醒，也只有他瞥見朱董趁大家忙著合唱《牽亡歌》、小姐們裸身滾著黏鈔票時，偷偷把鍋裡滾燙的白金勞力士撈了起來，用冰涼的「喔西摸利」包著，放進褲袋裡。

今天的主人其實是議長背後的一個金主，不便出席，李金生代為招待賓客，他送走了客人，偌大挑高的巴洛克風格宴客廳，只有兩、三個小姐以及這對兄弟，他得意地對著孫啟賢說：「你看！全中部最有錢的幾個大咖、董仔，攏咱的朋友，你是將才，擱有讀冊，你就當咱這個團體的武將，這些董仔稍牽成你一下，你就賺不完了。」

孫啟賢謙虛地說：「金生，人家攏是看你的面子，我自己要知道輕重。」

李金生趨前，抱住孫啟賢。

這麼一個充滿力道與表示友愛、義氣的擁抱，卻讓孫啟賢心底滋生了怨懟與看破的情緒。他認為，你李議員可以大灑二十萬鈔票當凱子，卻在我最需要的時候袖手旁觀，趁機刁難，你認識這些頂級的富人，就算手頭緊，幫我調點頭寸，也是輕而易舉。他甚至想著，李金生現在對他尊重了些，難道不是自己堅持自立門戶，才換來的尊重？

「近廟欺神」！他是這樣看李金生的前恭後倨與前倨後恭。

三十八　愛的迷惑

好長一段時間了，對孫啟賢來說，他買給林美玲的公寓，才是「家」。他那在彰化某國中教書的髮妻，以工作方便為名，長期住在娘家，只有週六才會回來台中她戶籍上的住處，與客客氣氣的老公分房同居一宿，維繫保有這名分所需的最低度相處時數。

她早就知道丈夫外面有女人，孫啟賢也曾認真地跟妻子討論，願意給一大筆錢離婚，讓她自由，但她除了訝異丈夫那份薪水哪付得起如此鉅額的贍養費，壓根不知道、也沒想過丈夫在外面撈了多少錢？就笑笑地搖了搖頭，理由是鄉下人會覺得離婚很可恥，除非孫啟賢覺得她礙事了，非離不可，若以她的本心，是不願意離的。

也因此，儘管像是在交功課，每到週六晚上，孫組長總會盡量排除各種應酬，回家一趟。那天，同樣是趕在週末晚餐前回去，孫啟賢還拎了兩片業者送的烏魚子加菜，沒想到妻子沒回來！一打開電話答錄機，才知道妻子的同事上班途中出車禍，她臨時被指派代理，帶學生參加兩天一夜的校外自強活動。

當晚，他百無聊賴地一個人看電視，喝啤酒配烤烏魚子，到了晚間十點多，關掉電視，想翻閱那本他寫得密密麻麻的辦案筆記本，卻遍尋不著，於是想「回家」一趟。

咦！人不在，美玲應該是打牌打三更半夜才會回來，她常這樣的。孫組長心繫著那本辦案筆記本，翻箱倒櫃地找啊，從客廳找到臥房，突然間，他瞥見應該放在浴室或陽台洗衣機旁的髒衣簍，很礙眼地放在床邊，有潔癖的孫啟賢最討厭美玲這邋遢、東西不放定位的壞習慣，他認為，臥室就只能放乾淨衣物，嘴裡唸著，他還是像個好男人似的，提著滿溢的衣簍到陽台，就在一件件放進洗衣機時，突然看到一條紅底黑色條紋圖案的「BURBERRY」男用手帕！

那不是他的，他很確定！孫啟賢記得一清二楚，李金生剛當選沒多久，隨議會去日本考察，回來帶了兩打名牌手帕，說是台灣賣得「貴森森」！日本售價才台灣的三折左右，當時，李金生讓他先挑，一打是眼前這種紅底黑色條紋花樣的，一種是駝色底、藏青色條紋，同系列不同款，他挑了駝色的！

李金生的手帕，怎麼會在他家的髒衣簍裡？

他還把手帕拿到鼻孔前，用力的吸嗅，就像受訓的警犬在辨識毒品一樣。

他呆立在陽台半個多小時，才慢慢地把衣物放進洗衣機裡……

他已經忘了要找辦案筆記本。

一直到天已經亮了，美玲還沒返家，他想，她大概中午就會回來，看他躺在家裡的沙發或床上，想必大吃一驚，當得知他太太臨時沒回家，所以又跑回來，美玲會解釋說，跟哪個姊妹淘打牌打到天亮，就在女伴家小睡，或一起到女子三溫暖泡個澡，然後她會躺上他們的席夢思，不久就會發出微微打鼾聲。

他當然不會為一條手帕跟女人吵架，或質疑她什麼，因為這不能代表什麼，說出來惹人笑話。但好幾天孫啟賢都悶悶的，彷彿什麼東西壓住心頭。

過了一個多禮拜，王志強很開心地打電話，說他要調職省刑大，擔任外勤刑事工作。省刑大跟刑事局一樣，組長外放，就是縣市刑警隊長，王志強刑事經驗不多，但這年紀還來得及，學弟若有志於刑警工作，此時調省刑大，發展會很好，肯定比他升遷快；再晚幾年，老狗學不會新把戲，去了也痛苦，所以孫啟賢真心為他感到興奮，直說要約幾個組長一起為他歡送，但王志強說，甭鬧那套了，哥倆找個清靜一點日本料理店喝幾杯就好。

「怎麼會想平調到省刑大？我記得你只有刑事組裁決巡官的資歷，在刑警隊也是當經濟組長，算是半外勤性質，以前不覺得你對刑事工作有興趣啊？」

「想換個環境，是原因之一，看學長你幹刑事組長，有聲有色，長官器重，威震黑白兩道，心裡羨慕啊！」

「你別糗我了！幹，還不是刀口上舔血，而且，現在越來越難幹，這社會，人心都變了，黑道兄弟也沒以前那麼照江湖規矩來，一個亂字，他媽的，警界、黑道，漸漸倫理都沒有了。你在省刑大也好，專辦大案，拚升官，不要搞那些有的沒有的，單純一點的好。」

這大半年，王志強與孫啟賢除了通電話，僅數次匆匆立談數語，或會開碰到面時打個招呼急忙離去，他倆好久沒有這樣對坐，王細細端詳學長多了些風霜的臉與疲困的眼神。印象中，自從他出手幫助孫啟賢與李金生的砂石生意，這個他仰慕的學長，一直是意氣風發；入股砂石場後，王志強更是刻意跟李金生保持點距離，他知道這對拍檔的一些事情，都是從建志口中探得，好些內幕讓他心驚。

看來，孫啟賢有更多話想講，學弟從邊緣試探：「有聽說你跟李金生弄得不太好，是怎麼回事？」

其實孫啟賢更想談的是美玲的事，但男人的尊嚴又讓他說不出口，喝了杯清酒之後，才針對李金生的「犯上」態度與作風發了頓牢騷，說完，把整盅清酒一飲而盡，恨恨地說：「我是重感情，否則，能配合賺錢的只有他嗎？」

「那……你這樣算跟李金生拆夥嗎？」

「看他吧！我擺明了要從紅利中扣股本，扣足了，不管是八個月、一年、一年半，之後，他如果還發給我股利，就表示他還算我一咖。當然，我是拿錢出來投資的股東，該出手關照自家生意，我什麼時候怕事過？但我就沒有義務被他情感勒索，做一些太冒險的事，理念不合，也可以拆股拿錢走人，難道他敢把我當盤仔人一樣拆吃落腹嗎？其實，合理的範圍內，我也是會挺他，唉！就看他啦，我都隨便，總之，我決定走自己的路，李議員，當然也可以是合作的對象之一，注意，是之一喔！」

「如果，他覺得不需要你了，順勢就不再發股利給你呢？」

「……如果他不給喔，嗯……」孫啟賢認真想了想，慎重地說：「那、那也很好啊，若真的這樣，到目前為止，是他欠我，我沒欠他。學弟，我覺悟了，我們公務員都想穩當，都肖想乾股，不願意擔風險，這不對！我最近跟一些角頭、業者，也開始有一些生意上的合作，我都說要拿現金出來投資，他們當然也說不用啦！但我很堅持。可是，經營的事我管不著，因此，大家先講好，如果是被檢警抄掉，是我護航不力，但我也盡力了，這種事沒有百分之百掛保證的，所以，大家一起認賠；可如果是業者經營不善，對不起，至少本錢還我，否則，以後別想在我地盤做生意，公道吧！」

「高！」王志強豎起大拇指讚道：「這樣既不會被綁死，又有起碼的保障，也保留了自主性，我覺得，某些交往複雜的學長，應該聽聽你這番道理。」

「我也算是交往複雜的學長嗎？」

「當然啊！你單純，中華民國沒有複雜的警官了！」

「幹！」

「學長，這麼說，你跟李金生某種程度算是劃清界線，走自己的路，這會影響你跟大嫂的感情嗎？畢竟，他們……大嫂是從他那邊出來的。」

不說兄妹，而是說「從他那邊出來的」，就有蹊蹺！孫組長知道這學弟很聰明，再度成為好友之後，他甚至覺得，可能是王志強對錢財權勢比較沒那麼熱衷，所以有一種自己所缺乏的、洞悉人與事情本質的能力。當然，剛剛這句話冒犯了孫啟賢，如果沒有「手帕事件」，他會不悅，認為學弟看不起美玲，但會忍下來，畢竟，美玲是這種出身的女人；今天，他聽出言外之意……

「你這樣問，一定有原因，」接著將王志強一軍：「如果沒有，就是對你嫂子的出身有不自覺的歧視，這樣不好，對我不尊重，她是我愛的人。」

「學長聰明！」

「說吧！」

「我跟建志分手了，而且，分手前，他用一些藉口，跟我要了一大筆錢，快三百萬。」

「哇靠！你沒跟他討，或者，讓他分期償還，就這樣讓他離開你。」

「其實，在一起的第一天，我就知道我們總有一天會分手，我雖然沒有強迫他，但當時你很清楚，我多少是用權勢、金錢吸引他，好像有一點，怎麼說，像異性戀的老男人包養小女生那種感覺，加上他也想從我身上獲得金錢、官場關係、權力。我猜得沒錯，他本來就是雙性戀，我沒有勉強他，在一起久了，彼此都有感情，真的，我們有過一段很美好的回憶……」

講到這裡，王志強有點哽咽：「我甚至告訴過建志，我會幫他娶妻成家，他其實不用找那些差勁的藉口跟我借錢，然後消失一陣子，再出現的時候用蹩腳理由提分手，傷我的心。本來，我就準備一筆錢，打算他要走的時候給他的，只是，作法不對，感覺就變了，他、他不用對我耍手段。」

孫啟賢握緊學弟的手，關切地說：「多久了？」

「沒多久。」

「奇怪，美玲不知道嗎？怎麼都沒跟我提。」

王志強拭去眼角的淚，打起精神說：「我正想跟你談大嫂的事。」

「美玲？」

「你覺得他們姊弟感情如何？」

「她很顧這個弟弟啊！幹，為了她這個寶貝弟弟買車頭期款、賭輸的，前後跟我拿了一百萬差不多，有時候我都罵她，你弟弟也是出來混的，你這樣寵溺，怎麼行！我不是吝嗇，而是，建志若是盤仔人，好好工作，要讀書、創業，他父母不在，我當姊夫的應該出點錢，但只能給支釣竿，不可能每天餵他魚吃，親弟弟也是救急不救窮啊！」

「跟我想的一樣。」王志強接著說：「但你知道嗎？建志對他姊恨意很深，什麼原因，我不知道。他常常不屑地說他姊，這個『破麻』又在那邊假仙了！我剛開始以為這傢伙要不到錢，連親姊姊都不認了，拉下臉來罵他，可是，他那副『你什麼都不懂』的冷漠表情，讓我印象很深刻，好像說，我這種好人家的子弟，不會了解他們姊弟成長過程，但繼續追問，他口風很緊，只說，他不會害他姊，也不會害你。這，這……是什麼意思，我一直想不通。」

「還有呢？」孫啟賢睜大了眼睛，追問道：「他還有說過什麼？」

「後來，我一提到大嫂，他根本不理我，講多了還發飆。直到有一天，大概是建志在砂石場惹禍，把人家怪手給燒了，大家都很責怪他的那段期間，我講到你，他喝多了，嗆我說，姊夫、姊夫，你是說哪個姊夫？」

王志強猛灌一大口清酒，接著說：「他當然是指你跟李金生，可是，這樣揭自己姊姊瘡疤，我聽了也不舒服，就罵他做人不能這樣，他竟然嗆我說，如果是組長姊夫，就是學長你啦，那，真正對不起你的，是姊姊那臭雞掰。」

「然後，他講了件讓我嚇一大跳的事，就是你跟李金生根本是『無縫接軌』，什麼他太太逼他們分手，他只好把大嫂當成妹妹，建志說，只有你這笨蛋才相信，整件事根本是李金生看你喜歡美玲，把自己女人送給你，討好你，甚至要用大嫂跟你吹枕頭風，來影響你，拉攏你成為伙伴。如果這是真的，李金生太可怕了，你了解了吧！我為什麼跟他保持距離？他多次對我示好，甚至提議我們三人重新結拜，我都說，有事請學長交代我就好。我一直在防這傢伙，我從來沒信任過他，也一直在幫你盯著。」

孫啟賢一下子沒辦法接受這些事實，但他相信王志強不會騙他，建志就難說了，他皺著眉頭：「我實在很難相信李金生會這麼賤，把正在鬥陣的女人送我，這太離譜了！而且，我第一次見面就問過他，這女人是誰？他也沒說是他的女人啊！他不會在認識我之前就決定要『贈妾』吧！更何況，我也是跟他合作之後一段時間，才跟美玲在一起的啊！」

「學長，你老實講，有沒有因為大嫂的關係，你跟李金生關係迅速變得熱絡，從生意合作變成你兄我弟？」

「那是當然，我在他鼓勵、搓合之下接受了美玲的感情，對他感激有加，美玲在一旁也說他好話，多少有影響的。」

「這不就結了！」

「可是……」孫啟賢心煩意亂地說：「她會為了李金生，犧牲到這樣嗎？難道，她沒愛過我？不可能，我不相信。」

「學長，就算她一開始是帶著目的性的當你的女人，我相信，久了也會有真心真情，問題是，她對李金生呢？我猜，可能她對李金生就是酒家小姐靠岸，被包養的心態，對你才是真心，這樣比較合理。」

聽他這樣講，孫啟賢是舒服了些，但接著王志強說：「我為什麼覺得這樣比較合理？因為建志跟我說過，他姊總是想靠到更強的男人身上，而且為了抓住男人的心，什麼事情都做得出來。如果是這樣，你出現，她對你動心，李金生順勢交接，我相信比較符合真實的狀況。」

孫啟賢沒好氣地說：「幹！那現在李金生比我強又比我有錢，我是不是要完璧歸趙？」

第四部

三十九 飛車槍戰

這排位於台中市五期重劃區的別墅豪宅，距離新建的警察局車程不到五分鐘，進市區方便，但緊鄰的七期重劃區，地皮上長了半人高的荒煙雜草，也就是說，大、小康兄弟要侵入的這棟豪宅，雖距離鬧區不遠，但人煙罕至，在監視器還不普遍的九〇年代初期，算是治安死角。

兩兄弟押了屋主身邊的一名親信小弟，用槍抵著他，令他騙屋裡的人開門，一夥人如入無人之境，只對天花板開了一槍，就讓顧慮家中老小的屋主謝育霖放棄所有抵抗的念頭，他們甚至沒想過報案，任憑大小康兄弟搜刮了五百萬現金，還被逼著交付放在保險箱裡的海洛因磚，市價約兩千萬。

這種事，無法尋求司法途徑解決，若要硬碰硬討回來，以謝育霖在黑道上的實力，恐力有未逮，更何況謝董與李議員之間，存在著些當事人坐下來談也很難釐清真相的毒品買賣糾紛。

原本李金生是不碰毒品的，但他在警界實在太夠力了，因此謝育霖找上他，一開始騙他說走私大陸漁貨，請他幫忙打通港警所關節，這並不是什麼了不起的大忙，台灣沿海早就抓不到魚了，漁市場上活蹦亂跳的魚蝦蟹，多數是海上交易的走私漁貨，更何況，人家在他選舉出錢贊助過，於是就幫了一回、兩回，沒想到謝董竟然奉送一個三百萬的大紅包，然後坦承走私毒品……三百萬綠油油的鈔票擺在桌上，發飆、逐客的事，李議員說什麼也做不出來。

於是，他靜靜地聽謝育霖說，一公噸的走私漁貨，只要有個十幾條魚，魚腹裡塞進「雙獅踏地球」的海洛因磚，就賺翻了！走私漁貨被抓，按規定漁貨得銷毀，但警方哪有大型冷凍庫，當然是責成船東保管，一旦進入自己的冷凍庫，只要一個晚上就可以找出做了記號的「魚」，換句話說，「以非法掩護非法」，就算被抓也不怕。那麼，會不會檢調知道這一船是走私毒品的，針對有問題的「魚」一條一條剖開來查？謝育霖說：「安啦，這種事情，一百回才會發生一回，就算遇到也是船東要頂的，更何況，船東跟我們之間，隔了好幾道防火牆，怎麼也不會牽扯到我們金主層次的人。」

看來是一本萬利，但李議員還是很愛惜羽毛，他只肯當幕後出資的人，而且，絕不能讓外界知道他跟販毒資金牽扯到關係，因此，他特別許以重利，讓大小康兄弟當窗口，並且說明了，錢他出，出事跟他完全沒關係。誰曉得，第一趟李、謝各出資一千萬，雖沒被抓，但運回來「做記號的魚」少了一半。

在李金生這一方，認為被設計了，就是謝董黑吃黑！而謝育霖這邊，則堅稱不曉得是哪個交易環節出了狀況，他也是受害者，得給他一點時間去調查，事情查清楚了，自然會給李老大一個交代。

李金生給大小康的指令也很簡單：「別扯到我，你們怎麼處理我不管。」而這對頭腦簡單的兄弟只聽進去後半句，加上兩次談判都被謝董唬弄，一時氣憤，就帶了兄弟幹下這明火執仗、白晝強盜的案子。

按理說，被洗劫之後，謝董也不敢報案，可是，一來兩兄弟貪心，他們搶走的毒品與現金遠超過李金生所損失的數目，這已經是不折不扣的搶劫，怎麼說都是理虧，更要命的是，他們正要離去時，謝董的弟弟謝成霖剛好帶著手下回老巢，這傢伙是槍械不離身的殺手，一進屋裡，見兄嫂被綑綁著，掏槍就射，大小康兄弟也回擊，在謝育霖屋裡，當場就「掛了」一名李金生小弟，大小康這夥人鏖戰一番，硬是殺出一條血路，奪門逃出謝董的豪宅，但脾氣火爆的謝成霖追了上去，當街展開驚心動魄的槍戰。

當時，大小康這夥人分乘兩部「愛快羅蜜歐」，奔向文心路，謝成霖帶著兩個小弟，跳上一部黑色ＢＭＷ，也追上去，他打開天窗，上半身伸長了，在車頂之上對著前方連續開了三槍，小康也搖下車窗，向後回擊！大街上只聽見槍擊聲，以及輪胎高速摩擦路面，拉手煞車、急速甩尾時「吱——吱——」的尖銳魔音，不時還夾雜車子互相撞擊「砰、砰」的巨大聲響……

這幾人命懸一線，除了狙殺對方，什麼事情都拋在腦後，以致即使台中市警察局就在文心路上，三部車仍視若無睹，飆過總局大門口時，還互相追逐、射擊，一度兩部「愛快」前後夾擊ＢＭＷ，但謝成霖很快超越前車，對著兩兄弟的座車，擊破擋風玻璃。

當三部車子狂飆上中港路時，警方終於出動了，但福特千里馬的國產巡邏車，再怎麼拚命踩油門，就是追不上愛快與ＢＭＷ，只能緊咬著，邊追邊回報，就是無法越過去攔截。其實，正確的作法，應該通報，並調動其他警網，在前方攔截，或疏散街上車輛後，直接在路面上布雞爪釘，刺破賊車輪胎。但事情發生得太突然了，當年的勤務中心還沒完全資訊化，警車也沒裝ＧＰＳ，一一〇掌握線上警網位置的速度沒那麼快，因此，就在康、謝兩方都快飆上高速公路時，巡邏車還是只能跟在後面喘。

這時，小康兩兄弟之外的另一部「愛快」，駕駛突然發瘋似地用右側車頭去撞ＢＭＷ，「砰、砰砰！」接著猛踩煞車，落後謝成霖一個車身之後，從後方加速往ＢＭＷ尾巴猛撞，饒是德國車的鋼板較厚，也劇烈搖晃，差點失控。駕駛是跟著小康一起坐牢過的親信細漢仔「阿榮」，別看這孩子開車這麼凶猛，他下個月才滿十八歲，還沒駕照呢！

阿榮那車兩人一槍，子彈射完了，他把心一橫，吩咐同伴：「坐好，綁安全帶！」他先拉開距離，加速衝撞，終於在匝道口把謝成霖撞翻，ＢＭＷ滾落匝道的邊坡，阿榮自己也翻覆在路面上，兩部車子四輪朝天，動彈不得，堵住高速公路南下匝道，造成兩公里的回堵車潮。但他的犧牲，順利掩護大小康兄弟上高速公路，而台中市警方才剛通知國道警察攔截，這對兄弟就在龍井下交流道，將車子停在路邊，攔部計程車溜走了。

案發地謝育霖的豪宅，在孫啟賢轄區，此案他責無旁貸。謝成霖、阿榮這幾人被送到醫院，孫啟賢一知道他們手斷腳斷，粉碎性骨折，卻無生命危險，意識仍清醒，悍然攔著醫師，只給打局部麻醉藥、止血，不准手術，要等他簡單親自訊問後，才能推進開刀房，他跟醫師嗆道：「這幾個壞仔，死了算解決治安毒瘤，你沒社會責任，但破不了案，我可找你算帳！」

當這幾名嫌犯被「恩准」可以開刀時，孫啟賢心裡已經清楚，這整件事，是李金生販毒引起的糾紛，「該死的李金生！」他低聲咒罵，只有他身邊的王世剛聽得到。

這王小隊長，近來跟孫啟賢越來越契合，他欣賞孫啟賢的剽悍跟辦案能力，樂見直屬長官跟李議員劃清界線，走自己的路；而孫啟賢怎麼會不知道他組裡一半人都被李金生的銀彈攻勢收買？所以，他越發借重王小。其實，這兩人除了貪財程度有差，還有些作風還挺像的。

「組長，這案子，您、打算怎麼處理？」他心裡還是對孫啟賢有點不太放心，正嘀咕著，要不要跟著蹚渾水，案發地不是他小組成員的刑責區，除非孫啟賢任命他當專案小組小隊長，否則，他可以閃躲，擔任支援角色。

「幹！大小康一定要抓，李金生，就看這對兄弟會不會咬他。」

「組長的意思是？……連李金生都可以辦？」

「證據到哪裡，辦到哪裡，世剛，我不是打官腔，但是，別說李議員本人，我們如果不盡快抓到大小康，他說不定給警方一堆壓力，逼著我們接受他找來的未成年猴囝仔幫大小康頂罪，一定要快！否則，本組將成為笑話。還有，搞不好現在我們組裡就會有人跟他通風報信，這案子，你看，怎麼辦得下去？」

「上面長官會支持您嗎？」

「上面長官只會給我壓力，甚至逼著我限期破案！若當我真的快要破了，又會有長官來干預……

「世剛，我跟李金生關係太密切了，沒有人會相信我真的想要辦他！還有，世剛，你別忘了李金生剛當選國民黨中央委員，法院是他們家開的，以他現在的政治實力，我老實講，就算大小康咬他，他也很可能不起訴，說白一點，除非你在他家裡或身上搜出毒品，否則，別想讓他進監獄。」

「那麼，組長，你的目標是大小康。」

「一定要抓到！這對兄弟掌握李金生販毒的祕密，他一定不想讓人落到我們手裡，那會讓他吃不下、睡不著，老實說，一旦我們抓到大小康兄弟，他肯定對我威脅利誘，加上情感攻勢，還會用政治勢力壓我，說不定找整個黨團的議員跟局長關說，我若挺得住，你都得佩服我了，兄弟啊，換了你當家，叫小也不一定比我卡好。」

「是！組長，我會全力協助你。」

「這個組，讓李金生搞得……我現在也只能信任你……」孫啟賢話說到一半，突然頓住，半晌，才詭譎地笑了笑，說：「不，這個案子不能靠你，嘿嘿，我要重施故技。」

「組長，您的意思是……？」

「李金生多疑，現在的他，既信不過我，又不敢完全吃定我，我就利用他的多疑，打他一個措手不及！」

王世剛睜大了眼睛，看著組長：「您是指……？」

「他認為我離不開他，放不下那些利潤，嘿嘿，如果他還是這麼瞧不起我！這樣，他就會利用銀彈攻勢或訴諸情感，等他開口我們再看著辦。」

「他若不打電話來跟你喬呢？」

「那就是他心裡有鬼，如此，他還是會做手腳，他從沒放棄把手伸進我的組裡，這樣的話……」

孫啟賢沉思了好一會兒，才問道：「對了，我讓你在李金生那邊布線，你處理得如何？」

「你放心，我轉了好幾手，沒有人知道那兩根針是我插進去的。」

「包括潘巡官跟小朋友？」

「我特別防他們。」

「去收風吧！盡快回報。」

兩人耳語一陣子，王世剛笑著說：「老大，你這樣會不會太缺德？」

「抓不到他販毒的證據，我也要讓他在我們同仁面前難看一下，否則，他媽的，誰是他們老大，這些王八蛋還是搞不清楚。」

一離開醫院，孫啟賢接到刑警隊長李宏傑指令，要他立刻到隊長室報到，一推門入內，隊長正伺候著局長喝茶。

「把門上鎖。」

局長劈頭就說：「啟賢，這案子鬧大了，對象知道嗎？」

孫啟賢心裡想「明知故問」，但還是先敬禮，站著匯報案情：「報告局長、隊長，本組已經掌握，主嫌是康偉倫、康偉漢兄弟，初步了解，應該是毒品交易糾紛引起，這兩兄弟率手下侵入被害人謝育霖住處，搶走五百萬現金以及市價兩千萬的海洛因磚。而謝某胞弟剛剛返家，見狀開槍，進而發生街頭飛車槍戰。目前謝家兄弟這邊已經全部落網，謝育霖正漏夜偵訊，謝成霖及其手下經我本人初步偵訊後，剛送進開刀房。康氏兄弟這邊，一人在謝宅中槍身亡，兩名小弟落網，主嫌在逃。」

「坐著談吧！」隊長招呼他，接著很直接地問：「康氏兄弟你熟吧！」

孫啟賢也不想假仙，笑了笑：「李金生的人，我怎麼會不熟？以前是我自己在管的猴囝仔，只是，這案子太大，這對兄弟也不會聽我的話出來投案，更重要的是，我也不知道李議員涉案程度如何？正要請示長官。」

辦案還會顧慮長官立場，這就對了！隊長局長相視一笑，顯然覺得孺子可教。局長說：「你那兄弟李議員已經打電話來了，說是大小康跟他講，要做正途生意，從事土地開發事業，所以借給他們錢，不知道這兩王八蛋搞毒品買賣，但大康已經打電話告訴他，說是底下小弟擅自行動，他們倆沒在場，但現在躲著不敢出來，他願意交出在逃小弟，三把槍跟毒品，跟警方配合。」

「局長，您相信嗎？」

「啟賢，你稍安勿躁，聽局長講！」隊長回。

「你以為我是公關局長，還是沒辦過刑案的督察？我也是老刑警，信他才有鬼，啟賢，證據掌握到哪裡，就辦到哪裡，懂嗎？」局長指示。

「是！」

隊長說話了：「看來你那兄弟要包庇大小康，他直接打電話給我，叫我不要抓他們，人、槍，他會交。你想，事情鬧這麼大，有可能嗎？」

四十　內奸

兩位長官講到李金生，滿口「你兄弟」、「你兄弟」，孫啟賢內心相當反彈，同時也慶幸早一步與李金生切割，他認為，李隊長是受了李金生不少好處，在搞斷尾求生那一套，他只是抓不準，局長與隊長是要連李金生都辦，還是想包庇，辦到康氏兄弟就好？

孫啟賢火氣一上來，決定頂撞隊長一下：「報告隊長，當年你要我把他『收起來』，我做到了！他當選議員，兩位長官也覺得議會有自己人是好事，我為警局拜託他的事情還少嗎？都快變議會聯絡人了。他現在這麼大尾，別說我一個小小刑事組長，恐怕是兩位長官也得讓他三分。當然，我們警方不能讓他一手遮天，找幾個未成年的交槍頂罪；想想看，槍砲、殺人未遂、販毒，尤其最後一項，就算是少年，也得關個十幾年，搞不好猴囝仔到地院就翻供，我們警方丟得起這個臉嗎？大小康就包在我身上，抓不到這對兄弟，兩位長官拔掉我組長職務好了；但是，辦李金生、我們有證據嗎？怕的是，我抓到他販毒的證據，說不定下面小弟跳出來頂，人家沒事，他現在又是中央委員，也快選舉了，搞不好害得局長先調職……我能不謹慎嗎？」

孫啟賢越說越激動，喝了口茶：「李金生尻川幾支毛我不清楚？如果，他還像當議員之前那樣，受我節制，就不會販毒；如果，他還安分守己，賺些不太過分的錢，我跟他也不會弄到現在這樣。要辦一個執政黨議員販毒，沒有長期監聽、搞清楚金流，搜出毒品，能一槍斃命嗎？這些，也只有調查局做得到，本案發生得突然，我們根本咬不到他，但是，局長一聲令下，寫張條子給我，借我霹靂小組，我保證兩個禮拜之內把所有李金生的非法生意，掃得一乾二淨，也只有我做得到，畢竟，他『曾經』是我兄弟嘛……」

「別生氣、別生氣……」隊長知道自己玩過火了，他家裡的數百萬裝潢，都是李金生出錢雕砌的，還是透過孫組長付款呢！他拍拍組長肩膀：「局長不是說了嗎？證據到哪裡，辦到哪裡！既然你有證據是大小康，就抓吧！李金生，我幹嘛找這個麻煩？放心啦，我會支持你。你看，要哪個組支援？」

「報告局長、隊長，我們警界被他滲透太深，刑警隊哪一組我都不要，我要攻堅時，請局長讓保安隊霹靂小組支援就行。」

「你打算怎麼抓？」

「局長，不是我信不過您，我是信不過您身邊的人，這件事，我不會讓您失望。」

「好、好！你全權負責。」

一走出隊長辦公室，他有一股想飆髒話的衝動，但轉念一想，李金生這廝打了電話給局長、隊長，就是不敢打給自己，顯然心虛，只敢以大牌議員身分，藏頭蓋尾地對局長施壓，再針對收了他大把銀子的隊長關說，這顯示李金生心裡清楚，他欠自己的比較多，也真的把自己惹毛了。這傢伙不愧是知己，此刻不敢來電講些五四三，饒是如此，原先的計畫都被打亂了，要如何能讓他上鉤呢？

一回到辦公室，孫啟賢把自己關進組長室，任何人不見，他怕自己眼神、臉色、言語不慎洩漏出心思。

一直到隔天上午十點鐘，王世剛回到組裡，兩人關室密談，他才決定搜捕的策略。王小隊長安插在李金生身邊的內線透露，大小康兄弟現在被藏在服務處，這正是孫啟賢最擔心的事。

李金生所有的「據點」，明的、暗的，沒有一個是孫啟賢不知道的，以他多疑性格，不可能放任大小康在外藏匿，他一定要親自控制他們，他也不信這對兄弟啊！更不可能「託孤」給其他角頭，如此，就只有兩個地方是孫啟賢不敢動的，那就是「市議會」與「議員服務處」。

儘管孫啟賢抽屜裡一大疊空白搜索票，但那些只對其他黑道分子或李金生非法生意的據點有用，這兩處，沒有檢察官背書，會害局長揹黑鍋的，這麼一來，任務算搞砸！

簡單的講，大小康若藏在這兩處，得請局長跟首席檢察官溝通之後，他呈上報告，按照程序跟檢察官申請搜索票跟拘票，然後再去攻堅、圍捕。他心裡清楚，李大議員在台中地檢署也是有他的勢力，好幾個檢座還是他介紹的，大家都要好過，也利益共享過，哼！照程序來，等警方擺好陣仗，人早就跑掉了！

孫啟賢叫王世剛附耳過來，叮嚀一番後說：「千萬要掌握目標移動之後的地點，雖然我也猜得到人會挪到哪裡，但我不一定對，若撲空了，反而變成敵暗我明，人家知道我們動態，我們卻慢半拍。」

「萬一撲空了，怎麼辦？」

「那就先處置內奸，我不會手軟的。」

「組長，看來你玩真的。」

「廢話，你別忘了，我是警察。」

接著，孫啟賢下令：「全組人員半小時之內集合。」

召開組內會議時，孫啟賢宣布，已經掌握康偉倫、康偉漢藏匿地點，就在李金生議員服務處，因為地點敏感，必須報請檢察官指揮，他請潘巡官製作報告書，然後組長本人親自到地檢署面見檢座；其他各小組在辦公室待命，今日全組停止輪休，放假的召回，已經排定的埋伏、防搶、查贓勤務取消，所有兄弟攜帶最大量彈藥，全員著防彈背心、防彈盔；長槍、烏茲衝鋒槍必須攜帶，另有霹靂小組偕同攻堅，請同仁做好無線電通信頻道協調……他一分鐘簡單下令，然後鎖緊組長室大門。

潘家興撰寫報告書慢條斯理，孫啟賢也不催，到了下午兩點多，他看了報告：「寫得很好，我去一趟地檢署，回來之後立刻勤教（勤前教育）。」

這段期間，夠潘家興、蕭仁友以及其他被李金生收買的刑事組組員打一百通電話去洩密了。事實上，李金生接到了四個人、五通電話，他對孫啟賢交代部屬的每一個字幾乎都牢牢記住，他慶幸自己沒有傻到去跟他「喬」，或求孫啟賢讓他找幾個未成年頂罪。李議員恨恨地想：「幹！我的錢你沒少賺，一出事就翻臉無情，真是死賊頭！難怪人家說條子靠得住、母豬會上樹，幸好這些基層弟兄早被我收買了，否則恁爸按怎死攏毋知。」

李金生思量著，搜索一個議員服務處，還荷槍實彈，調霹靂小組，把他當成槍擊要犯來處置，那可是會上新聞的，也難怪這個「婊弟」要大費周章地申請搜索票，說不定還是檢座帶隊來抄，哼！他越想越氣，有必要這樣嗎？不能打個電話讓他交人嗎？孫啟賢都已經知道犯案的是大小康了，還不來談，可見，兄弟已經撕破臉了，好加在自己沒把老臉湊上去貼他的冷屁股。

李金生暗自想著，你弄我，恁爸就讓你難看，你陣仗弄越大，我讓你臉丟越大。他立刻命手下將康氏兄弟移轉藏匿處，心裡得意地想，讓你抓不到，然後我再來市議會召開記者會，指控檢警濫權搜索，這段期間，李議員也收買了幾個報社特派員當他的「虎仔」，用媒體修理警察，小菜一碟！

早在案發之後，他就著手安排康氏兄弟偷渡，並且同步跟刑警隊長談交人、交槍，其實那是李議員的緩兵之計，他心想，人一送出去，警方就不得不接受他找人頂罪，畢竟，再難看、這樣也算破案，緊接著花錢找幾個同黨立委到警政署施壓，警察局長也只能吞下去，照他劇本演出，難道這些人敢辦到他嗎？證據呢？除了那個對他不法事業瞭若指掌的「前結拜兄弟」，其他警官他是沒在怕的！

既然如此，那就把人提前送到港口，反正也差不到半天。

而他的思維，完全被孫啟賢掌握，王世剛內線通報的消息，也證實了組長判斷正確。

傍晚四點十五分，在分局大會議室勤教完畢，突然，督察組的人闖進會議室，點名潘家興、蕭仁友以及另外兩位給李金生通風報信的刑事組員，命他們交槍，交出手機或B.B.Call，接受調查，直到搜捕行動結束，才能恢復人身自由。

原來，孫啟賢早透過調職省刑大的王志強，到調查局的「現譯台」同步、即時監聽李金生住處和服務處室內電話，以及那隻炫耀身分的「大哥大」，他根本是故意要讓這些被李金生收買的手下通風報信。

這次的圍捕，他動用了霹靂小組一整個中隊，自己刑事組只帶了兩個小隊、七個人，而這些人，除了王世剛、他本人、霹靂小組中隊長，沒人知道要到何處攻堅，連分局長、刑警隊長都不曉得，直到車子快駛離市區，他才透過無線電下指令。

因為街頭槍戰發生得倉促，一時之間，李金生也找不出什麼安全的地點可以讓大小康躲藏，於是他帶著兩名親信小弟、大小康，偷偷跑到上次他讓「六百」陸柏建藏匿的港口倉庫。

若這哥倆隨便挑一家汽車旅館躲著，三、兩天就轉移陣地，警方哪有那麼容易找得到？但這一點，孫啟賢也想到了，他透過王志強監控通聯紀錄，只要這哥倆打電話給李金生，他就抓得到人，他知道這對兄弟外表凶悍，並不奸巧，離開了李金生，就是一對悽悽惶惶的無頭蒼蠅，而李金生此刻絕不會讓此二人脫離他的掌握……

那個讓他造孽、雙手沾染血腥的地方近在眼前，當年，為了李金生，殺人的勾當都幹了，如今兄弟反目，要大陣仗對付他，孫啟賢看著六百斃命的所在，心中無限荒涼，怎麼會弄到這樣呢？

當大批幹員衝進倉庫，十幾桿特警使用的ＭＰ5衝鋒槍、烏茲，以及六、七把制式九〇手槍，對準李金生、他兩名貼身小弟，以及康氏兄弟時，我們的李議員色厲內荏叫囂著：「衝啥！槍口對著議員，恁造反啦！」

孫啟賢示意手下逮捕康氏兄弟，另一組人在李金生貼身小弟身上搜出一把手槍，這人是王世剛內線，他刻意網開一面，輕鬆地對李金生說：「這把槍，我就算大小康的，不再讓你另外交人，夠意思吧！」

「幹！」

他調侃地說：「兄弟啊！你嘛嗳按呢，下面小弟舞這呢大條，光天白日在街上槍戰，你嘛攏無來照會一下。啊！對啦，你大議員直接交代隊長跟局長就行了，我一個小小刑事組長，當然沒資格直接乎你指揮，哈哈……」

「人，你攏抓了，是擱欲按怎？」

「欲按怎？李議員，你好像不明白你可能觸犯藏匿犯人罪，現此時，你跟販毒的槍擊要犯窩在一起，我就可以把你當共同正犯偵辦，你在販毒集團扮演什麼角色，要看大小康怎麼咬你，我不知道你的小弟甘會堪得灌水、坐冰塊？哼，到現在你有沒有搞清楚你的立場？」

「你敢！」

「我有啥米不敢？你販毒耶，褫奪公權之後，你還是議員嗎？我早就跟你講過，不要碰毒品，毒品案我沒有能力、也不想幫你，結果你……」

他轉頭向霹靂小組下令：「給李議員上銬，他是現行犯。」

被銬上之後，李金生才開始害怕，他知道孫啟賢翻起臉來，比鬼可怕！加上面對這個昔日結拜兄弟，他虧心啊……他不知道孫啟賢知不知道他幹了哪些壞事，心中更忐忑。

「兄弟啊！我一開始就有想要交人，你嘛無來跟我參商，你如果說不能找未成年頂替，那總可以讓我安排大小康投案，投案不是可以減刑三分之一，你讓我安排嘛，我當老大總要勸他們，說甲他們願意，再幫忙厝內安打好，小弟才肯出面認罪啊。」

這就是李金生，得勢不饒人，踢到鐵板立刻能屈能伸，孫啟賢暗自搖頭，心裡起了個戲謔的念頭。

「你昨天晚上如果打一通電話，就照按呢甲我說，奈ㄟ搞成這樣，你自己說嘛！你出現在刑案現場，跟槍擊要犯窩在一起，又這麼多人看到，霹靂小組也不是我管的，我按怎包庇你？ㄟ，這案子是警政署管制，我有法度一手遮天嗎？換作是你，會按怎處理？」

「啊、啊，大家攏兄弟，甘講，你真的要把我當共犯抓起來？」

「照規矩是要這樣。」

「幹！你兄弟攏不顧了喔？」

「嘛要看有法度顧無？」

「大仔……我是議員，你如果抓我，新聞一定做很大，到時陣，咱的關係攏會曝光，對你甘有卡好？」

這時候叫他「大仔」，孫啟賢暗笑，但表面還是嚴肅正經地說：「幹，你以為我想喔，能夠私底下處理，我會不去處理嗎？這案件是全國指標性案件，你閃都來不及，我奈ㄟ知道你憨到明知是生死門，還擱親像蓋頭鰻，拚命鑽。你早把人交給我，我一定幫你處理得乾乾淨淨。好啦，現在你自己也跌進去，我能怎樣？幫你找個好律師，筆錄我自己問，問輕一點，頂多，我關起門來讓你跟大小康串供，看他們願不願意擔起來。就算這樣能脫身，我看，你下一屆大概也選不上！毒品耶，社會形象很差，不是幾句浪子回頭就可以交代。」

孫啟賢搖頭皺眉，裝出憂心忡忡的模樣，心裡暗暗發噱。

「兄弟，這、這，真的跟我沒關係，嘛不是我叫他們去做的，但是，當老大的，小弟出事，你能夠不幫忙處理嗎？」

孫啟賢低頭裝出思索的模樣，一下子搖頭，一下子憐憫地看著李金生，拍拍肩膀，狀似愛莫能助，搞得議員既惶恐又不安，想問，又不敢問。

「我拜託你啦，兄弟，這幾年交情你甘攏無放在心裡？」

「就是有把你當兄弟，我才在想辦法啊。」

「好、好，你想，我攏配合你。」

裝模作樣好一會兒，孫組長終於亮出底牌：「按呢啦，你當線民，本案的劇本，變成你命令大小康投案，他們不肯，硬要坐桶子跑路，被你知道，因為你身為議員，為了不辜負選民託付，毅然決然大義滅親，主動通報警方，並親自帶警方來抓人，我請局長頒獎表揚，這樣就可以撇清了。」

「幹！按呢，不就是我當老大的出賣小弟，你叫我以後在江湖上按怎站ㄟ起？不行、不行。」

「若不行，我也沒有其他辦法，其實，只要大小康體諒就好，演戲嘛，誰不知道，就是要騙一騙督察系統而已。」

「那，你們內部報告這樣寫就好，不要頒獎表揚，對外，就不要說在現場看到我，當作我無來。」

「這麼多人看到，會傳到督察系統耳朵，人家已經在調查你跟我的關係了，不行！至少要發布新聞稿，我得保護我自己。」

「不是一樣？」

「看你啦，你不當警民合作的楷模，就是共犯。幹，你為何不替我想一想，全台中黑白兩道都知道你我關係密切，我要抓你的手下，你就出現在這裡，你是存心要我倒台嗎？不行，我得自保。」

孫啟賢倒因為果，倒打一耙，氣得李金生鼻子都歪了。但最後他還是妥協，上了新聞，這也讓他成為江湖上的笑話，雖然多打聽一下內幕就知道不是他出賣小弟，但他臉丟大了！也因為這樣，他與孫啟賢決裂，黑道、警界已經人所共知。

四十一 毒殺

一九九五 霜降

孫、李這一對黑白掛勾的搭檔，正式決裂，李金生賺的黑錢，再也沒分潤給孫啟賢過。然而，愛錢、更愛當官的孫組長，卻有如釋重負的感覺，其實也沒差，警察只要學壞，換個對象仍然可以繼續賺，只要手上權力沒有流失。

在過渡期，孫啟賢手頭現金變少，雖然供應美玲、支付房貸，多一個門戶開銷的經濟能力，他猶有餘裕，但他不再像以前一樣，外面賺的黑錢全部讓美玲支配，女人開口要什麼給什麼。而且，他三不五時想起來，還會碎唸那筆賭債。他認為，這女人就是日子無聊，才會搞出這麼多事來，所以旁敲側擊，希望美玲去學點什麼，或做點小生意。他不指望美玲能夠乖乖上班領死薪水，當個老闆娘不是很好嗎?但，這只是他公務員的想法。

對美玲來說，不就是要趁年輕享福，才沒名沒分跟著你，若要那麼辛苦過日子，還不如找個有錢老頭嫁了，至少還有點保障。

孫、李決裂，第一個感覺不習慣的是林美玲，以前都是一家人，她是組長夫人、老大的妹子，閒暇時到賭場、茶行串門子，跟「厝內」小弟的眷屬女友們吃吃喝喝，到哪裡都是被捧著的大嫂。老公跟大哥分道揚鑣之後，孫啟賢倒也沒嚴禁她跟李金生或他組織裡的人往來，但提醒過她，別熱臉貼冷屁股，顧著點自己尊嚴；而她不信，去過一、兩次，除了阿兄，其他人的冷漠與不自然的客氣，很明顯擺在臉上。為此，也為了被裁減的包養費用，美玲抱怨不已，自然不會給孫啟賢好臉色看，兩人吵架次數逐漸頻繁。

這陣子，孫啟賢真正嚐到了「齊人之苦」，他幾乎每天得面對女人的晚娘臉孔與冷言尻洗，而時間點正好在他與李金生決裂之後，這讓他一直告訴自己要忘掉的那小小芥蒂，不斷擴大、不斷發酵……

就算是「贈妾」也好，「無縫接軌」也認了，到底她的心向著誰？難道，她與李金生還藕斷絲連嗎？這些疑問困擾著孫組長，甚至讓他害怕回家，幸好，刑事組長三天兩頭不回家很正常。

孫組長幾度想利用自己刑事偵搜的能力抓姦，但抓到了只是彼此難堪，沒名沒分，連提告都告不成，能怎樣？又能證明什麼？他也想把心一橫，乾脆放生，但總下不了重手。

直到王志強又來找他。

一上車，王志強說：「帶你去見一個人，等一下發生的事情，你一定得保密，否則，我會丟官、判刑，最後怎麼做，你自己決定。」

王志強沒頭沒腦的話，讓他充滿疑惑，但他從沒看過這學弟如此凝重，甚至是肅殺的神色，點了點頭，跟著緊張起來。

車子從中港路轉遊園路，上大肚山，繞過東海大學後門，來到望高寮人煙罕至處，接著駛進僅容一車通行的狹路，兩邊都是比人高的芒草，遮蔽左右方視野，也就是說，外面也看不到他們。到了無路處，得下車步行三百多公尺，那裡有個廢棄的砲兵反空降碉堡，王志強打開生鏽的鐵門，一手持手電筒，另一手牽著學長，小心步入長滿苔蘚、濕滑的地下室，那通道蜿蜒著僅一個人肩膀寬的台階，向下步行五、六十階，才進入到地底三層樓深處。

孫啟賢赫然見到建志，他顧著一個被綁在椅子上的男子，那男的蓬頭垢面，鬍渣滿臉，眼睛淤青，顯然被毆打過，此人手腳被控制，卻用力扭動身軀，但不是在掙脫束縛，因為他手腳痙攣，蜷曲且緊握，口中斷斷續續哀嚎，感覺他正承受巨大的肉體痛楚，王志強把手電筒的強光照向那男子，竟然是簡明奎！

「清醒了嗎？」

「幹，『啼』了好一陣子！」

王志強轉頭對明奎說：「這個人是誰？你認ㄟ出來嗎？是孫組長、孫啟賢，我問你話，你老實講，我才肯給你注四號仔，你毋通昨天跟我講一套，今天卻烏龍轉桌，說不仝款的話！按呢我就乎你繼續『啼』！」

藥癮症發作的明奎，痛苦得從牙縫擠出聲音回話：「緊啦！趕緊乎我，我足艱苦，你問啥米我攏說！」

「你跟李金生真正的關係是啥米？」

「我是他的人，他放在海線的暗樁，少年時作夥管訓認識，暗中合作……」

「林美玲那筆賭債，是按怎來的？」

「根本就沒有這條賭債……」

原本全身都像被蟲蟻嚙噬得痛苦難耐，恨不得撞牆的簡明奎，突然間好像不痛了，他眼睛發亮，看著孫啟賢，發出金屬般尖銳的笑聲：「嘻、嘻……你乎阮騙了，那天，根本是金生跟我設局，恁某明明知道，嘛是心甘情願配合阮演戲來騙你，幹！金生的目的就是欲乎你欠我一大條錢，嘿嘿，若沒欠錢，你奈ㄟ幫李金生去刣六百？」

「哈哈哈哈……」那夜梟啼叫似的笑聲混雜著痛苦與興奮，在空曠的碉堡裡產生回音，如陣陣波浪，格外刺耳。

明奎不曉得是為了取得毒品，還是奚落孫啟賢讓他亢奮，他急促地說：「李金生說，你幾乎沒有弱點，他無法度用錢收買你，配合他做掉六百，只能作局，乎你欠錢，等你乎錢逼到了！走投無路，他再來求你，你就會考慮了。要按怎乎你欠錢？只有從你的查某人落手（下手），這個女人也真正背骨，從頭到尾，她攏知道李金生挖一個孔乎你跳，她嘛是照演，哈、哈哈……你大組長想袂到吧，還擱打我出氣！小弟才是無辜的啦……」

孫啟賢不敢置信，從頭到尾他就像個傻瓜一樣被李金生、林美玲這對兄妹、不！是姦夫淫婦玩弄於掌股之間。

他轉頭問建志：「你攏知？」

「是！」

他氣極了，從腰際掏出手槍，拉了槍機，王志強趕緊衝上去阻攔！「你瘋了，學長，你這把是警槍，彈道驗得出來……」

這時，孫啟賢氣到腦筋一片空白，對於一旁簡明奎的呻吟、哀叫充耳不聞，他想幹掉這傢伙，甚至連建志他都恨不得一槍打死，他腦海裡閃過好幾個與林美玲纏綿恩愛的畫面，她那特別膩人，撒嬌討好的喃喃囈語，有如魔音傳腦，在他耳際揮之不去。

「幹！臭雞掰！」

「別衝動，等一下建志還有更驚人的祕密要跟你說，簡明奎是不能留了，但你不能用警槍殺他，犯不著把自己賠進去，冷靜點！」

「尙！我回家取私槍，我要他死！」

「學長，我準備好了……你注意一下，明奎顯然『走水路』[1]走久了，他打針打到兩隻手臂靜脈硬化，針都扎不進去，這個人，你我不殺他，也活不了多久，乾脆，我們幫他『開桶』[2]！」

「你有四號仔？」

「連針筒、礦泉水我都準備好了，看你打算怎麼處置！建志你不用擔心，我跟他深談過，他不會出賣我們。不然，讓他動手，這樣你會安心些。」

「也好。」

王志強把建志叫過來，低頭吩咐他把海洛因溶解後，從簡明奎胯下動脈注射進去，他還交代要注射足足一錢的量，這麼一小包白粉，市價兩萬多元，夠簡明奎這種老毒蟲享用一個禮拜，若一針全打進去，鐵定心肌梗塞，但法醫相驗，頂多認為死者施打毒品不愼暴斃，孫啟賢轄區裡，每年都有幾個毒蟲注射過量死亡的案子。

這時的孫啟賢，思緒紛亂，一下子火氣上來，恨不得回家拿私槍，衝去議會跟李金生「輸贏」！一下子又沮喪、自憐，開始懷疑人生。就在他的心情起伏不定，各種怨念感傷如走馬燈跳進跳出時，王志強指揮建志，已經清理好現場，然後兩人抓著腳步虛浮的孫組長離開碉堡，只留下一具新鮮的屍體。

三人漫無目的開車在大肚山曲折的山路繞著，孫啟賢一語不發，顯然受到很大的打擊，最後建志把車開到王志強家。

此時，孫啟賢無魂有體，親像稻草人，到了王志強家客廳，才回過神來，問學弟說：「對了，我剛剛忘了問，你們不是分手了？」

「學長，你自己問建志吧。」

建志的說法是，他離開王志強後，回到李金生組織，剛好孫、李分道揚鑣，又發生孫啟賢親自抓了大小康事件，這讓建志在李金生「公司」裡處境尷尬，受了委屈之後，想起來還是那個人好，於是跑回來，且為了交心，把李金生瞞著兩位警官的內幕全部披露……

建志低頭囁嚅著，說出李金生跟林美玲死灰復燃的事，他還強調，是最近才發生的事，他說：「我姊就是沒有辦法抗拒李金生那個變態，連我，她都可以設計……讓那個禽獸幹！」

1　靜脈注射海洛因等毒品。

2　有些毒蟲靜脈注射久了，血管硬化，打不進去，加上毒癮太大，會在胯下動脈注射毒品，俗稱「開桶」。但劑量若太高，很容易暴斃，死亡風險相當高，吸毒到這等地步，差不多玩完了。

「什麼？」

王志強拉著他：「學長，你耐心聽他講完。」

「姊夫，李金生跟我姊都是混蛋，我不曉得他怎麼說服我姊，有一次，我跟他們喝酒，才一杯就茫了，醒來之後，竟然跟他們睡在一起，從那次之後，李金生常常要我跟姊姊一起跟他三Ｐ，他幹完姊姊再幹我，要我們姊弟輪流幫他舔那隻臭卵鳥，他很變態，除了沒有叫我們姊弟亂倫給他看，什麼噁心的事情，都逼著我們做。」

「幹！他是用暴力逼迫你們姊弟嗎？」

「倒沒有，我姐姐知道我是雙性戀、喜歡男生還多一點，可能她告訴李金生，所以李金生第一次迷姦了我之後，開始像哄女人一樣安撫我，加上他答應栽培我，你想，我不像有些人天生適合混黑道，我不太能打，只有當幫派裡的『頭殼組』才有機會上位，這就需要老大牽成。」

聽到這些駭人聽聞的內幕，孫啟賢反而冷靜，他開始像是偵訊犯人一樣，思考著建志「供詞」的可信度，有無漏洞？他回頭看了王志強一眼。

「這個部分，我也是這次他跑回來之後，才聽到的。」

組長轉頭問建志：「當時，為何離開王SIR？還借了大條錢才走？」

「原因很多，一開始是我姊跟李金生要我回去，他們說，王組長不會再幫我們了，所以我就沒有必要跟他在一起，其實應該是李金生想要我們姊弟再一起讓他幹，可是，那只是這兩個賤人一廂情願的想法，真正讓我下定決心離開，不是因為他們……」

建志突然抬頭，勇敢地以目光對上孫啟賢：「其實，強哥真正愛的是你，我只是一個替代品，你懂嗎？姊夫，在李金生眼裡，我只是他發洩的對象，跟強哥在一起，他雖然疼我，但有時候做愛，他心裡想的是你……」建志轉頭問王志強：「你敢說沒有過嗎？」

王志強紅著臉，過好一會兒才說：「我跟學長，那、那是不可能，頂多想想，你活生生的人在我身邊，才是我所擁有的……你憑良心講，這些日子，我對你沒付出真心嗎？」

孫啟賢尷尬地說：「建志，別想太多，我喜歡的是你姊，我跟王SIR什麼都沒有，現在、以後，都只是兄弟而已。」

「姊夫，後來我就是想透了，再加上，回去李金生那邊之後，形勢變化，你跟他衝突變得激烈，他常常怨嘆，甚至在手下面前罵你背骨，說你『擱欲呷、擱欲抓』，是死賊頭！我兩邊不是人，且不講他答應我的事情都沒兌現，他很現實，若沒有你的因素，我跟姊姊對他來講，就只剩做愛的功能。最早，在跟你結拜之前，他搞我，還會遮掩，最近有時陣，喝醉了竟然在小弟面前對我『腳來手去』，讓我在厝內根本抬不起頭，我被他弄的事情，若讓外人知道，根本不用混了，哪有被人家幹屁眼的老大？」

「你就哪一邊有利益，倒向哪一邊？做人可以這樣的嗎？」

「學長，你別罵他了，他也是可憐人。」

「學弟啊，你我被這對姊弟害慘了，我、我都不知道怎麼講……

「建志——」孫啟賢嚴肅地說：「這次你回來，憑什麼讓我們相信你會對王組長真心？又如何保證你不會再跑回李金生那裡？」

王志強搶著說：「學長，我們討論過了，以前他之所以心向著李金生，是因為這傢伙承諾讓他在黑道組織裡上位，經我苦勸，建志已經打算退出江湖，反正也沒混出個名堂，他還年輕，我會幫他創業。他有點黑道背景，加上我的關係，做土地開發，買賣法拍屋最適合，這算是他最快能上手的正當行業，相信我，咱再給他一次機會。」

「你媽咧！」看學弟這副護著建志的孬樣，正要開罵，想想自己也好不到哪裡去，孫啟賢感嘆地說：「你我都是傻瓜，建志也好，美玲也好，我都不知道該相信誰了？」

他起身到酒櫃拿了瓶軒尼詩XO白蘭地，給其他兩人各斟一杯：「以金生現在的趴數，十個刑事組長九個會願意跟他，為什麼？連我的長官都怕他了，只是，他變得太快，而且，太讓人心寒，此外，我也要警告你，他變得很危險，我也是為了自保，你懂嗎？」

接著，換他專注聽著建志講些最近李金生跟美玲偷來暗去的細節，孫啟賢突然痛苦地搖晃著建志的肩膀：「你姊姊現在變心我可以理解，李金生現在比我有勢力、有錢，可是，當初她為何跟配合跟明奎演戲，騙我說被詐賭？你知道為了這件事，我冒多大風險？我一來為了護著自己的女人，二來為了兄弟交情，我是提著腦袋在幹的，這兩人就這樣玩我，為什麼？美玲那時候已經跟了我，為什麼要這樣做？」

「很簡單，因為李金生給我姊兩百萬。」

四十二　姊弟羅生門

按照建志的說法，當時李金生除了承諾給美玲兩百萬，同時也苦苦哀求，說如果不幫忙設這個局，他不是被殺就是被關；而且他保證會跟孫啟賢想出一套天衣無縫的計畫，絕不會害到孫，所以美玲才願意幫忙。

建志說：「姊夫，我姊當初的確是真心愛你，甚至很慶幸脫離了李金生，我們也知道跟李金生這樣亂搞，很丟臉。可是，他就是很會控制人，利用我們的貪心跟害怕，讓我跟姊姊不知不覺聽他的話，就像被他下了符仔一樣，要不是我決心脫離黑道，我想，若他再度威脅利誘，我也是會被他牽著憨憨轉。」

孫啟賢像燃起一絲希望，他問道：「如果，趁現在還沒鬧開，我願意原諒她，你姊會回頭嗎？」

「你要聽真話嗎？」建志輕蔑地說：「姊夫，我說姊姊跟你的時候是真心的，不代表她現在的心還是一樣。更何況，李金生現在很想把她再搶回去，是不是針對你？不曉得，但我很確定，此時的你，搶不過他。」

「我哪裡對她不好？」孫啟賢痛苦地揪著頭髮，臉都扭曲了。

「哼，那個破痲，是很虛榮的人，她愛享受，也不專情，還有，你給她的生活太平淡了，你是公務員，越低調越好，不能曝光的組長夫人，她當膩了！此外，姊夫，你給她的刺激沒有李金生強烈？」

「啊？」

當孫啟賢意會過來建志指的是性事，氣虎虎地說：「哪有！我每一次都讓你姊姊滿足得很，沒有一次她要、我沒法給，倒是常常我弄到她喊受不了！還說隔天走路腿軟。」

建志露出鄙夷的神情：「幹！女人床上講的話你也信？好啦，我相信你很強啦，但是，李金生會玩藥！大麻混合春藥給女人吃，自己則不曉得吃了什麼壯陽的東西，還有，他弄了一堆道具，手銬、皮鞭，電動的傢伙，各種SIZE都有，我姊姊是吃『重鹹』的，姊夫你太斯文啦！你別忘了，我跟我姐同床伺候過李金生，你沒看過她噴得床上濕漉漉的，下半身不停抖動吧？她捧著李金生的雞巴又啃又咬，恨不得吞進肚子，還直流口水，我在一旁都覺得，這頭發情母豬竟然是阮阿姊，實在足見笑。」

孫啟賢臉都綠了！

這女人是不能要了！

但是，能不能狠下心、斷了情，是一回事。怎麼脫去這件濕布衫，又是一回事。

孫啟賢藉口辦案，逃避了兩天才「回家」。

美玲不在時，他內心的小劇場排演了好多次，要如何保留風度，能夠好聚好散的台詞，準備在攤牌時說。

但是，出軌這種事情，被抓姦在床都要賴到底，硬拗是拉肚子到汽車旅館借廁所；僅憑建志的話，要美玲承認討客兄，乖乖收拾細軟走人，那是不可能的。如何讓她覺得，自己所做的那些不要臉的事情都已曝光，再辯解無用，孫啟賢費盡思量，總想不出一個好的、婉轉「破題」的說法。

「老公，今天怎麼這麼早回來，不先說！」

晚上九點多，美玲提著購物袋，神色平靜地回到家裡，嘴裡叨叨絮絮些家常，然後一屁股坐在沙發上，順勢躺在孫啟賢的懷裡，這時，孫組長背脊竟然微微起寒，他想著，這女人會不會在回家之前才讓李金生幹過？他不自在地挪了身體，美玲並未察覺有異，半晌、她轉過身去，背對孫啟賢：「老公，你幫我抓一下肩膀好嗎？好硬喔，脖子也順便按一下。」

最近天天吵架，她難得如此溫婉。

幫女人推拿、指壓，是兩公婆之間的親暱情趣，以往這樣按按抓抓，就會順勢纏抱在一起。今晚，孫啟賢抓呀、抓啊，兩隻拇指上下施力，他突然有股衝動，想扼住那細滑溫潤如玉的脖子，使勁地、狠狠地催力，讓她再也無法呼吸。

恨意已經熊熊在胸膛燃燒，孫啟賢沙盤推演了老半天的說詞，一句話也派不上用場，他突然沒頭沒腦脫口說道：「房貸以後你自己繳。」

「啊？」

「我是說，反正房子在你名下，我打算搬回去，你要自己繳了。」

「你說什麼？」

「我們該分手了！」

「你再說一次？孫啟賢，你沒頭沒腦提分手，你神經病是不是？還是外面聽人家說了什麼？分手，好啊，拿個一千萬來老娘就跟你切！」

這不要臉的女人，孫啟賢也火了：「你他媽的做過什麼無恥的事情，自己心裡清楚，我不想捅破，你還比我大聲，幹！」

「你說啊！我做了什麼？你一開始就看不起我，現在玩膩了，就想把我甩掉，你不要我沒關係，一開始我們就說好了，你不要我可以講，條件大家來談，不要講一些五四三的來糟蹋人！」哼！意料之中，果然沒抓姦在床，這破麻死都不會承認。跟女人吵架、掰歪理，孫啟賢不是對手，只能任憑美玲咒罵、叫囂，等女人洩了勁頭，他才冷冷的說：「嘜假仙啊，恁小弟攏說啊，你已經擱回去李金生身軀邊。還有，當初你那筆賭債，嘛是跟李金生、簡明奎作夥挖一個孔，乎我跳……還有一些骯髒代誌，我聽建志講了，你奈ㄟ遐呢下賤？我就想袂曉，跟我逗陣，我有哪裡對你不好？你看到李金生當議員，就趴回去他那邊，哼！袂見笑。」

「你看到鬼！建志說的話甘ㄟ聽？我自己的小弟，我是歹勢說乎你知，自細漢我就疼他惜命命，他是阮兜唯一的查甫，但是，他只會害我，每次出代誌就說白賊（謊話），一隻嘴胡累累（天花亂墜），攏把問題推給我，讓我幫他擦屁股。他在阿兄那邊亂搞，汙了人家三百多萬，現在阿兄一直在找他算帳！上次砂石場燒掉怪手，害你們賠錢，那時候是因為你跟李金生還是兄弟，所以人家看你面子放他一馬；現在你跟李金生翻臉，他沒辦法待在那邊，只好跑回王組長身邊，為了巴結你們，啥米白賊攏嘛說ㄟ出嘴，你嘜聽他的，代誌不是他講的那樣！」

接著她放低姿態解釋：「老公，你要相信我，前一陣子你叫我不要再去阿兄那裡，我為什麼還跑去？因為我知道建志汙了李金生的錢，沒有你跟王組長的保護，他沒死也會被剁腳筋，我去求阿兄再放過建志一次，把他趕出公司就好，錢我再來想辦法，就是這樣而已，我真的沒有對不起你！」

「你沒和他上床？」

「你跟他翻臉了，他想報復你，所以要我跟他睡，我不肯，但是我也不能一下子拒絕……老公，我真的沒有對不起你，是你們搞成這樣，我沒辦法求你救建志一條命，他再壞都是我的弟弟……」

「嗚嗚……」想起親生胞弟的誣陷，愛人的不諒解，美玲哭得悲切，放聲嚎啕的聲音此時聽在孫啟賢耳中，只覺嘶啞、粗礪得難聽，她鼻涕眼淚糊上了臉，面目狼籍，但孫啟賢除了滿腹疑竇，根本產生不了一絲絲憐惜的心，他等美玲情緒稍微穩定，繼續逼問……

「他都沒碰你？」

「……有，是有啦，可是我、我、一直閃，我跟他說，你對我真心真意，就是你們兩兄弟翻臉，也是他錯比較多，我不是那種女人，他不可以對我這樣。」

「他沒用強的？」

美玲突然生氣地說：「我都要咬舌自盡了，他還擱強乀落？」

這女人怎可能如此貞烈？

「哼，都要咬舌自盡了？那你還成天跑他那裡，我講都不聽？」

美玲大聲地反駁：「我都說了，我要救我弟弟一條命，老公，你若嘜跟他翻臉，你聽我的，跟他好好講，我需要冒著被強姦的危險跑去他那裡？你就只顧你自己，都沒想到我？」

孫啟賢迷惑了，他不知道該信哪一邊的說法……

幸好，他的個性雖然優柔寡斷，但頭腦可是相當清楚，他想起，美玲並不否認跟明奎、李金生合作設局欠賭債的事，剛剛他的詰問，美玲也是閃避而已，更何況，明奎在那種狀態下，不會說謊。

「那我問你，你為何配合簡明奎，設局說賭輸錢，跟李金生挖坑給我跳？還演得跟真的一樣！」

美玲一下子像洩了氣的皮球！她低著頭囁嚅著：「這件事，我承認我騙了你……可是、你幫李金生處理那件事，不也是賺了錢？更何況，他說是你太保守，他會想辦法讓你全身而退，還有功獎，事情最後不是這樣嗎？老公，能夠不害到你，救了阿兄，我又有錢可以賺，我為什麼不幫？」

美玲越講越理直氣壯，她接著說：「阿兄攏說，你就是太膽小，做事瞻前顧後，不知道在驚啥米小，否則，絕對可以賺更多錢！」

「幹！別人的囝死不了，你知道我幹那件事情，擔了多大風險？若出代誌是會關到頭鬃生虱母，到時陣，你要送菜來監獄給我嗎？」

「奈ㄟ？」

孫啟賢鼻子快氣歪了：「無出代誌是好運！重點是，你怎麼可以跟李金生一起設計我？挖一個坑給我跳？這樣叫做愛我？你叫我怎麼能再相信你？」

林美玲是那種辯不過，就像潑婦一樣耍賴、耍狠的人，她氣憤地說：「作攏作啊，無你是要按怎？當初嘛是為了救阿兄，彼時陣，你跟他好甲比親兄弟擱卡親，他說是你一時頭殼『孔固力』（固執、死腦筋，外來語），想不通，我幫他是雙贏。好吧！我知道錯了，但除了這件事，我沒有對不起你，你相信嘛好，不相信我嘛無法度！」

林美玲擺出一副信不信隨你的囂張態度，讓孫啟賢為之氣結，本來，建志的話先入為主，要讓人相信她就很困難。

就在他腦筋紛亂時，林美玲竟然嗆道：「你最好不要再講我跟李金生按怎，他一直想欲我擱跟他，是恁祖媽不肯，我並不隨便。你如果擱再逼我，我就真的去跟他！當你的女人有什麼好？這個不行、那個犯禁忌，一點自由攏無，你凍酸擱無腹腸，歸天懷疑我討客兄，這款日子欲按怎過？」

天啊！這女人居然拿翹。這時，孫突然想起建志形容過她在李金生胯下高潮失神的醜態……心中一陣痛楚。

美玲色厲內荏高姿態叫囂，一副大不了老娘跟你「切了」的態度，讓他覺得，這女人的心，多半不在他身上了。

「好！建志說，當初你跟李金生在一起的時候，你設計他，讓李金生幹他，還跟他一起陪李金生睡，姊弟兩人一起服侍李金生，有沒有？」

林美玲跳腳，指著孫啟賢鼻子大罵：「夭壽喔！這款『沒影沒隻』的代誌，這個死囝仔嘛編乀出來？」美玲又氣又罵，又哭又叫，全盤否認三P的事情，她反而控訴，父親死後，她為了撫養還在就讀國中的建志而墮入風塵，但這個弟弟不學好，且再怎麼為他犧牲奉獻，他都不當一回事，慾壑難填，不斷跟她要錢，她不斷幫他擦屁股，處理債務，但弟弟總是惹了禍就把問題推給她……

美玲還說，她最反對建志搞同性戀，因為他們林家只有他一枝根苗單傳，但這孩子高中就有男朋友，她氣死了！當初王志強要建志跟他，美玲也是不贊成的，她又怎麼會讓自己的弟弟去給李金生搞呢？至於李金生是不是跟建志搞過，美玲說，她不確定，以建志那死囝仔趨炎附勢、善於巴結的個性，說不定會主動誘惑李金生，但絕對沒有姊弟兩人同床服侍李金生這種禽獸之行發生，美玲幾乎是咬牙切齒地賭咒。

「還有！建志說，你並不是因為被李金生老婆抓到，所以變成兄妹相稱，我跟他之間是『無縫接軌』，他為了巴結我才把你送給我的，是嗎？」

這一點，美玲倒不否認，她說，跟李金生在一起，就是標準酒家女被恩客包養的模式，說沒感情，也是騙人。但她一見孫啟賢就傾心，李金生知道留不住她的心，乾脆利用她來做個人情，那套兄妹之說是交接前編造的。

美玲強調：「老公，我是真的愛你，李金生一直不甘心，尤其在你們翻臉之後一直勾勾纏，你不要逼我，更不要相信建志的話，他在害我，因為他氣我不幫他處理他在李金生那邊汙掉的錢，但你想，我手裡有多少私房錢？你給我多少你自己清楚，我奈有能力處理那三百萬？而且，現在我又無法開口求你，這陣子，你跟李金生翻臉，我夾在中間，好累、好苦，親生弟弟還這樣糟蹋我，我真的不如去死了算！」

這兩姊弟的說法，猶如羅生門，他都不知道該信誰？唯一可以確認的是，明奎與李金生設局拖孫啟賢下水，美玲是摻了一腳，這是嚴重的背叛，讓他再也無法信任美玲。

孫啟賢就這樣拖著，要不要繼續在一起，也沒說清楚，他每一次「回家」總沒看到美玲蹤影，於是默默搬一些衣物、用品、書籍，回他跟髮妻的住處，很快地，東西搬光了，他也不再回那傷心地了，這兩人就在說不清、道不明的曖昧狀況之下，「實質」的分手了。

但這些日子，美玲出入李金生公司、茶行的消息時有耳聞，甚至有人說看到她跟李金生出雙入對，美玲花枝招展到議會探班，這些耳語當然沒人會在孫組長面前當新聞講，但他總會輾轉得知，每次聽了都刺心，終歸，他還是得一個人孤寂地走著。

四十三　支援省刑大

坐上「台灣省警政廳刑警大隊大隊長」[1]這個職務，除了意味著很快就可以出任縣市警察局長，而且是凍省之前，在「刑事一條鞭」體系下，手下刑警兵力僅次於刑事局長的高階警官。這麼個跟孫啟賢層級差距之大的警界封疆大吏，竟透過祕書命他前來密會，還叮囑不得讓台中市警局長官得知，怎麼思量，都覺得詭異！

他端坐小會客室，半晌，大隊長劉鎮遠帶著祕書王志強進入房內。

「坐靠近點……」劉大座客氣地打招呼，他從王祕書手上接過一份卷宗，像是自言自語地唸起孫啟賢的履歷記錄：「孫組長，你是刑事系四十五期……破過的案子不少嘛！張耀揚強盜集團、西屯安和路祖孫凶殺命案，喔，這件中華路電玩商人擄人勒贖案也是你辦的，還有……新十大槍擊要犯的熊耀華，雖然紀錄上是跟我們省刑大聯手檢肅到案，但這件我知道，其實都是你們的線報，我的手下只

1　省刑大：台灣省最高警政單位原為省警務處，一九九五年改制為警政廳，搬遷到台中，並順勢成立「省警政廳刑事警察大隊」，由刑事局調撥兩隊（後改制為大隊）在台中市成軍。一九九九年凍省，省刑大也廢除，所有人員歸建刑事局，省刑大在台灣警政史上，僅有短短四年歷史。

有幫忙監聽，這件該算你的……」

劉鎮遠低頭詳細看了好半晌，突然抬起頭說：「孫組長，其實你的戰功，到刑事局或來我們省刑大，也不遜色，地方刑事組雜務那麼多，交辦案件也多，不像我們可以專心辦大案，能有這樣的成績，不簡單，是人才！」

孫啟賢雖然心裡甜滋滋的，搞不懂這位「超級大長官」突然對他大肆褒獎，有何用意，他矜持地笑了笑，不回應。

「拿另一份來，」劉大隊長翻閱了半天，笑著說：「督察單位裡，你孫組長的祕件資料也很精彩喔！賭場圍事、跟議員李金生勾結搶標河川局疏浚工程，協助角頭李金生恐嚇海線議員……督察單位查無實證，但這些事情確實發生，祕密證人所控事出有因，建議存參，以觀後效。還有，你的存款有一千三百多萬，名下房屋一筆，在台中市西區，另有『惠中段』寄名農地兩百多平方公尺、約一百坪，那裡是七期，未來極可能列入重劃……

「嘿嘿！這個很有增值潛力喔！一百坪農地扣掉一半抵費地，重劃後至少分得五十坪建地，若能喬到好地段，未來值好幾千萬，孫組長你真有一套！還有，親密女性友人林美玲名下房子一棟，證實是孫組長你支付房貸，加上ＢＭＷ車子一部，你自己開的，林美玲一部福斯……呵呵，學弟啊！你真是生財有道，我刑警幹一輩子，都當大隊長了，還是差你很多、很多！」

孫啟賢哪裡是被嚇大的，當年哪個刑事組長掀開屁股不是臭烘烘的！聽說劉鎮遠早年跟警總共穿一條褲子還嫌肥，此公搜刮更狠，手段更毒辣！豬鼻子插蔥，裝大象啊！哼，這個外省大座，怎麼看也不像是個「食飯攪鹽」的清官啊！孫啟賢皮笑肉不笑，故作謙虛地說：「大座您客氣了，啟賢走的路，不敢超越前輩、學長，我膽小、怕死。」

劉鎮遠滿意地哈哈大笑：「兄弟啊，你若真的有事！就不是督察單位僅供首長存參的祕件資料，而是調查局肅貪處送到地檢署的偵字案件了，不過，市調處那些鬼，也沒比我們警察乾淨多少！」

劉大隊長笑容一斂：「可是，你也可別小看這些密件資料，要搞你時，先送政風，接著調查局剝你一層皮，怎麼查，十件總有一件移送得成。還有，你案卷裡，李金生、李金生、李金生……都是這傢伙！簡單地說，你出尖了！沒準你就是下一個督察政風要處理的對象，人家也是要績效的。」

話講這麼白，但孫組長很清楚，儘管大家都不乾淨，督察人員也一樣，肅貪單位以及法官、檢察官同樣雙手沾染銅臭味，但政府不會、也沒有能力除惡務盡，總是只抓幾個殺雞儆猴，宣示決心，他就是不想成為被抓的出尖分子，才會跟李金生鬧成這樣子。當他感覺脖子冷汗冒出來的時候，轉念一想，眼前這個人是台灣省的刑事龍頭，又不是督察長，他不管警風紀，自己也不是他部屬，所以，找此番祕密召見肯定不是只是想敲打他幾下，一定有深意！

他淡定地說：「我做過的事情，我心裡有數，督察單位也得講證據，不是嗎？到了法院，官司更是有得打！大座，自從省警務處改制警政廳，在台中市成立省刑大，您也來一年多了，這塊『會出石油』的風水寶地，是多少學長寧可不升官，也死命地巴著重要位置，說我出尖，不對吧？賺比我多的比比皆是，恐怕是人的問題，剛才大座說了，我的資料裡，都是李金生，大概是這傢伙要倒楣了，我只是掃到風颱尾！」

劉鎮遠心裡開始欣賞這個兩線一的地方刑事組長，面對他刻意施以官威、恐嚇暗示，能夠不卑不亢，不懼不躁，也不忙著碎嘴解釋，平靜地等他亮牌，而且抓得到重點，知道是李金生的關係。

劉大隊長決定不打啞謎了。

「沒錯！李金生差不多快玩完了，上面要動他，這已經是政治鬥爭了，但他在台中勢力雄厚，沒那麼好處理，一動手，跟他有關係的人，他的過去，都會被揪出來，用放大鏡檢視，孫組長，你覺得，你逃得過這池魚之殃嗎？」

簡直是怕什麼，來什麼！孫啟賢額頭不停冒汗，他忍著不去擦拭。半晌，他雙手放在膝蓋，彎腰鞠躬：「請大座明示，既然長官提點，就是要教我自保之道，啟賢唯有感激、追隨，不會不識時務。」

劉鎮遠微笑頷首，這頭倔驢子終於低頭，他舒服地往後仰躺：「你先講一下跟李金生合作的過程，我再來想想……」

孫啟賢的答覆，不外乎當年刑警隊長要他把還是個小角頭的李金生「收起來」，一開始李老大也接受他的節制，只撈點偏門生意，毒品、殺人放火的事不敢碰。但當了議員之後，突然爆紅，在議會呼風喚雨，是當權派紅人，他變得囂張跋扈，驅使警察如牛馬僕役，兩人因此慢慢決裂。

前半部，孫啟賢簡單扼要帶過，對於搞賭場、介入砂石買賣，搶標河川疏浚工程……這些違法的事，他並不否認；後半部兩人翻臉過程，孫啟賢則敘述得很詳盡，除了林美玲的部分。

總之，他強調，兩人已經分道揚鑣，利益上的合作俱往矣！恐怕現在李議員最賭爛、也最怕的警官，就是他孫啟賢。

「志強，你也坐。」

劉鎮遠讓侍立在他身後的王志強也入座一起討論：「志強，你還是認為應該把孫啟賢調來省刑大，才幫得了我們的忙嗎？」

「是的，大座。第一，我們的人大多是擴編後從刑事局來的，雖然辦案經驗豐富，資源也多，但對地方生態不熟，所以我們治平掃黑工作，若不是跟地方配合，就是仗著優勢警力長期監控，孫組長加入我軍，等於我們多了一盞探照燈。尤其是對付李金生，孫組長對他的惡行瞭若指掌，說難聽一點，有些壞事還是他包庇的，他組織裡什麼人什麼個性、弱點，一清二楚，如果大隊長肯保他，我相信孫組長一定知無不言，言無不盡。」

王志強使個眼色，孫啟賢立刻接下話：「就像大座說的，我的黑資料督察室一大疊存參，這當然不是我比較黑，或貪得比別的學長多，而是我朝中無人，利潤沒有分享到督察系統。如今，高層要動李金生，儘管我跟他已經反目成仇了，但過去的事情擺在那裡，我很難不被波及，至少……賭場跟砂石場，有太多我介入的痕跡與人證。為了自保，也為了還能夠繼續穿這身老虎皮，大座，若您讓我參加檢肅李金生的團隊，我肯定比誰都賣命，不是嗎？」

劉鎮遠還閉著眼睛沉吟，孫啟賢不曉得這位大座是在作態，還是對自己仍信不過？照理講，找他來，就是有招攬之意，否則何必向他透露高層要動李金生這個機密？但事關撤職查辦，孫啟賢沉不住氣了！

「大座，不瞞您說，您剛才提及我的親密女性友人林美玲，我買了房子給她，我的確違反警察人員風紀規定，有婚外情，但是，現在這個女人已經回到李金生身邊了。您想，哪個男人能夠忍受被戴綠帽子？我就算不為自保，不為了警察人員的尊嚴，就這奪妻之恨，我也會比任何人都積極想將他繩之以法，只是，沒有高層的支持，我哪裡動得了他！」

投名狀遞得夠了！這老奸巨猾的劉鎮遠，怎會不曉得這事，但他就是要孫啟賢搞清楚，自己是戴罪立功，最好巴結點，別想兩面三刀，混水摸魚。

「你知道李金生已經向警察局長施壓，要把你調內勤嗎？」

「有聽說，但李隊長不敢！因為我們的砂石場他也有一份，這位長官手不用弄髒，拿的卻不比我少，甚至我退出了，他還繼續接受李金生的供養。」

孫啟賢陰惻惻地說：「大隊長保我，也是保全警界的顏面，李金生咬我，法官未必採信，他是黑道，是被檢肅、提報流氓的對象，但我咬誰，誰倒楣！因為我是警官，而且是台中市績效最好的刑事組長。」

「學長，別亂說話！」王志強忍不住出言斥責。

「沒關係，啟賢說的是實話，說不定我們省刑大也有人跟地方業者、黑道勾結，算算，咱也來快兩年了。」

劉鎮遠覺得這年輕人夠狠，心思靈動，膽識也足，有點自己年輕時候的霸氣，如果他一副畏畏縮縮，嚇兩句就蔫了，誠惶誠恐地解釋，劉鎮遠還看不上眼呢！畢竟，李金生的威勢與政治實力不容小覷，沒有足夠的膽氣與他對抗，絕對成不了事！

劉鎮遠說：「啟賢，要提報李金生的事，目前警界只有署長、廳長、你們局長，以及我們在場三人知道，連刑警隊長都是我刻意保密的對象，唉！李隊長現在只想在台中市撈最後一把，順利退休，他老了！不敢跟李金生拚搏，他會閃躲，想盡量避免捲進這漩渦，我可以理解他的心態。」

接著，劉鎮遠像法官宣判一樣說：「孫組長，你就順勢調台中市警察局保防室，會有祕件公文命你來省刑大支援，保防室調查員本來就是外勤的缺，你每天簽到後，再來省刑大上班，別讓保防室主任以外的任何人，知道你來我這兒支援，等流氓審查會開完，確定警政署將李金生列為『治平專案』檢肅對象，我會開出缺來，公開徵求兩線二副組長，你來報名，內定就是你啦。先恭喜你啊，這件事給我好好辦，辦妥了，就準備升官！」

如果一直待在台中市，孫啟賢大概還得花個八至十年光陰，才有機會晉升兩線二的刑警隊副隊長、副分局長，頂多課室主管退休；現在一下子跳到省級單位，還加了顆小星星，省了十年仕途歷練。若績效卓越，五、六年後有機會派到縣市當刑警隊長，幾年之後回刑事局，當副隊長、科長、隊長；或者，副組長外勤滿三年，直接報考分局長，到各縣市流浪，然後當督察長、副局長……再來是北高直轄市分局長，運氣好一點，六十歲以前還有機會撈個縣市警察局長。這一顆「省級」的小星星，讓他升官圖格局豁然開朗，跟一輩子待在人事管道擁擠的台中市，前程判若雲泥。

孫啟賢由衷感激劉鎮遠，但他心裡也清楚，這一定是王志強祕書在主子身邊進言，他看了學弟一眼，盡在不言中。

四十四　檢肅

加入省刑大團隊後，孫啟賢密集地跟與新同事們開會，檢討蒐證方向，雖說孫啟賢對李金生犯罪事實瞭若指掌，但如果是他包庇的賭場、砂石生意引發的暴力鬥毆，難保李金生或他的手下在治安法庭上，不會將孫啟賢咬了出來！更無法確保搜索時不會找到令孫啟賢尷尬的證物……幸好省刑大的同仁還挺體諒的，大家說好繞開這些，只針對他當選議員後的犯行蒐證。

在那解嚴不到十年的轉型年代，已經不能像警總抓人一樣，只要有三個祕密證人指證，就可以把人送火燒島，儘管《檢肅流氓條例》後來被宣告違憲，但當時的「流氓審查會」已經延聘法官、法學專家、社會賢達人士與高階警官擔任審查委員，就算是「政治提報」，也不是上面說什麼，委員通通會買單！還是得有明確的證詞與事證，才過得了「流氓審查會」，而且，搜捕檢肅到案之後，若證據力不足，在治安法庭一樣會被打槍。

但這對孫啟賢來說，並不是難題，他暗忖，李金生當選議員後非但沒收斂，反而更加囂張，若針對跟孫啟賢、王志強無關的暴力討債部分蒐得齊全，大概就有六十分；這部分容易處理，他稍微提點一下組織內部情形，省刑大的同仁就能辦得俐落。但這些還不夠，孫啟賢還必須把大小康販毒槍擊案給牢牢摁在李金生頭上，這樣，李大議員就有坐不完的牢了。

為了不打草驚蛇，孫啟賢與省刑大檢肅組組長周唐志制訂了一個策略：第一，得在李金生隨議會組團到美國阿肯色州一個姊妹市參訪的那十四天內，完成蒐證；第二，警方必須先策反羈押中的大小康兄弟，再祕密傳訊他身邊重要的人，設法取得警方要的證詞。

問題是，你一動李金生的人，蒐集他組織的相關資料，恐怕李金生就會有警覺，加上警方裡有李議員養的內鬼，就怕打老鼠砸破了花瓶！若要放棄蒐集組織內部的犯罪事證，只有被害人證詞，又怕證據鞏固得不夠堅強。孫啟賢想了好久，終於讓他想出一招！

孫啟賢告訴周唐志，李金生用了個帳房，叫張洲平，張某在黑道算是「頭殼組」的，懂金融，會玩股票、期貨指數，在黑道圈裡，已經是鳳毛麟角的「財經專家」了；後來李議員事業版圖擴展，張某的重要性更高，如果擊中這根軟肋，逼他交出資料，一定可以抓到李金生的不法金流。

李金生還沒當選議員時，曾帶著張洲平來拜託孫啟賢，要他幫忙縱放一個應召站，孫組長嫌晦氣，因為他總覺得賺女人皮肉錢很漏氣，不太願意關說這塊，但在他轄區，也只有他能處理。

孫組長記得李金生是這樣跟他講的：「大哥，老張對我們很重要啊，這個『機仔間』跟我們沒關係，但卻是他老婆邱蕙英的，你不能不幫忙，如果老張怨我們兩個當老大的見死不救，不幹了，或在帳目動手腳，你我損失才大咧！咱作老大的，必須要乎底下人『感心』，你不是常說帶人要帶心嗎？這點小事你不幫，人家怎麼會交心，ㄟ，你也是咱組織裡的老大耶！拜託啦，我知道大哥你不願意沾這種事，但這一次真的不能不幫。」

當年，孫啟賢也沒完全放縱，他放下身段拜託擔任派出所所長的學弟，最後只辦了一個妓女、一名嫖客，送到刑事組，巡官潘家興裁決，罰款八千元了事。

孫啟賢以前就聽說張洲平伉儷情深，當年老婆出事的時候，他急得像熱鍋上的螞蟻，令他印象深刻。於是孫建議周組長，讓台中市警方掃蕩邱蕙英的應召站，用「販運人口」、「容留良家婦女賣淫」這個重罪究辦，掃黃很少用到這一條，通常是很惡質，有用暴力、毒品逼良為娼的情形，才會祭出這顆翻天印；他強調，一定要順藤摸瓜抓到邱蕙英本人，看張洲平是要八千元了事，還是眼睜睜看著愛妻收押禁見，關個五年、八年。孫啟賢相信他對李金生的義氣，比不上愛妻之心。

周唐志以為，這樣已經算無遺策了！但孫啟賢說：「學長，還不夠！李金生不是一般流氓，他是政治人物，堂堂市議會黨團總召兼國民黨中央委員，我們必須假設風聲一定會走漏，他一回國就會接到消息。你別忘記，現在還在蒐證階段，流氓審查會通過之前，中華民國政府沒有任何理由管制他出入境，你難保他不會護照拿著，立刻買張機票飛走！我跟你講，這個人機警、多疑，且行動力很強！我只擔心他一出國參訪，在國外得到消息乾脆滯美不歸，那我完全沒輒了，我們必須做到他一踏進海關，就再也出不去……」

能這樣把李金生鎖死，也只有他的「知交好友」孫啟賢。而孫組長，這回發揮了他全部的辦案天賦，他很快找到李金生逃漏稅的事證，這種小事，當年孫啟賢都有與聞的，接著再找個線民，去稅捐稽徵處檢舉，讓上面協調內政部入出境管理局，暗中管制他出入境；最後，還得由警政廳暗中勒令各港警所，加上資深刑警在檯面下出手，封鎖李金生的偷渡管道，如此，才叫算無遺策。

接著，得策動羈押中的康氏兄弟咬死李金生。孫啟賢告訴新同事，這對兄弟個性不同，大哥生性死忠，不容易說服他背叛老大，但他脾氣暴躁，頭腦簡單，容易被挑撥；弟弟有點小聰明，但那點鬼頭鬼腦都用在自私的念頭上，這人意志薄弱，只要稍微用刑，就什麼都配合，「出賣」老大對他來講並不是艱難的抉擇。只是，兩人供詞必須一致，才有可信度，由於「科學辦案」（刑求的暗語）這活兒，省刑大的學長也很專精，於是讓他們對付小康，孫啟賢專心審訊大康。

「大康ㄟ，在看守所裡有沒有被欺負？有的話要跟大仔講，我會處理。」一見面，孫啟賢端起老大的架子，先關心起大康，他想測試一下，他跟李金生分道揚鑣後，李議員怎麼在組織裡裡給他「定調」，畢竟，李議員手下的小弟都曾對孫組長畢恭畢敬地視為自家老大。

他瞪著孫啟賢：「幹！我人是你抓的，你還擱好意思說自己是大仔，有這款出賣小弟的老大嗎？」

孫啟賢乜著眼看他，逕自抽著菸，等大康犯了菸癮，猛嚥口水，才把一根「萬寶路」遞到他嘴邊，大康不自主地張嘴咬住，孫啟賢給點火了，慢條斯理地說：「我跟金生的代誌，誰對不起誰，誰欠誰卡多？一時嘛說袂清楚，你們做細漢的，免管遐呢多，我問你，自從我跟你們金生大仔合作，你們康家兄弟的代誌，只要不是傷天害理，欺壓善良的，我哪一次沒挺到底？」

的確，這對兄弟檔負責暴力討債，好幾次惹上難纏的敵對黑道分子，打了起來，也是孫啟賢幫著把對方壓下去，只要討債對象不是一般盤仔人，孫組長對其他俎仔的手段可是很「粗殘」的；若是善良百姓，他則會反過來調解，命大小康給對方一點籌款的時間，他總說：「你打死他，錢也還不出來。」那段時間，大康對孫啟賢的悍勇相當崇拜。

大康沉默半晌，但看著孫啟賢的神色開始不一樣了！

孫啟賢故做生氣狀，往大康頭殼搧了一巴掌！「幹！以後嘜叫我大仔，你這次在大街上飆車槍戰，還擱搶錢、搶毒品，自己囝仔乎人打死一個，代誌舞甲這呢大條，誰有辦法保你無事？除非恁老爸是蔣經國！我當老大的，只能保恁兄弟嘜乎法官判死刑，留一條命，好運判個十幾、二十年，閃過無期徒刑，若遇到大赦、減刑，加上三分之一刑期假釋，八年、十年就能夠出去，你嘛才三十五、六歲，還有前途。但是，你若憨憨的，被利用去，判到無期徒刑以上，沒死、關出來也頭毛嘴鬚白，還能幹啥米代誌？」

當時還有《懲治盜匪條例》，這對兄弟的犯行，是有可能判到死刑或無期徒刑的！

大康不禁露出害怕、求助的眼神，但嘴巴還是說不出伏低示弱的話，而組長也不勸他配合，只是淡淡地說：「還有！你也不算我抓的，恁老大要交人自保，怕你們兄弟不肯投案，會落跑，才演這齣。當時，我跟他已經拆股，但還是有交情在，我不認同這款做法，你要知道，自首減輕其刑二分之一，投案可以減刑三分之一，我要他帶你們兄弟來警局，他不肯。」

「亂講！他說是你逼足緊，要抓要打，攏無要乎人講情，他喬袂走，才安排我們兄弟趕緊坐桶子到大陸，是你要斷阮的路。」

「哼！我能破案就好，大家攏知道是你們兄弟幹的，主動投案跟我親手抓到有什麼不同？」

當然，那天大小康被帶走後，他跟李金生的對話，兩兄弟並沒有聽到，於是孫啟賢大肆挑撥：「你想，當天幾個人帶槍？你們兄弟之外，還擱有一個黑面慶仔嘛有帶槍，只有你們金生老大雙手空空，為什麼我不抓慶仔？還把他的槍算在你頭上，講好了嘛！」

「大仔，阮金生老大為何要出賣我，他甘毋驚……」大康硬生生地把話吞下去，但孫啟賢幫他接話：「甘毋驚恁兄弟咬他，是嗎？」

大康一臉驚懼，畢竟，關在裡面的人，特別容易胡思亂想，更何況，這次闖的禍非同小可。

孫啟賢再加碼：「要叫你們兄弟出來投案，難道不用跟你們談安家費，整條擔起來，你們兩人用十幾年的青春去保護他，不用給一、兩千萬嗎？你大康嘛不是憨人，一定要求先拿一半給家裡，他馬上要籌五百、一千？你看嘜，現在他會幫你請律師，也會拿錢給你父母；一旦定讞，你進去執行，不用兩個月，他就不管你了，哼！我這個結拜小弟，啥米個性，你甘不知？你看我就好了，以前他叫我大仔、大仔，叫得親呼呼，當選議員之後，換他把我當細漢的？幹，還好我是警官，要不然，跟你們兄弟一樣，按怎死都不曉得？」

大康抱著頭，痛苦地低聲哀鳴：「奈ㄟ按呢！」

孫啟賢再補一槍：「為何我看不起這個人，別項嘜講，你甘知道他本來的計畫是什麼？幹！他唆弄我，要我找機會開槍打死你們兄弟，第一，他根本不信任你們，他怕你們咬死他；第二，他捨不得花錢給你們安家，讓你們兩個心甘情願擔起這條罪！」

「我不相信、我不相信……」

「是我不肯，才變成是我主動查到你們躲藏的地方，然後出兵圍捕，你用頭殼想也知道，奈ㄟ你們剛到港口倉庫沒多久，我就趕到，遐呢嘟好？當然是他跟我講的。」

孫啟賢刻意拿了當時為了漏氣李金生、讓他成為江湖笑話，靈機一動安排的「警民合作」新聞給大康看。而落網後就接收不到外界訊息的大康看了《中時》、《聯合》、《自由》三大報的報導，氣得全身發抖：「……幹！他、他，把全部代誌攏推給阮兩人，幹！他出賣小弟。」

孫啟賢接著說：「為什麼他要求我，要局長頒獎給他，還要發布新聞，他就是要警方背書，萬一到法院你們咬他，他可以說，連警方都說是警民合作，你們證詞的可信度就大為降低，加上他是議員，大官虎！你想法官會相信誰？」

大康氣得用力捶桌！五官扭曲，充滿憤怒之火的雙眼噙著淚水，哽咽卻說不出話來，孫啟賢見火候夠了，輕輕拍著他的肩膀說：「你要知道，搶錢搶毒品、當街槍戰，你們幾個猴囝仔強盜、槍砲、殺人未遂，絕對跑不掉，這部分咱坦白說，跟金生沒關係，是恁兄弟太衝動！但沒出人命，死的是你這邊的人，不會判到死刑或無期徒刑，但毒品就無仝款！《肅清煙毒條例》規定：『販賣、運輸、製造最高可判處死刑或無期徒刑。』這個部分你們兄弟是主謀，還是聽命行事的小角色，差很多，生死門在這裡！」

孫啟賢見大康聽得入神，繼續說：「換句話說，李金生明明知道，擔起來，就是死，你康氏兄弟擱卡忠，甘會兩兄弟作夥為他去死，厝裡老父老母『出山』，沒一個捧斗的？就算你兄弟倆當時答應拿兩千萬擔起來，他也不會相信，他怕當你們被起訴後知道擔這條是死罪，到法庭上會翻供！所以，他不出賣你，就換他的人生毀掉，他所擁有的金錢、黑道地位、議員身分，攏去了了！你想，他會甘願嗎？

「這款自私的人，才不會想說，是他要你們兄弟幫他販毒，跟謝育霖接觸、當窗口，他會想，他好端端坐在家裡，就是你們這兩個不中用的死囝仔，給他舞這齣，ㄟ，煙毒罪主嫌至少都十年、十五年，他會老老實實承認他是主嫌，是販毒集團首腦？嘜憨啊啦！換做是我，我也不敢保證我不會出賣親兄弟，所以我一直跟你們說，冤家相打就算了，毋通碰毒品，碰了我沒能力，也不想保護你們，原因就在這裡，唉！」

孫啟賢道理一大套、一大串，論法衡理，兼分析李金生個性絲絲入扣，大康聽呆了，他腦袋無法消化，只覺得似乎明天就會被綁到法場槍決，色厲內荏的他突然嚎啕大哭，緊握著孫啟賢的手：「大仔、救我，我還擱少年，我還袂有孝嗣大人，我無想要死，我毋甘願！嗚嗚嗚……你救我啦……」

等他哭完了，孫啟賢遞上李金生送的那條名牌手帕：「鼻涕擦一擦，唉！個人造業個人擔，該你的，跑不掉，但我認為你不應該死，你若判個二十年，最後假釋，關個八年十年，是你罪有應得。但是，你是販毒集團首腦嗎？不是，你若要幫別人擔，我嘛無法度，你要想清楚，你把真相說出來，按呢不是背骨，是這條你根本擔不起來。你剛才講對了，父母生你養你，你還袂有孝他們，憑什麼一個外人要你們兄弟替他去死，他這個老大的恩情有大過天？大過父母？」

孫啟賢當頭棒喝，大康點頭如搗蒜：「大仔，好！我說，我攏說出來，本來跟謝董合作，就是老大自己的線，他攏安排好，資金也是他拿出來的，才叫我跟我弟當窗口……」

當康偉倫簽了名，按下赤紅色指模的那一刻，孫啟賢非常確定，李金生已經是「治平專案」的檢肅對象了。

四十五　議會保護傘

一九九六　小暑

孫啟賢的擔憂並非多慮，警界與李金生有利害關係的人不少，消息果然走漏，當台中市議會訪美行程到了尾聲，李金生議員接到越洋電話，告知他已被提報「治平專案」檢肅對象，一下飛機，警方就等著在機場抓人。

幸好，會讓孫啟賢沒輒的情況並未發生，李金生還是狠不下那個心，拋棄一切，滯美不歸。其實這是可以理解的，他黑錢賺得多，但並沒有企業化，組織也以他馬首是瞻，下面無人撐得起大局，他一旦流亡海外，手下小弟立刻鳥獸散，說不定還會侵吞他的財產地盤，跑路的人若沒錢，比過街老鼠還慘！

不過，李金生也不會乖乖束手就擒，就在一天當中，他策動同團議員，加上議長打越洋電話連署，由祕書處宣布召開臨時會。根據《地方自治法》第十四條，直轄市與縣市議會開議期間，非經議會過半數議員同意，司法機關不得拘提涉案議員，這條，俗稱「議會保護傘」。

台中市議會參訪團於七月五日下午兩點返抵國門，七月六日開議，李議員刻意脫隊，晚一天自行搭機返台，當他走出海關時，議會已經做成「否決台中地檢署拘提李金生議員」的決議，換句話說，警方只能眼睜睜看著李金生大搖大擺走出海關，「載譽歸國」。

劉鎮遠氣得跺腳，但孫啟賢冷靜地說：「大座，這是意料之中，他在市議會的實力，不容小覷！我只怕他乾脆不回來了！本來，我們選擇他出國期間蒐報，就是怕打草驚蛇，若警方有人洩密，只要給他兩天，安排好生意讓人接手，砂石場折價盤讓，他手上便有大把現金，就膽敢偷渡跑路，如果我們在蒐報期間讓他跑掉，那才是丟臉丟大！現在是議會張開保護傘包庇他，輿論不會怪罪警方，我們頂多再麻煩一個月，並沒有失分。」

「也對！抓這麼大咖，本來就不是容易的事，啟賢，你聽著，上次我們抓嘉義的蕭金彪，讓他神祕地消失，整個省刑大、警政廳丟臉丟到姥姥家。這次不能再失手，否則威信掃地，將比在蒐報階段讓他提前落跑更糟！」

「大座放心，法律只規定我們不能拘提他，沒有規定我們不能二十四小時緊迫盯人，我們擺明了在議會盯梢，他人走到哪裡，我們跟到哪裡，大大方方監控，他關起房門，我們就在門口守著、窗外盯著。議會外面再放哨，我們又不受台中市議會管轄，議會只有兩個出入口，從保四總隊調人，所有出入車輛一律檢查，議員的車子一部不放過，哼！誰叫你們這些王八蛋議員為虎作倀，只要李金生的車子一動，我們就咬上去，晚上他回家，不管是哪個巢穴，派人徹夜把守，前後門，再加上巷口外圍哨，我親自編排勤務，負責勤前訓練，保證做到滴水不漏！再怎麼辛苦，就這二十五天，一下子就過去了。」

「好！保四總隊那邊我請廳裡協調，你要多費點心，這件事，不能功虧一簣。」

「是！大座。」就這樣，李金生像個「自由的囚犯」，他在議會的一舉一動，都被警察盯著。因為議會為他張開保護傘，輿論不諒解，批得很凶，而原本李金生豢養的媒體記者，見他快倒台，見風轉舵，義正辭嚴地加以批判。

議長與某些跟李金生交好的同黨議員，對於警方強勢進入議場盯人，一開始還氣勢洶洶跟市警局抗議，但局長雙手一攤，說這是省刑大跟保四總隊的人，他管不著。孫啟賢又把議長施壓的情形洩漏給媒體，一時之間，「黑道同路人」、「黑金議會」等指責滿天飛，逼得議長出來澄清，等臨時會結束，會勸李議員主動到案，也希望司法還他清白；市長張榮生更是表態支持警方嚴正執法，切割得乾淨俐落。

更狠的是，孫啟賢把蒐報的部分精彩內容，透露給某大報當獨家，勾起大家對不久前當街飛車槍戰的印象；李金生議場「血染的風采」也被比擬成台中鄭太吉，被他打過的民進黨議員，更不會放過這個「報老鼠仔冤」的機會。總之，在孫啟賢的操作以及牆倒眾人推的形勢之下，李議員的社會形象已經垮了，他就算過得了司法這一關，也鐵定無法連任，畢竟，台中市是個都會區。

那些天，李金生不曉得多少次在美玲與親信兄弟面前，臭罵孫啟賢：「讀冊人歹心肝！」一開始，美玲只能尷尬地笑笑，後來她也火大，當著小弟面前開罵：「早就叫你卡尊重他，你到底是得了啥米大頭病！做人小弟袂曉巴結，一選上議員就想欲爬到阿兄頭頂放屎，真厲害嘛，人說攏不聽，鬼牽叩叩行！你自己做得來的，有啥米好怨嘆……」

這潑婦話說得難聽，卻也是句句在理，一旁的小弟，都見過他對孫組長大哥長、大哥短的低姿態，李金生也只好閉上嘴巴，內心更加鬱卒！

李議員一露面，孫啟賢就把他盯在視線範圍內，走到哪跟到哪；他進入研究室，則在門口站衛兵，足足兩個禮拜「朝夕相處」，卻一句話也沒交談過。

七月二十日下午，不曉得出於什麼動機，李金生突然打開大門：「兄弟，免幫我顧大門，進來喝杯咖啡，我欲落跑嘛不是這時陣，你就入來坐坐，休息一下，我辦公室你又不是沒進來過，裡面的人，哪一個你不認識。」

是啊，李金生辦公室他熟得很，曾經，他當成自己的地方，坐臥隨意，要什麼自己拿，他帶著一種奇妙的感覺，仰靠沙發椅背，環視著他熟悉的空間、擺設，半晌才說：「你應該沒有想過，會這麼快離開這間辦公室吧？」

「我根本想袂到，你跟我會變成按呢！」

「我嘛不願意。」

「奈ㄟ按呢？」

「不知。」

……相對無言，令人難以忍受的沉默維持了快一刻鐘，窗外長日將盡，屋內蕭索沉悶，孫啟賢發現對方眼裡沒有敵意、算計，偶爾垂下眼皮再抬眼望他時，竟然像一條老狗般的無害與疲憊。

他快受不了李金生這種眼光，於是打破沉默說：「本來是要在機場抓你的，按呢嘛好，你是跑不掉，趁這段期間處理一下資產，你這次進去，要很久才會出來，錢嘜乎美玲，她靠不住，哼，你看她對我這樣……啊！嘛歹說……或許她對你才是真心。剛才我講的無準算，總說一句，你自己好好處理，留一點錢給某囝，關在裡面也需要用很多錢，還有打官司、找律師之類的，你處理好了沒……你喔，嘜想欲走，這次要抓你的層級很高，還是實際一點，想想看出來做點生意之類的，把心力放在這裡比較實際。」

一提到美玲，孫啟賢開始語無倫次，也不知道是警告還是關切，七不搭八地說了些言不由衷的話語，腦筋紛亂得很。

李金生也感覺喉頭一陣苦澀，像哽了顆橄欖，他艱難地說：「是我對不起你，我也害了她，她跟你好好的，我何苦……」

「算了，攏過去啊！我勸過她，跟我分手嘛嘜轉去你這邊，歹看！她就不聽，我看破啦，腳生在她的身軀，我能夠按怎？」

「兄弟，聽說，這個案子是你主導的，你有那麼恨我嗎？」

「我還是那句話，個人造業個人擔！你這次，是上面層級很高的人要抓你，政治因素，沒有我孫啟賢，也還有別的警官，我算好運，被挑中，否則，受你連累被調查，也很有可能失去頭路！」

「長官找你，當然是因為你最了解我，但我還是要問到底，你真的恨我那麼深嗎？」

剎那間，孫啟賢突然不知道怎麼回答！

他想像中的美玲與李金生翻雲覆雨的歡愛畫面；第一次跟李金生見面時雙方較勁，句句話語都是鋩角；殺六百時槍聲響起的那一幕；跟小白豬一起哥仨同幹一個女人；還有他與李金生一起對付砂石聯盟的楊慶龍、劉俊清議員時的點點滴滴……記憶的畫面像跑馬燈在腦海裡迅速閃過。

我有那麼恨他嗎？孫啟賢自己也迷惑起來……

「如果可以重來，我願意一直叫你大仔，攏是我不對！」

這句過卑、明顯輸誠的話，讓孫啟賢突然腦中的警鈴響起，他不會相信李金生這句話有十足的真心，或許目前處境讓他懊悔自己過去的態度，但摻了水、獻媚求饒的成分比較重。

孫啟賢變得清醒而謹慎地回應：「往事嘜提起，我也沒那麼恨你，因為，我甘願相信，咱兩人曾經有過真心交陪的時陣，但已經走到這款情形，你能怪我嗎？你總是忘記我警察的立場，唉！算了，過去講那麼多你就不聽，心肝剖給你看你嘛不相信我，現在後悔有啥米路用？」

「擱乎我一次機會，好嗎？」

「我按怎乎你？嘜想欲走，不可能！」

「有、有，你手勢稍夯高，警察裡面嘛有人會暗中幫忙，只要咱做得漂亮，責任不會在你身上。蕭金彪那一案嘛無警察被移送法辦，頂多行政疏失，你們主要承辦的警官記個過，我全部資產一半給你，超過四千萬，不！我留一千萬打官司就好，給你七千萬！我問過律師，我如果逃出去，你們通緝我，但還是會把案件送到治安法庭，我可以請律師出庭幫我辯護。你說的對，這是政治案件，政治事，政治解決，法律就過關了，議長跟市長也說，我若有辦法跑出去，他們會到中央幫我講話，只要市長能連任，我兩年後就會回來，到時候我一定會改！你放心，我學到教訓了，一切攏是小弟我的錯，咱繼續合作，你永遠是我的大仔，咱講和，好嗎？」

講和！那美玲呢，歸誰？自己還敢要嗎？孫啟賢這念頭一閃而過。

孫啟賢以混合著憐憫、鄙夷、同情的眼光盯著他：「金生，這次不比咱刣六百那次，咱藏在暗處，可以慢慢布局，控制變數，現此時是全台灣攏目睭金金（睜大）注意你，如果你脫逃，一大堆警察要被送法院。蕭金彪的狀況，發生一次，還能說疏失；確實也是，警方不曉得那排房子相連的三間攏是他們家的，才讓他陰錯陽差從另一戶後門走掉。若第二次擱再發生仝款的代誌，一定有鬼！嘜講我負責抓你，就準算我愛錢毋驚死，想要賺你這幾千萬，我嘛想不出有啥米辦法可以幫你脫逃。」

李金生心裡也知道孫啟賢說的是實話，他垂著頭，不願抬起，他怕被孫啟賢看到紅了的眼眶。

孫啟賢繼續說：「還有，議長、市長講的話，你聽聽就好，他們講這些話是在安撫你，因為你們有些勾結的歹代誌，若你被抓了黑白亂講，他們嘛很困擾，所以先安你的心，乎你有寄望，想說被抓去管訓，有沒有可能特別上訴，再審！嘜眠夢啊啦，這些鬼表面按呢甲你說，私底下在高層面前，一定切割得一清二楚，說卡歹聽一點，法院是國民黨開的，要抓你嘛是恁國民黨下令，人家抓你就是要對付他們，你還找市長、議長幫你講話，越說越慘死！」

「所以，你認為我完全沒有生路？」

很奇怪，看他走投無路的沮喪表情，孫啟賢並沒有預期中的快感，也沒有不久前殺死簡明奎時那麼想連李金生也弄死。

「我若被管訓，大概要七、八年才會出來，到彼時陣，你願意幫我，再跟我合作嗎？」

「時代一直在變，幾年後的警界、黑道的情勢，誰知道會變成怎樣？現在講這些太早，你嘛不一定需要我。」

「你，還是不肯原諒我？」

「不是按呢說……」

孫啟賢想了一下，慎重地回答：「這次過後，咱若遇上，相借過就好！」

四十六　衝出封鎖線

「這次過後，咱若遇上，相借過就好！」

李金生的解讀是：以後「相借過」，也就是說，這次、不讓過。

那，他就得作最壞的打算。說實在，李金生真的無法想像自己被抓去關個十年八年，快成了半百老翁才回到社會。黑道比一般人的社會更現實，那時，七老八老才要招兵買馬，再拿自己跟少年仔的命去拚，甭說沒這體力，身手也不俐落了，那時，更沒有一個孫啟賢那樣聰明、剽悍又相挺的警官可以勾結，局面怎麼打開？所以，他寧可相信市長與議長的話，先逃跑，等市長連任，喬好政治事，跨海搞定官司，兩年後班師回朝。

他打算把好不容易踢走簡兆良、自己全盤掌握的砂石場，託付給憨松老大，讓他占六成股份，自己只保留四成，那是他東山再起的老本；沒被抓的小弟，暫且託孤在其他角頭，等他回來再組班底；至於賭場，還有高利貸、六合彩等生意，恐怕得雙手奉送，才能換來老人家的庇護，這些都是錢啊！但管不了那麼多了，留得青山在比較重要。

可是，警方布下天羅地網，怎麼跑呢？由於偷渡管道幾乎都被警方封鎖，他花了三天的時間，才從澎湖找到一個船老大，願意來梧棲港渡他到澎湖，再搭「黑金剛」快艇到大陸，但問題是，他得先能夠「神祕地消失」啊！

議會臨時會第十九天的中午，李金生走出市議會大門，小弟接他到民權路一家日本料理店與友人用餐，一點半左右，他在門口與商界友人握手道別，然後逕自到停車場取車，這時，正在偵防車上吹冷氣、吃便當的孫啟賢聽到無線電傳來：「目標移動！天眼專案第一行動小組各車注意，目標移動！」

孫啟賢便當一丟，搖下車窗遠觀，不對啊！李金生是小弟開賓士車載來這料亭的，走的時候怎麼是自己開另一部車走？這不合理，於是拿起望遠鏡瞧個仔細，他正打開一部三菱房車車門，孫啟賢驀地想起，那是他手下一個地下賽車好手的小頭目，花了一百多萬元改裝的，馬力大、跑得快，瞬間加速從啟動到時速一百公里只需要九秒鐘。

「糟了！他可能要跑！」已經從兩線一縣市警分局刑事組長，晉升為省刑大兩線二副組長的孫啟賢抓起無線電：「各車注意，這部三菱是改裝過的跑車，李金生有可能要甩掉我們，黏緊一點……只要他在市區飆車，立刻鳴警笛、閃燈，用超速違規名義將他攔下來，我們當場扣他的車。」

李金生的三菱改裝車以一般時速在民權路上晃啊晃，很悠閒似地，孫副組長開始也認為，他可能要走民權路轉健行路，到健行國小對面一家當鋪，那是他放高利貸的據點，心裡的巨石稍微放下。才安心不到三分鐘，這傢伙竟然左轉中港路，而且速度加快！「跟上去……快！」孫啟賢想了想，下令：「通報勤務中心，把李金生這部三菱車籍資料通令台中縣市以及國道警察注意。」

李金生從時速五十，提升到七、八十，儘管中午時刻，中港路並不算壅塞，但大白天這樣的車速夠引人側目了，孫啟賢下令：「追上去，跟他並排！」同時他在車頂放置警示燈，開始鳴笛、閃燈……

孫啟賢用擴音器大喊：「前方車號TNW-XXXX三菱自小客車，你已經是危險駕駛，立刻停車受檢，否則……」

否則怎樣？他也沒想好是要從後面追撞，還是開槍射擊輪胎，兩個選擇都太危險，容易傷及無辜路人，不小心會死人的！如果不是在來往車輛如此密集的中港路上，他一定會果斷地採取前後夾擊的戰術，寧可撞爛兩部偵防車，也要把他這好兄弟夾死。但眼前的狀況，孫副組長只能見招拆招，他囑咐駕駛：「追上去，最好超過他，設法超到他前面，逼他降速。」

車子行過了文心路、惠文路，李金生與孫啟賢的車，幾乎是在不同車道並駕齊驅地狂飆著，突然，聽到後方「砰！」一聲巨響，原來當孫、李的車一過街口，從垂直方向的河南路，竟衝出一部「很刻意」失控的砂石聯結車，轟地撞上中港路中央的安全島，整部車橫在路口。

「ㄍㄧ——」煞車聲音拉得長長，尖銳刺耳，正要咬上前去的偵防車雖然緊急煞住，但僅僅差那麼一、兩公尺，就撞上砂石車了。

也就是說，李金生、孫啟賢之後的車輛，都被砂石車攔在街口。

孫啟賢叮囑：「專心開車，跟緊一點。」然後打開車窗探頭看後面狀況，現在只剩下他一部車可以追李金生了，他相信這部砂石車是李金生安排的，等他一飆過河南路立刻衝出來擋路……

孫啟賢急得要死，他知道，只要讓李金生的車子消失在警方人員的視線，五分鐘就好，他就有可能換部車子，被接應的人載走，到時候，車海茫茫，叫他上哪裡去找人？

急歸急，他拿起無線電對講機：「後方車輛有無損傷？能開的都給我從慢車道繞過砂石車，追上來！」

那部改裝過的房車速度相當快，孫啟賢一上匝道口前的光明陸橋，下坡時已經不見三菱的蹤影，也不知道他南下還是北上？副組長只能通報國道警察來回巡邏，找這部車子的蹤跡。

他靜下心來研判，如果李金生南下，得跑到雲林西螺才有休息站，為免夜長夢多，讓國道警察給盯上，他一定甩開警方後盡快下交流道，如此，接應的地點很可能是在烏日或彰化鹿港交流道。若北上，最近的豐原交流道太過壅塞，且那麼短的距離，能否甩開警方是一個問題；此外，他應該也不會走快速道路往沙鹿、清水跑，因為距離太長，超速狂飆被國道警察發現的機率很高；如此一來，最有可能的接應地點就是三義交流道或泰安休息站。

南或北？

往北去新竹南寮漁港，往南則梧棲、鹿港、布袋。

賭他一把！往北。

孫啟賢一路響著警笛，抄路肩、蛇行超車，等他衝進泰安休息站時，李金生已經離開他視線超過十五分鐘了！他急得額頭的汗潺潺如雨。

李金生合該命絕，孫啟賢猜對了，就在泰安休息區的停車場，他發現了那部三菱，但車內無人，顯然被載走了。

「副組長，要不要封鎖整個休息站，請上面增援，我們展開地毯式搜索？」

「不急！」

孫啟賢見附近有個工讀生，在每部車擋風玻璃夾傳單，可能這半小時之內停車場裡的動態他都看在眼裡，於是孫啟賢上前表明身分，客氣詢問道：「剛剛有沒有見到那部三菱汽車的人，他跑到哪裡去了？」

天不厭孫啟賢啊！工讀生見過發瘋似地闖進停車場、差點撞了旁車，急吼吼的李金生，印象深刻，他告訴孫啟賢：「那個男人被一部藍色小貨車載走，他就躲在後面。」

那部藍色小貨車，孫啟賢也有印象，就是李金生選舉時的宣傳車，這一來，目標確定，而援兵也適時趕到了，孫啟賢直覺，他的好兄弟仍在這休息站裡，於是派一組人在休息站裡找小貨車，他帶著另一組人把守南下北上兩個匝道口，把休息站封得死死的！

李金生不曉得哪根筋不對，還跑去上了個廁所才離開泰安休息站，沒來得及在孫啟賢封站搜索前上高速公路，幾分鐘之後，在匝道口大排長龍的車輛中，警方找到那部小貨車，當接應李金生的駕駛故作鎮定地出示行照駕照時，孫副組長二話不說，衝近駕駛座，拔走車鑰匙，然後命司機打開車斗的門，只見狼狽不堪的李議員一臉錯愕，他不曉得孫啟賢怎麼找到的，不是甩掉他了嗎？

「按呢你嘛找ㄟ著？」孫啟賢親自給這兄弟上銬時，李金生那複雜的眼神，讓孫啟賢相當難忘。

「算我運氣好！兄弟，若讓你跑掉，就換我衰小。」

孫啟賢心想，這就是李金生，一旦覺得「過面」（過關）了，就會鬆懈、忘形。

李金生逃跑後被捕的消息，經媒體渲染，警方士氣大振，媒體甚至檢討起「議會保護傘」這制度專門包庇惡質民代，已經在立法院取得五十多席的民進黨更是痛批李登輝縱容黑金。李金生議員儼然與鄭太吉成為台灣黑金政治代表性的負面人物，惡名昭彰，看來，他的政治路已斷，那強勢叱咤議場的身影，將成為台中市議會的絕響。

孫啟賢太了解李金生了，這人倔強、不服輸，說好聽叫永不放棄；往壞想，簡直跟打不死的蟑螂一樣，他認為李金生一定還會想逃，他怎會束手就擒？幸好，警方不用千日防賊，只需守住這最後的幾天。

孫副組長在最後一週，幾乎每天只在車上睡三、四個小時，他眼睛充滿血絲，肝火旺盛，走近他身邊三尺，就聞得到那熏人的口臭。

李金生住的這棟豪宅，一開始管委會礙於輿論聲勢，相當配合警方監控行動，也讓幹員進入大樓裡，就在六樓李金生住家門口站崗，只要求辦案人員低調點，別荷槍實彈嚇著這些非富即貴的住戶。說來也是警方搞得過火，在李議員逃跑未遂之後，驚魂甫定的專案小組，竟然每部車都給攔下，掀開後車廂檢查有無藏人，把每個鄰居當共犯，搞得住戶怨聲載道，加上李金生雖落難，惡勢力仍在，被他恐嚇之後，主委出面抗議，要求警方退出社區。

最後的緊要關頭，警方竟只能在正、後、側門把守，但孫啟賢仍堅持車道要逐一臨檢。如此，孫副還不放心，在對面大樓制高點擺了個遠端監控哨，隨時用望遠鏡搜尋著圍牆四周，他就怕李金生翻牆。

最後一晚，劉鎮遠不但親自坐鎮，還報請檢察官到場指揮，因為在他的算計裡，如果這麼嚴密的監控，到了保護傘失效那一刻，衝進李金生家卻還讓這傢伙神祕消失，最有可能就是他脅迫或收買其他住戶收容他，他可以躲在鄰居家裡十天半個月；但若檢察官本人在現場，不用開搜索票就可以大肆進入民宅搜索。總之，劉鎮遠是鐵了心，不惜踐踏人權，不顧比例原則，掘地三尺也要挖出李金生這隻徹地鼠。

終於到了八月一日凌晨零時，劉大隊長刻意比準點慢三分鐘，十二點零三分，他持搜索票按門鈴，但沒人回應，這在意料之中，鎖匠早準備好了，進入之後……

李金生他又消失了！這王八蛋……

所有人全都傻眼了，他們無法相信搞了快一個月，竟是如此收場！幹……

劉鎮遠失態地叫囂：「怎麼可能！他一定還藏在這棟大樓的某個地方，給我搜——檢座，這次要請您鼎力支持，藏匿人犯也是犯罪，拜託。」

就在眾人亂成一團時，孫啟賢趨前輕聲報告：「大座，先看看警衛室的監視器，別急著大動干戈，那是最後不得已的手段，還有，他若真的還藏在這棟大樓內，我們更不用緊張了。」

當年的警察不像現在，出事情的第一個反應就是調監視器，因為，那時監視器還被多數人叫做「閉路電視」，才剛開始被廣泛運用，且由於價格昂貴，路口、公共場所裝得不多，只有重要機關與高檔豪宅才會全面監控，而孫啟賢注意到，李金生住的這棟公寓裝了不少支。

一到警衛室仔細過濾影帶畫面，警方赫然發現，李金生在晚上八點多，趁四下無人時，躲進地下停車場後方的垃圾子車，接著有個小弟往他身上堆了許多包的垃圾，就算之後有住戶來丟垃圾，也不會發現咱們李議員被壓在一大堆垃圾包下面，而該社區每天晚上九點至九點半左右，清潔公司會來地下室，拖走裝滿垃圾的「子車」，我們的李議員竟然不怕臭、不怕髒的藏身在一堆垃圾裡，大大方方在警方那麼多人的眼皮子底下溜走。

不能怪把守車道的幹員不盡責，他也盤查了垃圾車司機，但誰會去翻整車的垃圾啊！真是想都沒想到，孫啟賢與劉鎮遠不禁佩服李金生逃跑意志之強烈。這一回，警方輸得沒話說！

四十七　台灣杜月笙？我呸！

李金生在警方重兵包圍下，躲在垃圾車裡逃走，警方受到不少指責，甚至有陰謀論暗指「天眼專案」有人私縱李金生，順帶一巴掌抨擊省刑大的警風紀跟台中市一樣爛，逼得警政廳長汪彝飛率劉鎮遠開記者會，向社會大眾道歉，而警政署長也出面保證，會讓政風、督察人員展開內部調查……不過，也有人認為「議會保護傘」才是黑道民代掙破法網的淵藪，制度開了一扇門給當選的惡棍，卻把責任全推給警方，顯然不合理。

外面的世界風雨交加，省刑大內部氣氛更是凝重，孫啟賢本來以為，出這麼大的紕漏，他黑掉了！隔天晚上，劉鎮遠把他跟王志強找來，孫啟賢期期艾艾地自責說了些辦事不力、導致人犯逃跑……巴拉巴拉一大堆謝罪之詞，老劉反而笑著說：「啟賢，不怪你，我都到場指揮了，這責任怎麼能讓你揹？假如沒有你，上次就讓他逃走，我們警方會更難看！倒是兄弟們辛苦這麼久，卻沒辦法給大家功獎，我很難過……」

大座沉默了好一會兒，才繼續說：「保七總隊跟港警所那邊都說，李金生應該還沒偷渡出去，因為所有明著、暗著在搞走私的船老大，一律禁海半個月，我要求他們再封鎖一陣子，我們先假設李金生還躲在台灣某處，那麼，啟賢，你認為要怎麼抓人？」

「大座，這一個月當中，除了李金生有保護傘，我們動不了，他手下還有點趴數的，幾乎都落網了，沒被我們抓的也跑得差不多，實際上，他的組織已經瓦解，這種狀況下，沒有外援，他跑得掉嗎？」

劉鎮遠還在沉吟的時候，孫啟賢又說了：「逃亡需要資金、武器，有人接應，雖然我們無法一直禁止全台灣的偷渡船隻出海，但看來他得在國內躲一段時間，如此，一定有個組織在背後幫他，我們得先研判，可能是哪個老大出手暗助，然後徹底弄到他受不了，我們說是就是，冤枉又如何？錯殺也沒關係，我們就是要搞得黑社會大亂，人人自危，這樣更有利於我們逼迫接應他的老大，哼、哼！連李金生都敢藏匿，會不會太高估自己，低估警方？」

「你這樣講，好像已經認定他是被其他角頭接應，目前可能藏匿在某處？為何你這麼有把握？」

孫啟賢不再賣關子了：「我早就叫我以前的部屬王世剛小隊長在他身邊插針，這段期間，他組織裡的動態都在我的掌握之中，如果他是跟那些蝦兵蟹將搞逃亡計畫，絕對瞞不過我，咱們也不會敗得這麼慘！」

「我相信你，但是，他現在的狀況，誰會收留他？」

「李金生不是那種犯了案，被藏鏡人吸收，到處開槍綁票勒索恐嚇，為幕後老闆賺錢的殺手。他有資產、有公司，他還想東山再起，可是，沒了他，那些小弟根本沒有經營的能力，也就是說，他必定是拿著他的資產地盤去做交易，不但換來對方的庇護，恐怕也談妥他跨海打贏官司之後，重返江湖的具體合作計畫。」

「他憑什麼覺得他官司會打贏？」

「他告訴過我，市長跟議長答應他要到中央向層峰遊說，他認為，只要政治事他搞定，擺平官司自然不是問題，他一定也是這樣去說服那位老大，要對方相信自己還有未來。」

「啟賢，你認為哪個老大在幫他逃亡？」

「大座，前兩天太忙了，我也是今天才收到情報，他的賭場、砂石場、當鋪、簽賭站，最下面的嘍囉雖然還是那些人，但上面經營者都換了，進駐的是誰的人，大座您猜猜看？」

「說吧！別賣關子了。」

「憨松老大！」

「如果是真的，那就棘手了！啟賢，你一直在中部，比我更清楚這位縱貫線的老大，他可是本省掛的……」劉鎮遠翹起他右手的大拇指：「這支。」

「大座，他還是總統府國策顧問呢！但是，又怎樣？你、我有跟他一起做生意？有包庇過他？有接受過他的賄賂，還是有什麼把柄在他手上？」

「當然沒有，但……我怕他朝中有人，跟署裡關係也很好，這……這、這個人處理得不好，是給自己找麻煩！」

孫啟賢是初生之犢，天不怕地不怕，但反而這樣他更能突破盲點，他勸大座：「這位國策顧問早年也是被警總抓過，岩灣、綠島管訓沒少過，一清也沒逃掉，是這十年才成了江湖中的傳奇老大，然後搖身一變，好像雲端上的老爺子，跟官方的人平起平坐。說穿了，不就是因為選舉時有動員能力，能助國民黨的候選人當選？說起來，也是拜李金生所賜，我才了解這些政治上的鈘鈘角角，但這次他若包庇李金生，我想上面不會容許。這老頭已經踩了紅線，他心裡也清楚，大概是李金生給他一個無法拒絕的條件吧！」

「你打算怎麼跟這老頭談判？你的輩分夠嗎？」

「幹！他是流氓，跟我談什麼輩分！他安分守己，我尊敬他是國策顧問，畢竟，他隨便找個喊得動的議長、議員，我的長官就吃不了兜著走，但他若膽敢窩藏重犯，我就撕破他老臉！」

「你又沒證據？」

「警察搞人，什麼時候需要證據？大座，他不是派人接收了李金生所有的非法生意？我們全掃光了，您想，他的損失有多大！此外，這老頭恐怕還想吞了李金生的資產，李金生又不是被抓去槍斃，他早晚會回來，說不定，老傢伙比誰都希望李議員被警察打死！」

劉鎮遠看著孫啟賢，那眼神已經不只是讚嘆，簡直是驚訝，這等人才怎麼現在才納入他麾下！

其實，孫啟賢是因為當年李金生殺了吳水逢那段恩怨，吳家找來憨松老大「做公親」，而李透過賄賂方式，巧妙左右這位「黑道仲裁者」，整個過程他知之甚詳，因此看破這位縱貫線老大，其實只是個貪財好利的老不死。再加上，他掌握了老先生某些江湖上很少人知道的弱點……

「好，我全力支持你，你說吧！你需要什麼？」

「這次，我需要大陣仗的支援，人越多、槍越多越好，這老先生喜歡倚老賣老，沒先打掉他的威風，他還以為他可以把警察當小弟咧！」

「沒問題，你放手去幹，出了事，我扛！」

「放心啦，絕不會讓您扛的。哼，台灣杜月笙？我呸！」

孫啟賢先透過跟憨松老大一樣出身「大湖仔」、「十七蛟龍」之一的結拜弟弟——目前半退隱狀態的廖清龍，卑詞懇求接見。

本來憨松正提防著省刑大，尤其是孫啟賢，老先生也知道自己的人迅速接收李金生地盤，難免引人遐想，但別說沒證據，罪證確鑿也能找小弟頂罪，他是國策顧問，警政署長、內政部長、國民黨組工會主委哪個看到他不是「老大」、「老大」親熱叫個不停！劉鎮遠，一個三線一警官，敢造反？

加上他那結拜老弟傳來的話，說是孫啟賢極盡謙卑地拜託，想請教大仔，還送了兩斤上等茶葉，一盒上萬元的極品「龜鹿二仙膠」給他老人家補補身子，憨松呵呵地笑了，他想，年輕人大概走投無路，想來撒嬌兼探點消息，嘿嘿，也不好讓他釘子碰太大，得敷衍一下。

憨松老大這些年被捧得，只聽得下去諂媚阿諛的話，聽人拍馬屁精神特別好，已經成為一種癖好，耿直的手下講幾句真話，還會被斥責，甚至趕出家門。他那看似黑道精神堡壘的組織，矛盾日深，不然，孫啟賢怎能找到縫隙，狠狠地敲出一個大洞？

孫啟賢這一手，完全鬆懈了他的心防。沒辦法，極要好的檢察官也不敢開搜索票，孫啟賢得先設法跨進他老人家的門檻內。

到了約定的時間，只見孫啟賢帶了兩個人，大熱天，卻西裝畢挺，衣冠整齊，可見對自己相當尊重。

「少年仔，自從上次你跟金生來我這裡坐過兩回，嘛快兩、三年了，嘜見外，有閒就卡常來，當作自己厝內。」老先生親切地招呼他。

其實，趴數不夠的警官，還無法成為國策顧問的座上客，孫啟賢是在李金生當選前、後，兩度跟隨來訪。孫儘管表面禮數不缺，但內心深處卻極具戒心，不像某些警官，把能夠親近憨松老大，登堂入室，視為江湖地位、榮寵的象徵，沾沾自喜。

「是啦，老大，很久沒來跟您請安，真歹勢，嘜見怪小弟。」

兩人寒暄幾句，憨松老大身旁的壯漢上前斟茶敬客，孫特別注意這人，也在對方轉身之際，瞥見他腰後突出，顯然插了一把槍，給罩在西裝褲外寬鬆的花襯衫裡，孫啟賢暗笑，心想：「省事多了。」

「少年仔，今日來看我老貨仔，不知道有什麼代誌？」

「大仔，無事不登三寶殿，我個人是沒啥米需要拜託你老大人，但是為了公事，上頭交辦的案件，我必須乎長官一個交代，所以來請教大仔。」孫啟賢看著他，嘴角揚起，笑得燦爛。

「公事？你有啥米公事我有法度幫忙？」

「老大，拜託你將金生交出來。」說完他低下頭，深深一鞠躬。

「你講笑話，全世界攏知道李金生在㤅省刑大監視之下落跑，你找來我這裡，實在太超過，乀！少年仔，飯可以亂吃，話不能黑白講！」

「嘿嘿，老大，你啥米身分地位，沒有把握，我哪敢來你這裡，叫你交人？」

「你是要橫柴夯入灶（硬著頭皮蠻幹）？」

「無法度，飯一定要煮，長官餓到在摔箸，飯煮不熟，嘜講橫柴夯入灶，連你這口灶，我都敢拆掉！」

「你！」至少十好幾年沒人敢這樣對憨松老大說話，他氣得指著孫啟賢鼻子的手指抖個不停，臉色漲紅，差點沒中風！

「我，我按怎？」他環顧四周，看看偌大房間四牆掛滿總統、五院院長贈送的牌匾，輕蔑地說：「窩藏人犯，五年以下徒刑，你如果被我抓了，就看我敢不敢把你這些牌匾拆下來，劈來當柴燒？攏作到國策顧問了，還跟逃犯勾結，你當作我不知道你在肖想李金生的公司跟地盤？注意喔，毋通呷緊去哽到！很多老大人不小心，就按呢去蘇州賣鴨蛋（過世）！」

孫啟賢已經是出言詛咒了，相當惡毒。

他身後的壯漢瞪大眼睛，跨上前一步，卻被憨松伸手擋住，孫啟賢心裡暗暗喊了聲：「幹。」

於是他繼續刺激老人家：「大仔，你這個國策顧問，只是空殼，無給職、虛銜啦，你國語聽有嗎？李金生在議會那麼大勢力，擱卡猛的是，人家選上國民黨中央委員，是有實權的民意代表，上頭要拔掉，照樣要跑路，你老先生憑什麼以為你可以一手遮天？」

他還不放過：「毋通以為你老大人穿了西裝，跟總統攝一張相，就是上流社會的高貴人，幹你娘，你只是一個老流氓，鱸鰻（流氓）走煎盤，恁爸把你煎甲赤赤、酥酥，捧給長官配飯，嘟嘟好（剛剛好）！」

說完意猶未盡，再補一段：「恁爸沒拿過你一仙錢，不曾拜託過你一件私事，就可以吃你夠夠！流氓驚警察，這是天地的道理，國策顧問硬要插手江湖事，又黑心肝、亂搞，恁爸就當你是流氓，抓你來灌水嘛是嘟嘟仔好，幹，不知你老貨仔還擱有親像少年時遐呢勇，會堪得我灌嗎？」

憨松氣得拍桌：「砰！你免嗆秋……」

這一拍桌，憨松老大身後的壯漢凍袂條了，身手矯健地飛身跨過那張超大的原木泡茶桌，衝著孫啟賢揮拳。

我們的孫副組長連斜眼看他都不屑，憨松與壯漢雖然有注意到，孫啟賢落座，隨侍在側的王世剛與另一名省刑大專屬的維安特警，一直挺挺地站著，但對方搞慣了那套黑社會繁文縟節，以為是對孫啟賢的尊卑之禮，甚至天真地誤會是對他憨松老大致敬，其實這兩名幹員蓄勢待發，是為了隨時準備出手，才不輕鬆入坐，而三人大熱天穿西裝，也是因為腋下掛著一把短版的烏茲衝鋒槍。

孫啟賢就等這個機會，壯漢在零點一秒內被維安特警擊倒，鼻血噴個不停，且當場被搜出插在腰後際的貝瑞塔九〇制式手槍，而王世剛則迅速亮出烏茲衝鋒槍，拉了槍機、開了保險，槍口對準憨松老大。

他老人家嚇傻了，幾十年沒見過這陣仗，他連忙說：「這是啥米狀況？孫組長，你說啊，現在是按怎？」

「老大，你這位手下觸犯《槍砲彈藥刀械管制條例》……」接著他伸長了身子，越過茶桌把嘴巴湊到憨松老大耳邊：「這位，是你的後生吧！」

江湖上極少數人才知道，憨松老大身邊這位每天隨侍在側的壯漢，其實就是他最小的私生子，老人家寵愛屘子，他家大業大，但死後都是大房子女的，他想吞掉李金生的資產、地盤，其實也是在為這庶出的小兒子做打算，而這次行動，孫啟賢就是衝著這屘子，要制住憨松的死穴。

孫啟賢轉頭問王世剛：「部隊集結完畢了嗎？」

「是，已經在門外待命。」

「叫他們進來。」

一分鐘之後，四十名荷槍實彈，身穿防彈衣、頭戴防彈盔的特警魚貫而進，在憨松那超大的會客廳裡列隊，等待孫啟賢下達命令。

孫下令：「第一中隊，把守這棟建築物所有出入口，屋裡的東西不得讓人妄動，等一下我們要搜索，准進不准出，任何人抗拒，立刻拘捕；第二中隊，槍枝開保險，在大廳待命！」

「是！」四十個人從丹田喊出的聲音，爆雷般響起，這哪是搜索，簡直是鎮暴，但孫啟賢、劉鎮遠就是要打掉憨松的驕狂，讓他知道警方的決心。

「老大，你的公子觸犯槍砲罪，依照《刑事訴訟法》『附帶搜索』的要件，我們可以把你這棟房子，跟你公子住處、他的公司、他的車子，連他小老婆的窩……所有牽扯得上關係的地點，都可以直接搜索，免請票啦！」

憨松垂著頭，眼眶紅了，他怨嘆自己呷老才犢貪，無端跌這一跤！

孫啟賢看他那副窩囊樣，輕聲地說：「大仔，咱可以私下談一談嗎？」

憨松眼睛亮了起來，似乎看到一點光明。

四十八　惡貫滿盈

大廳更深處，憨松還設有一個密室，等閒之人進不了，多少江湖陰謀在這裡策劃，多少腥風血雨，因這密室裡的人而起！孫啟賢一進入裡面，也不囉唆：「老大，神嘛是我，鬼嘛是我，你的公子，我可以放乎過，當作沒這件代誌，你看，好嗎？」

憨松不愧是江湖大老，他沉穩地盯著著孫啟賢，等阿SIR先出招，不輕率開口，以免掉價。

「很簡單，你把李金生交出來，我放你兒子過去！」

「我真的不知道李金生藏在哪裡？」

「你知道嘛好，不知道就認真去探聽，你憨松老大喊水會堅凍！你下命令，要逼出一個李金生，應該不困難吧？」

「你硬要拗我？我跟他李金生無冤無仇，甘有必要？」

「你們不只沒冤仇，他還把砂石場、賭場的股份給你，你不可以恩將仇報，對不對？但是，目前由不得你作主，哼！反正，你有四個兒子，我抓一個，你還剩三個，可以啊，咱來博硬的啊。」

孫啟賢繼續恐嚇：「我當然知道看守所跟監獄，你憨松老大嘛很準，少爺進去關，就親像是渡假；省刑大就不全款，我不保證公子進去，出來『歸叢好好』（完好如初），有法度幫你生幾個古錐活潑的孫！」

他不惜威脅要刑求憨松的兒子。

老人家臉色大變！想起自己年輕時被外省軍警特務刑求的恐怖經驗……他曾讓警總的人，用銅線纏繞在龜頭上，另一端連接在那種早年軍警內線使用、沒有按鍵只有一個搖桿的電話機，酷吏猛力一搖，電流通過，整支陰莖與包皮、整個陰囊與睪丸便強烈地灼熱刺痛，比死還難過……他看過老二被電爛、終身不能人道的小流氓，心中打了個寒顫！老傢伙恨死孫啟賢，卻不敢大小聲。

「還有，老大，你接收了李金生的生意跟地盤，這些生意以前一半是我的，利潤藏在哪裡，我比你卡清楚，只要給我兩個禮拜，我親自帶隊，攏給你掃了了，你啥米嘛呷無！」

憨松還是不為所動，但明顯呼吸急促，胸口上下起伏個不停。

孫啟賢嘆了口氣：「唉！大仔，我老實告訴你，李金生是國民黨高層要抓的，你毋通目睭扒袂金（睜不亮），兄弟人摻政治，沒幾個有好下場，你選舉有法度助國民黨，所以上面賞你一個國策顧問；但你只是一個尿桶，這些大官虎半暝欲放尿，眠床下放個尿桶，很好用！但是，當尿桶礙路，乎人踢倒，房間臭瞇摸（臭熏熏），彼時，人家就會嫌你這卡尿桶，老先生，你懂嗎？」

憨松大仔陷入沉思，掙扎得厲害，看火侯差不多了，孫啟賢桌子一拍，大聲斥喝：「你還擱想無！李金生你不交出來，嘜講你少爺，我連你老貨仔這條命嘛要收回去！官司打看嘜，法院是國民黨開的，我抓你進去，若沒有收押，我孫某某馬上辭職，當你的小弟。幹你娘！你就不想看嘜，我一個小小副組長，能調動這麼多兵力對付你？」

憨松猛地抬頭，滿臉驚懼，孫啟賢湊過臉：「但是，如果你交人，不但我放少爺過，當成沒這回事，甚至，警方這次的行動，絕、對、保、密……」說完他對憨松眨眨眼，暗示他，不但這件槍砲案件船過水無痕，他被漏氣的事，江湖上也不會有人知道。

孫啟賢再壞壞地說：「大仔，我可以咒誓，絕對不會讓人家知道線報是你提供的，你想嘛，當金生關個八年、十年出來之後，一個沒地盤、沒小弟，又沒錢的過氣老大，你老大人可憐他，收留他，沒證沒據，他敢說啥米？他按怎被抓？是我孫啟賢厲害啊！哈哈，彼時陣，公子已經掌握全部的地盤，人攏是恁兜的，李金生憑什麼跟少主爭？」

憨松張大了眼睛，神色開始活絡，孫啟賢繼續唆使：「其實，我跟金生之間，是他欠我比較多，他若嘜逼到我無立場、恐驚無頭路，我嘛袂跟他翻臉。還擱有，兄弟一場，若是能閃過，我嘛不想要親手抓他，只是情勢所逼，我不抓他，督察室就會掀我的臭尻川，大家攏沒退路！當然，我想欲賺錢，而且，他那些地盤，一半是我幫他打下來，沒有我，他奈有這間砂石場！我能跟他合作，為什麼不能跟老大你合作？靠山更穩！」

「你想跟我合作？」憨松終於露出笑容。

「但眼前這關我要過得去，你不讓我過，歹勢，死道友無死貧道！今天晚上我是代表整個警察系統，嘛代表國民黨，我要弄死你，一句話爾爾；但是，若你乎小弟過，以後咱作夥賺錢，你還是大仁大義的江湖大老、國策顧問，今天晚上的事情，咱就放乎忘記，准做沒發生，少主未來的發展，你老大人的一世英名，我攏會護住著，按呢，甘毋好？」

「你要怎麼跟我合作？」

「我怨無沒怨少，我會把餅作大，利潤若多，少分點嘛無要緊，我不是個貪心的人，按怎合作，攏你老大說了準算，我做人有倫理，分內外，但這些，都等抓到金生再說，好嗎？」

憨松點點頭，他心想，當初怎麼沒看出李金生身邊這個年輕組長，是如此霸氣又有手腕，早該趁他還沒長大時收攏起來！

兩人繼續密談十幾分鐘，孫啟賢走出密室，他轉頭跟憨松低語：「大仔，少主這支槍，既然抓到了，我就不可能當做沒看見，這是原則問題，要不然，小弟我對不起帽子上的粉鳥，按呢啦，槍先讓我帶走，你明天找個未成年的囝仔，找我報到，好嗎？」愛子逃過一劫，憨松點頭如搗蒜，找人頂罪的小錢，比起保住屘子老二不被電焦，太值得了。

談妥了，孫啟賢收隊，跟憨松老大又是握手、又是作揖，客氣得跟剛才那副要打要殺、要將他老骨頭拆吃落腹的態度一百八十度改變，老人家也十八相送到門口，親切又慈祥……

在車上，孫啟賢愉快地用布袋戲的唸白腔調，輕聲吟了兩句詩：「春申門下客三千，小杜城南五尺天」[1]，一旁的王世剛不解問道：「老大，你唸啥小？」孫啟賢也不正面回答，敲了敲王小的頭：「有空加減讀點書，別整天喝酒嫖女人，哈哈……」

由於憨松的出賣，孫啟賢終於知道李金生藏匿地點。

那是位於南投縣鹿谷鄉一處人跡罕至的高山茶園裡；約海拔三百公尺的丘陵地上。而李金生藏匿的工寮，就在這波浪起伏的丘陵地、其中一座山坳上頭，很顯眼，一點也不難找！而且，周遭除了低

1　這是民國初年知名文人、大總統黎元洪御用文膽饒漢祥寫給上海攤老大杜月笙，恭維他的對聯。

矮的茶樹，還種植大片瓊麻、林投樹，這類多刺植物在軍事上常常被栽種在陣地周遭，作為天然的阻絕設施，李金生如果在工寮屋頂眺望，四周一覽無遺，即使特警們在茶園裡匐匍前進，他不用那望遠鏡也能掌握警方動態。

而且這些茶樹，一排排縱橫山巒，長得又不高，丘陵地坡度也不大，李金生若要突圍，三百六十度，沒有一個方向他不能逃竄，他只要在工寮外放一部越野機車，一催油門，警方就不曉得怎麼跟他在這片山野林地裡玩捉迷藏了！

此外，這裡距離產業道路至少五、六公里，通道雖然只有兩條，但他若不往外逃，反而帶著一袋乾糧往深山裡流竄，警方就算動員幾百人搜山，也沒把握抓得到人！孫啟賢眉頭深鎖，他認為這處工寮乍看藏得不深，好像躲在裡面的李金生沒什麼遮掩保護似的，其實易逃難攻，這地方，應該是老傢伙精心設置，多年來用來藏匿殺手的處所。

根據他的評估，白天圍攻，當然李金生逃走的機率低，若夜襲，雖然比較不容易讓李金生察覺，但他也容易利用夜色掩護，趁亂逃竄，畢竟，霹靂小組不是藍波，個個擅長叢林夜戰。可是，若大白天全副武裝攻上山頭，加上外圍保警防守，人車部隊移動，在這清靜的幽谷裡，很容易被他發現，但若沒動員個幾百人，又怎麼能把山頭守得滴水不漏？

白天進攻還是發動夜戰？要大規模封山？還是緊守山腳下，再派小部隊悄悄掩襲？省刑大幹部分為兩派，激辯了好幾個小時，連劉鎮遠都不曉得怎麼拍板定奪！

最後，孫啟賢建議：「我們乾脆化妝成茶農，現在正是採茶季，有個幾十人在茶園活動，很正常，制服警力放遠一點，要藏起來，接近現場的人一律偽裝茶農，對了，我們也得學點採茶的基本動作，李金生很鬼的！還有，採茶都是一大早，天沒亮就上工，我們就來個拂曉攻擊，最好他作息跟以前一樣，還是隻暗光鳥，睡到日頭曬屁股才起床，這樣我們就能在他睡夢中抓人。」

這個建議，立刻得到所有同仁的贊成。

那天，農曆七月一日，鬼門關剛開……

約二十個「茶農」戴著斗笠，口罩覆蓋半邊臉面，揹著的茶簍，裡面放了衝鋒槍、震撼彈，為了裝得像一點，還找來了幾個戰技比較出色的刑事局女警，有男有女，才像一般的採茶班。這幾位「霹靂嬌娃」可都是射擊、搏擊高手，是未來警界重點栽培對象，只可惜，刑事局女警隊剛因內鬥而被迫解散，劉鎮遠順勢調她們來支援。

偽裝是夠像了！從天剛亮平日採茶的時間，這夥人就假鬼假怪地忙著採茶，翠嫩嫩的茶葉也不曉得給這些警察糟蹋了多少，快一個小時之後，孫啟賢透過無線電下令，讓一名「女茶農」在李金生藏匿的工寮前面「休息」，她先觀察敵情，見門戶深鎖，半晌，在孫啟賢指示下，女警大膽敲門：「有人在嗎？請問，有人在厝內無？」

李金生穿著一條短褲頭，上半身赤裸，打開了門，一副沒睡飽的樣子。女警紅著臉說：「尼桑！歹勢啦，借阮便所好無？恁查甫人青睬放尿毋要緊，阮不方便，跑落山下又擱太遠！拜託一下……」

李金生隨手指了在他工寮外廁所的方向，轉身回屋裡。

孫啟賢在另一個山坳，用高倍數望遠鏡監控，緊張得心臟快從嘴巴裡跳出來！他等女警進入廁所才用無線電下指令：「上完廁所趕緊歸隊，不可單獨行動，別再跟他攀談，知道人在裡面就好。」

「茶農」們慢慢向工寮靠攏，已經有五、六名在他屋前，那是受過專業訓練的霹靂小組特警，粗布衫底下都穿著防彈衣，他們是被挑選第一批衝鋒的高手。

這時，孫啟賢與第二批接應的警力，已經彎著腰，慢慢往上爬，藏匿在李金生從窗內往外看視線所不及的茶樹底下。

李金生屋外沒有裝設監視器，他問過憨松了。

就是這一刻！孫啟賢下令：「衝！」

「砰！」兩人拿著霹靂小組土法煉鋼自製的撞門器，那僅按上喇叭鎖的鐵皮門立刻被撞壞，接著霹靂特警丟進一顆震撼彈，再補上一顆催淚瓦斯彈，工寮裡充滿嗆鼻的味道，任誰也睜不開眼睛。

特警們從茶簍裡拿出防毒面具戴上，衝進裡面，煙霧瀰漫中，李金生的身影模糊難辨，但他邊咳嗽邊幹譙，一罵就嗆到，咳得更厲害，眾人聽聲辨位，很快找到他，接近之後，見他伸手在床底不曉得摸什麼，特警研判是要找槍械抵抗，二話不說，一腳給他踹趴，另一人拿槍托往他頭上猛敲，還有一人用烏茲衝鋒槍對著屋頂點放三發，「噠、噠、噠！」接著暴聲喝令他不准動！

三聲槍響，鎮住李金生的咳嗽、乾嘔，以及咒罵幹譙的聲音，他嚇得不敢動，但霹靂小組哪饒得過他，一頓拳打腳踢……他留著眼淚，眼睛腫得跟核桃一樣，壓根睜不開，連誰打他都搞不清楚就頭破血流，身上多處瘀傷。

等他被像豬仔一樣拖出到屋外時，呼吸到新鮮空氣，鼻孔、呼吸道沒那麼嗆，但眼睛還是睜不開。

有人遞上一瓶礦泉水給他：「洗一洗，眼睛比較不會那麼痛，洗卡乾淨一點，等一下到車上我再給你眼藥水，放心，不會青瞑（瞎掉）。」第一個字入耳，李金生就知道是自己那冤親債主般的兄弟找上門來了。

李金生邊洗眼睛，從眼眶中流下來的，不知道是淚還是礦泉水？他猛吞口水，才止住哽在喉嚨裡的哭聲，半晌，在刺痛中努力半睜眼，總算可以在刺眼的朝陽逆光中，看到孫啟賢高大的黑色身影，即使看不清對方的表情，那體態他太熟悉了，他只覺得千言萬語不知道怎麼說，最後垂著頭嘆道：

「最後嘛是乎你抓到，隨在你啊……」

四十九　感謝你的愛

一九九六　秋分

李金生很快地被抓起來，坐直升機送到綠島管訓，那時候《檢肅流氓條例》雖然還沒廢除，但畢竟被認為違憲，呼籲廢除的呼聲很高，而且解嚴了，不像「一清專案」時期，提報流氓，抓起來關，刑期多久？何時給放回來？不曉得！還是有治安法庭審理，還是得借提人犯回來台灣審訊，而且除了裁定管訓之外，檢方起訴的其他林林總總的罪名，會併科判刑，這段期間，李金生人被關押在綠島，官司持續進行中。

孫啟賢聽說，李金生手下鳥獸散，他的官司都是美玲跟自己也熟識的一位律師在處理，忙進忙出，那女人甚至搭著搖晃的小飛機到台東，再以船舶接運去那惡名昭彰的火燒島探監，不辭辛苦。

李金生落網後的一個多月，治安法庭已經裁定管訓三年，其他涉及毒品、槍砲、恐嚇等刑案部分，就快要偵查終結。那天，檢察官借提李金生，這種事情，本來孫啟賢是不用到地檢署，他只需要派個部屬到台東提人，但他心裡那細微的騷動已經好一陣子了，於是找了個自己騙自己的藉口，到地檢署拜訪檢座。

台中地檢署第二十四偵查庭剛好設在二樓最角落，長廊外面被另一排建物擋住，除了正午時分會有一絲陽光從三樓屋頂射進來，大部分時候是陰暗的。

他遠遠看到美玲坐獨自在偵查庭外的椅子上，律師已經進入陪訊，她頭髮剪短，沒有以前燙大波浪時豔麗的風情，就那麼一身素衣，一攏長裙，裹住全身，整個人灰撲撲的，她臞瘦了些，更顯得下巴尖，美玲低頭專心玩弄指甲，時間在她周遭流動特別緩慢。

孫啟賢坐到她身旁，過了快一分鐘美玲才驚覺身邊有人，轉過頭來發現是他，看得出她感覺有點意外；她不曉得的是，這一分鐘對孫啟賢來說就像一小時般漫長，向來言語犀利的副組長是想著要說「好久不見」，還是哪一句比較得體的話……

他定了定神：「辛苦了！我聽說金生的事情，都是你在處理，唉！一人在押，十人在途，你一個人弄，很累的，要不要我叫建志幫忙？」

「嗯……」

「律師怎麼說？」

「不好……」

想也知道，案子是孫啟賢辦的，移送書他親自撰寫，咬得多死，他比誰都清楚，他後悔問這個蠢問題。

「你去看他，他怎麼說？」

「沒有啊，就交代一些事情……」

……

兩人又沉默了好一陣子，孫啟賢有點受不了，他自覺也是被逼的，也是一路忍讓，怎麼會感覺自己像壞人！他清了清喉嚨：「你跟他，是不是還很恨我？」

「不會，我知道，攏是他自己做得來的！你有你的立場，他……之前很恨，被抓之後，我去看他，沒一句罵過你。」

「之前，就是議會保護傘，我在監控他的時候，他找我去問，是不是很恨他，那時候，我想很久才告訴他，其實，我沒那麼恨他，我情願相信，我們有過真心交陪的時候。」

美玲抬起頭來，眼睛放亮：「就連我後來回到他那邊，你也不恨了？都可以放下？」

她的表情很難看得出是高興還是不高興，這問題孫啟賢想太久了，毫不遲疑地回答：「一開始，我氣得想殺死他，說真的！那時候他如果有案子，能夠抓他我一定不抓，我會找機會一槍打死他……那是奪妻之恨。」

「後來呢？」

「放下當然是不可能，可是，到後來，他對我來說沒那麼重要，我在意的是，你是不是更愛他，所以願意讓他把你自己送給我？我也在想，你們是不是說的都是謊話，你愛他跟愛我，誰多？這一點，連建志跟學弟都說我在鑽牛角尖，可是，想來想去，我就是放不下這個點。」

「老公！」美玲慘然一笑：「你怎麼會這樣想？」

「因為，你又回去他那裡！你去哪裡都好，怎麼、怎麼就又跑回去了呢？」

「不然，我能去哪裡？」

「我、我其實沒有要你走，你只要跟他劃清界線，一切我都可以原諒，包括明奎那件事！」

「可能我是個笨女人，我不懂你。」

孫啟賢很想問，是不是分手前她就跟李金生上床？想想又吞下去，他感覺此時問這個沒意義，也太沒水準。

「也不全是你的錯，問題在他，他也說，你跟我好好的，他不該再招惹你。」

「他就是那款人！」

「那、那……你未來有什麼打算？」

孫啟賢很想抱住這女人，叫她回來，可是，他也自問，希望她回來嗎？不怕被人笑嗎？自己的胸襟有那麼寬闊嗎？甚至，有那麼愛嗎？

美玲像是看穿了孫啟賢，拍拍他的手背，很誠懇地說：「老公，我從來沒有愛過一個男人比愛你還深，但我也不曉得為什麼會走到這裡？」

「是不是我做得不夠？」

「不，你對我很好，真的，我到現在還是很感謝你的愛，但是，沒有回頭路可以讓我走了。」

孫啟賢衝口而出：「如果有呢？」他急急地說：「如果我不計較呢？」

美玲搖搖頭！給他一個比哭還難看的笑容。

他理智了些，想了片刻才恨恨地說：「當初你不要捲進我跟他的問題，不就好了！」

林美玲本想反駁，但打消念頭：「對啦，是我不懂事。」

孫啟賢又說了些為什麼形勢逼他不得不抓李金生，是這位兄弟負他較多，也是李金生逼得他沒有退路，再加上他又對美玲出手染指，就算他不計較簡明奎的事情，這口氣也很難消……

這些，林美玲比誰都清楚，道理她都知道，但她聽不下去，眼前孫啟賢那兩片薄薄的嘴唇一張一闔、一閉一開時，美玲心裡卻不斷想起議會保護傘期間，好幾次李金生半夜驚醒，抱著她哭的畫面，他在小弟面前痛罵孫啟賢，但美玲知道他懊悔、想低頭和解，只是，他進無路、退無步！

孫啟賢的話語戛然而止，他突然發現林美玲根本沒在聽。

相對無言。

他想，再說什麼都沒有用。他有一點憤慨，心中更多的是委屈，為什麼都沒有人幫他想，沒有人疼惜他、可憐他？氣一上來，不禁就嘟著嘴，頭撇過一邊，望著遠方。

那副倔倔的模樣，是美玲以前最喜歡看的容顏，她笑著握了他的手：「聽說你升官了，建志說你升這一坎很重要，恭喜了！你別想太多，你還有太太呢！」

「我……」

就在欲語無言，千百種苦澀辛酸化成一聲嘆息的時刻，律師推門出來，美玲急急地奔過去，詢問律師庭訊結果，接著，李金生在幹員押解下，也步出大門，他看著孫啟賢，再看看美玲，對孫頷首一笑。

當美玲與律師低頭談論案情時，李金生被押走了，美玲抬頭看見那拖著腳鐐沉重的背影漸遠，似乎想追上去，轉頭望了孫啟賢一眼，又縮住腳步，律師順勢告辭。

「我讓他回來跟你講幾句話，好嗎？」

「不用。」

「以後，金生的代誌，或你的，有需要就找我，好嗎？」

美玲正氣苦，這話聽來刺耳，本想負氣回絕，但她發現孫啟賢語氣誠摯，胸口泛了酸水，她說：「是我們對不起你，艱苦、我們要想辦法自己度過，我以前什麼都想抓在手裡，很怕被搶走，但我傻傻的連你都失去，現在什麼都沒有，反而不怕了。你放心，我們還有錢，他都安排好了，你、從來不需要我擔心，你做的都是對的事，他比較糊塗衝動，嗯……你也不用擔心我們，我細漢時嘛是艱苦過來的，自己有法度處理……」

一句一句的我們、我們、我們，是她跟李金生，孫啟賢不太舒服，忍了忍，還是問到底：「那，你還愛我嗎？」

「你問這……已經沒啥米意義了。」

她那樸素的身影就快消失在長廊轉角時，孫啟賢有股追上去的衝動，但想歸想，兩隻腳像是灌了鉛一樣，就在他想大聲呼喊她的名、卻又叫不出來，才眨兩次眼的片刻，人已經不見了。

孫啟賢感覺整個人空蕩蕩的，心口就像被挖了個大洞，裡面的東西全被掏走！再多的金權愛慾、再多的熱情與衝動，都填不了他內心瘋狂的渴求，但他什麼也做不了。他終究得飢轆轆地，一個人孤寒地走下去。

鏡小說

029

焰口

作　　者：林慶祥
責任編輯：李佩璇
責任企劃：劉凱瑛
主　　編：劉璞
副總編輯：林毓瑜
總 編 輯：董成瑜
發 行 人：裴偉

書名題字：陳世憲
裝幀設計：日央設計工作室
內頁排版：宸遠彩藝

出　　版：鏡文學股份有限公司
11070 台北市信義區東興路 45 號 4 樓
電　　話：02-6633-3500
傳　　真：02-6633-3544
讀者服務信箱：MF.Publication@mirrorfiction.com

總 經 銷：大和書報圖書股份有限公司
242 新北市新莊區五工五路 2 號
電　　話：02-8990-2588
傳　　真：02-2299-7900

印　　刷：漾格科技股份有限公司
出版日期：2020 年 3 月 初版一刷
I S B N：978-986-98373-9-2
定　　價：450 元

國家圖書館出版品預行編目 (CIP) 資料

焰口 / 林慶祥著. -- 初版. -- 台北市 : 鏡文學, 2020.03
面 ; 14.8×21 公分 . -- (鏡小說 ; 29)
ISBN 978-986-98373-9-2(平裝)

863.57　　109002347